AMY HARMON

All the Pieces of My Heart

Liebe Leser:innen,

dieses Buch enthält potenziell triggernde Inhalte.
Deshalb findet ihr auf Seite 416 eine Triggerwarnung.

Die Romane von Amy Harmon bei LYX:

Making Faces
Infinity Plus One
A Different Blue

Die Laws-of-Love-Trilogie:

1. All the Colours of My Dreams
2. All the Songs of My Soul
3. All the Pieces of My Heart

Die Bird-and-Sword-Reihe:

1. Bird And Sword
2. Queen And Blood

AMY HARMON

all the PIECES of my HEART

Roman

Ins Deutsche übertragen
von Anika Klüver

LYX

LYX in der Bastei Lübbe AG
Dieser Titel ist auch als E-Book erschienen.

Die Bastei Lübbe AG verfolgt eine nachhaltige Buchproduktion. Wir verwenden Papiere aus nachhaltiger Forstwirtschaft und verzichten darauf, Bücher einzeln in Folie zu verpacken. Wir stellen unsere Bücher in Deutschland und Europa (EU) her und arbeiten mit den Druckereien kontinuierlich an einer positiven Ökobilanz.

MIX
Papier aus verantwortungsvollen Quellen
FSC® C014496
FSC
www.fsc.org

Die Originalausgabe erschien 2018 unter dem Titel »The Smallest Part«

Für die deutsche Ausgabe:

Textredaktion: Jochen Dilling
Umschlaggestaltung: © Sandra Taufer, unter Verwendung von Motiven von © Belliaroze® | www.belliaroze.com | All Rights Reserved / CreativeMarket; motion.vidos / shutterstock; personsproductions / shutterstock; lisima / shutterstock; Oaurea / shutterstock
Satz: Greiner & Reichel, Köln
Gesetzt aus der Adobe Caslon
Druck und Verarbeitung: GGP Media GmbH, Pößneck
Printed in Germany
ISBN 978-3-7363-1780-2

1 3 5 7 6 4 2

Sie finden uns im Internet unter lyx-verlag.de
Bitte beachten Sie auch: luebbe.de und lesejury.de

Am Ende sind nur drei Dinge wichtig:
Wie sehr man liebte,
Wie sanft man lebte
Und wie würdevoll man die Dinge losließ,
die nicht für einen bestimmt waren.

Unbekannt

PROLOG

Es war eine große Lüge. Die größte Lüge, die sie je erzählt hatte. Sie hallte in ihrem Kopf nach, während sie sie aussprach, und klingelte auf unheimliche Weise. Und das Mädchen hinter ihren Augen – das Mädchen, das die Wahrheit kannte – schrie, und sein Schrei schallte begleitend zum Klang der Lüge.

»Bist du in Noah verliebt, Mercedes?«, fragte Cora. »Ich meine … Ich weiß, dass du ihn liebst. Ihr seid schon seit Ewigkeiten befreundet. Das sind wir alle. Aber bist du in ihn *verliebt?*«

Seitdem hatte sich Mercedes gefragt, ob ihre Antwort anders ausgefallen wäre, wenn sie Cora in diesem Moment von Angesicht zu Angesicht gegenübergestanden hätte. Wenn sie in ihre großen blauen Augen geschaut hätte, während sie die Frage beantwortete. Sie war sich nicht sicher, ob sie in der Lage gewesen wäre, die Wahrheit vor ihr zu verbergen. Cora kannte sie zu gut. Aber Mercedes hatte sich auch selbst sehr lange belogen und war gut darin. Sie war das mächtige Pokerface, das toughe Mädel, die freche Latina, und Cora liebte Noah ebenfalls. Sie war in Noah *verliebt.*

Also log Mercedes.

»Ha! Nein. Nicht auf diese Weise. Niemals auf diese Weise. Noah ist wie mein Bruder. Nein.« Mercedes hörte die Lüge in der Art, wie sich ihr Akzent plötzlich bemerkbar machte, als sie »niemals« sagte. Er schlich sich ebenso in dieses Wort wie in das Wort »Bruder« und betonte die Falschheit. Zu Hause sprach Mercedes kein Englisch, aber sie beherrschte es fließend, und ihr Akzent meldete sich nur dann zu Wort, wenn sie es wollte. Oder wenn sie Schwachsinn redete. Mercedes war nicht selbstlos. Noah hatte sie geküsst, und sie hatte den Kuss erwidert. Sie dachte ständig an ihn. Morgens, mittags und abends. Wenn es irgendjemand anders gewesen wäre – irgendjemand –, hätte sie die Brust vorgereckt, ihre dünnen Ärmchen davor verschränkt und ihre Gefühle verkündet. Sie hätte ihn für sich beansprucht. Ja, das hätte sie getan.

Aber es war Cora. Die tapfere, schöne, gebrochene Cora.

Wenn Mercedes Noah und Cora zusammen beobachtete, wirkten sie richtig. Sie passten zusammen. Cora war schon immer größer als alle Jungs gewesen, aber sie war nicht größer als Noah. Noah wuchs in seinem zweiten Jahr auf der Highschool fünfzehn Zentimeter, sodass er mit knapp eins neunzig über allen anderen aufragte. Und er und Cora waren wie schlanke Bäume, die auf einen Wald aus Sprösslingen hinunterschauten. Auch auf Mercedes sahen sie mit ihrer lieblichen Güte herab. Mercedes wuchs im zweiten Schuljahr ebenfalls ein paar Zentimeter und erreichte eine Größe von knapp eins sechzig. Sie war dankbar, dass sie wenigstens das geschafft hatte, denn ihre Mutter Alma maß gerade mal einen Meter fünfzig, wenn sie sich auf die Zehenspitzen stellte. Und Oscar, ihr Papi, hatte in seinen Träumen nicht ganz die eins siebzig erreicht.

Coras schlanker Körper und wonniges Gemüt ergänzten Noahs drahtige Größe und beschauliche Natur. Noahs Augen waren die traurigsten, klügsten Augen, die Mercedes je gesehen hatte. Seine Augen waren schon immer so gewesen. Die gewellten braunen Locken, die ihm in die Stirn fielen und sich in seinem Nacken kräuselten, ließen sein kantiges, scharf umrissenes Gesicht weicher wirken. Einmal, im Sommer vor dem Wechsel in die achte Klasse, hatte er sich die Haare raspelkurz geschnitten. Er hatte so nackt und seltsam ausgesehen, dass

Mercedes ihm das Versprechen abverlangt hatte, es nie wieder zu tun. Ihn so zu sehen, hatte ihr Angst eingejagt. Sie hatte den Eindruck gehabt, dass in ihm nichts Kindliches mehr verblieben war, so als hätte es diese Seite von ihm nie gegeben. Doch wenn Cora in der Nähe war, wirkten Noahs Augen nicht mal ansatzweise so traurig und klug. Aber die Liebe macht eben aus allen Narren.

Mercedes kannte Noah zuerst. Das hätte sie sagen können. Sie hätte behaupten können, dass er ihr zustand, weil sie ihn bereits vor Cora gekannt hatte. Sie begegneten sich, als sie acht Jahre alt waren, zwei Jahre bevor Cora in die Drei-Amigos-Wohnanlage gezogen war. Er hatte an der Tür seiner Wohneinheit gelehnt und mit einem Jo-Jo gespielt. Seine Knie waren knubbelig gewesen, und seine Shorts hatten zu kurz gewirkt, so als wäre er nie in die Breite, sondern immer nur in die Länge gewachsen und hätte sie seit seinem vierten Lebensjahr getragen.

»Hi«, hatte Mercedes ihn gegrüßt. Ihre Augen waren auf die umherspringende Schnur und auf sein Handgelenk gerichtet gewesen, das er so geschickt bewegt hatte. Selbst damals hatte er über eine solche Geduld, über eine solch ruhige Beherrschung verfügt …

Er hob den Blick. In seinen Augenwinkeln blitzte ein Lächeln auf, bevor er seine Aufmerksamkeit wieder auf das glänzende rote Jo-Jo mit der schmutzigen Schnur richtete.

»Hallo«, erwiderte er leise.

»Ich bin Mercedes. Du kannst mich Sadie nennen. Ich wohne dort drüben.« Sie deutete auf die Tür auf der anderen Seite des Flurs.

»Mercedes? Wie das Auto?«

»Ist es ein cooles Auto?«, fragte sie.

»Ein teures.«

»Tja dann, ja. Genau wie das Auto.« Mercedes nickte ernst. Teuer war gut.

»Ich bin Noah.«

»Wie der Typ mit der Arche?«, fragte sie.

Er ließ das Jo-Jo in seine Hand schnellen, ließ es aber nicht wieder los. Er runzelte die Stirn, während er sie betrachtete.

»Welchen Typen meinst du?«

»Du weißt schon. Er hatte eine große Arche und brachte die Tiere darauf, weil die Welt überflutet werden würde. Der Typ, der für Regenbögen verantwortlich ist.«

»Von dem habe ich noch nie gehört.« Er hatte die Augen weit aufgerissen. »Wie viele Tiere rettete er?«

Mercedes lachte verwirrt. Alle kannten doch die Geschichte der Arche Noah, oder? Sie war mit der Arche Noah und Daniel in der Löwengrube und Moses, der das Rote Meer teilte, aufgewachsen. Sie kannte alle Bibelgeschichten. Die Bibel war das einzige Buch, das ihre Großmutter – ihre Abuela *– ihr je vorlas. Sie hatten sogar ein Bild vom Papst an der Wohnzimmerwand. Und über der Toilette hing die Jungfrau Maria, unter der auf dem Spülkasten kleine Kerzen standen. Abuela bestand darauf, weil das der einzige Ort in der Wohnung war, an dem sie genug Privatsphäre fürs Beten fand.*

»Er rettete alle Arten. Zwei von jeder. Ein Mädchen und einen Jungen.«

»Und der Regenbogen?«

»Gott versicherte Noah, dass er die Erde nie wieder überfluten würde, und gab ihm einen Regenbogen als Versprechen.«

»Hm. Cool. Wie lange ist das her?«

»Ganz, ganz lange. Etwa dreihundert Jahre oder so.« Mercedes grübelte vor sich hin. Ihr gefiel, wie es sich anfühlte, die Antworten auf seine Fragen zu kennen. Da sie die Jüngste in ihrer Familie war – einer Familie, die aus ihr und ihren Eltern, ihrer Großmutter mütterlicherseits, einer Tante und zwei älteren Cousins bestand,

die sich alle eine kleine Wohnung mit drei Schlafzimmern teilten –, hörte ihr nie jemand zu. Das Zusammenleben war beengt, und Mercedes war ein geliebter, aber auch etwas lästiger Störfaktor.

»Hm.« Noah wirkte plötzlich skeptisch. »Was, wenn eins der Tiere gestorben wäre?«

Mercedes verstand nicht so recht, warum er diese Frage stellte, also zuckte sie mit den Schultern.

»Was, wenn das Tigerweibchen gestorben wäre? Oder das Löwenmännchen?«, beharrte er.

Oh. Nun begriff Mercedes, worauf er hinauswollte. Man musste ein Männchen und ein Weibchen haben, damit es ein Baby geben konnte. So viel hatte ihr Abuela erklärt.

»Ich schätze, dass sie nicht gestorben sind, denn heute gibt es ja immer noch Löwen und Tiger, nicht wahr?«

»Hmm. Vielleicht sind deswegen die Dinosaurier ausgestorben«, überlegte er und rieb sich das Kinn.

»Die hätten sowieso nicht auf die Arche gepasst, zumindest nicht der Brontosaurus«, fügte Mercedes weise hinzu.

»Also nur zwei von jeder Art?«, hakte er nach.

»Ja. Nur zwei.«

Nur zwei.

Und Cora und Noah waren ein Paar. Ein schönes Paar.

Also log Mercedes.

Und mit dieser Lüge ließ sie ihn gehen.

I

1985

»Was macht sie da?«, flüsterte Mercedes. Ihre Stimme war von Staunen erfüllt, aber nicht kritisch. Noah neigte betroffen den Kopf. Er war sich nicht sicher, dass er es wusste.

»Sie redet mit jemandem«, erwiderte er ebenfalls im Flüsterton.

»Aber da ist doch niemand«, beharrte Mercedes.

Sie beobachteten das Mädchen, ein zartes Geschöpf aus blassen Gliedmaßen und feuerrotem Haar, während es herumwirbelte und auf theatralische Weise mit jemandem redete, den sie nicht sehen konnten.

»Sie ist so hübsch«, flüsterte Mercedes. »Sie sieht wie eine Fee aus, die ihre Flügel verloren hat.«

»Oder ihre Murmeln«, brummte Noah. Er arbeitete sich durch einen Stapel aus Bibliotheksbüchern und hatte sich aus einer Laune heraus Peter Pan *von J. M. Barrie ausgeliehen. Es war besser, als er erwartet hatte. Das rothaarige Mädchen erinnerte ihn irgendwie an Tinkerbell, wenn er so darüber nachdachte. An Tinkerbell oder an Tootles, den verlorenen Jungen, dem seine Murmeln abhandengekommen sind. Wie sich herausstellte, waren die Murmeln Tootles glückliche Gedanken. Vielleicht versuchte das Mädchen, seine glücklichen Gedanken zu finden. Noah schaute zu Mercedes hinunter, die ganz fasziniert neben ihm stand. Sie wirkte von dem rothaarigen Mädchen vollkommen bezaubert.*

»Ihr Name ist Cora«, sagte Noah und hoffte, dass Mercedes ihn

nicht zurücklassen würde. Wenn sie nun ein gleichaltriges Mädchen zum Spielen hatte, würde Mer ihn nicht mehr brauchen. »Sie wohnt in 5B.«

»Ist sie älter als wir? Sie sieht älter aus«, meinte Mercedes und rümpfte die Nase.

»Nein. Sie ist auch zehn.«

»Hast du mit ihr geredet?«

»Nein. Als ich sie gestern sah, weinte sie.« Ihre Tränen hatten dafür gesorgt, dass Noah kehrtmachen und davongehen wollte. Seitdem fühlte er sich deswegen schlecht. Er hatte ihr ein wenig Privatsphäre geben wollen. Doch er hätte sie fragen sollen, ob alles in Ordnung war.

»War sie verletzt oder traurig?«

»Traurig, glaube ich. Mit ihrem Dad stimmt etwas nicht«, sagte Noah.

»Woher weißt du das alles, wenn du nicht mir ihr geredet hast?«, fragte Mercedes misstrauisch.

»Meine Mom hat mit ihrer Mom geredet.«

»Deine Mom … hat geredet?« Mercedes starrte ihn mit offenem Mund an. Noahs Mom – Shelly – verließ das Haus nur selten bei Tag. Sie arbeitete nachts im Archiv des Krankenhauses, wo sie mit reihenweise Akten und einem großen Schlüsselbund ganz allein war. Noah fand, dass das Krankenhaus nachts friedlich war. Mercedes hingegen war der Meinung, dass das gruselig klinge. Seine Mutter schlief tagsüber und hatte immer dunkle Ringe unter den Augen. Mercedes hatte sie noch nie ein Wort sagen hören. Noah sprach für sie, wenn Mer bei ihnen war.

»Vermutlich hat meine Mom einfach nur zugehört«, berichtigte Noah, doch Mercedes achtete gar nicht mehr auf ihn. Sie beobachtete das Mädchen, Cora, mit einem entzückten Lächeln.

»Sie spielt ein Spiel, bei dem sie so tut als ob«, krähte Mercedes, als hätte sie das Rätsel gelöst. »Vielleicht lässt sie uns mitspielen.«

In diesem Augenblick drehte sich das Mädchen um und sah, dass sie es beobachteten. Es lächelte, und Noah stockte der Atem. Coras Lächeln war wie Sonnenschein, warm und strahlend und einladend. Sie winkte ihnen eifrig zu, so als wären sie sich bereits begegnet und sie hätte darauf gewartet, dass sie sich ihr anschlossen.

»Komm schon, Noah«, sagte Mercedes. Sie packte seine Hand und zerrte ihn mit sich. »Sie wird unsere Freundin sein.«

2004

Cora stand derangiert und planlos auf Mercedes' Türschwelle und stützte ihre einjährige Tochter Gia auf ihre Hüfte. Ihr Haar hing ihr in leicht zerzausten karmesinroten Strähnen bis zur Taille. Ihre Strandfrisur. Sie war nicht geschminkt, unter ihren blauen Augen prangten dunkle Ringe, und die Sommersprossen traten auf ihren blassen Wangen stark hervor. Doch sie war immer noch schön – schlank und groß, mit schmalen Hüften und kleinen Brüsten. Sie hatte darüber nachgedacht, Model zu werden, bis ihr klar geworden war, dass eine Modelkarriere bedeuten würde, Noah und Mercedes verlassen zu müssen. Einst waren sie alle drei unzertrennlich gewesen. Sie hatten ihre Ängste und Unsicherheiten miteinander geteilt. Sie hatten ihre Kindheit miteinander geteilt. Was auch immer es war, es hatte sie fest zusammengeschweißt.

Cora setzte Gia ab und beobachtete, wie sie mit wackeligen Schritten quer durch Mercedes' Wohnzimmer tapste und auf die Couch zuhielt. Dort klammerte sie sich fest und warf einen triumphierenden Blick über ihre Schulter, als wollte sie sagen: »Habt ihr das gesehen?«

Mercedes klatschte und hob sie hoch.

»Du läufst! Sie läuft, Cora!« Mercedes tanzte mit Gia umher, die kicherte, ein Bäuerchen machte und dann wieder kicherte.

»Sie hat gerade gegessen, Sadie. Wirbele sie nicht so wild herum, sonst landet der Inhalt ihres Fläschchens auf deinem Oberteil«, warnte Cora. Mercedes setzte Gia ab, gab ihr Halt und wich dann zurück. »Komm zu mir, Gia. Komm zu mir!« Gia wankte wie ein Zombie mit ausgestreckten Armen und steifen Beinen auf ihre Patentante zu.

»Wann ist das passiert?«, kreischte Mercedes und hob sie wieder hoch. »An ihrem Geburtstag krabbelte sie noch, und jetzt das!« Mercedes war am Boden zerstört, dass sie den Übergang verpasst hatte. Gia war vor zwei Wochen ein Jahr alt geworden. Mercedes hatte mit einigen ihrer Freude eine Party veranstaltet und so viele pinkfarbene Ballons organisiert, dass ihr Wohnzimmer wie eine Schaumbadwerbung ausgesehen hatte.

»Vor ein paar Tagen. Noah drehte sich um, und sie folgte ihm«, berichtete Cora.

»So groß!«, krähte Mercedes. »So klug. So ein kluges Mädchen!«

Cora verlagerte ihr Gewicht und lungerte in der Nähe der Tür herum. Sie wirkte erschöpft. Mitgenommen.

»Tja, sie hat gegessen, aber was ist mit dir und mir? Wohin sollen wir zum Mittagessen gehen?«, fragte Mercedes und küsste Gias Hals, woraufhin sich das keine Mädchen wand und von ihrem Arm herunterwollte.

»Eigentlich habe ich einen Arzttermin. Tut mir leid. Ich hatte ihn für heute gemacht, weil ich dachte, dass ich dich bitten könnte, auf sie aufzupassen. Und dann habe ich es komplett vergessen. Kann sie für ein oder zwei Stunden hierbleiben? Das ist nicht so lustig, wie irgendwo zu Mittag zu essen, aber mal ehrlich … Gia ist echt anstrengend, und wir würden sie ohnehin nur quer durchs ganze Restaurant jagen.«

»Klar. Kein Problem. Geht es dir gut, Cora?«

»Ja. Alles in Ordnung. Nur eine Nachsorgeuntersuchung ein Jahr nach der Geburt. Kein Grund zur Beunruhigung. Ich könnte sie mitnehmen, aber ... sie stürzt sich auf alles ... und ...« Da war etwas in ihrem Tonfall, eine gewisse Teilnahmslosigkeit, die dafür sorgte, dass Mercedes ihr nicht glaubte. Cora war nicht einfach gestrickt. Sie war sehr komplex, versteckte sich aber vor ihrer Komplexität, indem sie die ganze Welt banal anlächelte und jeden glauben ließ, dass sie nichts im Kopf hatte.

»Ich werde dich begleiten und mit Gia im Wartezimmer bleiben, während du deine Untersuchung hast. Und wenn du fertig bist, gehen wir aus. Oder wir können auch hierher zurückkommen und etwas essen. Ich schneide dir die Spitzen und entferne dir mit Wachs alle unerwünschten Haare«, bot Mercedes an und wackelte dabei mit den Augenbrauen. Die Menschheit zu verschönern war ihre Gabe und ihr Ziel.

»Wow. Mit Wachs. Das klingt wirklich verlockend, Sadie«, erwiderte Cora mit ausdrucksloser Miene. »Ich verzichte.«

»Ich werde dir auch eine Pediküre verpassen. Wenn ich fertig bin, wirst du dich wie eine neue Frau fühlen. Nichts fühlt sich so gut an, wie von Kopf bis Fuß hübsch zu sein.«

»Das wäre nett. In letzter Zeit fühle ich mich nicht sehr hübsch.« Coras Lächeln war schwach. »Aber für dich besteht kein Grund, mich zum Arzt zu begleiten. Du und Gia habt es hier viel schöner. Ich komme zurück, sobald ich fertig bin, und dann darfst du dich an mir austoben. Ich kenne dich. Du wirst mir keine Ruhe lassen, bis ich nachgebe.«

»Richtig. Das werde ich nicht. Und, Cora?«

Cora wandte den Blick ab. »Ja?«

»Du würdest es mir doch erzählen, wenn etwas nicht in Ordnung wäre, oder?«, drängelte Mercedes.

Cora blickte zur offenen Tür hinaus, als müsste sie los.

»Bist du spät dran?«, fragte Mercedes. Cora neigte dazu, entweder sehr spät oder sehr früh dran zu sein, so als wäre ihre innere Uhr immer verstellt.

»Nein. Nein, ich habe noch Zeit«, sagte sie. Doch sie blieb in der Nähe der Tür und behielt die Augen auf das Licht gerichtet, das von draußen hereinströmte. »Wenn mir etwas zustoßen sollte … würdest du dich doch um sie kümmern, nicht wahr, Sadie?«, fragte sie.

»Wovon redest du da?«, keuchte Mercedes und starrte ihre Freundin mit offenem Mund an.

»Ach nichts. Ich habe nur laut gedacht. Das sind die Hormone. Ignorier mich einfach.« Cora versuchte zu lächeln.

»Hormone hin oder her … du jagst mir Angst ein.«

Cora wedelte mit einer Hand herum, als wollte sie die Worte verscheuchen. »Es geht mir gut. Ich bin nur wirklich müde. Ich habe so lange nicht mehr durchgeschlafen, dass ich mich nicht mehr daran erinnern kann, wie es sich anfühlt, nach einer erholsamen Nacht ausgeruht zu sein. Die meiste Zeit über ist es, als wäre ich in einem Nebel gefangen.«

»Stillst du Gia nachts immer noch?«

»Nein. Ich habe sie abgestillt.« Ihr Mund zitterte, und Mercedes' Besorgnis nahm weiter zu.

»Das ist gut, oder?«, fragte Mercedes sanft. »Du wirst besser schlafen, wenn du nicht aufstehen musst, um sie zu stillen. Und sie ist jetzt ja schon über ein Jahr alt.«

Coras Augen füllten sich mit Tränen. Sie nickte hastig und wischte sich dabei über die Augen. »Das ist gut. Ich kann meine Medikamente wieder nehmen, ich werde meinen Körper zurückhaben, und vielleicht wird Noah dann auch seine Frau zurückbekommen. Ich bin keine sehr gute Ehefrau gewesen. Aber ich bin traurig, dass es vorbei ist. Ich habe es geliebt, sie zu stillen.«

Mercedes nickte, da sie nicht wusste, was sie sagen sollte. Sie war nie Mutter gewesen, hatte nie ein Kind gestillt und auch nie das Gefühlschaos erlebt, von dem sie sicher war, es sei für das erste Jahr typisch.

»Ich mache mich besser auf den Weg.« Cora lehnte sich nach unten, bis ihr Gesicht über dem Kopf ihrer Tochter schwebte. Sie küsste Gias flaumiges Haar und sagte: »Ich liebe dich, Gia-Käferchen.« Gia lächelte und krallte sich sofort in die rote Haarmähne ihrer Mutter. Cora löste die kleinen Hände geduldig von ihren langen Strähnen und richtete sich auf.

»Ich werde bald zurück sein, Sadie. Danke.« Cora zögerte eine Sekunde lang. Dann drehte sie sich um und zog Mercedes in eine feste Umarmung. Sie musste sich vorbeugen, um ihre deutlich kleinere Freundin mit den Armen umschließen zu können. Sie legte ihren Kopf auf Mercedes' dunkles Haar, wie sie es immer getan hatte, als sie jünger gewesen waren.

»Ich liebe dich, Sadie. So sehr«, murmelte Cora.

»Ich liebe dich auch, *mama*.« Mercedes erwiderte die Umarmung. Cora war liebevoll und emotional. Das war sie schon immer gewesen. Aber dass sie Mercedes so ernsthaft versichert hatte, dass sie sie liebte, ohne es zwischen Tür und Angel oder ganz beiläufig bei einer Verabschiedung zu sagen, war nun schon eine ganze Weile her – Jahre, um genau zu sein. Sie ließ Mercedes abrupt los und ging zur Tür, ohne noch einmal zurückzuschauen.

Stunden vergingen, doch Cora kam nicht zurück. Nachdem ihre Mutter gegangen war, schlief Gia ein. Doch anderthalb Stunden später wachte sie wieder auf und war quengelig und hungrig. Mercedes fütterte sie mit einer zerdrückten Banane und ein paar Bissen von der Ofenkartoffel, die sie sich zum Mittagessen gemacht hatte. Gia futterte fröhlich, und danach gingen sie spazieren und plapperten dabei miteinander – Gia in einer unbekannten Sprache und Mercedes auf Spanisch, denn sie war fest entschlossen, ihre Patentochter zweisprachig aufwachsen zu lassen. Für April war es ein ungewöhnlicher Tag. Die Sonne funkelte auf dem Schnee, und kein Lüftchen bewegte die spröden Zweige über ihren Köpfen oder kniff unangenehm kalt in ihre Wangen. Mercedes war sicher, dass Cora bei ihrer Rückkehr bereits auf sie warten würde. Doch sie war nicht da.

Mercedes machte Gia eine frische Windel und brachte sie mit gutem Zureden dazu, noch ein paar Schritte zu laufen, bevor sie sich mit ihr und einem Haufen Spielzeug mitten im Wohnzimmer niederließ. Ärzte waren bekanntermaßen unzuverlässig – vor allem Frauenärzte. Eine Patientin, die plötzlich Wehen bekam, reichte aus, um den Terminplan eines ganzen Tages durcheinanderzubringen.

Als Gia wieder quengelig wurde und anfing, sich die Augen zu reiben, gab Mercedes ihr das Fläschchen mit Muttermilchersatz, das Cora ihr dagelassen hatte. Und als sie damit fertig war, legte sie sie wieder zwischen all die Kissen und Spielzeuge. Gia schlief wieder ein. Ihr kleines Hinterteil hatte sie dabei in die Luft gereckt, und ihre Arme steckten unter ihrem Körper. Cora war seit Mittag weg. Inzwischen war es siebzehn Uhr. Mercedes versuchte, Noah anzurufen, doch die Sekretärin in der Montlake-Klinik teilte ihr mit, dass er sich gerade in einer Therapiesitzung befinde. Sie versprach jedoch, dass sie ihn bitten würde, sie zurückzurufen, sobald er verfügbar sei. Der Schönheitssalon, in dem Mercedes arbeitete, war montags geschlossen. Sie nutzte diesen Tag der Woche immer, um alles zu erledigen, was liegen geblieben war. Normalerweise putzte sie dann, kümmerte sich um kleinere Erledigungen, schaute Fernsehen und backte. Aber jetzt war sie zu nervös, um still zu sitzen und fernzusehen. Ihr Haus war sauber, und sämtliche

Erledigungen würden warten müssen, bis Cora zurückkam. Also besann sie sich auf ihre altbewährte Beschäftigung: Kochen. Sie hatte gerade angefangen, die erste Fuhre Empanadas zu frittieren, als das Telefon klingelte. Sie rannte zu dem Gerät, weil sie sich sicher war, dass es Cora war.

Noahs Name leuchtete auf der Anzeige auf.

»Hey«, meldete sie sich.

»Ist Gia bei dir?« Er klang panisch, seltsam. Die Geräusche, die durch den Hörer drangen, verrieten Mercedes, dass er sich draußen oder in seinem Auto befand. Ein Hupen ertönte gedämpft und fern in ihrem Ohr, und Noah fluchte.

»Ja. Ist sie. Aber Cora hätte schon vor Stunden wieder hier sein sollen, Noah. Sie hatte einen Arzttermin und ist nicht zurückgekehrt. Hast du was von ihr gehört?«

»Gia ist bei dir. Gia geht es gut«, keuchte er. »Ich dachte … Ich hatte Angst, dass …«

»Noah? Was ist los?«, fiel Mercedes ihm ins Wort.

»Ich dachte, dass Gia bei Cora gewesen wäre. Sie sagten, dass der Sitz leer gewesen sei …« Er hielt inne. »Cora hatte einen Unfall. Ich werde dich wieder anrufen, wenn ich mehr weiß. Sie wollen mir nichts weiter mitteilen.«

»Was? Wo ist sie? Sag mir, wo du bist.«

»Sie ist im Krankenhaus … in der Uniklinik. Ich bin auf dem Weg dorthin. Mehr weiß ich auch nicht.«

»Ich bin so schnell dort, wie ich kann.«

Das Telefon verstummte in ihren Händen. Sie rannte durch das Haus, schaltete den Ofen aus, suchte ihre Handtasche und ihre Schlüssel zusammen und stürmte zur Tür hinaus. Erst dann fiel ihr das Kind wieder ein, das in einem Kreis aus Kissen auf dem Wohnzimmerfußboden schlief. Sie hatte Gias Kindersitz nicht hier.

»Mist. Okay. Das ist kein Problem. Ich werde sie einfach

gut festschnallen.« Das war sehr wohl ein Problem. Denn es war nicht in Ordnung. Es war nicht sicher, und wenn man sie unterwegs anhielt, würde sie einen Strafzettel bekommen, der sich gewaschen hatte. Ihr blieb kaum eine andere Wahl.

Mercedes nahm Gia auf den Arm, schnappte sich ihre Windeltasche und eine Decke vom Boden und eilte aus dem Haus. In ihrem Kopf drehte sich alles. Sie konnte nur noch daran denken, den nächsten Atemzug zu tun und den nächsten Schritt zu machen. Sie weigerte sich, zu lange bei einem Gedanken oder bei ihrer Angst zu verweilen. Sie würde nicht denken. Sie würde einfach handeln. Und alles würde wieder in Ordnung kommen. Sie musste sich keine Sorgen machen. Alles würde gut sein.

Gia wachte auf dem Weg zum Krankenhaus nicht auf. Mercedes hatte beschlossen, sie vor dem Beifahrersitz auf den Boden zu legen. Sie hatte sie in ihre Decke gewickelt und es ihr so bequem wie möglich gemacht. Dort war sie sicherer als auf dem Sitz, auf dem sie herumrollen würde. Mercedes fuhr, als hätte sie eine Hochzeitstorte im Kofferraum. Sie umklammerte das Lenkrad mit beiden Händen und ließ den Blick immer wieder zwischen dem schlafenden Kind und dem Verkehr vor ihr hin und her huschen wie ein Metronom. Hin, her, hin, her. Sie schaltete das Radio nicht ein. Sie atmete. Sie fuhr. Und ihre Augen bewegten sich hin und her.

Der Nachmittag war strahlend und kühn, detailliert und nicht zu leugnen. Nicht surreal. Nicht entrückt. Sie erlebte ihn. Voll und ganz. Unwiderlegbar. Und ihre Angst brannte jede Szene und jede Einzelheit in ihre Erinnerung ein. Als alles vorbei war, erinnerte sie sich genau daran, wo sie auf dem überfüllten Parkplatz geparkt hatte und wie dankbar sie gewesen war, dass sie überhaupt eine Lücke gefunden hatte. Sie erinnerte sich daran, wie sie ein kurzes Dankgebet an die Madonna gehaucht hatte, weil sie angekommen war, ohne Gia aufzuwecken. Sie erinnerte sich daran, wie sie auf ihre Füße hinuntergestarrt und erkannt hatte, dass sie Stilettos trug. Rote Stilettos und Socken. Sie hatten direkt neben der Eingangstür gestanden, und sie war hineingeschlüpft, bevor sie zu ihrem Auto gelaufen war. Rote Stilettos, Jeggings und ein grelles lilafarbenes Oberteil. Lila und rot. Keine tolle Kombination. Sie schüttelte die Schuhe ab, zog die Socken aus und schlüpfte dann wieder in die Stilettos. Ihr Haar war auf ihrem Kopf zu einem festen Knoten zusammengebunden, und sie trug Ohrringe, die sie selbst gemacht hatte – baumelnde Reifen, auf die kunterbunte Perlen aufgezogen waren. Die Ohrringe sorgten dafür, dass die Kombination aus Rot und Lila funktionierte. *Warum dachte sie über ihr Outfit nach?*

Ihr Make-up war perfekt – es war immer perfekt –, und als sie auf der Suche nach ihrer Sonnenbrille die Sonnenblende herunterklappte, sah ihr Gesicht im dahinter verborgenen Spiegel genauso aus wie immer. Sie brauchte die Sonnenbrille. Sie musste ihre Augen bedecken. Sie musste sich vor dem, was ihr bevorstand, abschirmen. Denn ihr stand etwas Schreckliches bevor. Plötzlich zitterte sie und hatte solche Angst, dass sie mit dem Gedanken spielte, das Krankenhaus nicht zu betreten. Sie hasste Krankenhäuser. Sie würde mit Gia auf dem Parkplatz warten, bis Noah sie wieder anrief oder das Baby aufwachte. Sie setzte die Sonnenbrille auf und tastete in ihrer Handtasche nach ihrem Lippenstift. Sie fand ihn. Das Röhrchen fühlte sich in ihrer Hand glatt und klein an. Sie zog die Kappe ab und versuchte ihn über ihre Lippen gleiten zu lassen. Doch der Lippenstift fiel aus ihren zitternden Fingern und rollte unter den Sitz. Sie öffnete die Autotür und stieg aus, damit sie ihn leichter wieder hervorholen konnte. Sie ging in die Hocke, tastete danach, fand ihn und zog ihn hervor. Ein langes karmesinrotes Haar klebte an dem wachsigen Lippenstift.

Mercedes starrte das rote Haar an. Das war nicht ihr Haar. Es war Coras. Und Cora war in diesem Gebäude. Cora brauchte sie. Mit entschlossenen Bewegungen zog sie das Haar ab und schob die Kappe zurück auf den Lippenstift. Sie gestattete sich keinen weiteren Augenblick des Zögerns, sammelte ihre Sachen zusammen, ging um ihren alten Corolla herum auf die Beifahrerseite und nahm Gia auf den Arm. Dann verriegelte sie die Tür mit dem Schlüsselanhänger in ihrer Hand und marschierte mit verdeckten Augen, geschminkten Lippen und vollen Armen auf das Krankenhaus zu.

Alles würde wieder in Ordnung kommen. Alles würde gut sein. Dafür würde sie sorgen.

Sie rief Noah an. Er ging nicht dran. Das Telefon in ihrer Hand tutete und tutete, bis der Anruf an seine Mailbox weitergeleitet wurde. Sie hinterließ eine Nachricht und teilte ihm mit, dass sie im Wartezimmer der Notaufnahme sei.

Sie suchte sich einen Platz in einer ruhigen Ecke, stellte ihre Handtasche und Gias Tasche vorsichtig auf dem Boden ab und hielt Ausschau nach Noah. Gia starrte mit verschlafenen Augen zu ihr hoch. Ihr helles Haar stand in alle Richtungen ab und umgab ihr Gesicht wie ein flaumiger Heiligenschein.

»Hi, kleine Maus. Du bist ja wach. Wir werden deinen Daddy sehen«, murmelte Mercedes kraftlos. Gia weinte nicht und wirkte angesichts der Tatsache, dass sie sich an einem fremden Ort wiederfand, auch nicht beunruhigt. Sie saß auf Mercedes' Schoß und schaute sich mit ruhiger Neugier im überfüllten Wartezimmer um. Mercedes versuchte erneut, Noah anzurufen. Und dann noch einmal.

Nachdem sie fünfzehn Minuten lang gewartet hatte, ging

Mercedes zur Anmeldung und bat die Frau hinter der Empfangstheke um Hilfe.

»Meine Freundin wurde hergebracht. Sie hatte einen Unfall. Das hier ist ihre Tochter. Ihr Ehemann ist auf dem Weg. Können Sie ihn ausrufen lassen oder … mir sagen, wie ich zu ihr gelange?«, fragte Mercedes.

»Wie lautet ihr Name.«

»Cora Andelin.«

Die Hände der Frau erstarrten für eine halbe Sekunde, bevor sie den Namen in den Computer eingab. Sie ließ ihn sich nicht buchstabieren und fragte Mercedes auch sonst nichts Weiteres. Sie griff nach dem Telefon und tätigte einen Anruf, ohne dabei aufzuschauen.

»Ist Dr. Andelin bereits eingetroffen?«, fragte sie in den Hörer. Mercedes wurde klar, dass die Frau Noah kennen musste. Er war hier praktisch aufgewachsen, und ein Krankenhaus ähnelte einer Kleinstadt. Noah sagte, dass jeder jeden kenne und jeden Tag Tratsch serviert werde – warm, kalt oder als Reste vom Vortag. »Ich habe hier eine Frau … eine Freundin der Familie. Mit seinem kleinen Mädchen.« Die Frau presste ihre Finger auf den Mund, als wollte sie nicht vor Mercedes sprechen. Sie nickte, sagte »Okay« zu der Person am anderen Ende der Verbindung und nickte erneut.

»Setzen Sie sich. Dr. Andelin ist auf dem Weg hierher«, erklärte sie und legte den Hörer zurück auf den Apparat. Sie sprach ganz sachlich, konnte Mercedes aber nicht so recht in die Augen schauen.

»Danke für Ihre Hilfe«, sagte Mercedes und wandte sich ab.

Sie spürte, wie die Frau sie beobachtete, während sie sich zurückzog. Doch sie vergaß sie sofort, als sie sah, wie Noah eine zweiflügelige Schwingtür aufstieß und hindurchging. Er bewegte sich wie jemand, dem gar nicht bewusst war, dass er lief, so als wären seine Beine darauf programmiert worden, ihn vorwärts zu befördern, obwohl sein Verstand stillstand. Und in diesem Moment wusste sie, ohne dass er auch nur ein Wort sagte, was sie in der Nacht gewusst hatte, in der Papi gestorben war.

»Noah?«, fragte Mercedes, als er sich ihr näherte. »Wo ist Cora?«

Er fing an zu zittern, und seine Beine gaben nach. Mercedes packte seinen Arm und schob ihn in Richtung eines Stuhls. Die Leute beobachteten sie. Ihre Gesichter waren voller Neugier und Sorge. Noah setzte sich für eine Millisekunde hin, stand dann aber wieder auf, als würde Bewegung seine Qualen davon abhalten, sich zu manifestieren. Er nahm Mercedes Gia ab und machte sich auf den Weg zu den Eingangstüren. Mit seinen langen Beinen legte er die Entfernung innerhalb kürzester Zeit zurück.

»Noah?« Mercedes eilte hinter ihm her und erwartete, dass er sie zu Cora bringen würde, wo auch immer sie war. Doch sobald er draußen war und in den strahlenden Sonnenuntergang starrte, der sein blasses Gesicht in falsche Hoffnung tauchte, blieb er abrupt stehen. Blind drehte er sich herum und lief auf und ab. Er suchte nach einem Ausweg, einem Loch, das ihn verschlingen würde. Er hielt Gia wie ein Neugeborenes, schmiegte sie an sich, als würde er sie zum ersten Mal halten. Gia ließ es zu und starrte glücklich und zufrieden zu ihm hoch. Sie lächelte und streckte die Hände nach seinem Bart aus.

»Da, da, da, da«, gluckste sie.

»Wo ist Cora, Noah?«, verlangte Mercedes zu wissen. Unerklärlicherweise war sie wütend auf ihn. Er würde es nicht wagen, ihr etwas mitzuteilen, das sie nicht hören wollte. Er würde es nicht wagen. Doch Mercedes wusste es, und jeder Atemzug war mit Arsen versetzt.

»Sie ist fort«, würgte er erstickt hervor. Mercedes beobachtete, wie sein Antlitz Risse bekam, wie er flatternd die Augen schloss und die Arme fester um Gia legte, während er sich auf eine leere Bank sinken ließ. Noah weinte an dem Tag, an dem er und Cora heirateten. Er hatte in seiner blauen Paradeuniform vor dem Altar gewartet. Das Jackett war an den Schultern ein wenig zu eng und an den Ärmeln ein wenig zu knapp und die Hose gute zweieinhalb Zentimeter zu kurz gewesen. Seit man ihn für die Uniform ausgemessen hatte, war er gewachsen. Tränen waren über sein Gesicht geströmt, als Cora am Arm ihrer Mutter auf ihn zuschritt.

Die Tränen, die er jetzt weinte, waren jedoch ganz anders. Sie rollten über seine Wangen und versteckten sich in seinem Bart. Sie wirkten verängstigt und schwer und wollten der Sintflut verzweifelt entkommen.

»Was meinst du mit … fort?«, hauchte Mercedes.

»Sie ist … tot, Mer«, schluchzte er.

Sie taumelte rückwärts und schwenkte ihre Handtasche und die Windeltasche in einem weiten Bogen. Es war ein verzweifelter Versuch, sich vor einem direkten Treffer zu schützen – doch er war zu schwach und kam zu spät.

Sie befand sich wieder im ersten Schuljahr. Im Sportunterricht in der dritten Stunde. Sie war die Einzige, die bei einer Partie Völkerball noch auf dem Feld stand. Sie hasste es, einen Treffer zu kassieren, und vermied es um jeden Preis. Sie schlitterte und drehte und wand sich, um dem Ball zu entkommen. Doch sie war das einzige verfügbare Ziel, und die Bälle, die in ihre Richtung flogen, waren zu zahlreich, um ihnen allen auszuweichen. Sie versuchte einen zu fangen, doch das führte nur dazu, dass ein weiterer gegen ihr Gesicht prallte. Sie taumelte. Die Schmach und die Demütigung des Aufpralls waren fast so schlimm wie der Schmerz. Ihre Brust brannte, und ihr Gesicht lief knallrot an. Sie war zu geschockt gewesen, um zu reagieren.

Mercedes stand da, schaute auf Noah hinunter und verspürte die gleiche Kränkung, die gleiche Qual, die gleiche beißende Fassungslosigkeit, während sie darum kämpfte, Luft in ihre sich verkrampfende Lunge zu saugen.

Gia fing an zu jammern. Der Schmerz ihres Vaters machte ihr eindeutig Angst. Noah versuchte, seine Tränen zu verbergen, indem er mit seiner großen Hand über sein Gesicht fuhr. Seine Schultern bebten, während er weinte.

»Jemand sah, wie sie über die Kante fuhr, und meldete es. Sie fanden ihr A… Auto am Boden einer Schlucht im Emigration Canyon. Es lag k… kopfüber im F… Fluss«, stammelte er und schluckte seine Schluchzer hinunter. »Das Wasser ist hoch – so hoch wie seit Jahren nicht mehr. Sie wissen nicht, ob sie ertrunken ist … oder ob sie schon t… tot war, bevor das Auto zum Stehen kam.«

»Warum war sie im Canyon? Sie hatte einen Arzttermin«, flüsterte Mercedes, die immer noch stand. Sie war nach wie vor fassungslos. Doch in ihrem Bauch wuchs ein Schrei heran, der in ihre Brust aufstieg. Ihre Hände waren heiß. Ihre Brust war kalt. Noah sagte etwas darüber, dass die Sonne vom Schnee, der immer noch die Straßenränder säumte und die Berge bedeckte, reflektiert worden sei. Etwas über die heftigen Abschwemmungen, die das durch den Frühlingseinbruch hervorgerufene Schmelzwasser verursacht habe. Der Emigration Canyon war zehn Minuten entfernt, wenn überhaupt. Sie wohnten am Fuß der Gebirgsausläufer östlich von Salt Lake City. Doch Mercedes konnte nur Coras Gesicht sehen und sich daran erinnern, wie sie ausgesehen hatte, als sie erschöpft und mitgenommen in ihrem Wohnzimmer gestanden hatte.

Wenn mir etwas zustoßen sollte … würdest du dich doch um sie kümmern, nicht wahr, Sadie?

Mercedes wollte zu Cora gehen, doch Noah wollte nicht, dass Gia ihre leblose Mutter sah. Er stand draußen vor dem abgeschotteten Bereich, in dem man seine Frau für tot erklärt hatte, presste sein Kind an sich und gab Mercedes einen Moment. Seine Tränen hatten nicht nachgelassen. Er lief umher und telefonierte, wiegte seine Tochter in seinen Armen und versuchte seine Schwiegermutter zu beruhigen, die auf dem Weg hierher war. Und die ganze Zeit über sammelten sich weiterhin Tränen in seinem Bart. Mercedes trat durch den Vorhang, der Cora vom Rest der Notaufnahme trennte.

Ein Tuch bedeckte Cora von den Schultern bis zu den Füßen, aber ihr fehlte ein Schuh, und ganz unten lugte ein schlanker Fuß in einer stark verschmutzten gestreiften Socke hervor. Es gab kein Blut und auch keine sichtbaren Verletzungen. Ihr Haar umgab ihr Gesicht als strähnige, feuchte Masse. Mercedes strich es zurück und entwirrte die Knoten mit ihren Fingern, während sie ungläubig auf ihre langjährige Freundin starrte. Die Frau auf der Bahre sah wie Cora aus. Aber sie war nicht Cora. Die Cora mit dem flüchtigen Lächeln, die immer wie ein kleines, verirrtes Mädchen gewirkt hatte, gab es nicht mehr. Mercedes zog verängstigt ihre Hand zurück. In ihrer Brust brannten Tränen, aber ihr Herz war so schwer und entsetzt, dass sie sie nicht herauslassen konnte. Sie war wütend. Empört. Und sie konnte nicht weinen.

Ein Schrei hallte durch die Notaufnahme. Mercedes zuckte zusammen und wich von Coras Leiche zurück. Dieses Geräusch hatte sie zuvor schon einmal gehört. Es richtete die Haare in ihrem Nacken auf und jagte ihr unter ihrer Kleidung einen Schauer über den Rücken. Coras Mutter war eingetroffen.

»Noah! Oh, nein, nein, nein. Wo ist sie?« Heather McKinney trauerte, weinte schon und war bereits hysterisch. Heather

McKinney hatte ihren Ehemann durch Selbstmord verloren. Nun war ihre Tochter ebenfalls tot.

Mercedes verließ den abgetrennten Bereich und legte ihre Arme um Heather, während Noah gezwungen war, die ganze Geschichte noch einmal zu erzählen. Die Krankenschwester, die Heather hergebracht hatte, warf Noah einen entschuldigenden Blick zu und informierte ihn dann ruhig darüber, dass er ihr Bescheid geben solle, wenn sie fertig seien, damit man Cora aus der Notaufnahme entfernen könne. Noah wurde blass, so als wären ihm die nächsten Schritte noch nicht einmal in den Sinn gekommen. Er war kein Mediziner. Er war Psychologe. Er heilte keine Körper, sondern erleichterte Herzen und entwirrte Gefühle. Er enträtselte gefährliche Gedanken und analysierte Psychosen. Was passierte als Nächstes? Wohin würden sie Cora bringen? Welche Vorbereitungen mussten getroffen werden? Für einen Augenblick dachte Mercedes, dass sie sich übergeben müsste. Doch sie kämpfte dagegen an und brachte ihren Magen mit reiner Willenskraft dazu, sich zu beruhigen. Auch ihr Kopf wurde klarer.

Heather war vollkommen außer sich und nicht bereit, den Vorhang beiseitezuschieben und sich dem, was sich dahinter befand, allein zu stellen. Gia wurde unruhig, und Mercedes streckte die Hände nach ihr aus. Sie nahm sie Noah ab, damit er Heather zu ihrer Tochter bringen konnte, bevor sie sie von hier wegschaffen würden. Gia musste hungrig sein, ihre Windel war völlig durchnässt. Mercedes schlüpfte in einen nahe gelegenen Toilettenraum. Die stille Sterilität des kleinen Orts war beinahe tröstend. Hier gab es keine verwirrenden Gefühle und keinen Tod. Hier ging es nur darum, sich um die unmittelbaren Bedürfnisse eines kleinen Kinds zu kümmern. Die Wände waren mit langen Stangen ausgestattet, damit sich die Kranken oder die Beeinträchtigten an ihnen festhalten konnten, während sie sich durch den Raum bewegten. Da es keinen Wickeltisch gab, griff Mercedes nach einer der Stangen, während sie sich auf den Boden sinken ließ. Sie wünschte sich, dass etwas so Einfaches wie eine Metallstange ihr emotionales Gleichgewicht wiederherstellen könnte. Sie breitete Gias Decke auf dem gefliesten Boden aus und legte sie ab, um mit tauber Effizienz die Windel zu wechseln. In der Windeltasche fand sie eine Packung Rosinen und einen der langen, dicken Kekse, die beim Zahnen helfen sollten. Gia liebte sie, aber sie hinterließen immer eine fürchterliche Sauerei. Als Gia den Keks sah, quietschte sie vor Vergnügen. Ihre unschuldige Ahnungslosigkeit gab Mercedes Halt. Das Kind litt nicht – noch nicht. Mercedes wusch sich die Hände und trocknete sie ab. Dann packte sie den Keks aus und reichte ihn Gia. Schließlich hob sie das Kind hoch, stand auf und verließ den kleinen Toilettenraum, um sich erneut dem Schrecken zu stellen, der außerhalb davon wartete.

Mercedes wusste, dass mit ihr etwas nicht stimmte. Sie konnte nicht trauern. Sie konnte auch nicht schlafen. Aber was ihr wirklich Sorgen bereitete, war ihr Mangel an Tränen. Die Tage nach Coras Tod waren eine seltsame Mischung aus gedämpften Farben und schwarzen Gefühlen. Die Leute wiederholten immer wieder die gleichen Dinge – es gab nur eine gewisse Anzahl an Dingen, die man sagen konnte –, und alle weinten. Alle außer Mercedes weinten.

Bei Coras Beerdigung hielt sie eine Rede, in der sie sich an ihre gemeinsame Zeit erinnerte. Sie sprach aufrichtig von ihrer Liebe für ihre Freundin, von Coras Liebe für ihre Familie und davon, wie sie die Welt zu einem besseren Ort gemacht hatte. Die kleine Versammlung betrachtete sie mit tränenfeuchten Wangen und verweinten Augen, als Mercedes den Trauergästen davon erzählte, wie Cora sie einst vor einem angreifenden Hund beschützt hatte. Cora hatte ihre Arme um Mercedes gelegt und geschrien, bis Noah und Papi herbeigelaufen gekommen waren. Cora hatte am ganzen Rücken oberflächliche Bisswunden und Kratzer davongetragen, doch Mercedes hatte den Angriff unbeschadet überstanden. Als Mercedes Cora fragte, warum sie das getan habe, hatte Cora sie seltsam angesehen und gesagt: »Weil du kleiner bist als ich. Und weil ich dich liebe.«

Mercedes erinnerte sich außerdem daran, dass Cora nie ein unfreundliches Wort über die Lippen gekommen war – was gut war, denn Mercedes gab so viele unfreundliche Worte von sich, dass es für sie beide reichte. Die Leute lachten – es klang wie ein glucksender Chor der Erleichterung –, und Mercedes lächelte ebenfalls. Doch ihr Lächeln war falsch, selbst wenn das nicht für ihre Worte galt. Sie erzählte den Trauernden nicht, wie Cora müde und niedergeschlagen in ihrem Wohnzimmer gestanden und dann Mercedes' Haus verlassen hatte, um mit ihrem Auto über eine Klippe zu fahren. Das erzählte ihnen Mercedes nicht. Das erzählte sie niemandem. Sie wusste nicht mit Sicherheit, ob es stimmte, aber in ihrem Herzen glaubte sie es.

Noah hatte ebenfalls aufgehört zu weinen. Auf der Trauerfeier war sein Gesicht eine blasse steinerne Maske. Seine Augen zeugten von Elend und Schlafmangel. Heather weinte mehr als alle anderen zusammen. Alma sagte, dass Mütter mehr Tränen hätten, doch ihre Augen waren trocken geblieben. Mercedes hatte Heather vor der Beerdigung frisiert, aber Heather hatte sich selbst um ihr Make-up gekümmert und Streifen aus verschmierter Wimperntusche liefen über ihre mit vorzeitigen Falten übersäten Wangen.

Während der Trauerfeier übernahm Alma Gia und beschäftigte sie im Foyer der Kirche. Alma behauptete, dass sie ohnehin nicht verstehen würde, was gesagt werden würde. Ihr Englisch war nicht besonders gut, doch Mercedes wusste, dass sie sehr viel mehr verstand, als sie sich anmerken ließ. Es war ihre Art, sich nützlich zu machen, während sie ihren Gefühlen aus dem Weg ging. Mercedes war wie ihre Mutter. Sie mussten sich beschäftigen, damit sie nicht verrückt wurden. Sie mussten sich beschäftigen, damit die Trauer sie nicht einholen würde.

Auf dem Friedhof standen alle um den Sarg herum, der über dem klaffenden Loch hing. Der Boden war feucht, und die Blätter fingen gerade erst an, an den dürren Zweigen zu sprießen. Die Sonne schien hell, der Tag war mild. Der April in Utah war unberechenbar – launisch und wechselhaft. An manchen Tagen gab er sich trübsinnig, an anderen zeigte er den Bewohnern die kalte Schulter und an wieder anderen neckte er sie mit Sonnenstrahlen, die hoffnungsvolle Wärme verströmten. An dem Tag, an dem Cora beerdigt wurde, strahlte die Sonne wie verrückt. Und als der Sarg in die Erde hinabgelassen wurde, umspielte eine sanfte Brise die Umstehenden.

Noah spielte ein Lied auf seiner Gitarre. Es war eine alberne Melodie, die er geschrieben hatte, um Cora zu bitten, ihn zu heiraten. Mercedes hatte es nie übers Herz gebracht, ihm zu sagen, wie schrecklich das Lied war. Doch während sie seiner sanften Stimme und den unbeholfenen Tönen lauschte, die seine langen Finger den Saiten entlockten – es gelang ihm nicht ganz, den Akkord zu halten –, erkannte sie, wie sehr sie sich geirrt hatte. Es war ein Lied über all die kleinen Dinge, die er an ihr liebte, all die Teile, die ein Ganzes ergaben. Er hatte sich für das Lied einige etwas unglückliche Reime überlegt. Als er es zum ersten Mal für Cora gespielt hatte, bevor er ihr die entscheidende Frage gestellt hatte, war sie kaum in der Lage gewesen, ernst zu bleiben.

Doch in den albernen Strophen und seiner verschämten Darbietung hatten Liebe und Hingabe gelegen, Verbindlichkeit und ein Versprechen. Und auch Hoffnung. Das Lied war kein bisschen schrecklich. Es war perfekt und es war schmerzhaft. Mercedes musste sich große Mühe geben, um sich nicht die Ohren zuzuhalten, bis es vorbei war. Noahs Stimme brach, als er die letzte Zeile sang. Die kleine Gruppe versammelte sich um ihn und lächelte angesichts der Albernheit des Lieds und seiner aufrichtigen Gefühle. Und wieder kullerten Tränen. Doch Mercedes weinte nicht.

2

1985

»Was willst du werden, wenn du erwachsen bist?«, fragte Noah.

»Ich will nicht erwachsen werden«, erwiderte Cora.

Sie saßen zitternd auf dem heißen Bürgersteig und versuchten, trocken zu werden. Ein Lieferwagen war direkt vor ihrer Wohnanlage gegen einen Hydranten gekracht, woraufhin Wasser in die Luft geschossen war und sich auf die Straßen ergossen hatte. Seit dem 4. Juli war es jeden Tag fast vierzig Grad heiß gewesen, und das Wasser hatte sich wie ein Springbrunnen aus dem Himmel angefühlt. Noah, Mercedes und Cora hatten keine Zeit damit verschwendet, sich ihre Badeklamotten anzuziehen. Sie hatten befürchtet, dass das Feuerwehrauto kommen und das Wasser abstellen würde, bevor sie sich umziehen konnten. Ihre Shorts und T-Shirts waren völlig durchnässt, und sie hatten die Beine vor sich ausgestreckt, was ihre unterschiedlichen Hautfarben betonte. Braun, weiß und rot – Cora bekam so schnell einen Sonnenbrand, dass sich ihre Nase ständig pellte. Noah nicht, aber im Vergleich zu Mercedes' Beinen waren seine weiß. Mercedes' Haut war normalerweise golden, aber im Sommer erinnerte sie eher an die Farbe von Schokolade. Ihre Beine sahen wie ein Fürst-Pückler-Eis aus.

»Ich will einen Schönheitssalon führen, wenn ich älter bin«, sagte Mercedes. Sie hatte sogar schon einen Namen dafür: MeLo *– eine Zusammensetzung aus den ersten beiden Buchstaben ihres Vor- und Nachnamens. Mercedes Lopez.* MeLo. *Sie fand, dass das der*

perfekte Name für einen Ort war, an den die Leute gingen, um zu entspannen und sich in Schmetterlinge zu verwandeln.

»Warum willst du so was machen?«, hakte Noah nach.

»Weil ich gern dafür sorge, dass Leute schön aussehen. Ich liebe Make-up. Ich liebe Haare. Ich liebe Klamotten.« Mercedes zuckte mit den Schultern. »Und ich kommandiere Leute gern herum, also muss der Salon mir gehören. Ich will nicht einfach nur dort arbeiten. Was möchtest du denn später mal machen?«

»Ich will Arzt werden«, sagte Noah und lehnte sich zurück. Er richtete die Augen gen Himmel und verschränkte seine dürren Arme hinter dem Kopf. Cora und Mercedes lehnten sich sofort ebenfalls zurück, damit sie neben ihm liegen konnten.

»Ich könnte niemals Ärztin werden. Ich könnte nicht den ganzen Tag über Blut sehen.« Mercedes verzog das Gesicht.

Cora erschauderte. »Oder Knochen. Oder Erbrochenes.«

»So ein Arzt will ich nicht werden«, sagte Noah. »Ich will ein Arzt werden, der Menschen mit psychischen Erkrankungen hilft.«

»Wir sind elf, Noah. Was zum Teufel sind psychische Erkrankungen?« Fluchen brachte Mercedes zum Lachen, also fluchte sie oft.

»Noah will Menschen helfen, die traurig sind. So wie mein Dad«, erklärte Cora.

»Und meine Mom«, fügte Noah hinzu. Er drehte den Kopf und schenkte Mercedes ein Lächeln. »Du sorgst dafür, dass sie äußerlich gut aussehen, Mer. Ich repariere sie von innen.«

»Vielleicht sollte ich auch eine Ausbildung zur Kosmetikerin machen«, überlegte Cora. »Dann könnte ich mit dir in deinem Salon arbeiten, Sadie.«

Mercedes zuckte mit den Schultern. Die halbe Zeit über vergaß Cora, sich selbst die Haare zu bürsten. Mer konnte sich nicht vorstellen, dass es sie glücklich machen würde, jemand anders die Haare zu frisieren. »Klar, wenn du das willst. Aber würdest du nicht lieber etwas anderes machen?«

»Ich habe euch doch gesagt, dass ich nicht erwachsen werden will. Das jagt mir Angst ein«, murmelte Cora.

»Das liegt daran, dass jeder Erwachsene, den du kennst, einen Arzt wie Noah braucht«, meinte Mercedes. Die Drei-Amigos-Wohnanlage war voll mit Verrückten.

»Deine Mom und dein Dad brauchen so einen Arzt nicht«, argumentierte Noah.

»Weil wir Mexikaner sind. Papi sagt, dass Mexikaner hart im Nehmen sind«, verkündete Mercedes stolz und reckte ihr Kinn vor.

»Dann will ich vielleicht ein Mexikaner sein, wenn ich erwachsen bin«, sagte Cora. Noah und Mercedes lachten laut, und Mercedes setzte sich auf, um zu ihrer Freundin hinunterzuschauen. Cora hatte die Hände über der Brust gefaltet und die Augen geschlossen. Ihr rotes Haar lag ausgebreitet um ihren Kopf und ihre Schultern herum auf dem Beton und schimmerte feuerrot wie die Sonne. Der Anblick erinnerte Mercedes an das Gemälde, das Abuela über ihrem Bett hängen hatte. Es zeigte Unsere Liebe Frau von Guadalupe, deren Körper von einem heiligen Glühen umgeben war. Cora lachte nicht, und plötzlich verging auch Mercedes das Lachen.

Noah las Viktor Frankls Buch *Der Mensch auf der Suche nach Sinn*, als er sechzehn war. Er las es so oft, dass der Umschlag abfiel und sich die Seiten lösten. In der ersten Hälfte des Buchs berichtete Frankl von seinen Erfahrungen in einem Konzentrationslager. Doch der Teil, der Noah am meisten beeinflusste, war der, in dem Viktor beschrieb, wie er in einem Wald in der Nähe von Auschwitz arbeitete und glaubte, dass seine Frau im Frauenlager auf der anderen Seite des Weges noch am Leben war.

Das war sie nicht. Doch es gab einen Moment, in dem Viktor zum Himmel aufsah und in die kalte Schönheit der Welt hinausstarrte, die ihn umgab. Dabei dachte er an seine Frau und erkannte, dass man die Seele selbst nicht einsperren konnte. Er hatte immer noch die Freiheit zu lieben. Er hatte immer noch die Freiheit, zu hoffen und Freude und Dankbarkeit zu erfahren, sogar inmitten all des Schreckens, der ihn umgab. Dieses Wissen befreite ihn und hielt ihn am Leben.

So oft wie in den Wochen nach Coras Tod hatte Noah seit Jahren nicht mehr an Viktor Frankl gedacht. Wie ironisch, dass er sich ebenfalls nach seiner Frau sehnen würde, die ihm zu früh genommen worden war – sie war in ein Nimmerland verschwunden, in dem nur Gott und seine Engel ihr Gesicht sehen konnten. Seine eigene Befreiung hatte er noch nicht erfahren. Bedauern kettete seine Seele an die Erde, und Cora war in den Wolken. Er war noch derselbe Mann, aber seine Brust war aufgebrochen worden, und seine Haut hatte sich abgeschält. Nach Coras Tod wandelte er umher, und jeder starrte auf sein grausam entblößtes Herz. Doch niemand konnte ihm helfen, und alle wünschten sich, dass er verschwinden würde, bis es verheilt war.

Er kehrte nicht sofort wieder zur Arbeit zurück, sondern zog es vor, das Personal der Montlake-Klinik nicht mit seiner Brustwunde zu konfrontieren. Doch er würde bald zurückkehren müssen. Cora hatte eine kleine Lebensversicherung gehabt, allerdings gab es eine Selbstmordklausel, und derzeit wurde eine Untersuchung durchgeführt. Die Person, die gesehen hatte, wie ihr Auto über die Klippe stürzte, behauptete, dass sie nicht einmal langsamer geworden sei. Noah wollte das Geld nicht – es machte ihn krank und traurig –, aber er brauchte es, wenn auch nur, um sich ein wenig Zeit zu erkaufen, damit er herausfinden konnte, wie er das Leben als alleinerziehender Vater ohne Hilfe meistern sollte. Vielleicht war das nicht fair. Er hatte Hilfe, auch wenn die Herzen seiner Helfer beinahe ebenso verletzt und geschunden waren wie seines.

Coras Mom Heather weinte, wann immer sie mit ihm redete, und Noah war dankbar, dass sie mit ihren eigenen blutigen Narben beschäftigt war. Das hielt sie davon ab, seine zu sehen. Mercedes weinte nicht. Ihr Schmerz war eher wie ein Abszess, unsichtbar für alle anderen, aber mehr als offensichtlich für ihn. Irgendwann würde man ihn aufschneiden müssen, aber sie ließ niemanden in ihre Nähe. Sie kochte und putzte und sorgte dafür, dass Noah nicht die Windeln ausgingen und seine Küchenschränke immer gut gefüllt waren. Sie fragte ihn nicht, wie es ihm ging. Sie wusste es. Sie bewegten sich schweigend im Orbit des anderen wie abgesonderte Planeten in einer einsamen Galaxie.

Gia mit all ihrer unschuldigen Ahnungslosigkeit war seine Rettung. Nur wenn er auf das Gesicht seiner schlafenden Tochter herabblickte, wenn er sie in seinen Armen hielt oder sie lächeln sah, erkannte er, genau wie Viktor, dass Freude auch im Angesicht schrecklichen Schmerzes möglich war. Viktor hatte in seinem Leben nach Sinn gesucht. Noah musste nicht lange danach suchen. Gia gab ihm seinen Lebenszweck. Sie war die Antwort auf die Frage, die er sich jeden Tag stellte, wenn er aufwachte: »Warum zum Teufel stehe ich überhaupt noch auf?«

Trauer war gierig und erschöpfend, und er konnte sich nicht um Gia kümmern, wenn er es sich gestattete, sich darin zu suhlen. Seine Mutter hatte das getan. Sie hatte sich in ihrer Trauer gesuhlt und war durch sie hindurchgewatet. Auf diese Weise hatte sie das Loch immer tiefer und dunkler gemacht, bis ihre Trauer zu einem warmen Umhang aus Ausreden geworden war. In dem Augenblick, in dem Shelly ihn aus ihrer Gebärmutter gepresst hatte, war Noah gezwungen gewesen, erwachsen zu werden. Ihre Traurigkeit hatte ihn altern lassen.

Das wollte er nicht für Gia. Also verband er sein eiterndes Fleisch und sperrte seine Trauer in das Zimmer, in dem er auch seine schlechten Erinnerungen und nutzlosen Wahrheiten aufbewahrte. Er ignorierte sie nicht. Er wechselte nur nicht den Verband und öffnete auch nicht sehr oft die Tür. Wenn er es tat, dann nicht einmal einen Spaltbreit, und er griff nur hinein, um das absolute Minimum herauszuholen. Dann zog er sich schnell wieder zurück und zog die Tür hinter sich zu. Er behielt den Blick von seiner verstümmelten Brust abgewandt und stellte sich jedem Tag in Stücken und kleinen Teilen. Er eroberte die wesentlichen Dinge eins nach dem anderen und versuchte, sich keine unnötigen Sorgen zu machen. Er musste füttern, wickeln, anziehen und trösten, und allein darauf konzentrierte er seine Bemühungen.

Er war nicht besonders geschickt im Wickeln. Es beschämte ihn zuzugeben, dass er in Gias erstem Lebensjahr nicht viele Windeln gewechselt hatte. Er war auch nie nachts aufgestanden, um Gia zu füttern. Seine größte Leistung war gewesen, dass er aufgestanden, Gia aus ihrem Bettchen gehoben und sie Cora gereicht hatte. Er verfügte nicht über die nötige Ausrüstung fürs Stillen, und Cora war unerbittlich gewesen, wenn es um dieses Ritual gegangen war. Doch einen Monat nach Coras Tod konnte Noah im Halbschlaf eine Windel wechseln und ein Fläschchen machen. Nichts lief mehr aus, und alles saß dort, wo es sitzen sollte. Er wechselte Windeln so, wie er im Ausbildungslager gelernt hatte, sein Bett zu machen. Straffe Ecken, gerade Linien, alles fest verstaut und glatt. Er brauchte nicht lange, um herauszufinden, mit welcher Temperatur Gia ihren Muttermilchersatz am liebsten trank. Auch welche Lebensmittel sie essen – Kartoffelbrei war immer willkommen – und welche sie verschmähen würde, wusste er bald.

Gias Haar war ein anderes Problem. Entweder stand es in alle Richtungen ab oder es hing ihr in die Augen. In einer Schublade im Bad fand er eine kleine pinkfarbene Haarspange, doch sie zerrte sie sofort ab, riss sich dabei ein Büschel Haare mit aus und jaulte vor Schmerz auf. Noah griff auf das zurück, was er kannte. Er feuchtete Gias Haar an, schmierte es mit Pomade ein und befand es für gut. Ihr Haar saß bombenfest. Problem gelöst. Zumindest bis Mercedes vorbeikam, um nach ihnen zu sehen. Sie warf einen Blick auf Gia und bekreuzigte sich, wie Abuela es immer tat. Mercedes führte sie in die Küche und setzte Gia auf einen Hochstuhl und Noah auf einen Hocker, um ihnen beiden einen Haarschnitt zu verpassen.

»Wenn wir Gias Haar kurz schneiden, wächst es gleichmäßiger. Dann bekommt sie keine zu langen Strähnen und auch keine kahlen Stellen. Ich habe es Cora hundertmal gesagt, aber sie wollte mich nicht an Gias Haar lassen. Sie konnte die Vorstellung, dass es abgeschnitten wird, nicht ertragen.« Mercedes hielt abrupt inne. Coras Name tropfte von den Spitzen der Schere, die sie in den Händen hielt. Sie holte tief Luft und fing an zu schneiden. Und Coras Wünsche fielen zu Boden wie Gias Babyhaar.

Als sie fertig war, maß Gias Haar an den Seiten etwa zweieinhalb und oben auf dem Kopf etwa fünf Zentimeter. Mercedes feuchtete es an und scheitelte es ordentlich, so als würde Gia ins Büro gehen. Sie brauchte nur noch einen winzigen Anzug und eine Krawatte.

»Sie sieht wie ein Geschäftsmann aus«, murmelte Noah.

Mercedes verdrehte die Augen. »Als hättest du Ahnung von so was. So wie du ihr die Haare nach hinten gegelt hattest, sah sie aus wie Gordon Gekko aus *Wall Street*.«

Das stimmte, und Noah lachte. Mercedes hob ruckartig den Kopf, als hätte sie das Geräusch vermisst, und warf ihm ein Grinsen zu. Eine schmerzhafte Mischung aus Trauer und Schuldgefühlen durchbohrte sein Herz, und sein Lächeln verblasste. Mercedes tat so, als hätte sie es nicht bemerkt.

»Sie sieht schick aus. Wie Twiggy«, widersprach Mercedes mit einem empörten Schnaufen. »Wenn du willst, dass sie mädchenhafter aussieht, werden wir ihr Ohrlöcher verpassen.«

»Und wie lautete Coras Meinung dazu?«, fragte Noah.

Mercedes antwortete nicht, auch wenn er vermutete, dass sie es wusste. Sie fegte die flaumigen blonden Haarbüschel zusammen und entfernte sie von den Fliesen. Dann reichte sie Gia ihre Trinkflasche und einen Keks. Seine Frage ignorierte sie. So wie er Cora gekannt hatte, hätten Ohrringe für sie nicht zur Debatte gestanden. Cora hatte geweint, als Gia ihre Impfungen bekam – jedes Mal –, und Noah konnte sich nicht vorstellen, sie hätte gewollt, dass jemand die Ohren ihres Babys durchlöcherte, sofern es nicht unbedingt notwendig war.

»Du bist dran, Höhlenmensch«, wechselte Mercedes das Thema. »Dieser Bart ist nur dann attraktiv, wenn sich darin keine kleinen Waldtiere verstecken können.«

Er schloss die Augen und ließ sie einfach machen. Sie trimmte und schnippelte an dem Haar auf seinem Kopf und an dem Bartwuchs in seinem Gesicht herum. Dabei redete sie über dies und das, über eine neue Produktlinie für Haarfärbemittel, die sie im Laden verkaufte, und über die – endlich – steigenden Temperaturen in Salt Lake City. Und er hörte einfach zu und ließ ihre Stimme die Stille füllen. Er antwortete nur, wenn es nötig war, und wurde in der Sicherheit, die ihm ihre Hände boten, schläfrig.

»Ich habe euch beide in den Schlaf geredet«, murmelte sie. Noah öffnete die Augen und starrte Gia an. Ihr Kopf sackte nach unten. Mercedes legte die Schere ab und platzierte einen Stapel Geschirrhandtücher zwischen Gias linker Wange und dem Tablettbereich ihres Hochstuhls, damit sie es bequemer hatte. Dann fuhr Mercedes mit ihrer liebevollen Fürsorge fort, und seine Augen wurden wieder schwer.

»Ich breche am Donnerstag auf, Noah. Ich nehme an diesem Kurs teil, von dem ich dir erzählt habe – über all die neuen Innovationen im Bereich der Schönheitspflege, -produkte, -dienstleistungen und all das. Er findet in L.A. statt … erinnerst du dich? Ich werde mit Experten aus der Branche zusammenarbeiten – Stylisten, die sich um die Haare und das Make-up der Hollywoodstars kümmern – und am Set dieses Historienfilms beschäftigt sein. Ich verlasse dich und Gia gerade wirklich nur ungern, vor allem weil du bald wieder zur Arbeit gehen wirst. Aber ich habe mich ein Jahr lang darauf vorbereitet. Ich muss an diesem Kurs teilnehmen.«

Noah war plötzlich hellwach. Er starrte sie ausdruckslos an.

»Wie lange wirst du weg sein?«, fragte er.

»Der Kurs dauert zwei Wochen, und dann bin ich noch für vier Wochen am Set.«

Noah konnte sich kein bisschen daran erinnern, dass Mercedes vorhatte, sechs Wochen in Los Angeles zu verbringen. Panik wallte in seiner heilenden Brust auf. Cora war seit sechs Wochen tot. Sechs Wochen waren eine Ewigkeit.

»Wer kümmert sich um den Salon, während du weg bist?«, fragte er. Was er eigentlich fragen wollte, was: »Wer kümmert sich um mein Leben?«

»Keegan«, sagte sie und sprach den Namen extra langsam aus, als wollte sie versuchen, Noahs Gedächtnis auf die Sprünge zu helfen.

»Wer ist Keegan?« Das Bild eines zu hübschen männlichen Stylisten mit weißen Zähnen und perfekten Haaren huschte durch sein benebeltes Hirn. Er mochte Keegan nicht. Aber Mer schien sich gut mit ihm zu verstehen. Sie und Keegan waren eng miteinander befreundet. Keegan wollte jedoch mehr als Freundschaft von ihr. Das war offensichtlich. Noah hatte bislang nicht den Eindruck, dass sich Mer auf ihn eingelassen hatte. Doch Cora war überzeugt gewesen, dass Mercedes irgendwann nachgeben würde. Noah hoffte, dass sie es nicht tun würde. Sie verdiente etwas Besseres als ein hübsches Gesicht und einen hohlen Kopf.

»Noah!« Mercedes senkte die Brauen und schürzte die Lippen. Sie war sich nicht sicher, ob er sie neckte. Er war zu mürrisch und sein komödiantisches Timing eine Katastrophe. »Du kennst Keegan Tate. Er hat drei Jahre lang als Stylist im *Maven* gearbeitet. Ich habe vor sechs Monaten angefangen, ihn auszubilden, damit er mir bei der Geschäftsführung helfen kann.«

»Klar. Ja. Keegan Tate.«

»Ich rufe ihn an. Heather wird hier sein, und du weißt, dass du auch Mami anrufen kannst, falls du irgendetwas brauchst.«

Noah nickte hölzern. Mercedes hatte Keegan ausgebildet, damit er ihr dabei helfen konnte, den Salon zu führen. Aber niemand hatte Noah ausgebildet, damit er ohne Cora zurechtkam.

»Ich bin stolz auf dich«, flüsterte Mercedes.

»Warum?«, erwiderte er ebenfalls im Flüsterton.

»Du bist so stark. Du bist so ein guter Daddy, und du beklagst dich nie.«

»Habe ich denn eine Wahl?«, fragte er. Er klang verbittert. Noah streckte eine Hand aus, um das frisch geschnittene Haar seiner Tochter zu berühren. Er streichelte ihren Kopf, als wollte er eine stumme Entschuldigung äußern.

Als Cora ihm mitgeteilt hatte schwanger zu sein, nahm er sich zwei Tage Urlaub und betrank sich. Er war weder glücklich noch aufgeregt. Er war verängstigt und wütend. Sie hatten über Kinder geredet, sicher, aber das war immer etwas gewesen, das weit in der Zukunft lag. Er hatte seinen ersten Berufsabschluss gemacht, als er noch auf der Highschool gewesen war. Auf diese Weise war es preisgünstiger gewesen. Vier Jahre nach seinem Highschool-Abschluss hatte er seinen Bachelor-Abschluss in Psychologie gemacht. Eigentlich hätte das Studium nur zwei Jahre gedauert, aber er hatte sich den Reservetruppen der Luftwaffe angeschlossen. Die Basisausbildung, die Ingenieurschule und ein Jahr in Kuwait hatten ihn ein wenig Zeit gekostet. Cora mit zweiundzwanzig zu heiraten war ein Luxus gewesen, den er sich eigentlich nicht hätte leisten dürfen. Sie hatte gerade ihren Abschluss gemacht und ihre erste Stelle als Lehrerin angetreten. Sie hatte viel Zeit in der Schule verbracht, und er war ein Wochenende pro Monat auf dem Hill-Luftwaffenstützpunkt gewesen. Außerdem hatte er in Teilzeit als psychotherapeutischer Assistent in der psychiatrischen Klinik in Montlake gearbeitet und nachts noch den Job erledigt, medizinische Gutachten niederzuschreiben. Er hatte also kaum Zeit gehabt, irgendetwas anderes zu tun, als zu atmen. Und er hatte sie trotzdem geheiratet.

Nach zwei Jahren im Doktorandenprogramm für Psychologie hatte er seinen Master gemacht. Zweieinhalb Jahre danach – mit siebenundzwanzig – wurde er Dr. Andelin. Er hatte hart gearbeitet, um das zu erreichen. Cora hatte hart gearbeitet, um es ihm zu ermöglichen. Sieben Jahre lang hatte er alles gegeben.

Und dann war der 11. September gekommen. Nach der Erlangung des Doktortitels hatte Noah gerade sein Praktikum auf dem Hill-Luftwaffenstützpunkt beendet – eine Bedingung für seine Einberufung und sein Doktorandenprogramm –, als er auch schon eingesetzt wurde. Er musste für neun Monate nach Afghanistan, um dort im nationalen Militärkrankenhaus in Kabul zu arbeiten.

Einen Monat nach seiner Ankunft in Kabul erfuhr er, dass er Vater werden würde. Eine E-Mail von Cora – Überraschung! – hatte bei ihm einen Zusammenbruch ausgelöst. Er würde

Coras komplette Schwangerschaft verpassen. Und er würde die Geburt seines Kindes verpassen. Er hatte während seines Einsatzes mit vielem gerechnet, aber ganz bestimmt nicht damit, dass Cora ihm mitteilen würde, sie sei schwanger. Er hatte befürchtet, sie würde ihn verlassen, und sich innerlich darauf vorbereitet. Der Einsatz hätte nicht zu einem schlechteren – oder besseren – Zeitpunkt für ihre Ehe kommen können. Er ging davon aus, dass die Zeit, die sie getrennt voneinander verbringen würden, sie entweder noch fester zusammenschweißen oder für immer auseinanderbringen würde.

»Erinnerst du dich daran, wie du damals ins Ausbildungslager gegangen bist?«, fragte Mercedes und riss ihn aus seinen privaten Gedanken. Sie trat zurück, um ihr Werk zu betrachten, und in ihren Augen flackerte etwas, als sie in seine schaute. Beide wandten schnell den Blick ab.

»Ich erinnere mich.«

»Tja, dieser Kurs ist mein Ausbildungslager. Ich freue mich nicht darauf, aber ich habe mich der Sache verpflichtet. Zum Glück sind es nur sechs Wochen und nicht neun, und ich werde weder laufen noch mit Waffen umgehen müssen. Außerdem werde ich in der Lage sein, dich jeden Tag anzurufen. Also müssen wir uns keine Briefe schreiben, okay?«

Noah salutierte vor ihr, und sie nahm einen Klumpen Pomade, verrieb ihn zwischen ihren Händen und frisierte sein Haar mit dem Selbstvertrauen und der Behaglichkeit einer langen Freundschaft. Schon verrückt, er hatte seit Ewigkeiten nicht mehr an das Ausbildungslager gedacht – oder an den Tag, an dem er dorthin aufgebrochen war.

Er und Mercedes hatten nie über diesen Kuss geredet. Es war das einzige Mal, dass er sie je geküsst hatte, das einzige Mal, dass sie so gewirkt hatte, als *wollte* sie von ihm geküsst werden, das einzige Mal, dass sie ihm Hoffnung gemacht hatte.

Es war der Kuss, der vor Cora kam. Bevor er eine Entscheidung getroffen hatte. Bevor Mercedes die Entscheidung für ihn getroffen hatte.

Mercedes schrieb ihm, während er im Ausbildungslager war, so, wie sie es versprochen hatte. Doch sie erwähnte nie die Art, wie sie sich voneinander verabschiedet hatten und wie richtig sich dieser Kuss angefühlt hatte. Wie gut er gewesen war. Wie perfekt. In ihren Briefen war Mer dasselbe Mädchen, das er mit zehn Jahren gekannt hatte. Das Mädchen, das er mit zwölf und mit vierzehn und mit sechzehn gekannt hatte. Das Mädchen, das ebenso sehr ein Teil von ihm war wie seine Handflächen und das Herz in seiner Brust. An diesem Abend hatte sich zwischen ihnen etwas verändert, daran bestand kein Zweifel. Doch Mer hatte gezögert. Sie hatte einen Rückzieher gemacht. Sie war vom Abgrund zurückgewichen, und Noah wollte sich nicht allein verlieben. Also kletterte er Stück für Stück wieder nach oben, bis alles wieder so war wie zuvor, und schloss sich ihr auf vertrautem Territorium an.

Cora schrieb ihm ebenfalls – lange, wundervolle Briefe über philosophische Dinge. Und Noah fand heraus, dass er Cora auf dem Papier vergötterte. Er war nie in der Lage gewesen, so mit Cora zu reden, wie er mit Mercedes redete, doch wenn sie schrieb, trat eine andere Frau hervor, und er sah sie in einem ganz neuen Licht. Cora war ein Chamäleon – farbenfroh und still. Sie wurde zu dem Mädchen, das sie sein musste, wenn sich der Vorhang hob. Sie war nicht falsch, das zu sagen, wäre ungerecht gewesen. Sie war anpassungsfähig und zugänglich. Süß. Klug. Und sie schrieb wunderschöne Briefe. Sie war überzeugt, dass sie ihn liebte. Er sah es in den geschwungenen Worten und fließenden Phrasen, die ihre Seiten füllten, und er fing an, Dinge zu empfinden, die er zuvor nicht empfunden hatte.

Er verliebte sich in Cora, als sie voneinander getrennt waren.

Seltsamerweise wiederholte sich dieses Phänomen nicht, als er zehn Jahre später zu seinem Einsatz in Afghanistan geschickt wurde, obwohl sie zu diesem Zeitpunkt bereits seit sechs Jahren verheiratet waren. Mercedes war für ihn wie immer eine Konstante. Sie schickte ihm gut gelaunte Briefe, die ihn zum Lachen brachten, und Pakete voller Leckereien und alberner Geschenke, mit denen er sich die Zeit vertreiben konnte – ein Witzebuch mit den dümmsten Witzen, die je geschrieben worden waren, Schachteln mit Fragen aus dem Bereich Allgemeinwissen, ein Jo-Jo, Kartenspiele, einen Hundehaufen aus Plastik. Er hatte seit Jahren kein Jo-Jo mehr gehabt, doch Mer erinnerte ihn daran, dass er an dem Tag, an dem sie sich kennengelernt hatten, mit einem gespielt hatte. Ihre Briefe waren leicht und veränderten sich nie. Sie war dieselbe Mer. Seine Freundin. Seine Kumpeline.

Cora schrieb ihm nur selten, doch wenn sie es tat, erkannte Noah seine Frau nicht wieder. Das waren nicht die Briefe des Mädchens, das ihn einst mit seinen Worten in seinen Bann gezogen hatte.

Direkt nach Gias Geburt wurden spezielle Vorbereitungen getroffen, damit sie sich über Skype unterhalten konnten. Mer und Heather waren bei Cora, die schwach lächelte und Mer bat, Gia vor die Kamera zu halten, damit er einen besseren Blick auf seine winzige neugeborene Tochter mit ihrer pinkfarbenen Haut, ihrem flaumigen Haar und ihren dicken Bäckchen werfen konnte. Gias Bäckchen waren dicker als ihr ganzer Kopf, und er hatte gelacht und geweint und die Ehrfurcht und die Verantwortung verspürt, die die Vaterschaft mit sich brachte. Er sagte Cora, dass er sie liebe, und hatte es auch so gemeint. Er war überzeugt gewesen, dass Gia den Neuanfang darstellte, den sie brauchten. Sie sagte, sie liebe ihn ebenfalls, doch er konnte sehen, dass etwas nicht stimmte, und er spürte es, auch wenn er eine halbe Welt von ihr entfernt war. Er schob es auf die Entfernung und die Strapazen der Geburt, die sie aufgrund seines langen Einsatzes allein hatte hinter sich bringen müssen. Sie waren nicht das erste Paar, das so etwas durchmachte. Und sie würden nicht das letzte sein.

Zwei Monate nach Gias Geburt war er wieder zu Hause. Doch Cora hatte Schwierigkeiten, und er wusste nicht, wie er ihr helfen konnte. Sie weinte oft und schlief selten. Sie hatte ausreichend Milch, und Gia war zufrieden, aber seiner Frau ging es nicht gut. Er bat eine Kollegin – Dr. June aus der Montlake-Klinik –, sie sich mal anzusehen, weil er dachte, dass es für Cora leichter sein würde, Rat und Fürsorge von jemand anderem als ihm anzunehmen. Dr. June verschrieb ihr ein leichtes Antidepressivum. Cora war jedoch überzeugt, dass das Medikament Gia schaden würde, also weigerte sie sich, es einzunehmen. Noah meinte, die Gesundheit einer Mutter sei entscheidend für die Gesundheit ihres Kindes. Außerdem war er der Meinung, dass Muttermilch wichtig sei. Aber Muttermilchersatz würde es ebenso tun, wenn das bedeutete, dass sich Cora besser fühlte.

»Du bist Psychologe und kein Kinderarzt, Noah. Du hast keinen medizinischen Abschluss. Was weißt du schon darüber?« Ihr Tonfall klang erschöpft, nicht wütend, und er ließ die Sache auf sich beruhen. Vielleicht hätte er sagen sollen, dass er eine Menge darüber wusste. Er hatte eine klinisch depressive Mutter gehabt, die unter belastenden Angststörungen gelitten hatte. Sie hatte selten bei Tageslicht das Haus verlassen und war eine Woche nach seinem neunzehnten Geburtstag im Schlaf gestorben. Aber hey, was wusste er schon?

Er seufzte, rieb mit den Händen über sein Gesicht und sah zu, wie Mercedes sein abgeschnittenes Haar zusammenfegte und die Küche aufräumte. Mer war immer in Bewegung und ständig beschäftigt. Er wollte sie anflehen zu bleiben, ihre Reise abzusagen, damit er nicht allein sein musste. Er war so verdammt allein. So verdammt müde.

Er stand auf und zog vorsichtig das Tablett von Gias Hochstuhl ab. Er musste ihr eine frische Windel machen und ihr ihren Schlafanzug anziehen. Es war Schlafenszeit – zumindest fast –, aber er befürchtete, dass er sie nicht wieder dazu bringen könnte einzuschlafen, wenn er sie jetzt weckte.

Noah löste den kleinen Sicherheitsgurt, der sie davon abhielt, von ihrem Stuhl zu rutschen, und hob sie behutsam in seine Arme. Ihre Windel fühlte sich trocken an, und ein Schlafanzug war vielleicht nicht so wichtig. Ein paar goldene Haarklumpen klebten an ihrem Rücken, und er verspürte einen Anflug von Panik. *Das war ihr erster Haarschnitt. Sollte er ihr Haar aufbewahren? Machten manche Eltern das nicht? Und wo sollte er die abgeschnittenen Locken verstauen, wenn er sie aufbewahrte? Oh Gott, erwartete man von ihm, dass er ein Babybuch anlegte?*

»Füttern, anziehen, beruhigen«, murmelte er leise vor sich hin. »Halte dich an die grundlegenden Dinge, der Rest ist nicht so wichtig.«

»Weise Worte«, sagte Mercedes und trocknete sich die Hände ab. Sie hauchte Gia einen Kuss auf den weichen Kopf und stellte sich dann auf die Zehenspitzen, um sein stoppeliges Gesicht zu erreichen, damit sie auch ihm einen schwesterlichen Kuss auf die Wange geben konnte.

»Wenn du mich brauchst, komme ich nach Hause. Das weißt du, oder?«

»Das weiß ich.« Aber er würde sie niemals bitten, das zu tun.

»Ich liebe dich, Noah«, sagte sie leise.

»Ich liebe dich auch.«

»Es wird nicht für immer so wehtun, nicht wahr?«

»Du kennst die Antwort darauf, Mer. Wir kennen sie beide.«

»Ja. Ich schätze, so ist es.«

Sie küsste erneut seine Wange und ging dann. Noah stieg die Treppe hoch, legte Gia in ihr Bettchen, deckte sie sanft zu und schlich sich auf Zehenspitzen hinaus. Er nahm eine schnelle Dusche und fiel anschließend völlig erschöpft quer auf sein Bett. Doch er schlief nicht. So wie er es seit Coras Tod jede Nacht gemacht hatte, nahm er auch jetzt eine Decke und ein Kissen von seinem Bett und schlief auf dem Boden neben Gias Bettchen. Er befürchtete, sonst so tief zu schlafen, dass er sie nicht hören würde. Er befürchtete, sie könnte weinen und niemand würde kommen.

3

1986

»Was machst du da?«, fragte Mercedes.

»Papierfigürchen«, antwortete Cora.

Mercedes sah zu, wie Cora das Papier faltete und drauflosschnippelte. Sie schnitt hier und dort etwas weg. Dann zog sie das Papier auseinander, wobei sie so konzentriert vorging, dass ihre Zunge zwischen ihren rosigen Lippen hervorlugte. Cora hielt eine Reihe Papierfigürchen zwischen den Fingern. Sie waren an den Händen miteinander verbunden, und auch ihre Füße berührten sich.

»Und jetzt malt man sie an, damit sie nicht alle gleich aussehen.« Sie griff hinter sich. »Die hier habe ich vorhin gemacht. Aber ich habe es vermasselt und versehentlich zu tief geschnitten, sodass es nur drei statt sechs Figürchen sind. Aber sie gefallen mir. Das sind wir, siehst du?«

Sie hatte der mittleren Figur kurze braune Locken und blaue Augen verpasst.

»Ist das Noah?«

»Ja. Und das sind du und ich.« Die Figur links neben Noah hatte langes rotes Haar, die Figur zu seiner Rechten gebräunte Haut und schwarze Zöpfe. Sie hatte ihnen allen strahlende Lächeln und bunte Klamotten aufgemalt. Mercedes erkannte das gestreifte rote Oberteil und den Jeansrock, die sie an ihrem ersten Schultag angehabt hatte. Noah trug das Karl-Malone-Trikot, das er zum Geburtstag bekommen hatte, und Coras Papierfigürchen war komplett lila

gekleidet – eine der Vereinsfarben der Basketballmannschaft Utah Jazz –, um ihre neueste Besessenheit deutlich zu machen. Noah mochte die Jazz, also mochte Cora sie auch. Mercedes tat so, als würde sie die Lakers mögen, nur um eigenwillig zu sein. Doch sie hatte ein Poster des Jazz-Aufbauspielers John Stockton an der Innenseite ihrer Schranktür hängen. Ihre Lieblingszahl war die Zwölf, weil sie auf seinem Trikot stand. John Stockton war der kleine Kerl auf dem Spielfeld. Er kümmerte sich um den Ball und sorgte dafür, dass alle anderen gut aussahen. Das gefiel Mercedes.

»Was denkst du?«, wollte Cora wissen und ließ das Papiertrio vor ihrer Nase baumeln.

»Niedlich.« Mercedes spielte immer noch mit ihren Barbiepuppen, wenn sie allein war. Mit zwölf war sie ein wenig zu alt für Spiele mit Puppen, aber sie zog sie gern an und experimentierte mit ihren Frisuren. Sicher würde es Spaß machen, Papierfigürchen zu verzieren.

»Du kannst die hier haben. Das sind sechs, genau wie in deiner Familie«, bot Cora an.

Abuela, Mami, Papi, Mercedes und ihre beiden Cousins José und Ángel – das waren tatsächlich sechs Personen. Tía Luisa war nach Mexiko zurückgekehrt, und Mercedes hatte tolle Neuigkeiten. »José und Ángel ziehen aus. Ich muss mir das Zimmer nicht mehr mit Abuela teilen. Ich werde mein eigenes Zimmer haben. Genau wie du und Noah.«

»Das lässt sich leicht beheben.« Sofort schnitt Cora zwei Figuren am Ende der Reihe ab und erschuf so eine vierköpfige Familie. Die abgetrennten Figuren flatterten zu Boden.

»Adiós, *Ángel und José«, sagte Mercedes. Sie und Cora lachten, und Mercedes machte sich daran, ihre Papierfamilie mit Coras Filzstiften zu verzieren. Cora hob das abgetrennte Paar – Ángel und José – vom Boden auf. Sie hielt es hoch und betrachtete die gesichtslosen Figuren.*

»Mein Dad will auch gehen«, murmelte sie. Langsam schnitt sie die beiden Figuren auseinander und sah zu, wie eine davon zu Boden segelte. »Lebwohl, Daddy.«

»Noah?«

Die Jalousien waren alle heruntergelassen, und das Haus war so dunkel, dass Mercedes direkt in der Tür stehen blieb und mit einer Hand blind an der Wand entlang nach dem Lichtschalter tastete. Als sie ihn fand, legte sie ihn um und schnappte nach Luft, sobald Licht den Raum flutete. Noah war immer unausstehlich ordentlich gewesen, aber im Wohnzimmer herrschte das totale Chaos. Es roch nach saurer Milch, vergammeltem bestellten Essen und nassem Hund. Noah hatte nicht mal einen Hund. Ein kleiner Mülleimer, aus dem fest zusammengewickelte Windeln quollen, stand neben der Tür, so als hätte Noah vorgehabt, ihn nach draußen zu bringen, nur um dann abgelenkt zu werden. Ein Berg Wäsche, die sauber zu sein schien, aber nicht gefaltet worden war, ergoss sich von der Couch. Mercedes schritt langsam durch das Chaos, schaltete überall das Licht an und atmete durch den Mund. Mit jedem Schritt wuchs ihre Beunruhigung.

»Noah?«, rief sie erneut und lauter. Seine Küche sah wie eine Szene aus diesem Bruce-Willis-Film aus, in dem der Junge Tote sieht. Jeder Schrank war geöffnet, aber halb leer. Die meisten Geschirrteile lagen in der Spüle oder stapelten sich auf dem Tisch. Die Kühlschranktür stand einen Spaltbreit offen. Aus dem Inneren drangen ein schwaches Licht und ein fauliger Gestank. Der Inhalt einer Schachtel Frühstücksflocken mit Rosinen lag auf der Arbeitsplatte verteilt, daneben stand eine halb volle Packung Milch, deren Deckel fehlte. Unter ihrem linken Schuh spürte sie etwas Matschiges und trat tänzelnd zur Seite, um der langen Ameisenstraße auszuweichen, die die zerquetschte Banane umgab. Sie hatte sie mit ihrem Stilettoabsatz aufgespießt.

»Noah!«, brüllte Mercedes. Sie klang nun eher besorgt als wütend, war aber auch ein bisschen sauer. Er hätte sie anrufen sollen. Der Zustand des Hauses ließ vermuten, dass die letzten sechs Wochen nicht gut gelaufen waren. Sie balancierte auf einem Fuß und befreite ihren Schuh von dem matschigen Ameisenfestmahl.

Sobald ihr Schuh wieder einsatzbereit war, stieg Mercedes die Treppe zu den beiden kleinen Schlafzimmern hoch. Sie stampfte extra laut auf, damit Noah jede Menge Zeit hatte, sich eine Hose anzuziehen, falls er nackt sein sollte.

Die Lampe neben dem Bett brannte, aber sie schliefen. Gia lag quer auf Noahs Brust. Sabber lief aus ihrem Mund und auf sein weißes Unterhemd. Er hatte ihr eine rosafarbene Decke über den Rücken gezogen und hielt sie fest in den Armen. Beide komplett weggetreten. Mercedes betrachtete sie für einen Augenblick, Vater und Tochter, und verspürte einen heftigen Anflug von Zärtlichkeit und Verzweiflung. Monatelang hatte er alles allein gestemmt und war nun offensichtlich an seine Grenzen gestoßen. Sie fühlte sich schlecht, weil sie herumgebrüllt hatte, als sie ins Haus gekommen war. Es war so still gewesen – und so schmutzig –, dass sie das Offensichtliche übersehen hatte. Mercedes zog sich aus dem Schlafzimmer zurück und schloss leise die Tür hinter sich.

Mercedes zog ihre Absatzschuhe aus, wühlte sich durch den Berg aus sauberer Wäsche im Wohnzimmer und suchte sich Boxershorts, eins von Noahs T-Shirts und ein Paar Socken heraus. Denn die Vorstellung, barfuß durch das Haus zu laufen, solange es sich in diesem Zustand befand, jagte ihr einen Schauer über den Rücken. Und sie würde die Böden nicht in einem Bleistiftrock schrubben. Sie schaltete das Licht an und machte sich an die Arbeit. Während sie aufräumte, fertigte sie im Geiste eine Einkaufsliste an. Der Kühlschrank war so leer, dass er nicht schwer zu reinigen war. Wie es schien, lebten Noah und Gia derzeit von Kartoffelbrei und Babynahrung. Viel mehr gab es im Haus nicht. Sie schrubbte das Bad von oben bis unten. Dabei löste sich an einigen Stellen ein wenig Farbe, also fügte sie ihrer Einkaufsliste auch noch Farbe hinzu. Sobald sie einen Augenblick Zeit hatte, würde sie dem Bad ein neues Gesicht verpassen.

Insektenvernichtungsmittel, Toilettenpapier, Müllbeutel, Spülmittel, Waschmittel, Eier, Milch, Käse ... Die Liste wurde immer länger. Drei Stunden, drei Ladungen Wäsche und drei Müllbeutel später hatte Mercedes das Haus wieder auf Vordermann gebracht, doch oben herrschte immer noch Stille. Sie zog Noahs Klamotten aus und schlüpfte wieder in ihren Bleistiftrock und ihre Absatzschuhe. Dann verließ sie das Haus, um einen dringend benötigten Abstecher in den Supermarkt zu machen.

Sie räumte gerade Lebensmittel in Noahs sauberen Kühlschrank, als sie über sich Schritte hörte. Das Geräusch der sich öffnenden und schließenden Badezimmertür erklang, dann lief die Dusche. Sie räumte den Rest ihrer Einkäufe weg und setzte eine Kanne Kaffee auf. Wenn Noah wach war, würde sie staubsaugen. Das würde ihn darauf hinweisen, dass sie sich hier aufhielt, falls sein sauberes Bad nicht bereits Hinweis genug gewesen war.

Zehn Minuten später kam er die Treppe herunter, und Mercedes rief nach ihm.

»Ich bin hier, Noah. Ich erkläre den Tausenden von Ameisen, die in deiner Küche wohnen, gerade den Krieg.«

Mit einer Jogginghose und einem grauen Basketball-T-Shirt von Utah Jazz bekleidet, kam er herein. Er öffnete den

Kühlschrank, betrachtete den Inhalt, nahm den Orangensaft heraus, schenkte sich ein Glas ein und trank es leer, bevor er es ausspülte, abtrocknete und zurück in den Schrank räumte. Das war der Noah, den sie kannte. Er kam zum Küchentisch und setzte sich erschöpft hin.

»Du bist zurück.«

»Das bin ich.«

»Du hättest das nicht tun müssen«, murmelte er.

»Oh doch. Hier sah es wirklich furchtbar aus, Noah.«

Er nickte langsam, verteidigte sich aber nicht. Unter seinen Augen prangten dunkle Ringe, und sein feuchtes Haar stand in alle Richtungen ab, als hätte er mit einem Handtuch darübergerubbelt und es dann vergessen. Sie strich es glatt, damit es nicht auf diese Weise trocknen würde. Er beugte seinen Kopf unter ihre Hände und ergab sich ihrer Fürsorge.

»Lässt du dein Haar lang wachsen?« Seit ihrer letzten Begegnung war es eindeutig nicht geschnitten worden. Er trug es immer kurz geschoren, und nun kringelten sich die Locken bereits über seiner Stirn, wodurch er sie an den Jungen aus ihren Kindertagen erinnerte.

»Nein. Nicht absichtlich. Das ist nur eine weitere Sache, für die ich keine Zeit hatte.«

»Wie geht es dir?«, fragte sie. Sie musste es wissen und hoffte, dass er es ihr erzählen würde.

»Ich bin müde, Mer.« Er war der Einzige auf der ganzen Welt, der sie Mer nannte. Alle anderen nannten sie Mercedes oder Sadie.

»Warum hast du mich nicht angerufen?«, fragte sie leise. Sie war erst vor zwei Tagen zurückgekommen, aber während der ganzen Zeit ihrer Abwesenheit hatte sie kein Wort von ihm gehört. Er hatte nicht auf ihre E-Mails geantwortet und sie auch nicht zurückgerufen, wenn sie versucht hatte, ihn telefonisch zu erreichen. Sie hatte Heather mehrere Male angerufen, nur um sicherzugehen, dass alles in Ordnung war.

»Was hätte ich denn sagen sollen? Komm aus L.A. zurück nach Hause, putz mein Haus und kauf Lebensmittel für mich ein? Ich bin ein erwachsener Mann mit einem kleinen Kind. Ich komme zurecht. Nicht immer gut, aber ich tue mein Bestes. Gia war krank, und das hat den Ablaufplan durcheinandergebracht.«

»Was hatte sie denn?«

»Eine Erkältung. Dann kam noch eine Ohrenentzündung hinzu. Wir mussten gestern zum Notarzt fahren, und sie hat ein Antibiotikum verschrieben bekommen. Sie sollte sich schon bald besser fühlen. Heute hatte sie kein Fieber mehr.«

»Warum gehst du nicht wieder ins Bett? Gia schläft jetzt. Das solltest du auch tun.«

»Ich muss zur Arbeit.«

»Heute Abend?« Es war schon beinahe zweiundzwanzig Uhr an einem Sonntagabend.

»Montags und samstags arbeite ich tagsüber. An den Samstagen nimmt Heather Gia. Dienstags und donnerstags und jeden zweiten Sonntag habe ich Nachtschicht. Mrs Greer kommt dann her und übernachtet hier und bringt Gia am nächsten Morgen zur Tagesbetreuung.«

»Mrs Greer ist hundert Jahre alt«, entfuhr es Mercedes schockiert.

»Achtzig. Und sie hat vier Kinder und zwei Enkelkinder großgezogen. Sie muss Gia morgens nur aus dem Bett holen, ihre Windel wechseln, sie anziehen und sie über die Straße zur Sonnenschein-Tagesbetreuung bringen. Dort bekommt Gia dann ihr Frühstück. Mrs Greer verdient sich ein bisschen Geld dazu, sie ist eine liebe alte Dame.« Er rieb sich übers Gesicht. »Ich hole Gia ab, wenn ich gegen halb eins nach Hause komme, also ist sie nur mittwochs und freitags für jeweils vier Stunden dort.«

»Wann schläfst du?«

»Ich schlafe Montag-, Mittwoch- und Samstagnacht.«

»Vergiss nicht die Nächte an jedem zweiten Sonntag.«

»Richtig.« Er seufzte.

»Und montags ist Gia für zwölf Stunden bei Sonnenscheiß – jeden Montag?«

»Acht. Montags mache ich um fünf Uhr Feierabend. Und bitte nenn die Tagesbetreuung nicht Sonnenscheiß. Ich fühle mich auch so schon schuldig genug.«

»Der Salon hat montags Ruhetag, Noah. Das weißt du.«

Er nickte erschöpft.

»Also warum zum Teufel hast du mich nicht gebeten, auf Gia aufzupassen?«

»Weil ich wusste, dass du Ja sagen würdest, und du hast dein eigenes Leben.«

»Ich werde mal so tun, als hättest du das gerade nicht zu mir gesagt.«

Er zog die Brauen über seinen blutunterlaufenen blauen Augen hoch. »Wie bitte?«

»Ich habe sie auch geliebt, Noah. Und ich liebe dich. Du bist ein *Teil* meines Lebens. Ich will helfen. Ich muss helfen.« Sie spürte, wie die Tränen, die niemals ihre Augen erreichten, ihre Kehle füllten. Sie räusperte sich und schluckte sie herunter. Die Stille schwoll zwischen ihnen an. Die einzigen Geräusche waren das Tropfen des Wasserhahns, das Summen des Kühlschranks und das leise Brummen eines vorbeifahrenden Autos.

»Es ist drei Monate her«, flüsterte er.

»Es fühlt sich wie drei Jahre an«, erwiderte Mercedes.

Wieder machte sich Stille breit. Cora füllte den Raum um sie herum und zwischen ihnen aus. Sie saß auf einem leeren Stuhl und beobachtete sie dabei, wie sie sie vermissten. Mercedes schüttelte den Kopf, und Cora war verschwunden.

»Die meiste Zeit über fühle ich gar nichts, Mer«, gestand Noah ihr. Seine Stimme klang hohl und rappelte in ihrem Kopf umher. Sie wartete darauf, dass er fortfuhr.

»Ich kenne all die Phasen der Trauer. Ich kenne die klinischen Begriffe und die richtigen Sätze, die man sagen muss. Ich weiß, wie man zuhört und Ratschläge erteilt. Aber ich bin taub. Ich warte die ganze Zeit darauf, dass ich etwas fühle. Ich soll Menschen helfen – traurigen, selbstmordgefährdeten, gefährlichen und verdorbenen Menschen. Aber ich habe Schwierigkeiten, mich an ihre Namen zu erinnern. Die letzten paar Monate sind ein verschwommener Fleck. Ich konnte mir immer gut Einzelheiten merken … die Kleinigkeiten … die Dinge, die die meisten Leute gar nicht sehen … Ich sehe diese Dinge. Das macht mich zu einem guten Therapeuten. Zu einem guten Arzt. Aber momentan … ist alles verschwommen, und ich bin in gar nichts mehr gut. Ich bin kein guter Ehemann.« Er zuckte zusammen, als hätte er sich daran erinnert, dass er gar kein Ehemann mehr war. »Ich bin kein guter Vater. Ich bin kein guter Therapeut. Ich bin eine Ansammlung aus Einzelteilen.«

Mercedes betrachtete ihn. Einen Augenblick später zog sie den Stuhl zurück, setzte sich neben ihn an den Tisch und stützte ihr Kinn auf ihre Hände.

»Dem bones, dem bones, dem dry bones«, sang sie leise.

»Was?«, fragte Noah verwirrt.

»Ich weiß nicht mehr, ob ich es in einem Buch gelesen oder in einem Film gesehen habe, aber ich habe mal gehört, dass wir mehr als nur die Summe unserer Teile sind, und das ist mir im Gedächtnis geblieben«, sinnierte Mercedes. »Ich bin mir sicher, dass es motivierend sein sollte, und ich verstand den Gedanken dahinter. Wir sind mehr als männlich oder weiblich. Mehr als unsere Lippen und Zungen, mehr als unsere Herzen oder unsere Lungen, mehr als die Muskeln, die sich unter unserer Haut bewegen, und mehr als das Blut, das durch unsere Adern fließt. Wir sind mehr als unsere Arme und Beine. Mehr als unsere Augen. Mehr als unsere Füße und Hände. Wir sind mehr als nur eine Ansammlung aus Knochen, die Gott oder Äonen der Evolution zusammengeschustert haben. Wir haben Seelen. Wir erfüllen einen Zweck im Leben. Wir sind mehr.

»›Das Ganze ist mehr als die Summe seiner Teile.‹ Das ist ein Zitat von Aristoteles«, murmelte Noah. »Ich glaube das. Aber momentan … bestehe ich aus trockenen Knochen. Gott, was für ein furchtbares Lied.«

Mercedes lachte. »Ich wusste, dass du es verstehen würdest. Ob motivierend oder nicht, dieses Zitat erinnerte mich an den Tag, den wir im Bibellager verbrachten – *dem bones, dem bones, dem dry bones* –, und daran, wie der Zehenknochen mit dem Fußknochen verbunden ist und der Fußknochen mit dem Knöchelknochen und so weiter, bis ganz nach oben zum Schädelknochen. All diese Knochen, all diese Teile arbeiten zusammen und sind von Leben erfüllt. *Dem bones, dem bones, dem dry bones. Now hear the word of the Lord!*«, sang Mercedes.

»Dieses Lied erinnerte mich an Coras Dad. Es suchte mich heim. Löste bei mir Albträume aus«, murmelte Noah.

Coras Dad war ein Marineoffizier gewesen, ein Mitglied des Ersten Bataillons des Achten Marinekorps, das 1983 in Beirut stationiert war, als die Baracken des US-Marinekorps von Selbstmordattentätern in die Luft gejagt wurden. Zweihundertzwanzig Marineoffiziere, achtzehn Matrosen und drei Soldaten kamen bei der Explosion und dem Zusammensturz des Gebäudes, in dem sie untergebracht waren, ums Leben. Coras Dad starb nicht. Nicht damals. Er war einer der einhundertachtundzwanzig Amerikaner, die bei dem Anschlag verletzt wurden. Seine Beine wurden zerquetscht, und man musste sie an den Oberschenkeln amputieren. Dann schickte man ihn mit einem Purple Heart, aber ohne Beine und ohne Lebenswillen nach Hause.

»Die Wahrheit ist, dass wir mehr als nur die Summe unserer Teile sind, bis etwas in uns zerbricht und einen kompletten Systemausfall auslöst. Ein fehlendes Stück, ein fehlerhaftes Teil, und schon ist es vorbei«, murmelte Noah. »Als Coras Dad seine Beine verlor, spielte es keine Rolle, dass er immer noch seine Arme und Hände, seinen Verstand und sein Herz hatte. Es spielte keine Rolle, dass er immer noch Cora und ihre Mom hatte.«

»Cora und ich bekamen zufällig mit, wie Heather ihm kurz nach seiner Heimkehr erklärte, dass sie trotzdem noch miteinander schlafen könnten. Ihre Stimme war ganz hoffnungsvoll und süß, und Cora und ich bedeckten unsere Münder, damit sie uns nicht kichern hören würden«, sagte Mercedes und räusperte sich. »Wir verstanden nicht, wie traurig es war. Wie unfassbar traurig. Wir wussten, worüber sie redete, auch wenn wir erst zehn Jahre alt waren, und wir wollten nichts davon hören, dass ihre Mom und ihr Dad sich küssten und Babys machten, denn das bedeutete miteinander schlafen damals für uns. Coras Dad wollte ebenfalls nichts davon hören. Er wollte nichts davon hören, dass es für ihn ein Leben ohne seine Beine gab. Er wollte einfach nur all seine Teile zurückhaben.«

»Ja. Das wollte er. Aber das war unmöglich, also nahm er sich das Leben. Cora fand ihn. Und jetzt, achtzehn Jahre später, ist sie ebenfalls tot. Und ich bin taub.« Noah starrte auf die Tischplatte und verfolgte einen langen Kratzer im Holz, bis er an der Kante verschwand. »Vielleicht ist taub zu sein besser, als nach einer Amputation ein Phantomempfinden zu haben – oder nach dem Verlust der Ehefrau Phantomschmerzen. Manchmal vergesse ich, dass sie nicht mehr da ist. Nur für eine Minute. Und dann erinnere ich mich wieder daran. Und in diesen Momenten bin ich nicht taub. Dann leide ich Höllenqualen. Also schätze ich, dass Taubheit gar nicht so schlecht ist.«

»Du bist doch mit Ärzten befreundet, oder? Mit Leuten, mit denen du reden kannst? Mit Leuten, die dich durch diese Phase begleiten können?«, fragte Mercedes und betrachtete sein Gesicht.

»Ich will mit niemandem reden. Ich weiß, dass das ein Klischee ist. Und wenn einer meiner Patienten das zu mir sagen würde, wüsste ich genau, wie meine Erwiderung lauten würde. Aber ich will nicht reden.«

»Du redest jetzt gerade mit mir.«

»Du bist schon immer gut darin gewesen, mich zum Reden zu bringen«, gab er zu.

»Dann erzähl es *mir*. Wenn du dich selbst diagnostizieren müsstest, was würdest du dann sagen?«

»Ich bin taub, weil es leichter ist, taub zu sein, als etwas zu empfinden. Die Taubheit sorgt dafür, dass ich weitermachen kann. Die Taubheit sorgt dafür, dass ich zur Arbeit gehe und mich um meine Tochter kümmere. Die Taubheit ist funktional. Also bin ich taub.«

»Klingt vernünftig. Und das ist alles? Du bist nur taub? Bist du taub, wenn du dich mit Gia beschäftigst?«

Seine Lippen zitterten. Also war er doch nicht so taub.

»Manchmal«, räumte er ein.

»Und wenn du taub bist … kümmerst du dich dann trotzdem um sie?«

Er blickte ihr abrupt in die Augen. In seinem Blick blitzte Empörung auf.

»Wann habe ich mich jemals – jemals – nicht um meine Pflichten gekümmert?«

»Ha! Wütend ist nicht taub. Ich habe dich wütend gemacht. Darin bin ich auch gut«, sagte Mercedes und lächelte leicht.

»Stimmt.« Sein Mund zuckte. Ein weiterer Erfolg.

»Noah?«

»Ja?«

»Ich bin auch taub. Wenn ich nicht taub bin, bin ich sauer. Wenn ich nicht sauer bin … fühle ich mich schuldig.«

»Weswegen?«

»Ich fühle mich schuldig, weil ich sauer bin.«

»Okay. Warum bist du sauer?«

»Fragst du mich das als mein Freund oder als Therapeut?«, wollte sie wissen.

»Was davon brauchst du denn?«

Mercedes schnaubte. »Vermutlich den Therapeuten.«

»Okay. Warum bist du wütend, Mercedes?« Er setzte sein Arztgesicht auf und besann sich auf seine professionelle Stimme. Sie schmunzelte ihn kurz an. Dann seufzte sie und erzählte ihm die Wahrheit.

»Tja, Dr. Andelin. Meine beste Freundin ist tot. Ihre Mutter ist am Boden zerstört. Ihre kleine Tochter wird sich nicht an sie erinnern, wenn sie größer wird. Und der Ehemann meiner Freundin, der *ebenfalls* mein bester Freund ist, ruft mich nicht zurück und erlaubt mir nicht, ihm zu helfen.«

»Und ist er der Einzige, auf den du sauer bist?«, fragte er.

»Sagst du ›sauer‹, wenn du mit deinen anderen Patienten redest?«

»Ja. Ich benutze ihre Worte. Das sind deine Worte.«

»Ah. Ich verstehe.« Sie nickte.

»Bin ich der Einzige, auf den du sauer bist, Mer?«, wiederholte er sanft.

»Ich bin nicht sauer auf dich. Ich bin sauer auf das Leben. Und ich bin sauer auf Cora, Noah. Ich bin wirklich, wirklich wütend auf Cora. Wie verkorkst ist das?«

Er schwieg und behielt seinen Blick auf sie gerichtet. »Bist du wütend, weil du denkst, dass sie uns absichtlich verlassen hat? So wie ihr Dad?«

»Denkst du das?«, flüsterte Mercedes.

»Ich weiß es nicht mit Sicherheit. Aber es ist möglich.«

»Sie wirkte müde, Noah. Und abgelenkt.«

Er nickte. »Sie konnte nicht schlafen, konnte sich nicht entspannen. Sie wollte keine Medikamente nehmen, weil sie noch stillte. Sie war … ziemlich am Ende. Ich hätte sie nicht allein lassen dürfen. Ich wusste es besser. Aber ich dachte nicht … Ich wollte nicht glauben …« Seine Stimme verlor sich.

»Ich hätte sie nicht allein zum Arzt fahren lassen sollen«, sagte Mercedes in dem Versuch, einen Teil der Schuld auf sich zu nehmen. »Sie wollte nicht, dass ich mitkam. Aber ich hätte darauf bestehen sollen.«

»Sie war nicht beim Arzt. Dr. Winns Praxis rief am Montag nach ihrem Tod bei uns an, um sie an ihren Termin zu erinnern. Als ich nachhakte, teilte man mir mit, dass sie am 5. April keinen Termin gehabt habe.«

»Sie hat gelogen?« Mercedes verspürte einen Anflug von brennend heißer Wut, auf die sofort neue Schuldgefühle folgten. Sie würde es ihm erzählen müssen. Es ihm vorzuenthalten, war nicht richtig.

»Oder sie hat die Tage verwechselt. Ich weiß, dass sie in der Schule vorbeischaute und mit Janna Gregory redete. Bei der Beerdigung sagte Janna, dass sich Cora seltsam verhalten habe und ihr Besuch eine Überraschung gewesen sei. Cora umarmte sie und sagte ihr, wie sehr sie sie zu schätzen wisse.« Cora hatte an der Little-Oak-Grundschule sechs Jahre lang Musik unterrichtet und vorgehabt, wieder dort zu arbeiten, wenn Gia älter war. Janna Gregory war die Schulleiterin, und sie und Cora hatten sich nahegestanden.

»Sie hinterließ eine Nachricht auf meinem Handy, Mer. Sie sagte mir, dass sie mich liebe. Sie sagte mir, wie glücklich sie sich schätzen könne, meine Frau zu sein. Ich dachte, dass sie es tat, weil sie ein paar Tage zuvor unseren Jahrestag vergessen hatte. Sie fühlte sich deswegen schlecht. Mir machte das nichts aus. Es spielte keine Rolle. Aber sie war am Boden zerstört, als hätte sie mich hintergangen.«

»Bevor sie an diesem Tag mein Haus verließ, fragte sie mich, ob ich mich um dich und Gia kümmern würde, falls ihr etwas zustoßen sollte«, gestand Mercedes ihm hastig. Das war ein gewaltiges und düsteres Geständnis. Und dennoch weinte sie nicht. Sie saß einfach nur wie erstarrt da, biss die Zähne zusammen und hatte die Hände zu Fäusten geballt. Sie hielt nach etwas Ausschau, das sie tun konnte, nach etwas, das sie in Ordnung bringen oder reinigen konnte. Nach etwas, um das sie sich kümmern konnte. Aber alles war erledigt. Noah war der Einzige, der jetzt noch Fürsorge brauchte, und sie konnte ihm nicht in die Augen sehen.

»Ich hätte sie niemals gehen lassen sollen. Ich gebe mir selbst die Schuld dafür. Ich ließ sie gehen, und nun ist sie tot. Das ist meine Schuld«, sagte Mercedes. »Ich wollte es dir nicht erzählen, weil … weil … ich dachte, dass es das für dich nur schwerer machen würde. Aber es ist meine Schuld.« Nun zitterten ihre Hände, und sie stand langsam auf und schob ihren Stuhl zurück an den Tisch, wobei sie die obere Querstrebe fest umklammert hielt.

»Ich habe eine Schere in meiner Handtasche. Ich kann dir die Haare schneiden … wenn du das willst. Oder ich kann gehen. An deiner Stelle würde ich wollen, dass ich gehe.«

Noah streckte eine Hand aus, umfasste ihre und zog sie vom Stuhl weg. Als sie versuchte, ihn abzuschütteln, stand er neben ihr auf.

Noahs Augen waren so dunkelblau, dass sie oft schwarz wirkten. Doch nun, da sie sich mit Vergebung füllten, waren sie von einem Marineblau, das dafür sorgte, dass sie weiche Knie bekam und ihn fester umfasste. Sie klammerte sich an seine Hand und brachte den Schmerz in ihrer Brust mit bloßer Willenskraft zum Abebben.

»Es ist nicht deine Schuld, Mer«, sagte er mit fester Stimme.

Sie nickte, war sich aber nicht sicher, ob sie ihm glaubte.

»Du darfst nicht zulassen, dass dich das belastet. Ich verbiete es«, beharrte er.

»Ich habe sie nicht gerettet, Noah.«

»Ich habe sie auch nicht gerettet.«

Für einen Augenblick schwiegen sie. Sie hatten die Hände fest ineinander verschränkt und verloren sich in ihrer eigenen Reue und ihrem geteilten Verlust. Dann zog Mercedes ihre Hand zurück, straffte die Schultern und schaute auf ihre Armbanduhr. Sie hatte so viel Intimität gehabt, wie sie ertragen konnte. Noah lächelte fast, während er sie beobachtete. Er war ausgelaugt, doch die Leere war beinahe ein Segen. Es war gut, sie wieder hier zu haben.

»Ruf Mrs Greer an. Sag ihr, dass sie an den Sonntagabenden nicht mehr vorbeikommen muss, um hier zu übernachten. Ich werde dir etwas zu essen machen, heute Nacht bei Gia bleiben und morgen auf sie aufpassen. Und das mache ich ab jetzt *jeden* Montag. Ich wette, dass sie in den letzten sechs Wochen gewachsen ist! Ich muss diesen Schweinestall sauber machen, in dem ihr beide schlaft. Ich hätte niemals gedacht, dass ich mal den Tag erleben würde, an dem Noah Andelin sein Leben nicht mehr im Griff hat. Das ist ein sicheres Anzeichen dafür, dass du ein Mensch bist. Kopf hoch. Du magst taub sein, aber du bist nicht perfekt.«

Er lachte. »Ich habe dich vermisst, Mer. Danke, dass du gemein zu mir bist. Das sorgt dafür, dass ich mich fast normal fühle.«

4

1986

»Stockton befindet sich am Rand der Freiwurflinie. Er tänzelt nach links, findet Malone, Malone täuscht an und wirbelt herum. Der Ball fliegt, das sieht gut aus!« Mercedes tat ihr Bestes, um Hot Rod Hundley – den Kommentator für die Utah Jazz – nachzuahmen, während Noah den Ball versenkte. Ihre Nachahmung war ziemlich bescheiden, doch Noah schien das nichts auszumachen. Er klatschte sie ab und warf ihr den Ball zu, damit sie es noch mal machen konnten. Sie dribbelte hin und her und mied dabei die Risse im Beton. Doch anstatt ihm den Ball zuzuspielen, wagte sie selbst einen Wurf. Er versuchte, ihn abzublocken, doch daran war Mercedes gewöhnt. Der Ball segelte über seine ausgestreckten Hände und rauschte durch den Korb.

»Stockton punktet!«, rief Mercedes. »Ein Volltreffer.«

»Wir spielen für dieselbe Mannschaft, Mer«, beschwerte sich Noah.

»Warum hast du dann versucht, meinen Wurf abzublocken, Karl?«, konterte sie.

»Warum dürft ihr zwei immer Karl Malone und John Stockton sein?«, murrte Cora. »Und warum spielt ihr mir nie den Ball zu?«

»Mark Eaton ist cool, Corey. Und er hat rotes Haar, genau wie du«, versuchte Noah sie zu besänftigen.

»Er ist ein Riese!«, jammerte Cora. »Und er hat einen Bart!«

»Ich mag Bärte«, sagte Mercedes.

»Ach ja?«, fragte Noah mit weit aufgerissenen Augen.

Mercedes ignorierte ihn und wandte sich an Cora, die mit vor der Brust verschränkten Armen und finsterer Miene unter dem Basketballkorb stand. »Eaton ist der Mittelfeldspieler der Mannschaft. Es gibt zwei Verteidiger, zwei Stürmer, aber nur einen Mittelfeldspieler. Das bedeutet, dass du sehr wichtig bist«, erklärte sie.

Cora war nicht überzeugt, also zog Mercedes noch einmal ihre Schau für sie ab. »Eaton steht direkt unter dem Korb. Er steht völlig frei. Malone gibt ab. Stockton gleitet vorbei und findet den großen Mann in der Mitte.« Sie warf Cora den Ball zu. »Eaton macht das Ding rein!«

Cora fing den Ball mit einem breiten Lächeln auf, warf den Kopf zurück und ließ den Ball dann leicht am Korbbrett abprallen. Der Ball rappelte im Ring herum und fiel durch das Netz.

Sie jubelten wie wild, reckten die Hände in die Luft und rannten um das Betonfeld herum, als hätten sie gerade die NBA-Meisterschaft gewonnen. Sie übten ihre Freiwürfe, bis es zu dunkel war, um den Korb zu sehen. Schließlich beschlossen sie, sich am nächsten Tag nach der Schule wiederzutreffen, um erneut zu spielen.

Doch am nächsten Tag tauchte Cora nicht auf. Sie kam nicht in die Schule, und niemand öffnete die Tür, als Noah und Mercedes bei ihr zu Hause klingelten und versuchten durch das vordere Fenster zu lugen. Sie gingen in den kleinen Hof mit dem Basketballkorb und fingen ohne sie an zu spielen. Sie waren sicher, dass sie sich ihnen anschließen würde, sobald es ihr möglich war.

Erst als Mercedes einen Wurf verfehlte und der Ball über das Korbbrett segelte und hinter dem verrosteten Müllcontainer verschwand, fanden sie sie. Der Müll wurde immer montags abgeholt. Heute war Dienstag, also war der Container relativ leer. Dankbar registrierte Mercedes, dass der Ball nicht darin gelandet war. Sie lief ihm hinterher und blieb entsetzt stehen, als sie Cora entdeckte, die zusammengekauert zwischen der Rückseite des Müllcontainers und dem Zaun lag.

Mercedes musste nach Noah gerufen haben – sie erinnerte sich nicht daran, es getan zu haben –, denn er stand plötzlich neben ihr und beugte sich über Cora. Sie riefen nicht um Hilfe und liefen auch nicht weg. Der Gedanke kam ihnen beiden nicht.

Noah sagte Coras Namen, und sie öffnete die Augen. Sie trug Jeans und einen schwarzen Rollkragenpullover, und ihr Gesicht war so blass, dass es zu schweben schien und aussah, als wäre es von ihrem Körper getrennt wie der Mond an einem dunklen Himmel. Ihr strähniges rotes Haar erinnerte Mercedes an die Clownsmaske, die Noah vorletztes Jahr zu Halloween getragen hatte. Es wirkte schlaff und grell und fiel ihr übers Gesicht. Sie lag da und hatte die Arme um ihre Taille geschlungen. Ihre Hände waren blutverschmiert.

»Corey?«, fragte Noah erneut und kniete sich neben sie.

Cora fing an zu weinen. Es war ein tiefes, klagendes Heulen, das in Mercedes' Bauch widerhallte – als würde man mit einer Achterbahn fahren und seinen Magen zurücklassen. Aber es fühlte sich nicht gut an. Ihr Magen beruhigte sich nicht und machte auch keine aufgeregten Hüpfer. Er blieb, wo er war, schwebte irgendwo am unteren Ende ihrer Kehle, und sie erstickte beinahe an ihrer Angst.

»Bist du verletzt, Cora?«, flüsterte Mercedes und hockte sich neben Noah. »Wo bist du gewesen?« Mercedes berührte Coras Arm – ihre Haut war so heiß. Cora zuckte zurück und setzte sich abrupt auf. Sie zitterte und wimmerte.

»Kannst du laufen?«, fragte Noah.

»Sag mir, wo es wehtut«, bat Mercedes und tätschelte Coras Knie. Sie murmelte, wie Abuela es immer tat, wenn sie versuchte, Trost zu spenden. Dann benutzte sie stets sanfte Worte und äußerte zufällige Beobachtungen, um Mercedes von ihren Sorgen abzulenken. Abuela klebte ein Pflaster auf ein aufgeschürftes Knie oder wischte

Tränen weg, während sie so etwas sagte wie: »Ich habe heute Morgen Tamales gemacht. Ich denke, dass es die besten sind, die ich je zubereitet habe. Ich habe sie ganz fest und sicher zusammengewickelt. Es sind glückliche Tamales. Und wenn wir sie essen, werden sie uns ebenfalls glücklich machen.« Oder: »Als ich heute vom Laden nach Hause ging, hatten die Wolken über mir die Form Unserer Lieben Frau – sie blickte auf mich herab –, und ich fühlte mich geliebt.« Sogar Abuelas Leiden wurden in einen Grund für Dankbarkeit umgewandelt. »Ich habe heute ein Kitzeln im Hals. Ich denke, dass es daher kommt, dass du mich gestern Abend so heftig zum Lachen gebracht hast. Wir können uns so glücklich schätzen, dass wir zusammen lachen dürfen, findest du nicht?« Es waren Worte, die nichts und alles bedeuteten. Worte, die Mercedes ein Gefühl von Sicherheit gaben und sie daran erinnerten, dass das Leben weitergehen und der Schmerz nur vorübergehend sein würde. Mercedes versuchte, Cora die gleichen Worte zukommen zu lassen, und hoffte, dass diese Nichtigkeiten sie beruhigen und in der Normalität verankern würden.

»Wir haben nach dir gesucht, Cora. Du warst nicht in der Schule und als wir bei dir zu Hause klingelten, machte niemand auf. Wir dachten, dass du vielleicht ein neues Buch hättest und lieber lesen wolltest, statt mit uns Körbe zu werfen. Noah sagte, dass es ein Liebesroman sein müsse, weil du nirgends zu finden seist, und solche Bücher liest du doch am liebsten. Ich habe letzte Woche ein neues Buch für den Englischunterricht gelesen. Habe ich dir davon erzählt? Ich dachte, dass es mir nicht gefallen würde, aber dann mochte ich es doch. Es ist kein Liebesroman, aber ich verliebte mich trotzdem in das Buch. Es heißt Die Outsider. *Es erinnerte mich an uns. In der Geschichte gab es Figuren mit Namen wie Sodapop und Ponyboy. Sollen wir Noah Ponyboy nennen?«*

Dieses Mal zuckte Cora nicht zurück, doch ihre Tränen flossen nun schneller.

»Ich kann nicht nach Hause gehen«, stöhnte sie.

»Kannst du aufstehen?«, fragte Noah.

Sie versuchte es, doch ihre Beine zitterten. Mercedes zog Coras Arm um ihre Schultern und schlang ihren Arm um Coras Taille. Noah machte das Gleiche, und sie halfen ihr behutsam auf die Beine. Cora war wackelig, schien aber trotz des Bluts nicht verletzt zu sein.

»Wie spät ist es?«, flüsterte Cora. »Welcher … Tag?«

Noah und Mercedes wechselten über Coras schlaff herunterhängenden Kopf hinweg einen besorgten Blick.

»Heute ist Dienstag«, bot Noah an.

»Es ist immer noch Dienstag?«, brachte Cora erstaunt hervor.

»Wo warst du, Cora?«, fragte Mercedes wieder.

»Ich war krank. Mom ließ mich zu Hause bleiben. Ich denke nicht, dass Daddy wusste, dass ich da war«, stammelte Cora.

»Warum hast du Blut an den Händen?«, fragte Noah.

»Daddy verließ mich. Ich habe versucht, ihn zurückzuholen«, flüsterte sie.

»Mach es auf«, verlangte Mercedes und legte Noah ein Paket in die Hände. Heute war sein Geburtstag – der 14. Oktober –, und sie sorgte dafür, dass er seinen Dreißigsten gebührend feierte. Er hatte einen müden Ausdruck auf dem Gesicht, der an seinem neunundzwanzigsten Geburtstag noch nicht da gewesen war. Aber das war nach den vergangenen sechs Monaten nicht anders zu erwarten. Sie hatte ihm einen Kuchen gebacken – drei Schichten Schokolade, eine Glasur aus Vanillebuttercreme und eine Verzierung aus darauf verstreuten Flocken aus klein geraspelten Schokoriegeln. Außerdem hatte sie eine Babysitterin besorgt und brachte ihn nun dazu, seine Geschenke auszupacken.

Er spielte geduldig mit, schüttelte jede Schachtel und gab

alberne Tipps bezüglich des Inhalts ab – ein Hula-Hoop-Reifen, ein Subway-Sandwich, ein neues Auto –, bevor er sie öffnete. Dabei achtete er sorgfältig darauf, das Papier nicht zu zerreißen. Das war eine alte Angewohnheit aus seiner Kindheit, als er nichts gehabt hatte. Alles wurde damals wiederverwendet.

Das erste Geschenk war ein Foto von ihnen dreien. Sie hatten dürre Gliedmaßen und zerzauste Haare, ihre Schnürsenkel waren nicht zugebunden, und die drei befanden sich am Übergang von der Kindheit zur Jugend. Mercedes wuchsen bereits Brüste, und ihre Knie waren verkrustet. Noah trug eine Baseballmütze, die verkehrt herum auf seinem Kopf saß, und wies an den Oberarmen die ersten Ansätze von Muskeln auf. Und Cora war einen Kopf größer als sie beide und sah wie die große Schwester aus. Sie hatte die Arme vor der Brust verschränkt und lächelte schüchtern. Noah presste einen Basketball an seine linke Seite und legte seinen rechten Arm um Mercedes' Schulter. Mercedes hatte ihren linken Arm um Noah und ihren rechten um Cora geschlungen und ein albernes grimassenhaftes Grinsen auf dem Gesicht.

»Ich erinnere mich an den Tag, an dem dieses Foto aufgenommen wurde«, sagte Noah und lächelte sanft.

»Ich mich auch. Aber war es … davor?«, fragte Mercedes. »Ich kann mich nicht erinnern.«

»Ja. Das war es.«

»Das war ein guter Tag. Wir durften zu einem Vorsaisonspiel der Utah Jazz gehen, weißt du noch? Papi bekam bei einem Job, den er machte, vier Gratiseintrittskarten und ging mit uns hin.«

Noah nickte. »Die Jazz gegen die Clippers. Die Jazz machten sie fertig.«

»Mir wurde schlecht …«

»Und du hast dich in meinen Sammelbecher übergeben«, beendete Noah den Satz.

»Du warst nicht mal wütend auf mich. Du hast das Ganze einfach entsorgt, als wäre es nichts Besonderes. Welcher dreizehnjährige Junge macht das?«

»Ich hatte Angst, Cora würde sich ebenfalls übergeben, wenn ich dein Erbrochenes nicht loswerden würde, und ich hatte keinen zweiten Becher.«

»Mach das andere Geschenk auf«, sagte sie.

»Du hast zwei für mich?«

»Ich habe mehr als zwei für dich. Mach es auf!«, beharrte Mercedes.

Vorsichtig entfernte er das Geschenkpapier und zog einen Sammelbecher mit knapp einem Liter Fassungsvermögen und Schraubdeckel heraus. Auf den Seiten prangten Bilder von Karl Malone und John Stockton, und der obere Rand war mit dem alten Jazz-Logo versehen.

»Wo hast du den gefunden?«, rief er aus.

»Ich habe meine Methoden. Es ist nicht genau der, den du damals hattest … aber er kommt nah dran. Und dieser hat den Vorteil, dass sich darin kein Erbrochenes befindet. Allerdings befindet sich etwas anderes darin.« Noah schraubte den Deckel ab und drehte den Becher herum. Zwei Eintrittskarten für ein Jazz-Spiel rutschten in seine Hand.

»Die sind für heute Abend. Deswegen habe ich Heather gebeten, auf Gia aufzupassen. Und …« Mercedes griff nach dem letzten Geschenk. »Du kannst das hier tragen.«

»Deine Geschenke haben ein eindeutiges Motto«, sinnierte er und zog das Band von der verbliebenen Schachtel ab. Als er das gefaltete lilafarbene Trikot herausnahm und es ausschüttelte, damit er es betrachten konnte, riss er die Augen weit auf und starrte Mercedes an.

»Eaton?«

Sie zuckte mit den Schultern und war plötzlich besorgt, dass sie es womöglich vermasselt haben könnte. »Ich wollte dir ein Malone-Trikot mit der Nummer 32 besorgen, aber dann habe ich dieses hier gesehen. Und es fühlte sich richtig an. Ich habe auch eins für mich gekauft, es brachte mich zum Lachen. Auf diese Weise ist es, als würde Cora mit uns zum Spiel gehen.«

Seine Kehle verkrampfte sich für einen Moment, und er richtete die Augen fest auf das Trikot. »Ich liebe es«, flüsterte er. »Cora wäre begeistert gewesen.« Er hob den Blick, um sie anzuschauen. »Danke, Mer.«

»Gern geschehen. Dein letztes Geschenk sind Hotdogs im Delta Center, also geh dich umziehen, sonst kommen wir noch zu spät.«

Sie kamen nicht zu spät, aber der Himmel war dunkel und kalt, als sie Hand in Hand den überfüllten Parkplatz verließen und sich beeilten, um dem heftigen Wind zu entgehen. Die Blätter flatterten umher wie Starenschwärme. Sie rauschten und wirbelten durch die Luft und flogen schließlich davon. Mercedes' Beine waren in ihren zerrissenen Jeans so kalt, dass sie sie nicht mehr spüren konnte. Ihre Zehen fühlten sich in ihren zehn Zentimeter hohen Absatzschuhen wie Fremdkörper an.

»Es ist Basketball, Mer. Keine Modenschau. Was ist aus den Tagen geworden, in denen du Turnschuhe und Basketballshorts getragen hast?«

»Ich besitze immer noch einige Turnschuhe. Aber auch die haben Absätze.«

Noah lachte und zog an ihrem langen Pferdeschwanz. Sie hatte ihn durch das Loch ihrer Mütze gefädelt, aber er reichte dennoch bis zur Mitte ihres Rückens. »Absatzschuhe, zerrissene Jeans und eine Baseballmütze«, zählte er auf.

»Und Reifenohrringe«, sagte sie und deutete auf die riesigen goldenen Reifen, die an ihren Ohren baumelten. »Man muss Reifenohrringe tragen, wenn man sich ein Basketballspiel anschaut.« Sie klang wie Rosie Perez aus *Weiße Jungs bringen's nicht*.

»Bei dir funktioniert das.«

»Ich weiß.« Sie zwinkerte ihm zu. »Die Absätze machen mich groß.«

»Du bist immer noch nicht groß, Süße«, sagte Noah.

»Sie sorgen dafür, dass ich mich innerlich groß fühle.« Sie wusste, dass das Kosewort ein nachträglicher Gedanke war, aber ihr gefiel, wie es klang. Meistens war es abschätzig gemeint, wenn ein Mann sie als »Süße« bezeichnete. Doch wenn Noah sie so nannte, spürte sie seine Zuneigung.

»Ohne Karl wird es nicht dasselbe sein«, klagte Mercedes und wechselte damit das Thema. »Wen sollen wir jetzt anfeuern? Der Verräter.«

»Ich kann nicht glauben, dass er zu den Lakers gewechselt ist«, sagte Noah und klang nun wie sein jüngeres Ich. Er hatte die Lakers immer verabscheut. Als sie ihn nach dem Grund dafür gefragt hatte, hatte er ihr erzählt, das liege daran, dass sie immer gewannen. Er unterstützte gern den Außenseiter.

»Früher habe ich kein einziges Spiel verpasst. Heute kenne ich nicht mal mehr die Hälfte der Spieler der Jazz«, gab er zu.

»Vielleicht ist es an der Zeit, unser Fandasein wieder aufleben zu lassen«, schlug sie vor.

»Ja, vielleicht.«

Die Arena war hell erleuchtet und laut und roch nach Salz und Nachokäse. Ein gleichmäßiges Pochen ging durch die Decke, wanderte von dort zu den Sitzreihen hinunter und sammelte sich auf dem Feld, auf dem sich die Spieler aufwärmten. Das hier war wie Disneyland, wo es keine Probleme gab und nur die nächsten paar Stunden eine Rolle spielten. Sie fanden ihre Sitzplätze und zogen ihre Jacken aus. Noah ging los, um ihnen Getränke und Snacks zu besorgen, bevor das Spiel losging. Als er mit vollen Armen zurückkehrte, reichte er Mercedes einen Becher und ließ sich dann vorsichtig auf den Sitz neben ihrem sinken.

»Diese Eintrittskarten müssen dich ein Heidengeld gekostet haben, Mer.«

»Keine Sorge. Ich habe mit einem Kunden geschlafen. Ich habe sie umsonst bekommen.«

»Ach ja? Gut. Denn ich habe mich schon schuldig gefühlt.«

Sie kicherte und nahm einen großen Schluck von ihrer Cola light.

Die erste Halbzeit verbrachten sie damit, die Namen der Spieler zu lernen und sich an die neue Mannschaftsaufstellung zu gewöhnen. Außerdem redeten sie über die alten Zeiten.

»Ostertag ist noch dabei!«, krähte Mercedes. Sie und Noah warfen die Köpfe zurück und riefen seinen Namen, wie Hot Rod Hundley es immer getan hatte, wenn der große, kahlköpfige Mittelfeldspieler einen Treffer gelandet hatte: »Oooooosterrrtaaaag!«

Erst bei der Unterbrechung vor Beginn des vierten Viertels ging alles den Bach runter. Auf dem riesigen Großbildschirm, der in der Mitte der Arena hing, leuchtete die Kusskamera auf. Die Menge brauchte einen Augenblick, um in Aktion zu treten, doch schon bald lachte die ganze Arena, und alle deuteten um sich, während die Kamera von Paar zu Paar schwenkte. Jeder machte mit, manche mit freundlichen Schmatzern, andere mit leidenschaftlichen Zungenküssen. Erst als die Leute um sie herum schrien und gestikulierten, erkannte Mercedes sich selbst in Überlebensgröße auf dem Bildschirm, wo sie neben Noah saß. Und ihr wurde klar, was passierte. Die Worte *KÜSS*

SIE leuchteten um ihre Gesichter herum auf dem Bildschirm und wurden immer größer und größer.

»Por qué?«, stöhnte Mercedes.

Noahs Gesicht war angespannt, und seine Schultern wirkten steif, doch er lehnte sich in ihre Richtung, legte seine Hand um ihren Nacken und zog sie dicht an sich. Sein Kuss war leicht und sanft. Er hatte die Augen geöffnet und blickte in ihre. Sein Bart kitzelte ihr Kinn, und die Menge klatschte und grölte, bis ein weiteres Paar auf dem Bildschirm auftauchte und sich der Vorhang für ihre Vorstellung schloss.

Und ganz plötzlich verschwand das Lachen und nahm die sorglosen Neckereien mit sich. Die Atmosphäre war nun nicht mehr friedlich und unbeschwert. Mehrere Minuten lang saßen sie in unangenehmem Schweigen da und waren sich einander auf eine zuvor unbekannte Weise bewusst. Sie fühlten sich in der Gegenwart des anderen unwohl, was zuvor nie der Fall gewesen war. Mercedes streckte eine Hand aus und verschränkte ihre Finger mit seinen.

»Tut mir leid, Noah.«

Er fragte nicht, wofür sie sich entschuldigte. Er tat die Entschuldigung aber auch nicht ab, sondern drückte einfach nur einmal ihre Hand und ließ sie dann los. Dabei behielt er den Blick die ganze Zeit über auf das Spielfeld gerichtet. Er schaute das Spiel, doch seine ausdruckslose Miene und sein entrückter Blick verrieten Mercedes, dass er das Geschehen auf dem Feld gar nicht mitbekam. Das Spiel machte ihm keinen Spaß mehr. Mit ihm zusammen hier zu sein, machte keinen Spaß mehr. Es tat weh. Alles tat weh. Und es war viel zu schnell gegangen.

»Lass uns nach Hause fahren«, sagte sie und zog ihre Jacke an.

Er schaute ihr in die Augen. »Bist du sicher?«

»Ja.« Sie nickte. »Wenn wir jetzt aufbrechen, müssen wir uns nicht durch die Menge kämpfen.«

Er stand sofort auf, schnappte sich seine Jacke und folgte ihr die Stufen hinauf in Richtung Ausgang. Noah hielt nun nicht mehr ihre Hand, so wie er es auf dem Weg in die Arena getan hatte. Er hatte beide Hände tief in die Taschen seiner Jacke geschoben und den Blick auf den Boden gerichtet. Als sie durch den Haupteingang nach draußen gingen und über den Bürgersteig zu dem riesigen Parkplatz liefen, wurde Noah schneller. Mercedes hatte Schwierigkeiten, mit seinen langen Schritten mitzuhalten. Er war ihr mindestens zwei Schritte voraus, als ihm plötzlich klar wurde, dass sie sich nicht mehr an seiner Seite befand. Er drehte sich um und fluchte, blieb stehen und wartete darauf, dass sie zu ihm aufholte. Doch als sie ihn erreichte, ging er nicht weiter.

»Ich habe seit zehn Jahren niemand anders als Cora geküsst«, platzte es aus ihm heraus.

»Ich bin nicht *irgendjemand*. Mich zu küssen ist, als würdest du Gia küssen. Richtig? Als würdest du deine Mom küssen.«

Er schnaubte. »Ich habe meine Mom nie geküsst. *Deine* Mom hat mich öfter geküsst als meine Mom mich.«

Wieder spürte sie diesen seltsamen Krampf in der Brust, der sie dazu brachte, eine Hand zwischen ihre Brüste zu drücken, um den Schmerz zu lindern.

»Mami küsste dich, weil es leichter war, als dir zu sagen, dass sie dich liebt«, erklärte sie. Sie wusste, dass der Grund dafür nicht wichtig war, verspürte aber das Bedürfnis, etwas zu sagen.

»Ja. Ich weiß.« Noah schwieg einen Augenblick lang. Er stand zusammengekauert da, um die Kälte abzuhalten, und hatte eine Hand in der Tasche und die andere auf seinem Nacken.

»Es ist so … Dich zu küssen, ist nicht so, als würde ich Gia küssen, Mer. Dich zu küssen … fühlt sich an, als würde ich Cora hintergehen. Und obwohl sie tot ist, bin ich noch nicht bereit, mich darauf einzulassen. Nicht mal mit meiner besten Freundin. Nicht mal für die Kusskamera.«

Mercedes traute es sich nicht zu, etwas zu sagen oder ihm in die Augen zu schauen. Sie nickte nur und setzte sich wieder in Bewegung. Sie wollte unbedingt dem Gefühl entkommen, dass die sechs Monate, in denen sie keine einzige Träne vergossen hatte, nun vorbei waren und sie einen sehr lauten und schmerzhaften Heulkrampf bekommen würde. Sie hatte nicht um Cora geweint. Sie hatte nicht wegen Noahs oder Gias Schicksal geweint. Sie hatte nicht für sich selbst geweint.

»Tut mir leid, Noah. Das war ein schrecklicher Fehler«, hauchte sie und ging so schnell, dass sie fast rannte. Die Arme hatte sie dabei vor der Brust verschränkt. »Ich dachte, dass es gut sein würde. Ich dachte, es würde okay sein. Ich dachte, dass wir lachen würden und für eine Weile alles vergessen könnten. Das ist alles.«

Er hielt problemlos mit ihr Schritt, doch sie konnte seine Frustration hören, als er eine Hand ausstreckte und ihren Arm packte, um sie dazu zu zwingen, langsamer zu werden. »Ich will nichts vergessen, Mer. Das versuche ich dir doch zu erklären. Wenn ich sie vergesse … dann wird sie wahrhaftig fort sein.«

Es war, als wäre in ihrer Brust ein Damm gebrochen. Der Schwall aus Wasser und Trauer war ein solch reißender Strom, dass sie ihre Schuhe nicht mehr sehen konnte. Und sie konnte keinen weiteren Schritt machen. Sie ging mitten auf dem Bürgersteig in die Hocke und bedeckte ihr Gesicht mit den Händen.

»Mer?«, flüsterte Noah und ließ sich neben sie sinken. Er versuchte, ihr Kinn anzuheben, ihre Hände von ihrem Gesicht zu ziehen, doch sie riss den Kopf zur Seite, und der Schwung sorgte dafür, dass sie nach hinten fiel und mit dem Hintern auf dem harten Asphalt landete.

»Ich habe deine Gefühle verletzt. Das wollte ich nicht. Ich musste es dir nur erklären«, sagte Noah entsetzt.

»Lass uns einfach nach Hause g… gehen, o… okay?«, schluchzte sie. »Es geht mir gut. Ich bin n… nur m… müde. H… Halb s… so w… wild.«

Er half ihr auf die Beine und schlang einen Arm um ihre Taille, und sie brachte den Rest der Strecke bis zum Parkplatz hinter sich. Sie torkelte, als hätte sie zu viel getrunken. Sie wünschte, dass es so wäre. Der Parkplatz war voller Autos in allen Farben und Formen, doch Menschen waren hier nicht zu sehen. Sie schlüpften zwischen den parkenden Fahrzeugen hindurch, bis sie ihren Corolla fanden.

»Ich fahre«, sagte Noah, als sie Anstalten machte, in ihrer Handtasche nach den Schlüsseln zu suchen. Sie gab ihm ihre Tasche ohne Widerstand und ließ sich von ihm auf den Beifahrersitz verfrachten. Er zog den Sicherheitsgurt über ihren Körper und ließ ihn mit einem Klicken in der Halterung einrasten. Doch er zog sich nicht zurück. Er wischte die Tränen von ihren Wangen und lugte unter den Schirm ihrer Baseballmütze. Seine Augen schimmerten im schwachen Licht ebenfalls feucht.

»Manchmal vergesse ich, dass du Cora ebenso lange geliebt hast wie ich. Ich vergesse, dass du sie auch verloren hast. Ich wollte mich nicht wie ein Arschloch aufführen. Es war nur ein alberner Kuss, und ich bin ausgerastet.«

»N… Nein. D… Du hast dich nicht wie … ein Arschloch aufgeführt.« Mercedes bekam kaum noch Luft, doch sie konnte nicht aufhören zu weinen. Sie biss die Zähne zusammen, brachte sich unter Kontrolle und befahl ihren Zähnen, mit dem Klappern aufzuhören, und ihren Tränen, nicht mehr zu fließen.

»Ich vermisse sie auch, und ich habe sie auch geliebt, aber das ist nicht die gleiche Art von Verlust. Lass uns nicht so tun, als wäre es so«, sagte sie langsam. Und atmete bei jedem Wort, damit sie nicht ins Stammeln geriet. Noah löste den Sicherheitsgurt und nahm sie in die Arme. Er hielt sie so fest, dass sie sein Herz an ihrem Ohr schlagen hören konnte.

»Willst du etwas Cooles hören?«, flüsterte er.

»Immer.«

»Eine gewöhnliche amerikanische Feldameise kann das Fünftausendfache ihres eigenen Körpergewichts tragen.«

»Streberalarm. Das hast du mir schon mal erzählt«, flüsterte sie schniefend.

»Ja … und erinnerst du dich auch noch daran, was du daraufhin gesagt hast?«

»Ich fragte dich, wie viel eine mexikanische Ameise tragen könne, weil ich mir sicher war, dass es mehr sein würde.«

»Du bist so eine Klugscheißerin«, sagte er sanft. In seiner Stimme lag ein Lächeln.

»Eine kluge Ameise«, erwiderte sie glucksend. »Ich denke, dass das in deiner Küche faule amerikanische Feldameisen waren, die dachten, dass ihnen das Haus gehören würde.«

Noah ließ sie los und schnallte sie wieder an. Dann ging er um das Auto herum und ließ sich hinter das Steuer gleiten. Er startete den Corolla und steuerte ihn von dem überfüllten Parkplatz auf die stark befahrenen Straßen hinaus, die das Delta Center umgaben.

»Gibt es irgendeinen Grund dafür, dass du an Ameisen denkst, während ich einen Zusammenbruch erleide?«, fragte Mercedes und überlegte, ob sie es wagen sollte, einen Blick in den Spiegel hinter der Sonnenblende zu werfen. Ihre Augen juckten und fühlten sich heiß an.

»Du bist eine winzige Arbeiterameise. Du hörst nie auf. Du

machst nie Pause. Du arbeitest härter als jeder andere, den ich kenne. Und du trägst die Last aller anderen Menschen in deinem Leben mit dir herum. Das war schon immer so. Aber du kannst nicht die ganze Zeit über stark sein. Das vergesse ich manchmal.«

»Die Taubheit hat endlich nachgelassen«, murmelte sie.

»Ja. Das passiert. Meine kommt und geht immer noch.«

»Ich hätte dem Großbildschirm einfach den Stinkefinger zeigen sollen«, sagte Mercedes und war plötzlich wütend. »Ich meine, wir sind keine Zirkusclowns, die dafür da sind, die Menge zu unterhalten. Eine Kusskamera! Diese Kusskamera kann meinen Hintern küssen.« Ihre Empörung fühlte sich gut an, und sie wischte sich die Augen trocken und war zuversichtlich, dass sie ihre Kontrolle zurückerlangt hatte.

»Ich habe den heutigen Abend ruiniert. Tut mir leid«, sagte Noah. Mercedes spürte, wie ihre Lippen bebten und sich ihre Augen wieder mit Tränen füllten. Verdammt.

»Du hast ihn nicht ruiniert. Es ging einfach zu schnell«, sagte sie fest und blickte aus dem Fenster, damit er nicht sah, wie ihr erneut die Tränen über die Wangen liefen.

»Beim nächsten Mal wird es einfacher sein«, beruhigte er sie.

»Beim nächsten Mal?«

»Beim nächsten Spiel. Wir müssen doch unser Fandasein wieder aufleben lassen. Erinnerst du dich? Ich werde Bier mitbringen … Andererseits, vielleicht lieber nicht. Ich werde das Baby mitbringen, also ist Bier tabu. Und du verträgst nichts, soweit ich mich erinnern kann.«

Mercedes wischte über ihre Wangen, doch die Tränen schienen kein Ende nehmen zu wollen. »Kann ich Deron Williams sein? Er ist ein ziemlich guter Aufbauspieler. Nicht so gut wie John Stockton, aber niemand ist so gut wie John Stockton«, murmelte sie und hielt ihre Stimme ruhig.

»Nur wenn ich Carlos Boozer sein kann. Er erinnert mich irgendwie an Malone.« Noah griff in ihre Handtasche, zog eine Packung Taschentücher heraus und legte sie auf ihr Knie.

»Boozer und Williams. Das klingt gut. Ich denke, dass ich anfangen werde, dich Boozer zu nennen. Gia kann Ostertag sein«, sagte Mercedes und weinte leise, während sie ein Taschentuch aus der Packung nahm.

»Gia kann Coach Sloan sein. Der Himmel weiß, dass sie den Ton angibt.«

Mercedes rieb über ihr Gesicht, und Noah ließ die Unterhaltung verstummen. Als er wieder sprach, hatten sie schon fast sein Zuhause in der Stadt erreicht. Seine Stimme klang sanft.

»Ob du es glaubst oder nicht, morgen wirst du dich besser fühlen.«

Mercedes nickte und weinte immer noch. Vielleicht würde sie das. Vielleicht würde die Schraubzwinge, die sie fest im Griff hatte, dann verschwunden sein, oder vielleicht würde sie auch einfach nur leichter zu ertragen sein.

»Wirst *du* dich morgen besser fühlen?«, flüsterte sie.

Er starrte so lange auf die Straße, dass Mercedes dachte, er würde nicht antworten.

»Ehrlich gesagt sorgst du dafür, dass ich mich besser fühle, Mer. Du bringst mich zum Lachen. Du bringst mich zum Reden. Und … das bereitet mir Probleme, so als wäre es auch falsch, sich besser zu fühlen.«

»Du fühlst dich schlecht, wenn du lachst?«, hakte sie nach. Ihr Herz schmerzte um seinetwillen.

»Ich fühle mich schlecht, weil *du* diejenige bist, die mich zum Lachen bringt. Mir ist klar, dass das, was ich empfinde, ziemlich typisch ist. Ich behandle ständig Patienten, die mit dieser Art von Schuldgefühlen zu kämpfen haben. Sie flehen mich beinahe um die Erlaubnis an, sich wieder gut fühlen zu dürfen. In Wahrheit habe ich zuvor Mitleid für sie empfunden. Jetzt verstehe ich sie. Wann ist es in Ordnung, das alles hinter sich zu lassen und weiterzumachen?« Er zuckte mit den Schultern. »Ich kenne die Antwort darauf nicht. Ich weiß nur ... dass es ... noch nicht so weit ist.«

Sie bogen in seine Einfahrt ein, und er stellte den Motor ab.

»Komm für einen Moment mit rein. Dann können wir nach dem Rechten sehen.«

Mercedes nickte. Ihr Kopf pochte, und sie brauchte ein Glas Wasser. »Vergiss nicht, dass noch Kuchen im Kühlschrank steht.« Sie putzte sich die Nase und scherte sich nicht darum, dass es eklig war.

Noah reckte seine Faust in die Luft. »So ist es!«, zischte er. »Jede Menge Schokoladenschichten. Eine Buttercremeglasur. Und das gehört alles mir.«

»Nun ja ... größtenteils. Ich habe ein Stück davon gegessen, als du Gias Windel gewechselt hast, bevor sie und Heather gegangen sind. Ich musste ihn für dich probieren.«

»Du hast meinen Geburtstagskuchen angeschnitten?«, fragte er mit gespielter Empörung.

»Eine Ameise muss schließlich essen«, murmelte sie. »Und ich könnte noch ein Stück davon vertragen.«

5

1987

Noah schlich sich aus dem Archiv, als seine Mutter an ihrem Schreibtisch eingenickt war. Das Licht in den Fluren wurde in manchen Bereichen des Krankenhauses nach Mitternacht gedimmt. Er fürchtete sich nicht, aber er hätte sich fürchten sollen. Er drückte auf den großen Metallknopf, der die Türen weit aufschwingen ließ, und tapste munter hindurch. Ein Kind, das allein durch die Flure wanderte, hätte nicht so leicht übersehen werden dürfen. Aber um diese Zeit waren hier nur wenige andere Menschen unterwegs. Tatsächlich war da nur einer. Er stand direkt hinter den Türen, und Noah zuckte erschrocken zusammen, als er feststellte, dass er doch Gesellschaft hatte.

Der Mann beugte sich zu ihm herab, damit er sich mit ihm auf Augenhöhe befand. Er war dünn. Die Knochen an seinen Handgelenken ragten wie die Bolzen an Fahrradrädern hervor, seine Schlüsselbeine sahen wie eine Lenkstange aus, und seine Augen drehten sich wie Speichen.

»Wie heißt du, Kleiner?«

»Noah. Und Sie?«

»Noah, ja? Wann kommt die Flut?«, fragte er kichernd.

Mer hatte ihm von dem Mann namens Noah und seiner Arche mit all den Tieren erzählt, also wusste er, wovon der Mann redete.

»Die Flut ist bereits gekommen und wieder zurückgegangen«, sagte Noah. »Sie sind in Sicherheit.«

Der Mann sah Noah verblüfft an und fing dann an zu weinen. »Ich bin nicht in Sicherheit, Noah. Ich war nie in Sicherheit. Niemand ist in Sicherheit.«

»Hier sind Sie in Sicherheit. Das hier ist ein guter Ort.«

»Aber sie werden mich rauswerfen. Irgendwann werden sie mich dazu zwingen zu gehen. Ich werde ertrinken. Ich werde ertrinken, Noah! Du musst mir helfen.«

»Wie?«, entgegnete Noah.

»Nimm mich mit zu dir nach Hause«, flehte er. »Ich esse nicht viel. Und ich werde dir Bescheid sagen, wenn sich Geister in deinem Zimmer befinden, und sie bitten zu verschwinden.«

»Sie sehen Geister?«

»Ja. Sie sind überall. Sie zeigen mir Dinge.« Der Mann legte den Kopf schief und schien seine kreiselnden Augen auf etwas hinter Noahs Kopf zu richten. »Ist dein Daddy gestorben, Noah?«

»Nein. Ich denke nicht. Er ist einfach nur weg.«

»Hm. Jemandes Daddy ist gestorben. Ihm fehlt der Hinterkopf… und er hat keine Beine. Warum hat er keine Beine, Noah? Ist er Soldat oder so was?«

Plötzlich ertönte ein lauter Ruf, und ein schwarzer Krankenpfleger, so groß wie ein Grizzlybär, lief durch den angrenzenden Flur auf sie zu. Er bewegte sich überraschend schnell. Ein Arzt und eine blonde Krankenschwester kamen aus der anderen Richtung. Der Mann mit den spitzen Knochen und den kreiselnden Augen war blitzschnell verschwunden. Er rannte mit Vollgas auf den Arzt und die Schwester zu. Bei jedem Schritt blitzte sein schmaler Hintern unter seinem hinten offenen Krankenhauskittel. Noah wäre auch vor dem großen Mann weggelaufen. Bei dem Arzt und der Schwester standen die Chancen besser.

»John?«, rief der Arzt in Richtung des dürren Manns. »John, Sie müssen mit uns kommen.«

Der Mann namens John rannte zwischen dem Arzt und der

Schwester hindurch, als würde er mit ihnen auf dem Spielplatz Kettenbrechen spielen. Der Mann und die Frau taumelten wie Bowlingkegel, und auch John geriet ins Wanken und fiel beinahe hin. Ein Polizist erschien an der Biegung eines anderen Flurs und verpasste dem fliehenden John ohne Zögern einen Elektroschock. John zuckte zusammen und ging zu Boden. Blitze umgaben seinen Körper. Noah wich zurück, huschte in einen anderen Flur und schlüpfte in den Aufzug, um zurück ins Archiv und in die relative Sicherheit, die seine Mutter bot, zu gelangen.

Noahs Mutter erzählte, dass John Davis Cutler jemanden umgebracht habe. Sogar mehrere Menschen. Die Tatsache, dass er innerhalb eines Krankenhauses entkommen konnte, sorgte für großen Aufruhr. Sie nannten ihn Houdini, weil er so talentiert darin war, sich unbemerkt davonzuschleichen.

»Wen hat er umgebracht?«, fragte Noah seine Mutter schockiert. Der John, der bei ihrer Begegnung geweint und schlechte Witze gemacht hatte, hatte nicht wie ein Mörder gewirkt. Mörder trugen Macheten und Maschinenpistolen mit sich herum. Mörder trugen Sonnenbrillen und kauten auf Zahnstochern. Mörder hatten lange, fettige Pferdeschwänze und Sporen an den Stiefeln und fuhren Motorräder.

»Er hat zwei Frauen umgebracht. In seiner Akte steht, er hätte gedacht, dass sie bereits tot gewesen seien. Drogen haben ihm das Hirn vernebelt, Noah. Nimm niemals Drogen.« Shelly Andelin nickte, als hätte sie ihre Pflicht getan und genug erzählt.

»Er sagte, dass er ertrinken werde, wenn sie ihn dazu zwingen würden zu gehen. Wer wird ihn dazu zwingen zu gehen? Werden sie ihn ins Gefängnis stecken? Warum sollte er im Gefängnis ertrinken?«

»Du hast mit ihm geredet?«, keuchte sie.

»Ja.«

Für einen Moment sah Noah ihre Liebe für ihn in ihren weit aufgerissenen Augen und in ihrem schlaff herunterhängenden Kiefer. Dann biss sie die Zähne zusammen und kniff die Augen fest zu. Sie verdrängte die Angst und die Liebe und fand diesen alten Umhang aus Selbstmitleid, der sie davor bewahrte, sich zu sehr um ihn oder irgendjemand anders zu kümmern.

»Ich kann dich nicht mehr hierher mitnehmen. Ich hätte gestern Nacht meinen Job verlieren können. Wenn nicht alle so aufgebracht gewesen wären, weil Houdini aus der psychiatrischen Abteilung ausgebrochen ist, hätten sie mich gefeuert.«

Noah dachte an die zahllosen Akten, in denen alles über die geistigen und körperlichen Verfassungen so vieler kranker Menschen stand. Und er trauerte. Er war vierzehn, und er hatte keine Angst davor, allein zu Hause zu bleiben. Das hatte er schon oft gemacht. Mer war nicht weit weg, und Alma, Oscar und Abuela würden ihn auf der Couch schlafen lassen, falls er nicht allein sein wollte. Doch er wollte die Akten lesen. Er wollte lernen. Eines Tages würde er ein Arzt sein. Er würde Menschen wie John helfen.

»Wer wird dir dann helfen? Ich sorge dafür, dass die Arbeit schneller vonstatten geht. Das hast du selbst gesagt«, beharrte Noah.

Seine Mutter biss sich auf die Lippe und rang die Hände. »Vielleicht kannst du hin und wieder mit mir herkommen, nur damit ich nicht in Rückstand gerate. Aber du musst mir versprechen, dass du nicht herumwanderst. Nie wieder.«

»Das verspreche ich«, sagte er. Die Schränke voller Akten würden genügen müssen.

Kleine Geister und Fledermäuse hingen von den Bäumen, die die Straße säumten, und geschnitzte Kürbisse schmückten jeden Eingangsbereich. Doch Noah hatte Halloween trotzdem komplett vergessen. Halloween war ihm so lange nicht mehr wichtig gewesen, dass er es gar nicht mehr wahrnahm. Im Jahr zuvor hatte Cora Gia einen orangefarbenen Strampler angezogen und ihr eine Mütze aufgesetzt, die wie ein grüner Stiel ausgesehen hatte. Dann hatte sie sich mit ihr und einer großen Schüssel voller Süßigkeiten auf die Stufen vor dem Haus gesetzt und die Kinder begrüßt, die sich ihnen mit dem Spruch »Süßes oder Saures« genähert hatten. Gia war noch zu klein gewesen, um zu begreifen, was vor sich ging, und es war kalt gewesen. Cora war ins Haus gekommen und hatte Noah die Schüssel gereicht, der daraufhin eine Stunde lang an die Tür gegangen war, wann immer es geklingelt hatte. Schließlich hatte er die Nase voll gehabt, das Verandalicht ausgeschaltet und es für den Abend gut sein lassen.

Dieses Jahr fiel Halloween auf einen Sonntag, und in Utah, wo ein Großteil der Einwohner Mormonen waren, feierte man am Sabbat kein Halloween. Also wurde es kurzerhand auf den Samstag verlegt. Und mitten während seiner Zwölfstundenschicht, als ihn ein Assistent fragte, ob er irgendwelche Pläne für Halloween habe, wurde Noah klar, dass er ein Kostüm für Gia hätte kaufen und Süßigkeiten für die von Haus zu Haus ziehenden Kinder hätte besorgen müssen. Er hatte nichts davon getan.

Auf dem Heimweg von der Arbeit legte er einen Zwischenstopp bei *Walgreens* ein und kaufte einen kürbisförmigen Plastikeimer und sämtliche Halloween-Süßigkeiten in den Regalen, was nicht viel war. Die Kinder, die zu seinem Haus kamen, würden den Mist bekommen, den niemand anders haben wollte. Leider waren die einzigen noch verbliebenen Kostüme bei *Walgreens* viel zu groß für ein achtzehn Monate altes Kleinkind. Es gab eine Clownsmaske, die vielleicht funktioniert hätte, aber er konnte Clowns nicht ausstehen, und das Gummi stank. Heather hatte Halloween ebenfalls komplett vergessen und starrte ihn ausdruckslos an, als er bei ihr vorbeikam, um Gia abzuholen. Heather bettelte ihn so lange an, bis er ihr einen Beutel mit billigen Süßigkeiten überließ, war in Kostümfragen aber keine Hilfe.

Gia verspeiste ihr Abendessen und beäugte ihn von ihrem Hochstuhl aus, während sie Erbsen und Karotten zwischen ihren winzigen Fingern zerquetschte. Unterdessen schnitt Noah Löcher in einen alten weißen Kissenbezug – zwei Löcher in die Seiten für zwei kleine Arme, zwei weitere für die Augen und eins für den Mund.

»Wir besinnen uns auf die Klassiker, Gia-Käferchen«, erklärte er ihr. »Dein alter Herr ging viele Jahre hintereinander als Geist.« Er kam sich auch jetzt wie ein Geist vor, der lautlos durch sein Leben huschte.

Als er Gia den Kissenbezug über den Kopf stülpte, starrte sie ihn staunend durch die Augenlöcher an. Sie erinnerte ihn an eine winzige Version von E.T., und wie durch ein Wunder versuchte sie nicht, sich den Bezug vom Kopf zu zerren. Sie behielt das Kostüm an, während sie mit dem Kürbiseimer und in Gesellschaft einer Gruppe kostümierter Kinder und ihrer Eltern durch die Nachbarschaft stapften. Er brachte ihr sogar bei, »Buh!« zu sagen, wenn die Leute die Türen öffneten. Sie liebte das ganze Theater, vor allem das Verteilen der wirklich miesen Süßigkeiten an den endlosen Strom aus Kindern, die an ihre Tür kamen.

Gegen einundzwanzig Uhr schlief sie ein. Sie trug immer noch den Kissenbezug. Als er sie nach oben zu ihrem Bettchen trug und ihr das selbst gemachte Kostüm auszog, bemerkte er, dass es ihr gelungen war, sich einen Lutscher in die Haare zu kleben und sich das ganze Gesicht mit Schokolade zu beschmieren. Trotzdem verbuchte er den Abend für sich als Elternteil als Sieg auf ganzer Linie. Sie zuckte nicht mal, als er ihr mit einem warmen Waschlappen das Gesicht und die Hände reinigte, ihre Windel wechselte und den Lutscher aus ihrem Haar schnitt. Halloween hatte sie komplett erschöpft. Er zog ihr ein pinkfarbenes Nachthemd – ein Geschenk von Mercedes – über den Kopf, steckte ihre Ärmchen in die Ärmel und deckte sie sorgfältig zu. Dann schlich er sich aus dem Zimmer und schloss die Tür.

Zum ersten Mal seit Coras Tod schlief Noah in seinem Bett statt neben Gias Bettchen auf dem Boden. Er hatte das Babyfon neben seinem Kissen platziert und die Lautstärke auf die höchste Stufe eingestellt, aber es war ein Fortschritt. Und bevor er einschlief, schickte er ein Foto von Gia in ihrem selbst gemachten Kostüm an Mercedes' E-Mail-Adresse. Sie antwortete eine halbe Stunde später mit einem Foto von Cora, Noah und sich selbst von einem Halloweentag vor fast zwei Jahrzehnten. Es war ein Halloweentag, den er komplett vergessen hatte. Sie trugen geisterhafte Bettlaken und Turnschuhe. In den Händen hielten sie mit Süßigkeiten gefüllte Kissenbezüge, die sie fest umklammerten. Wenn es um Süßigkeiten gegangen war, hatten sie keinen Spaß verstanden. In jenem Jahr hatten sie stundenlang an Haustüren geklingelt. Wer von ihnen wer war, ließ sich leicht an der Größe und an den Schuhen an ihren Füßen erkennen. Schon verrückt, wie man so etwas komplett vergessen konnte und ein Schnappschuss es dann alles zurückbrachte, bis bin zu den abgetragenen Turnschuhen.

In die Betreffzeile der E-Mail hatte Mercedes geschrieben: »Gia Andelin führt die Tradition der drei Amigos fort.« Noah ging mit einem Lächeln auf dem Gesicht und einem sentimentalen Stechen in der Brust ins Bett.

Es war ein Kreis. So nannten sie es. Das war für Gruppensitzungen üblich, weil effektiv. Es gab keine Ecken. Keine scharfen Kanten. Jeder saß jedem gegenüber, niemand konnte sich verstecken, nicht mal die Therapeuten. Seit seiner Rückkehr aus Afghanistan war Noah nach wie vor der neueste Arzt in der Gruppe in der Montlake-Klinik. Die anderen Ärzte bevorzugten Einzelgespräche und überließen die Gruppensitzungen den Therapeuten und Assistenten. Der Kreis konnte anstrengend sein, aber Noah beobachtete gern das Zusammenspiel der Patienten untereinander. Die meiste Zeit über verriet es ihm Dinge, die er in einem privaten Gespräch niemals erfahren hätte. Doch an diesem Abend war Noah nicht bereit für den Kreis. Es war ein langer Monat gewesen, und er fühlte sich erschöpft und emotional ausgelaugt. Er hoffte auf eine ereignisarme und friedliche Gruppensitzung.

Doch die bekam er nicht.

David »Tag« Taggert zappelte herum wie ein Junkie, obwohl er seit Wochen absolut clean war. Vor seiner Ankunft in Montlake hatte er zu viel getrunken, aber das war jetzt nicht mehr sein Problem. Moses Wright beäugte ihn, beäugte alle, doch seine Augen hatten einen entrückten Ausdruck angenommen, der Noah an den in John Davis Cutlers kreiselnden Augen erinnerte. In der Nacht, in der man Moses Wright stark sediert eingeliefert hatte, hatte er Dienst gehabt. Und als Tag Taggert ein paar Wochen später schreiend und weinend hergebracht wurde, war er ebenfalls hier gewesen. Dadurch hatte er einen seltsam präzisen ersten Eindruck der beiden Männer erhalten.

Sie waren beide achtzehn und Noahs Meinung nach zu jung für die Erwachsenenabteilung. Doch so lautete das Gesetz, und sie waren keine kleinen Jungen. Tatsächlich waren sie beide kräftig gebaut und extrem gestört. Doch da endeten die Ähnlichkeiten auch schon.

Tag war ein weißer Cowboy mit struppigen Haaren und wollte reden. Er wollte *immer* reden. Moses war von gemischter Abstammung und still. Er hörte zu. Vielleicht redete er nicht viel, weil ihm niemand *glaubte*, was er sagte. Noah hatte seine Akte gelesen, aber er hatte nicht viel Zeit mit ihm verbracht. Er wusste lediglich, dass Moses behauptete, Geister sehen zu können, und die Dinge zeichnete, die sie ihm zeigten.

Einen Patienten wie ihn hatte Noah noch nie gehabt. Vor langer Zeit hatte er einmal jemanden gekannt, der Geister gesehen und sich eine Überdosis verpasst hatte, damit sie verschwanden: John Davis Cutler, der die Lebenden mit den Toten und die Toten mit den Lebenden verwechselt hatte. Der eine Frau auf einem Rastplatz ermordet hatte, weil er überzeugt gewesen war, dass sie ein Dämon war. Noah wollte nicht, dass Moses wie John Davis Cutler endete.

Die Gruppensitzung lief erst seit zehn Minuten, als Moses beschloss, genug zugehört zu haben.

»Wer hier kennt eine Frau namens Molly?«, platzte es aus ihm heraus. Damit fiel er einer Frau ins Wort, die um die Kinder weinte, die sie seit zwei Jahren nicht mehr gesehen hatte. Die Frau hielt inne, schniefte und vergaß ihre Kinder wieder.

»Was hast du gesagt?«, zischte Tag, der seine Arme locker zwischen seinen Knien baumeln ließ. Auf den zufälligen Zuschauer wirkte er entspannt. Noah wusste es besser. Tags Kopf stand kurz vor einer Explosion.

»Molly. Kennst du eine Frau namens Molly? Eine tote Frau namens Molly?« Moses schleuderte Tag die Worte entgegen, und Noah war einen Tick zu langsam. Das mochte an seiner Müdigkeit liegen. Oder daran, dass er zögerte, sich zwischen zwei problembeladene junge Männer zu stellen.

»Du Mistkerl!«, brüllte Tag und hatte den Kreis durchquert, bevor Moses blinzeln konnte. Was auch immer Moses vorgehabt hatte, es war kein Kampf gewesen. Auf seinem Gesicht machte sich Schock breit, als Tag sich auf ihn stürzte und ihn mitsamt seinem Stuhl umstieß. Moses erholte sich schnell, und seine Fäuste flogen, bevor er auf dem Boden aufkam. Tag prügelte auf ihn ein und brüllte etwas über seine Schwester. Letztendlich waren Noah, Chaz und drei andere nötig, um die beiden auseinanderzuzerren. Noah hatte Moses mit dem Gesicht nach unten fixiert und presste ihn auf den Boden. Tag schimpfte immer noch und war völlig außer sich. Sein Körper bebte unter Chaz, der ihn in einer ähnlichen Position fixiert hatte.

»Woher wusstest du das?«, keuchte Tag. »Woher wusstest du das mit meiner Schwester?«

»Tag. Schluss jetzt!«, schnauzte Noah und wechselte seine Position mit einem Krankenpfleger, der im Gegensatz zu Noah nicht blutete.

»Meine Schwester ist seit über einem Jahr verschwunden, und dieser Mistkerl führt sich auf, als wüsste er etwas darüber!«, tobte Tag. »Glauben Sie wirklich, dass ich den Mund halten werde? Das können Sie vergessen, Doc.«

Noah stellte drei Stühle zusammen und schickte alle Unbeteiligten aus dem Raum. Chaz und den anderen Krankenpfleger wies er an, zu bleiben und dafür zu sorgen, dass niemand zu Schaden kam. Sie halfen Moses und Tag vom Boden auf und setzten sie auf zwei der Stühle. Noah nahm auf dem Stuhl an der Spitze des Dreiecks Platz, sodass der Abstand zwischen ihm und den beiden jungen Männern gleich war. Dann wischte er über seine blutige Lippe. Chaz reichte ihm ein Taschentuch. Sein Blick wirkte entschuldigend. Chaz war der Aufpasser im Raum und würde sich die Schuld dafür geben, dass Noah verletzt worden war. Doch Noah hätte sich nicht von Chaz beschützen lassen. Noah warf dem Krankenwärter ein kleines Lächeln zu und richtete seine Aufmerksamkeit dann auf Moses und Tag, die das Gerangel allem Anschein nach unbeschadet überstanden hatten.

»Moses, wollen Sie Tag erklären, was Sie meinten, als Sie nach einer Frau namens Molly fragten?«, wies Noah ihn ruhig an.

»Nach einer toten Frau namens Molly!«, zischte Tag. Chaz tätschelte seine Schulter, um ihn daran zu erinnern, dass er sich beruhigen sollte. Tag fluchte heftig.

»Ich weiß nicht, ob sie seine Schwester ist. Ich kenne ihn nicht. Aber ich habe jetzt seit fünf Monaten immer mal wieder eine Frau namens Molly gesehen«, sagte Moses.

Noah betrachtete ihn verwirrt. »Sie haben sie gesehen? Meinen Sie damit, dass Sie eine Beziehung mit Molly haben?«

»Ich meine, dass sie *tot* ist, und ich weiß, dass sie tot ist, weil ich seit fünf Monaten in der Lage bin, sie zu *sehen*«, wiederholte Moses geduldig.

Tags Gesicht wirkte in seiner Wut beinahe komisch. Noah sah ihm in die Augen, atmete langsam ein und aus und ermahnte ihn, das Gleiche zu tun. Dann wandte er sich wieder an Moses.

»Sie sehen sie also … wie?« Er wollte wirklich nicht, dass Moses wie John Davis Cutler war.

»Auf die gleiche Weise wie ich Ihre tote Frau sehen kann, Doc. Sie zeigt mir immer wieder eine Sonnenblende aus einem Auto und Schnee und Kiesel auf dem Grund eines Flusses. Ich weiß nicht, warum. Aber Sie können es mir vermutlich erklären.«

Noah spürte, wie sich sein Kiefer anspannte und sein Herz stehen blieb. »Wovon reden Sie da?« Seine Stimme blieb ruhig, aber in seinem Kopf drehte sich alles. Moses fuhr fort und zwang Noah dazu, im Geiste hinter ihm herzustolpern.

»Sie folgt Ihnen durch die Klinik. Sie hat Sie fertiggemacht. Sie weiß es und macht sich Sorgen um Sie. Ich weiß, dass sie Ihre Frau ist, weil sie mir zeigt, wie Sie vor dem Altar auf sie warten. An Ihrem Hochzeitstag. Ihre Uniform ist an den Ärmeln ein wenig zu kurz.« Moses sagte das alles ganz flapsig, so als wäre es nicht das echte Leben. Als wäre es nicht Noahs Frau. Als wäre sein Wissen allgemein bekannt und Noahs Trauer öffentlich. Noah schaute zu Tag und sah, dass sein Zorn verraucht war. Tag starrte ihn nun verwirrt und mitfühlend an. Und Noah ließ sich darauf ein. Er zeigte ihnen seine Narben, damit sie ihm ihre anvertrauen würden.

»Meine Frau, Cora, war mit dem Auto auf dem Heimweg von … der Arbeit. Die Polizei denkt, dass sie vorübergehend von dem Sonnenlicht geblendet wurde, das der Schnee reflektierte. Das ist hier oben manchmal so, wissen Sie? Sie fuhr gegen die Leitplanke. Ihr Wagen landete kopfüber im Flussbett. Sie … ertrank.«

Noah gab die Informationen ganz sachlich von sich und verfasste eine bereinigte Version einer blutgetränkten Erinnerung. Doch seine Hände zitterten, als er seinen Bart berührte. Mer würde sagen, dass das Streichen über seinen Bart ein sicheres Anzeichen dafür sei, dass er nicht die ganze Wahrheit gesagt hatte. Aber nur Mer würde das wissen, und sie war nicht hier.

Doch Moses war noch nicht fertig. Und Noahs Narben waren nach wie vor die einzigen, die offen lagen.

»Erdnussbutter, Downey-Weichspüler, Harry Connick, Jr., Regenschirme.« Mit offensichtlichem Unbehagen hielt er inne und fuhr dann hastig fort. »Ihr Bart. Sie liebte es, wie er sich anfühlte, wenn Sie … wenn Sie …« Er verstummte.

Wenn er mit ihr geschlafen hatte.

Cora hatte seinen Bart gemocht. Noah rasierte ihn und ließ ihn sich wieder wachsen, wann immer die Pflicht es verlangte. Beim Militär war Gesichtsbehaarung bei den gewöhnlichen Soldaten nicht erlaubt. Seiner Meinung nach war das der Grund dafür, dass Cora seinen Bart auf ihre eigene perverse

Weise geliebt hatte. Der Bart hatte ihr versichert, dass er immer wieder nach Hause kommen würde, dass er nicht wie ihr Vater enden, kein Opfer des Krieges werden würde. Stattdessen war Cora nun zu einem Opfer geworden.

Noah hatte sehr lange nicht mehr daran gedacht, wie es gewesen war, mit Cora zu schlafen. Nach seiner Rückkehr aus Afghanistan, erholte sie sich immer noch von Gias Geburt. Und danach war sie immer müde und gehemmt, obwohl ihr Arzt ihr bestätigt hatte, dass Intimitäten für sie wieder problemlos möglich wären. Irgendwie schien sie nicht zu wollen, dass Noah sie berührte. Bei den paar Malen, die sie es dann doch versuchten und miteinander schliefen, huschten sie beide schnell fort, sobald sie fertig waren. Sie wandten sich voneinander ab, um ihre Verzweiflung und ihre Enttäuschung in den anderen zu verbergen.

Moses' Worte waren eine Erinnerung daran, dass es nicht immer so gewesen war.

Irgendwie fand Noah seine Stimme. »Das waren ein paar ihrer liebsten Dinge. An unserem Hochzeitstag schritt sie zu einem Lied von Harry Connick auf den Altar zu. Und ja, ich war aus meiner Uniform herausgewachsen. Sie lachte immer darüber und sagte, dass es typisch für mich sei und ich sie trotzdem tragen würde. Und ihre Regenschirmsammlung war außer Kontrolle.« Noahs Stimme brach, und er strich erneut über seinen Bart. Auf diese Weise versuchte er, sich zu beruhigen und die Gefühle zu zügeln, die aus ihm herauszubrechen drohten. Er hatte die Kontrolle über die Sitzung verloren – wenn er ehrlich war, hatte er nie die Kontrolle über sie gehabt –, und er musste sie jetzt beenden, bevor ihn Moses' Äußerungen in ein schluchzendes Häufchen Elend in der Ecke verwandelten.

»Wenn du das alles weißt – über Dr. Andelins Frau –, dann will ich, dass du mir von Molly erzählst«, sagte Tag. Er richtete sich auf seinem Stuhl auf und ließ den Blick von Moses zurück zu Noah wandern.

Noah stand auf.

»Tag, ich verspreche Ihnen, dass wir noch mal darüber sprechen werden. Aber nicht jetzt. Nicht heute Abend.« Und mit einem Nicken in Richtung der Krankenpfleger, die so erschüttert wirkten, wie er es war, schickte Noah sie alle aus dem Raum.

»Sie sind nicht so ruhig und sanft, wie Sie uns alle glauben lassen wollen, nicht wahr, Dr. Noah? Sie wissen, wie man sich verteidigt«, sagte Moses, als Noah einen Stuhl zurückzog und sich neben ihn setzte. Noah hatte Moses seit Dienstagabend nicht mehr gesehen. Heute war Donnerstag. Er hatte ein wenig Zeit gehabt, um sich zu erholen.

»Ich habe Zeit beim Militär verbracht.« Noah zuckte mit den Schultern.

»Das ergibt Sinn. Sie hatten kein Problem damit, zusammen mit Chaz dazwischenzugehen.«

»Ich mag Chaz, und er war in der Unterzahl.«

»Ich mag ihn auch. Ich würde Chaz niemals etwas antun.«

»Ich weiß. Aber manchmal werden Leute verletzt, selbst wenn das nicht in unserer Absicht liegt.«

»Sind die für mich?« Moses beäugte den Stapel aus Zeichenpapier und den Styroporbecher mit Fettstiften.

»Ja.«

»Kann ich sie jetzt haben?«

»Das können Sie.« Noah schob ihm die Materialien hin.

»Sie haben Ihre Frau verloren.«

»Das habe ich.« Noah fragte sich, wer hier wem half. »Aber Sie sagten, dass es ihr gut gehe.«

»So ist es.«

»Das ist ein großer Trost für mich.«

Moses zuckte mit den Schultern. »Es ist wahr.«

Noah nickte, um die Aussage anzuerkennen, selbst wenn er sich nicht ganz sicher war, ob er sie glauben konnte. Er wechselte das Thema.

»Wen haben Sie verloren, Moses?«

»Niemanden«, erwiderte Moses höhnisch.

Das Wort hing zwischen ihnen und färbte die Luft mit falscher Verachtung. Noah korrigierte Moses nicht und teilte ihm auch nicht mit, dass er etwas anderes gehört habe. Er reichte ihm einfach nur einen Stift und lehnte sich zurück.

»Ich habe GiGi verloren«, flüsterte Moses beinahe reumütig. »GiGi war nicht niemand.« Er sprach den Namen mit harten Gs aus, und Noah wartete darauf, dass er ihre Bedeutung erklärte. Noah wusste, wer sie war. Er hatte die Akte gelesen. Doch er wartete. Moses fing an, mit dem Knie zu wippen, und seine Schultern zuckten. Er ließ die Hand über das Blatt Papier huschen, und eine Frau mit Tausenden Falten im Gesicht und schwer zu bändigendem Haar erwachte darauf zum Leben.

»Ist das GiGi?«

»Ja«, brummte Moses.

»Sie sieht ein bisschen wie Abuela aus«, kommentierte Noah. Moses schaute überrascht auf.

»Sie sehen nicht hispanisch aus, aber … ich schätze, dass unser Aussehen nicht die ganze Geschichte erzählt, nicht wahr?«

»Das ist richtig. Nicht mal ansatzweise. Es erzählt nicht die besten Teile«, murmelte Noah. »Aber ich denke nicht, dass ich hispanisch bin. Ich schätze, dass ich es sein könnte. Ich weiß nicht, wer mein Dad war.«

Moses zögerte. Seine Hand verharrte über dem Papier. »Das wissen Sie nicht?«

»Nein. Ich kenne nicht einmal seinen Namen.«

»Ich kenne meinen Vater auch nicht«, murmelte Moses. »Aber fairerweise muss man sagen, dass er vermutlich nie wusste, dass ich existiere.«

Noah erwiderte nichts. Er beobachtete einfach nur, wie sich Noah ein weiteres Blatt Papier nahm und das Bild seiner Großmutter beiseitelegte.

»Also, wer ist Abuela?«, fragte Moses und hielt die Augen auf das Papier gerichtet. Sein Interesse überraschte Noah.

»Die Großmutter meiner Freundin. Sie gab mir das Gefühl, geliebt zu werden. Sie war gut zu mir«, sagte Noah.

»Sie lebt nicht mehr?«

»Nein. Sie starb vor zwei Jahren, als ich in Afghanistan diente. Ich konnte mich nicht von ihr verabschieden. Ich vermisse sie.«

»Ich konnte mich auch nicht von GiGi verabschieden.«

»Können Sie sie nicht sehen?«, fragte Noah.

»Nein. Die Toten, die ich sehen will, sehe ich nie.«

»Wie ist es jetzt gerade? Sehen Sie irgendjemanden, den Sie nicht sehen wollen?«

»Abgesehen von Ihnen, Doc?«, erwiderte Moses mit einem Lächeln in der Stimme.

»Abgesehen von mir.«

»Nein. Jetzt gerade sind die Toten ruhig. Das ist angenehm.«

Noah nickte. »Das ist gut. Ich könnte selbst ein wenig Ruhe vertragen. Darf ich hier bei Ihnen sitzen, während Sie zeichnen?«

»Solange Sie mich nicht anstarren und einen Haufen Notizen in meine Akte schreiben, die ich nicht lesen kann.«

»Ich werde Ihnen alles zeigen, was ich aufschreibe, wenn Sie mir alles zeigen, was Sie zeichnen.«

»Eigentlich will ich gar nicht wissen, was Sie über mich denken, Doc.«

Noah lachte. »Das verstehe ich. Manchmal ist es so besser. Aber das, was ich denke, könnte Sie überraschen.«

»Sind Sie sicher, dass Sie Arzt sind? Sie sind nicht sehr alt.«

»Das sind Sie auch nicht. Aber sehen Sie nur, wozu Sie in der Lage sind.« Noah nickte in Richtung der Zeichnungen.

Moses lächelte. »Ich fühle mich uralt.«

»Ich mich auch«, murmelte Noah.

Moses richtete den Blick wieder auf das Papier und ließ die Hand erneut darüberhuschen. Noah verlangte keine Erklärung von ihm. Er saß einfach nur da, beobachtete ihn beim Zeichnen und sah zu, wie aus den Linien ein Gesicht entstand.

Es war Cora. Ihr Haar wehte um ihr Gesicht herum, und ihre Augen waren so lebendig, dass sich sein Herz in seiner Brust verkrampfte. Moses hatte sie lächelnd gezeichnet, als wäre es das, was er sah. Noah nahm das Porträt aus seinen ausgestreckten Händen entgegen.

»Es geht ihr gut, Doc.«

»Ich glaube Ihnen, Moses.«

»Geht es *Ihnen* gut?«

»Jetzt gerade fühle ich mich so gut wie schon lange nicht mehr.«

6

1988

Es gibt Orte, an denen man Weihnachten niemals verbringen sollte. In einem McDonald's, *im Waschsalon, an einer Tankstelle oder gestrandet am Straßenrand, um nur ein paar zu nennen. Mercedes war sich sicher, dass es Hunderte schreckliche Orte gab, doch das Krankenhaus stand ganz oben auf der Liste der schlimmsten.*

Oscar war wochenlang krank gewesen. Sein Husten hielt sie jede Nacht wach. Er hielt sie alle wach. Und doch stand Oscar jeden Morgen auf und ging zur Tür hinaus. Er verpasste nie einen Arbeitstag. Alma wurde still, Abuela betete, aber Mercedes ging davon aus, dass Papi okay war, wenn es ihm gut genug ging, um zur Arbeit zu gehen. Doch das stimmte nicht.

An Nochebuena ging er nicht zur Mitternachtsmesse, und am Weihnachtstag – seinem einzigen freien Tag – stand er nicht aus dem Bett auf. Sie saßen um ihn herum, während sie ihre Geschenke öffneten und versuchten, ihn dazu zu bringen, etwas von Abuelas Pozole zu essen. Doch er lächelte und verscheuchte sie. Dabei entschuldige er sich für seine Müdigkeit und seinen Mangel an Festtagsstimmung. Am Weihnachtsabend war sein Fieber so hoch wie nie zuvor. Er konnte nicht atmen, und als Alma versuchte, ihn ins Auto zu verfrachten, damit sie ihn ins Krankenhaus bringen konnte, brach er zusammen, bevor er die Tür erreichte.

Alma trug Mercedes auf, den Notruf zu wählen, weil sie am besten Englisch sprach. Und als der Krankenwagen kam und Oscar mitnahm, fuhr Alma mit. Abuela und Mercedes konnten nur hilflos verfolgen, wie der Krankenwagen davonraste und sie zurückließ. Mercedes hastete die Treppe zu Noahs Wohnung hoch. Sie war fest entschlossen, jemanden zu finden, der sie zum Krankenhaus fahren konnte.

»Noah!« Mercedes hämmerte mit beiden Händen an seine Tür. Sie wusste, dass er zu Hause war. Cora und ihre Mutter waren zu Weihnachten in den Süden zu Heathers Familie gefahren. Doch Noah und seine Mutter hatten keine Verwandten, zu denen sie hätten reisen können, und es war noch nicht so spät, dass Shelly bereits zur Arbeit aufgebrochen sein könnte.

Noah öffnete die Tür, trat aber in den Flur hinaus und zog sie hinter sich zu.

»Was ist los, Mer?«

»Papi ist krank. Der Krankenwagen ist gekommen. Das Blaulicht hat geblitzt und alles, hast du es nicht gesehen?« Sie gab ihm keine Gelegenheit zu antworten. »Mami ist mit Papi im Krankenwagen mitgefahren, aber Abuela kann nicht fahren, und wir können nicht hier warten. Kann deine Mutter uns hinfahren? Sie haben gesagt, dass sie ihn in die Uniklinik von Utah bringen würden. Das ist doch ihr Krankenhaus, oder?«

»Sie kann euch nicht hinbringen«, erwiderte er und schüttelte den Kopf. »Sie arbeitet heute Nacht nicht, und sie … schläft.«

Mercedes wusste, was das bedeutete. Shelly hatte Schlafmittel eingenommen und würde nicht so bald aufwachen.

»Aber ich kann euch hinbringen«, sagte Noah fest entschlossen.

»Nein, das kannst du nicht!«, widersprach Mercedes und versuchte, nicht zu weinen. »Du bist erst vierzehn, Noah!«

»Ich fahre ständig, Mer. Keine Sorge. Gib mir einen Augenblick, damit ich die Schlüssel holen kann.«

Wenige Sekunden später war er wieder draußen. Er trug seinen dicken neuen Mantel, und der Schlüsselbund baumelte an sei-

nen Fingern. Schnell schloss er die Wohnung hinter sich ab. An diesem Morgen hatte Mercedes ihm Tamales und Tortillas mit Zucker und Zimt gebracht, die Abuela gemacht hatte. Dann hatte sie Noah dazu genötigt, sein Geschenk auszupacken: einen Mantel, für den sie lange gespart hatte. Er hatte drei Jahre hintereinander den gleichen Mantel getragen, die Ärmel hörten fünf Zentimeter oberhalb seiner Handgelenke auf. Außerdem war der Reißverschluss kaputt. Noah hatte sich sehr über das Geschenk gefreut, doch nun fühlte es sich an, als wäre das Glück dieses Morgens schon eine Ewigkeit her.

Noah fuhr den rostigen blauen Impala seiner Mutter mit dem Selbstvertrauen und der Vorsicht eines sechzigjährigen Mannes. Er lenkte mit beiden Händen und fuhr nicht schneller als erlaubt. An den Ampeln hielt er an, und wann immer er abbog, schaltete er den Blinker ein. Und irgendwann bog er auf den Parkplatz des Krankenhauses, als wäre er die Strecke schon hundertmal gefahren. Vielleicht war er das. Abuela hatte Noah nicht gefragt, als er sich hinter das Steuer gesetzt hatte. Sie war einfach auf den Rücksitz geklettert, hatte die Hände auf dem Schoß gefaltet und darauf gewartet, an ihr Ziel gebracht zu werden. Mer hatte vorne neben Noah gesessen. Das Herz klopfte ihr bis zum Hals, und sie hatte sich mit beiden Händen am Armaturenbrett festgeklammert. Sie war darauf vorbereitet gewesen zu sterben und hatte gebetet, dass Papi nicht im Himmel sein würde, wenn sie dort ankam.

Nun saßen sie in der Notaufnahme neben einem schiefen Weihnachtsbaum mit billigem goldenen Lametta und roten und grünen Schleifen und warteten auf Neuigkeiten. Sie hatten Alma darüber informieren lassen, dass sie sich im Wartezimmer befanden, hatten seit ihrer Ankunft vor einer Stunde aber nichts gehört. Noah saß in seinem neuen Mantel neben Mercedes, seine Ellbogen auf seine knochigen Knie gestützt. Seine großen Füße steckten in seinen abgetragenen, billigen Turnschuhen, und er tippte damit in einem nervösen Rhythmus auf den Boden.

»Ich hasse es hier«, flüsterte Mercedes, die sich lieber auf ihre Wut als auf ihre Trauer konzentrierte.

»Ich nicht«, sagte Noah.

»Warum nicht?«, fragte sie und schnappte nach Luft. Wie konnte jemand ein Wartezimmer in einem Krankenhaus mögen?

Er zuckte mit den Schultern. »Mir gibt dieser Ort Hoffnung. Wenn die Leute hier sind, bekommen sie Hilfe.«

»Aber die Leute kommen auch her, um zu sterben. Sie sind krank. Und sie haben Angst.« Mercedes war krank vor Sorge und hatte Angst. Sie stand abrupt auf, da sie nicht länger in der Lage war still zu sitzen.

»Wir sollten uns ein wenig die Beine vertreten«, schlug Noah vor und stand ebenfalls auf. »Komm schon. Ich werde Abuela zeigen, wo sich die Kapelle befindet. Sie kann beten, während wir ein bisschen frische Luft schnappen.«

»Was, wenn Mami uns braucht?«

»Wir werden nicht lange weg sein. Und ich sage Agnes, dass sie uns ausrufen lassen soll, wenn es Neuigkeiten gibt.«

»Agnes?«

»Agnes arbeitet nachts immer am Empfang der Notaufnahme. Sie ist nett«, erklärte Noah.

Noah kannte sich hier aus, und Abuela schien dankbar für die Gelegenheit zu sein, eine Kerze anzünden und ein Gebet für ihren Schwiegersohn sprechen zu können, also ließen Noah und Mer sie in dem schummrigen Raum mit den Buntglasfenstern allein und gingen nach draußen. Sie waren auf der Suche nach einer Ruhe, die nicht vom Zischen sich öffnender Automatiktüren und Weihnachtsmusik vom Band unterbrochen wurde. Das rot leuchtende Notaufnahmeschild über ihren Köpfen tauchte den blassen Nebel in ein pinkfarbenes Glühen, sodass er wie Zuckerwatte auf einem Weihnachtsmark aussah.

»Sieh mal!«, sagte Noah.

Eine dicke Flocke, so vereist, dass sie buschig wirkte, tanzte durch die Luft und landete in Noahs dunklem Haar. Eine weitere folgte ihr, und er fing sie mit seiner Hand auf. In Erwartung weiterer Schneeflocken hob er das Gesicht gen Himmel.

»Womöglich bekommen wir doch noch weiße Weihnachten«, sagte er in dem Versuch, Mercedes' Laune zu heben. »Die Leute wünschen sich etwas, wenn sie die ersten Sterne am Himmel sehen. Vielleicht können wir uns etwas von den ersten Schneeflocken wünschen.«

Mercedes schloss die Augen und wünschte mit aller Macht. Ihr Wunsch war zum Teil Gebet, zum Teil Flehen und zum Teil wütendes Ultimatum. Doch ihre Furcht wuchs stetig weiter.

»Ich habe ein ganz schlechtes Gefühl, Noah«, flüsterte Mercedes. Ihre Brust war so eng, dass sie kaum noch Luft bekam.

Noah streckte eine Hand aus und ergriff ihre. Er verschränkte seine eiskalten Finger mit ihren sehr viel kleineren.

»Das wird schon wieder in Ordnung kommen, Mer. Das muss es. Es ist Weihnachten.«

Wenn der eigene Vater an Weihnachten stirbt, verdirbt einem das irgendwie die Feiertage, und Mercedes atmete immer erleichtert aus, wenn das neue Jahr anbrach. Sie war dankbar, dass ein weiterer Jahrestag dieses traurigen Ereignisses vorübergegangen war. Doch nun, da Cora gestorben war, trat der Tod ihres Papis in den Hintergrund und machte einem frischeren Schmerz Platz. Alma, die an den Weihnachtsfeiertagen normalerweise ebenso sehr litt wie Mercedes, stellte die *Nacimiento* auf, die sie schon länger besaß, als Mercedes auf der Welt war, und schmückte das Haus mit Weihnachtssternen und Lichterketten, die sie in die Fenster hängte. Sie kaufte sogar einen kleinen Baum und stellte ihn auf den Tisch vor den Fenstern. Und sie verkündete, dass sie sich dieses Jahr ganz besonders große Mühe geben müssten.

»Noah und das *Bebé* sollten Weihnachten hier verbringen«, beharrte Alma. »An *Nochebuena* werden wir zur Messe gehen und gemeinsam zu Abend essen. Und am Weihnachtsmorgen packen wir mit Gia Geschenke aus. Das wird ein schweres Jahr für Noah werden. Er sollte nicht allein sein.«

»Noah ist nicht katholisch, und ich denke nicht, dass Gia die Messe durchhalten wird, Mami«, protestierte Mercedes, obwohl sie erleichtert war, dass ihre Mutter es vorgeschlagen hatte. Als sie das Thema Noah gegenüber zur Sprache brachte, wirkte er gleichermaßen erleichtert.

»Ich werde auch Heather einladen. Sie kann im Gästezimmer schlafen, du und Gia könnt mein Bett haben, und ich schlafe bei Mami. Auf diese Weise dürften wir Weihnachten alle gemeinsam überstehen«, versprach Mercedes.

Mercedes war wichtig zu betonen, dass sie mit ihren fast dreißig Jahren nicht bei ihrer Mutter wohnte, sondern dass ihre Mutter bei *ihr* wohnte. Nachdem Papi gestorben war, hatte sich Mercedes für eine Weile Sorgen gemacht, dass sie, Abuela und Mami womöglich nach Mexiko zurückkehren müssten. Abuela hatte eine Schwester in Mexiko-Stadt, und Papi hatte Brüder in Veracruz, denen Mercedes nie begegnet war. Doch Mami hatte darauf beharrt, dass es nichts gäbe, wohin sie zurückkehren könnten, und dass sie eine Möglichkeit finden würden, auch ohne Papis Gehalt über die Runden zu kommen. Sie zogen in eine kleinere Wohnung in der Drei-Amigos-Wohnanlage um, und Alma arbeitete ab sofort in Vollzeit als Reinigungskraft in jenem Krankenhaus, in dem ihr Ehemann gestorben war und Shelly Andelins Sohn praktisch die Leitung des Archivs innehatte. Abuela bereite weiterhin hausgemachte Tamales für die Restaurants zu, die sie und ihre Tochter seit Jahren belieferten. Und Mercedes besorgte sich einen Job als Reinigungskraft in einem Salon namens *Maven* auf dem

Union Boulevard, in dem sie abends nach der Schule arbeitete. Sie war an sechs Abenden die Woche für zwei Stunden dort, und die Besitzerin – Gloria Maven – zahlte ihr zweihundert Dollar pro Monat. Für ein vierzehnjähriges Mädchen war das im Jahr 1989 kein schlechter Lohn. Doch Mercedes sorgte dafür, dass Mrs Maven mehr bekam, als sie bezahlte.

Mit sechzehn fing Mercedes an, auch Pediküren zu machen, was dazu führte, dass sie zusätzlich zu dem Lohn von ihrem Reinigungsjob vierhundert Dollar nach Hause brachte. Sie verdiente nun genug, um die Miete abzudecken und sogar noch ein wenig für sich zurückzubehalten. Gloria Maven gefielen ihre Leidenschaft und ihre Arbeitseinstellung, also versprach sie Mercedes eine Stelle als Stylistin, sobald sie ihre Friseurinnenlehre abgeschlossen hatte, was Mercedes – die Abend- und Wochenendkurse belegte – bereits gelang, bevor sie die Highschool hinter sich gebracht hatte.

Mercedes ließ die Drei-Amigos-Wohnanlage hinter sich, als Noah und Cora heirateten. Doch Abuela und Alma hatten ihr Einkommen immer noch benötigt, also hatte sie sie mitgenommen, um die Kosten von zwei Haushalten einzusparen. Der Mangel an Privatsphäre und Unabhängigkeit hatte sie ein wenig nervös gemacht, doch als Abuela fünf Jahre später gestorben war, war sie dankbar für die Zeit gewesen, die sie noch miteinander gehabt hatten.

Sie und ihre Mutter waren in dem Zweifamilienhaus geblieben, das sich praktischerweise anderthalb Kilometer vom Salon, fünf Kilometer vom Krankenhaus und drei Kilometer von Noahs und Coras Heimatstadt befand. Und auch wenn sie sich etwas Neueres und deutlich Hübscheres hätte leisten können, benutzte Mercedes immer noch den Toyota Corolla, den sie schon seit zehn Jahren fuhr, und kaufte ihre Klamotten immer noch bei *Goodwill*. Sie mochte stolz darauf sein, dass sie aussah, als würde sie bei *Dillard's* einkaufen, aber das Geld, das sie bei Klamotten und bei ihrem Auto einsparte, legte sie für einen größeren Traum zurück. Sie hatte das *Maven* eigenhändig in eine Kombination aus Luxus Spa und Boutique verwandelt, und sobald Gloria Maven bereit war zu verkaufen, hatte Mercedes die Absicht, den Laden zu erwerben. Gloria hatte angedeutet, dass es 2005 so weit sein würde, und Mercedes war bereit. Ihrer Meinung nach konnte Weihnachten gar nicht schnell genug rumgehen.

Gia machte die Feiertage letztendlich erträglich. Ihretwegen gaben sich alle ein bisschen mehr Mühe, obwohl es sehr leicht gewesen wäre, die Festtage komplett zu ignorieren. Sie hatte angefangen, verständliche Wörter zu plappern. Sie ahmte Laute und Silben nach, schimpfte mit ihrem Vater, erzählte in enthusiastischem Gebrabbel Geschichten und brachte sie alle mit ihren Mätzchen zum Lachen. Nichts war vor ihren eifrigen Händen oder ihrem Mund sicher, und Noah hängte die Lichterketten und den Baumschmuck ausschließlich in die obere Hälfte des Weihnachtsbaums, damit sie nicht alles abrupfte und vor allem nicht in die Glühbirnen biss.

»Wenn man die Augen zusammenkneift, sieht dein Baum aus, als würde er einen hässlichen Weihnachtspulli tragen«, sagte Mercedes und betrachtete den halb geschmückten Baum mit gesenkten Lidern.

»Er sieht wie der Grinch in seinem Weihnachtsmannkostüm aus. Sein grüner Bauch ragt darunter hervor«, überlegte Noah laut und stellte sich mit einem Stern in den Händen neben sie. Auch er hatte die Augen zu Schlitzen zusammengezogen.

»Das stimmt!«, rief Mercedes kichernd. Sie zog sich die schlaffe Weihnachtsmannmütze vom Kopf und wedelte damit aufgeregt in der Luft herum. »Lass uns anstelle des Sterns diese

Mütze auf seinen Kopf setzen. Dann wird er erst recht wie der Grinch aussehen. Heb mich mal hoch.«

Noah tat ihr den Gefallen und spannte die Arme unter ihren Oberschenkeln an, damit sie die Spitze des Baums erreichen konnte. Gia suchte sich genau diesen Augenblick aus, um sich an sein Bein zu klammern, woraufhin er ins Taumeln geriet, das Gleichgewicht verlor und in Richtung Baum kippte, sodass sie alle in den Zweigen landeten. Zum Glück wurde niemand verletzt. Gia weinte, doch Noah und Mercedes konnten nicht aufhören zu lachen.

Noah machte sich nicht mal die Mühe, Geschenke unter seinen Baum zu legen. Gia packte alles sofort aus. Letztendlich ging er dazu über, das, was er kaufte, zu Mercedes zu bringen, damit sie es sicher aufbewahren konnte. Am Weihnachtsmorgen herrschte in Mercedes' Haus ein ziemliches Gerangel. Alle versuchten, dafür zu sorgen, dass sich Gia immer nur auf ein Geschenk konzentrierte und nicht alle auf einmal haben wollte. Mercedes hatte Gia zu viele Geschenke gekauft – wie alle. Gia hatte mehr Kleidung und Spielzeuge unter dem winzigen Baum liegen, als sich ein kleines Mädchen je wünschen konnte. Und genau genommen wollte sie sie gar nicht haben. Sie zog das Papier von jeder Schachtel und holte dann ihren alten roten Ball aus Mercedes' Spielzeugkiste, um damit zu spielen und die Erwachsenen ihrem eigenen Geschenkeaustausch zu überlassen.

Noah hatte Mercedes beheizbare Sitzauflagen und magnetische Fensterabdeckungen für ihren Corolla besorgt, damit sie nicht mehr ihre Windschutzscheibe freikratzen musste, wenn es fror. Außerdem hatte er ihr einen alten Plattenspieler und einen Stapel Schallplatten besorgt, von denen er wusste, dass sie sie mochte – Nina Simone, Al Green, Donny Hathaway und Jackson 5. Sie quietschte wie ein kleines Mädchen und bestand darauf, die letzte Platte sofort abzuspielen, damit sie zu *I Want You Back* tanzen konnte. Noah weigerte sich zu tanzen, legte sich aber mit hinter dem Kopf gefalteten Händen auf den Boden und lachte, während sie sich hin und her wiegte und jedes Wort lautlos mitsang. Gia liebte es ebenfalls und machte mit. Sie stand breitbeinig da, wippte mit dem Kopf und schwang ihre Hüften und ihre Arme umher. Alma und Heather klatschten, lachten über die Bewegungen des Kleinkinds und feuerten Mercedes an.

Mercedes schenkte Noah drei neue Hemden, zwei neue Hosen eine dunkellila Krawatte mit kleinen weißen Punkten darauf, die sich bei näherem Hinsehen als Basketbälle entpuppten, sowie einen marineblauen Mantel, ähnlich jenem Mantel, den sie ihn in dem Jahr gekauft hatte, in dem Papi gestorben war. Der Stil der Achtziger war wieder in Mode, und ihr war aufgefallen, dass Noah zwar einen Ausgehmantel hatte, aber eben kein zwangloses Kleidungsstück, das ihn vor der Kälte schützen konnte. Sie hatte den Mantel in einem Schaufenster gesehen und sofort an den Abend denken müssen, an dem er sie und Abuela zum Krankenhaus gefahren hatte. Damals war er mit dem Selbstbewusstsein einer alten Seele über die dunklen Straßen gebraust.

In den vergangenen Tagen hatte sie sehr oft an diesen Abend zurückgedacht – an seine Sorge, an seine Gesellschaft, an seinen liebenswerten Glauben daran, dass nichts schiefgehen konnte, weil Weihnachten war. Mercedes selbst hatte damals schon gewusst, dass das Schicksal einen fatalistischen Sinn für Timing hatte und es Weihnachtswunder nur in kitschigen Filmen gab. Er hätte es ebenfalls wissen sollen. Enttäuschungen waren Noah nicht fremd gewesen. Aber er hatte dennoch daran geglaubt, dass alles gut werden würde. Oder vielleicht hatte er daran geglaubt, weil sie es so gebraucht hatte.

In den frühen Morgenstunden hatte er sie alle zurück nach Hause gefahren – Mercedes, Mami und Abuela. Ohne Papi. Drei verzweifelte Frauen, die nicht gewusst hatten, wie es nun weitergehen sollte. Jahrelang war Mercedes nicht in der Lage gewesen, an diese Stunden zu denken. Nun, sechzehn Jahre später, saß sie mit Erinnerungen an ihren Vater in ihrem Kopf neben Noah und staunte darüber, wie gut sich dieser Junge an jenem Tag und auch an den darauffolgenden um sie alle gekümmert hatte. Noah war bereits der Mann seines eigenen Hauses gewesen, und vorübergehend wurde er auch zum Mann ihres Hauses.

»Du siehst sehr gut aus, Noah«, sagte Heather. »Der Mantel passt dir perfekt.«

Noah strich mit einer Hand über die gesteppten Ärmel. »Das stimmt. Er sieht genau wie der Mantel aus, den du mir geschenkt hast, als wir Kinder waren, Mer.«

»Ich weiß. Er hat mich daran erinnert, wie du dich in jenem Jahr um uns gekümmert hast, und ich dachte, dass es an der Zeit wäre, mich dafür zu bedanken.« Noah hob den Blick und blickte ihr in die Augen. Trauer lag in der Luft, doch das Wissen, dass sie alle zuvor schon großen Kummer überstanden hatten, mäßigte sie.

»Und jetzt kümmerst du dich um ihn«, sagte Heather mit sanfter Stimme und schimmernden Augen.

»Wir kümmern uns alle umeinander, Heather«, sagte Mercedes, als sich Noah vorlehnte und ihr einen Kuss auf den Kopf presste.

Heather nickte, und Alma tätschelte ihre Hand. Dann deutete Alma auf das letzte Geschenk unter dem Baum.

»Für dich, Heather«, sagte sie mit ihrem starken Akzent.

»Es ist von mir und Gia, Heather«, fügte Noah hinzu, und Mercedes hörte die Nervosität in seiner Stimme.

Heather zog das Papier von einem großen Leinwandgemälde und starrte es wie gelähmt an. Es zeigte Cora, die in Wirbeln aus Farbe dargestellt war – leuchtende Rot- und kühne Blautöne, sanftes Pink und Nuancen von Gold und Schatten schimmerten auf der Fläche. Es war prachtvoll.

»Ich dachte, dass du es haben solltest«, sagte Noah, der den Blick fest auf seine Schwiegermutter gerichtet hatte. Ihr rotes Haar war verblasst, und ihre Augen waren müde, doch die Ähnlichkeit zwischen Mutter und Tochter war unverkennbar. Und als sie ihren Mund bedeckte und schluchzte, weinten sie alle mit ihr.

»Gia sollte es haben«, brachte sie erstickt hervor.

»Ich habe eine Farbkopie für Gia anfertigen lassen, die ich in ihrem Zimmer aufhängen will. Das ist das Original, und es gehört dir. Wenn du eines Tages willst, dass Gia es bekommt, kannst du es ihr schenken.«

»Wer hat das gemalt?«, stieß Heather aus.

»Es gibt da einen Patienten in der Montlake-Klinik. Er ist Künstler. Ich bat ihn – beauftragte ihn –, sie zu malen.«

»Er hat sie perfekt eingefangen – all ihre besten Seiten. Wie hat er das gemacht?«, fragte Heather erstaunt, während ihr Tränen über die Wangen liefen.

»Er hat eine erstaunliche Gabe«, sagte Noah, und Mercedes wusste, dass noch mehr dahintersteckte, doch sie bohrte nicht nach.

Später, als sie das Frühstück abgeräumt hatten, machte Heather ein Nickerchen. Alma war aufgebrochen, um zur Weihnachtsmesse zu gehen. Mercedes reichte Noah eine Tasse Kaffee und ließ sich neben ihm aufs Sofa sinken. Sie wollte die ganze Geschichte hinter dem Gemälde erfahren.

»Erzähl mir von dem Bild, Noah. Erzähl mir von dem Künstler.«

»Die Polizei brachte ihn vor einem Monat in die Klinik. Er fand seine Großmutter tot in der Küche vor. Anstatt Hilfe zu holen, erlitt er eine Art psychotischen Zusammenbruch. Sie fanden ihn über und über mit Farbe bedeckt, während er Bilder an die Wände ihres Wohnzimmers malte. Er ist ein brillanter Junge. Ein Genie. Ein … Inselbegabter. Seine Kunst ist unglaublich realistisch … und schön … und entsetzlich. Er bekam irgendwie eine Dose mit Bleistiftstummeln in die Finger und bedeckte die Wände seines Zimmers mit den seltsamsten Dingen«, sagte Noah.

»Was denn zum Beispiel?«, fragte Mercedes.

»Er behauptet, dass ihm … tote Menschen … Dinge zeigen. Und wenn er malt, was sie ihm zeigen, lassen sie ihn in Ruhe.«

»Leidet er unter Wahnvorstellungen?«

»Nein. Ich denke nicht. Er weiß Dinge, die niemand wissen kann. Dr. Junes Zwillingsschwester starb, als sie noch ein kleines Kind war. Moses erwähnte es in einer Therapiesitzung. Keiner der Mitarbeiter wusste davon. Nicht mal ich wusste es. Wir haben einen Krankenpfleger – einen großen, bulligen Kerl namens Chaz. Moses erzählte ihm, sein Großvater wolle, dass er etwas findet. Er gab ihm Anweisungen. Es passte alles zusammen.«

Mercedes schwieg und dachte darüber nach. Abuela hatte immer an Dinge geglaubt, die sie nicht sehen konnte, an Gaben und besondere Fähigkeiten. Vielleicht war es ihr Einfluss, aber Mercedes hatte keine Schwierigkeiten zu glauben, dass es in Bezug auf Leben und Tod eine Menge Dinge gab, die sie nicht verstand. Sie hatte immer gute Instinkte gehabt und auf sie vertraut. Bei Noah war es ähnlich. Wenn er sagte, dass der Künstler tote Menschen sah, dann sah der Künstler tote Menschen. Ende der Geschichte.

»Er hat Cora gesehen. Er sagte, dass sie mir manchmal …

folge. Er erzählte mir … Er erzählte mir, dass es ihr gut gehe. Es geht ihr gut. Aber sie macht sich Sorgen um mich«, murmelte Noah.

»Er sagte, dass sie dir folgt?« Das gefiel Mercedes ganz und gar nicht.

»Er listete all ihre Lieblingssachen auf. Regenschirme. Harry Connick, solche Sachen. Das könnte niemand wissen. Er zeichnete ihr Gesicht, ohne je ein Bild von ihr gesehen zu haben.«

»Unglaublich.«

»Ja. Unglaublich. Aber … ich *glaube* ihm. Ich denke, dass Moses die Toten sieht.«

»Und er sagte, dass es ihr gut geht? Sie ist … okay?«

»Ja.« Noah lächelte. Das Grinsen ließ seine Lippen für einen Augenblick beben. Dann senkte er den Kopf und holte tief Luft.

»Denkst du, dass … er mit mir reden würde?«, flüsterte Mercedes.

»Warum?«

»Er hat dafür gesorgt, dass es dir besser geht.« Das war offensichtlich. Noah strahlte einen Frieden aus, der vor einem Monat noch nicht da gewesen war.

»Das hat er.«

»Ich will mich auch besser fühlen.«

Noah nahm ihre Hand. »Ich werde ihn fragen, Mer. Ich kann nichts versprechen, aber ich frage ihn, ob er bereit wäre, mit dir zu reden.«

Gia, die zu ihren Füßen spielte, watschelte auf den Baum zu und legte ihren roten Ball auf einen Ast, als würde sie wollen, dass er dort mit dem Rest des Weihnachtsschmucks hing. Der Ball rollte herunter, und sie knurrte.

»Nein, Bah«, befahl sie und legte den Ball wieder auf den Ast. Er rollte erneut herunter.

»Nein, Bah!« Gia wurde immer frustrierter, weil sich der Ball so unkooperativ verhielt.

Mercedes stellte ihren Kaffee ab und krabbelte zu Gia, um ihr den Ball abzunehmen.

»Warte. Ich helfe dir.« Sie klemmte ihn in eine Astgabel in der Nähe des Stamms, sodass er nicht mehr herunterfallen konnte.

»So«, sagte Mercedes.

»Meh«, erwiderte Gia fröhlich. Sie deutete auf den Ball und klatschte. Dann versuchte sie, ihn zu erreichen, doch die Äste piksten sie, und sie deutete erneut mit einer herrischen Geste auf ihr Spielzeug und blickte von dem Ball zu Mercedes, als hätte Mercedes sie hereingelegt, indem sie den Ball so tief in das Geäst hineingedrückt hatte.

»Meh!«, wiederholte Gia.

»Was sagt sie? Das hat sie schon letzten Montag ständig gesagt – Meh, Meh, Meh. Sie klingt wie eine kleine Ziege, und ich weiß nicht, was sie will.«

»Meh«, blökte Gia wieder und deutete mit ihrem kleinen Finger auf Mercedes, deren Mangel an Verständnis sie eindeutig ärgerte.

Noah lachte laut los. »Sie sagt Mer.«

»Meh«, sagte Gia und nickte.

»Oh!«, rief Mercedes.

»Sie kann nur noch kein R aussprechen«, erklärte Noah.

»Meh? Das ist mal wieder typisch. Sie nennt mich Meh. Das klingt wie etwas, das man sagt, wenn man von einer Sache nicht besonders begeistert ist. Meh.« Mercedes lachte.

»Das habe ich noch nie gehört«, sagte Noah.

»Na, du weißt schon. Wie war der Film?« Sie zuckte mit den Schultern. »Er war nur so … meh. Gefällt dir dieses Hemd? Meh.«

»Gia ist von dir aber sehr begeistert.«

»Ja. Das stimmt. Und ich liebe es.« Mercedes packte Gia und drückte sie an sich. Sie küsste ihre dicken Bäckchen und knabberte an ihrem Hals.

»Meh.« Gia kicherte.

»Gia«, gurrte Mercedes. »Kannst du Gia sagen? Sag Gia.«

Gia zog ihr Gesicht zusammen und sagte: »DIE-AH.« Alle Vokale stimmten, aber die Konsonanten leider nicht.

»Gie-ah«, wiederholte Mercedes.

Gia klatschte für sie, und Mercedes und Noah lachten beide.

»Meh.« Gia tätschelte Mercedes' Wange.

»Ja. Das bin ich. Meh«, stimmte Mercedes zu.

»Noah!«, rief Gia und wandte sich an ihren Vater. Mercedes jubelte. Noah hatte vergessen, Gias neu gelerntes Wort zu erwähnen.

»Sie ist noch nicht mal zwei Jahre alt und nennt mich bereits beim Vornamen. Ich will Daddy sein«, murrte Noah.

»Tja … sie nennt dich Noah, weil alle anderen es tun. Vielleicht fange ich an, dich Big Papa zu nennen«, scherzte sie und genoss die kleine Flirterei.

»Ja … Ich denke, das solltest du lieber lassen.«

Noah und Mercedes einigten sich darauf, sich zu ihren jeweiligen obligatorischen Silvesterpartys auf der Arbeit zu begleiten. Zuerst ging es zu Noahs, dann zu Mercedes'. Sie hatten vor, kurz nach Mitternacht wieder zu Hause zu sein. Heather hatte Gia für den Abend mit zu sich genommen und würde sie auch am nächsten Tag noch betreuen. Doch der Neujahrstag fiel auf einen Samstag. Samstags hatte Noah immer seine längste Schicht, und er verspürte keinerlei Bedürfnis, die ganze Nacht durchzufeiern und dann am nächsten Tag lange zu arbeiten. Eigentlich verspürte er gar kein Bedürfnis zu feiern, aber er zog sich eine graue Stoffhose und ein schwarzes Hemd an, trimmte seinen Bart und gelte sein Haar zurück und tat sein Bestes, um für ein paar Stunden eine fröhliche Miene aufzusetzen.

Mercedes trug ein rotes Kleid mit kurzen Ärmeln, einem herzförmigen Ausschnitt und einem langen Rockteil. Ihr Haar hatte sie zu Locken frisiert, die an jene der Schauspielerin Veronica Lake erinnerten. In Kombination mit ihren schimmernden roten Lippen und den hohen roten Absatzschuhen schrie der komplette Look förmlich: »Schaut mich an«. Doch Mercedes hatte sich schon immer als wandelnde Werbeanzeige für ihren Beruf betrachtet. Wenn sie gut aussah, würden die Leute zu ihr kommen, damit sie sie gut aussehen ließ. Sie hatte Visitenkarten in ihrer Handtasche.

Noah lächelte nur und schüttelte den Kopf, als er sie abholte. »Wie soll ich dich erklären, Mer?«

»Niemand wird denken, dass wir zusammen sind, Noah.« Sie tätschelte seine Wange. »Keine Sorge.«

»Warum sollten sie nicht denken, dass wir zusammen sind, wenn wir gemeinsam eintreffen?«

Sie zuckte mit den Schultern. »Das hat noch nie jemand gedacht. Wie lange sind wir schon befreundet? Jeder weiß, dass wir kein Paar sind. Von Anfang an bin ich immer nur die Kumpeline gewesen.«

Noah widersprach ihr nicht. Als sie eintrafen, stellte er sie als seine älteste Freundin vor, so wie er es immer getan hatte. Alle nickten und lächelten freundlich – wenn auch ein wenig neugierig – und führten gestelzten Small Talk, bis Noah sie zu einer anderen Person führte. Er behielt ihre Hand in seiner und bewegte sich gezielt durch die in Grüppchen zusammenstehenden Paare und Krankenhausangestellten. Immer wieder hielt er inne, um jemanden zu begrüßen und sich für eine

Minute auf eine Unterhaltung einzulassen. Dann zog er weiter und wiederholte die gleiche Prozedur.

»Du kannst ruhig etwas trinken, Mer. Du musst nicht meinetwegen verzichten«, sagte er, als er bemerkte, dass sie weder etwas gegessen noch etwas getrunken hatte.

»Dafür habe ich keine Zeit.«

»Warum nicht?«

»Weil wir gehen werden, sobald du jeder Person hier exakt sechzig Sekunden gewidmet hast.«

»Ist das so offensichtlich?« Er verzog das Gesicht.

»Ja. Lässt du innerlich eine Stoppuhr ablaufen, sobald du stehen bleibst, um mit jemandem zu reden?«

»In meinem Kopf befindet sich eine tickende Zeitbombe, falls du das meinst. Alle sehen mich mit diesem schwermütigen Blick an und fragen sich, wie es mir wirklich geht, oder spekulieren darüber, ob ich den Verlust bereits verarbeitet habe. Das fühlt sich ... seltsam an. Cora ist nun seit fast neun Monaten tot, und das hier ist das erste Mal, dass mich die Leute mit jemand anders sehen. Und nur zu deiner Information ... Du siehst nicht wie eine Kumpeline aus.«

Sie lächelte und zwinkerte ihm zu. »Ich war immer eine, und ich werde immer eine sein. Also ... Bist du bereit für die zweite Runde?«, fragte sie.

»Ja, bitte. Deine Kolleginnen kennen mich nicht so gut.«

»Stimmt. Und meine Party hat ein Achtzigerjahre-Motto.«

Noah stöhnte. »Bitte nicht.«

Doch auf der Weihnachtsfeier für die Mitarbeiter und Kunden des *Maven* achtete niemand genauer auf Noah. Die Leute sagten ihm nur kurz Hallo und wandten sich dann an Mercedes, um mit ihr zu fachsimpeln. Während der Abend voranschritt, entspannte sich Noah. Seine Angst und sein Unbehagen fielen von ihm ab, und er ergab sich der entspannten

Wärme, die daraus resultierte, dass er mit Mercedes und mit einer Gruppe aus Leuten zusammen war, die Cora nicht gekannt hatten und die ihn nicht unbedingt näher kennenlernen wollten. Das war nett. Mercedes brachte ihn sogar dazu zu tanzen. Es war, als wäre er wieder dreizehn und befände sich im Jahr 1987. Damals hatte er Musik aus einem Gettoblaster gehört und dabei Körbe geworfen. Und Mercedes hatte getanzt, während sie gedribbelt hatte. Jedes Lied erinnerte ihn an die Zeit in der Drei-Amigos-Wohnanlage, und für eine kleine Weile legte er die Last auf seinen Schultern beiseite und ließ sich einfach treiben.

Einmal mischte sich Keegan Tate ein. Er schnappte sich Mercedes und presste sie dicht an sich, während Night Ranger inbrünstig über *Sister Christian* sang. Doch Mer wirbelte schon beim nächsten Lied zurück zu Noah. Sie lachte und ließ Keegan zurück, sodass dieser sich eine neue Partnerin suchen musste. Noah sorgte dafür, dass so etwas nicht noch einmal passierte. Er warf jedem, der sich ihnen näherte, einen warnenden Blick zu und tanzte zu jedem Lied, nur damit ihn Mer nicht wieder verlassen würde.

Als der Countdown für Mitternacht begann, warnte der DJ die Menge vor und ließ die Musik verstummen. Und Noah erkannte, dass er es geschafft hatte. Er hatte das schlimmste Jahr seines Lebens überstanden, und wenn man bedachte, wie sein Leben bislang verlaufen war, musste das schon etwas heißen. Es hatte Tage gegeben, an denen er nicht in der Lage gewesen war, irgendetwas anderes zu tun, als für den Moment zu existieren, an denen ihn der Gedanke an die Zukunft beinahe gelähmt hatte. Er war immer noch nicht wiederhergestellt, und das Leben war nicht leicht. Jeder Gedanke an Cora sorgte nach wie vor dafür, dass sein Herz schmerzte und sich sein Magen verkrampfte, aber er hatte es geschafft. Gia wurde immer größer. Gia war glücklich. Und alles würde in Ordnung kommen. Irgendwann.

»... Drei, zwei, eins. Frohes neues Jahr!«, grölte der DJ. Ballons fielen von der Decke, und überall krachte es laut.

»Frohes neues Jahr, Noah!«, rief Mercedes. Sie fing einen Ballon auf und schleuderte ihn wieder in die Luft. Noah sah in ihre lachenden Augen hinunter und ließ den Blick dann über all die Paare auf der Tanzfläche schweifen, die sich küssten. Er fand sich plötzlich in der gleichen Situation wieder wie vor ein paar Monaten, als ihn die Kusskamera festgenagelt hatte.

»Hier gibt es keinen Großbildschirm, Noah«, protestierte Mercedes, die sich auf die Zehenspitzen gestellt hatte, damit sie direkt in sein Ohr sprechen konnte. Sie wollte eindeutig, dass er sie inmitten des Lärms und der Ausgelassenheit hörte. Doch er zog sich nicht zurück. Er wusste, dass Mer von ihm keinen Kuss um Mitternacht erwartete. Tatsächlich erwartete sie wohl eher eine Umarmung und ein gegenseitiges Abklatschen. Dieses Wissen befreite ihn, und er drehte sein Gesicht und streifte mit den Lippen ihre Wange.

»Frohes neues Jahr, Mer.« Dann presste er seine Lippen auf ihre. Es war eine sanfte Anerkennung, ein Wink in Richtung des neuen Jahrs. Sie hob überrascht die Hände an seine Brust. Für einen Augenblick war es einfach nur der ruhige Kuss der wahren Zuneigung, der sanfte Austausch von warmen Gedanken und guten Wünschen. Doch jemand drängte sich an ihnen vorbei, und Mercedes geriet ins Wanken und verlor das Gleichgewicht. Noah spannte die Arme an, um ihr Halt zu geben, was dazu führte, dass sich ihr Körper fester gegen seinen presste. Und plötzlich berührten sich ihre Münder nicht mehr in einer vorsichtigen Begrüßung, sondern mit wachsendem Staunen. Ihre Lippen verweilten, kosteten und neckten, bewegten sich und probierten neue Positionen aus – es war ein kaleidoskopartiger Kuss, der sich formte, nur um dann wieder zu zerfallen und sich neu zu bilden.

Erst als das Licht flackerte und die Musik aus den Achtzigern wieder ertönte – *Auld Lang Syne* ging in UB40s *Red Red Wine* über –, hob Noah den Kopf. Gleichzeitig senkte Mercedes den Blick, schnappte nach Luft und ließ von ihm ab.

»Ich hasse dieses Lied«, sagte er.

»Ich weiß.«

»Davon werde ich jetzt eine Woche lang einen Ohrwurm haben.«

»Dann sollten wir besser gehen, bevor du anfängst mitzusingen.«

»Gute Idee.«

Es war so leicht, in das alte Geplänkel zurückzuverfallen, in das vertraute Geben und Nehmen der Kameradschaft. Doch als Noah in Mers Einfahrt den Motor abstellte und eine Sekunde zu lang dasaß und einfach nur das Lenkrad anstarrte, streckte Mer eine Hand aus und zwickte fest in seinen Arm.

»Denk nicht zu viel darüber nach, Boozer«, warnte sie.

»Was?«

»Tritt vom Abgrund zurück«, verlangte sie mit monotoner Stimme.

»Mer …«

»Schalte die Furzfabrik ab«, brummte sie.

»Die Furzfabrik?«

»Ich kann bis hierher hören, wie dein Gehirn furzt. Und es stinkt.«

»Oh. Verstehe«, sagte er, und ein Lächeln schwang in seiner Stimme mit. »Ich vergöttere dich«, gestand er.

»Und ich vergöttere dich, Boozer.«

»*Red, red wine, I loved you right from the start*«, sang Noah mit einem Reggae-Rhythmus.

»Right from the start, with all of my heart«, erwiderte Mercedes und ahmte den Takt nach.

»Gute Nacht, Mer.«

»Gute Nacht, Noah.« Sie stieg aus und schloss die Tür. Er konnte sie den ganzen Weg über singen hören, und sie winkte, während sie auf das Haus zuging.

»Ich hasse dieses Lied wirklich«, murmelte Noah seufzend vor sich hin. Doch als er aus der Einfahrt fuhr, lächelte er. Die Furzfabrik war ausgelöscht.

7

1989

»Am Ende sind nur drei Dinge wichtig«, sagte Abuela. »Wer Er ist.« Sie deutete gen Himmel. »Wer du bist, und wer deine Freunde sind.«

»Warum ist es wichtig, wer meine Freunde sind?« Was Mercedes eigentlich fragen wollte, war, warum überhaupt irgendwas davon wichtig war, aber sie wollte die Gefühle ihrer Abuela nicht verletzen.

»Unsere Freunde formen den Kurs unserer Leben. Du musst sie sehr sorgfältig auswählen. Aber wenn du weißt, wer Er ist, dann wird Er dir dabei helfen zu erkennen, wer du bist. Und wenn du weißt, wer du bist, wirst du wissen, wer deine wahren Freunde sind. Eins führt zum anderen, verstehst du?«

Mercedes verstand es nicht, aber sie nickte. »Noah ist mein wahrer Freund.«

»Ja. Das ist er. Er ist ein guter Junge.«

»Cora ist meine wahre Freundin.«

Abuela nickte, dieses Mal jedoch ein wenig langsamer. »Du bist ihre wahre Freundin. Und das ist auch wichtig. Aber Cora weiß nicht, wer sie ist.«

»Weiß sie, wer Er ist?« Mercedes deutete gen Himmel. Abuela liebte es, in mystischen Rätseln zu sprechen, und Mercedes neckte sie deswegen gern.

Abuela zog die Augen zusammen und schien zu vermuten, dass Mercedes versuchte, sie durcheinanderzubringen.

»Nur drei Dinge sind wichtig, niña«, *sagte Abuela und wedelte mit dem Finger.*

»Wer Er ist, wer ich bin und wer meine Freunde sind«, zählte Mercedes auf und versuchte, nicht zu grinsen.

»Wenn du nicht weißt, wer du bist, wirst du die Welt nicht klar sehen, verstehst du das?« Abuelas Frustration nahm zu.

»Wer bin ich, Abuela?«

»Du bist ein Kind Gottes.«

»Und wer ist Cora? Vielleicht kann ich ihr sagen, wer sie ist, damit sie es weiß.«

»Mercedes – du lachst mich aus.« Abuela seufzte.

Mercedes war sofort zerknirscht. »Tut mir leid, Abuela. Ich weiß, wer ich bin. Ich bin deine Enkelin, und ich liebe dich sehr. Ich bin aber auch jemand, der andere gerne neckt, und manchmal lache ich, wenn ich zuhören sollte.«

»Sí. *Du solltest zuhören. Aber es ist auch in Ordnung zu lachen.«*

»Also verrate es mir … Wer ist Cora?«, bat Mercedes reuevoll.

»Sie ist ebenfalls ein Kind Gottes. Das sind wir alle. Aber sie weiß es nicht. Wenn sie sich im Spiegel mustert, sieht sie dich. Und sie sieht Noah. Und sie sieht ihre Mutter und ihren Vater und jeden, der sie je geliebt hat, und jeden, der sie je enttäuscht hat. Aber sie sieht nicht Cora, weil sie nicht weiß, wer Cora ist.«

»Ich werde es ihr sagen, Abuela.« Mercedes tätschelte die Hand ihrer Großmutter. Ihr war nicht mehr nach Lachen zumute. Sie fühlte sich melancholisch. Traurig. So als hätte sie gerade erfahren, dass ihre Freundin an einer Krankheit litt, über die sie nichts wusste.

»Ich weiß, dass du das tun wirst, Mercedes. Du bist eine wahre Freundin. Vielleicht können wir sie retten.«

Moses war schlank wie ein Jugendlicher, aber gleichzeitig muskulös wie ein Mann – ein Achtzehnjähriger, der bereits wie ein Dreißigjähriger wirkte. Er war so groß wie Noah, hatte hellbraune Haut und seltsame grünbraune Augen, die dafür sorgten, dass Mercedes blinzeln und sich abwenden wollte. Sein Haar war so kurz geschoren, dass nur ein Hauch davon zu sehen war und sein Schädel fast kahl wirkte. Er strich mit den Händen über seinen Kopf und ließ sie dann in den Schoß sinken. Einen Augenblick lang starrte er Mercedes schweigend an, und sie füllte die Stille nicht aus. Noah hatte sich entschuldigt und sie sanft daran erinnert, dass er bald wieder nach ihnen sehen würde. Andere Besucher saßen in ähnlichen Räumen, die sich alle an einem langen Flur befanden. Moses trug die Standardkleidung eines Insassen der Montlake-Klinik: einen hellgelben Krankenhauskittel und hellbraune Socken mit kleinen Gumminoppen an den Unterseiten, die ihn davor bewahren sollten, auf den Linoleumfußböden auszurutschen. In dieser seltsamen Kleidung hätte er harmlos wirken sollen. Doch das war nicht der Fall. Auf dem Tisch lagen ein Stapel Zeichenpapier und mehrere Fettstifte. Er nahm einen davon und drehte ihn zwischen seinen Fingern wie der Schlagzeuger einer Heavy-Metal-Band seine Drumsticks.

»Noah sagt, Ihre Behandlung sei abgeschlossen und dass Sie Montlake verlassen dürfen. Wo werden Sie hingehen?«, fragte Mercedes.

»Überallhin. Nirgendwohin«, erwiderte er knapp.

»Hm. Da war ich noch nie.« Mercedes zuckte mit den Schultern.

Ein Lächeln flackerte in seinen Augen auf, doch es erreichte seine Lippen nicht.

»Sind Sie Dr. Andelins Mädchen?«, fragte er, seine Stimme ein rauchiges Grollen.

»Sehe ich für Sie wie ein Mädchen aus, Moses?«

Er lächelte, und seine schönen Lippen enthüllten gerade

weiße Zähne. Mercedes hatte das Gefühl, dass er nicht oft lächelte, und fühlte sich geehrt, es miterlebt zu haben.

»Sie sind nicht sehr groß«, murmelte er. »Aber nein, Sie sind eine Frau. Trotzdem beantwortet das nicht wirklich meine Frage.«

»Ich bin nicht Noahs Mädchen. Ich bin seine Freundin. Ich war auch die Freundin seiner Frau. Wir sind zusammen aufgewachsen.«

»Cora«, sagte er.

»Ja. Cora.«

Er rutschte auf seinem Stuhl herum und ließ den Blick aus dem Fenster wandern.

»Dr. Noah hat mir Ihren Namen nicht verraten. Ich weiß nicht, wie ich Sie nennen soll.«

Sie streckte eine Hand aus. »Ich bin Mercedes Lopez. Freut mich, Sie kennenzulernen.«

Er ergriff ihre Hand nicht, und sie fragte sich etwas verspätet, ob es hier Regeln in Bezug auf Körperkontakt gab. Noah hatte sie mit ihm allein gelassen, also machte sie sich keine Sorgen um ihre Sicherheit. Sie ließ ihre Hände auf ihren Schoß sinken.

»Moses Wright. Was wollen Sie, Miss Lopez?«, fragte er und blickte ihr wieder in die Augen.

»Ich weiß es nicht, Moses«, gab sie zu. »Sie haben Noah geholfen. Ich dachte, dass Sie vielleicht auch mir helfen könnten.«

»Hat er Ihnen erzählt, dass ich ihm geholfen habe?« Moses wirkte überrascht. Erfreut.

»Ja.«

»Er hält mich nicht für verrückt?«

»Nein. Er hält Sie nicht für verrückt.«

»Hm. Dr. Noah … er ist in Ordnung«, sagte Moses leise. »Ich mag ihn. Und ich mag nicht viele Menschen.«

»Ich mag ihn auch. Und ich mag die meisten Menschen ebenfalls nicht.«

»Ja, irgendwie hatte ich den Eindruck.« Moses schmunzelte. »Sie sind tough. Cora – Dr. Noahs Frau – war nicht … tough, nicht wahr?«

»Auf ihre eigene Art war sie es.«

Er füllte die Stille zwischen ihnen nicht aus, sondern wartete darauf, dass sie die Unterhaltung fortführte.

»Sie haben Noah erzählt, dass es Cora gut geht. Woher wissen Sie das?«, fragte sie.

»Es geht ihnen allen gut. Den Toten, meine ich. Zumindest denen, die ich sehe. Vielleicht dürfen mich diejenigen, denen es nicht gut geht, nicht besuchen.«

»Jagen sie Ihnen keine Angst ein?«

»Sie jagen mir eine Heidenangst ein«, knurrte er. »Aber nicht aus den Gründen, die Sie vermuten. Es ist … beunruhigend … nie allein zu sein.« Er schmunzelte, als wäre das Wort eine Untertreibung. »Ich will sie nicht sehen. Aber manche Dinge … sucht man sich eben nicht aus. Das hier ist eines dieser Dinge.«

»Wir können uns die meisten Dinge nicht aussuchen … Daher liebe ich Klamotten und Make-up und Frisuren. Man hat eine Million Auswahlmöglichkeiten, und niemand wird verletzt.«

Sein Mund zuckte, doch das halbe Lächeln verblasste, und ein entrückter Ausdruck schlich sich in seine Augen. »Haben Sie jemanden verloren, Lopez? Vielleicht eine Großmutter oder so?«

»Ja.« Mercedes beobachtete, wie er sich in sich zurückzog und etwas sah, das ihr verborgen blieb.

»Sie sieht Ihnen ähnlich. Sie fühlt sich auch wie Sie an. Klug. Herrisch. Sie hat nicht abgewartet, bis ich ihre Anwesenheit anerkannt habe«, sagte er.

Mercedes' Mund wurde trocken, und in ihren Augen sammelten sich sofort Tränen. »Sie können Abuela sehen?«

»Abuela?« Er klang überrascht. »Also das ist Abuela, ja? Dr. Noah erwähnte sie.«

Mercedes wartete. Sie wollte unbedingt mehr hören.

»Sie zeigt mir ein Bild. Eins dieser gruseligen katholischen Gemälde.« Er streckte seine Hände aus. Die Handflächen hatte er nach oben gerichtet und leicht angewinkelt. »Warum zum Teufel halten sie ihre Hände immer so?«, murmelte er.

Mercedes starrte ihn verwirrt an.

»Die Frau auf dem Bild steht so da. Um sie herum sind rötlich goldene Sonnenstrahlen zu sehen, und sie hat einen Schleier über dem Haar«, erläuterte Moses.

Die Erkenntnis traf Mercedes. »Sie zeigt Ihnen Unsere Liebe Frau von Guadalupe. Die Schutzheilige Mexikos. Abuela liebte sie. Sie hatte ihr Bild über ihrem Bett hängen.«

»Ich denke ... sie will, dass Sie erfahren, dass sie sie gesehen hat. Ihre Großmutter. Sie hat ... Guadalupe gesehen.«

Mercedes schnappte nach Luft. »*Dios mío*. Abuela muss im Himmel sein.«

»Nun ... ja. So läuft das irgendwie.«

Mercedes lachte und wischte sich über die Augen.

»Mist«, flüsterte er und starrte ihr ins Gesicht.

»Was?«

»Ich hatte gehofft, dass sie weg wäre.« Er rieb sich müde den Kopf und warf Mercedes einen anklagenden Blick zu. »Ihre Großmutter ist bei ihr.«

»Wen meinen Sie?«

»Dr. Andelins Frau.«

Mercedes musste sich große Mühe geben, um sich auf ihrem Stuhl nicht herumzudrehen und Ausschau nach ihnen zu halten. Sie wollte sie unbedingt mit eigenen Augen sehen. Ihre

Haut kribbelte, und ihr Magen rebellierte. Hätte Moses nicht absolut aufrichtig gewirkt und nicht so großes Unbehagen gezeigt, hätte sie ihm nicht geglaubt. Doch er hatte keinen Vorteil davon, ihr etwas vorzuspielen, und Mercedes konnte ihm nur ihren Glauben schenken.

»Cora? Cora ist bei Abuela?«, hakte sie nach.

»Ja.« Während sie redeten, bewegte er seinen Fettstift über das Papier, so als würde ihn die Handlung beruhigen. Er zeichnete eine einfache Reihe aus Figuren, die an Händen und Füßen verbunden waren. Papierfigürchen. Er zeichnete Papierfigürchen, die verbunden und doch individuell waren. Schon nach kurzer Zeit traten die Einzelheiten hervor. An den Enden standen Noah und Cora, groß und dünn. Mercedes stand zwischen ihnen. Sie war kleiner, dunkler und hielt die drei zusammen. Moses schob das Papier beiseite. Mercedes starrte es an und schaute auf ihre unverkennbaren Gesichter hinunter.

Doch Moses war noch nicht fertig. Er zog ein neues Blatt Papier zu sich heran und zeichnete weiter. Das Bild erhob sich von der Seite wie ein Monster aus der Tiefe. Mercedes konnte nur mit fasziniertem Entsetzen zuschauen, wie unter seinen fliegenden Händen ein weiteres Trio aus Papierfigürchen entstand. Als er fertig war, schleuderte er den Fettstift von sich und steckte sich die Finger in den Mund.

»Manchmal wird der Stift heiß«, erklärte er.

Mit der freien Hand schob er Mercedes die Zeichnung hin. Sie war unheimlich. Auf den eindimensionalen Körpern – cartoonartig und einfach – saßen dreidimensionale Gesichter. Jede Figur war kleiner als die vorangegangene. Zuerst kam Noah. Dann Mercedes. Und an ihre Hand klammerte sich eine winzige Figur mit wabernden Locken. Gia.

»Was hat das zu bedeuten?«, flüsterte Mercedes.

»Ich zeichne, was ich sehe. Das ist alles«, sagte Moses. Er

hob den Blick und schaute sie an. Seine grünbraunen Augen schimmerten golden, aber er achtete sorgfältig darauf, sie ausdruckslos zu halten. »Doch sie weiß es.«

»Was weiß sie?«

»Sie lieben Dr. Andelin, richtig? Sie weiß es.«

»Ich habe ihn schon immer geliebt. Natürlich weiß sie das. Sie habe ich auch geliebt.«

Er kratzte sich am Kopf. »Mist«, sagte er erneut und seufzte wieder. »Und sie liebt Sie.«

Mercedes nickte verblüfft, und Trauer pochte in ihrer Brust wie ein schmerzender Zahn.

»Darf ich die haben?« flüsterte sie.

»Ich will sie nicht«, brummte Moses.

Mercedes legte die Bilder übereinander. Sie anzuschauen, tat weh. Sie faltete die Zeichnungen und verbarg sie.

»Ist das alles?«, flüsterte sie.

Fassungslos zog er die Augenbrauen hoch. »Reicht das etwa nicht?«

»Ich will verstehen, was mit ihr passiert ist … und ich weiß es immer noch nicht.«

Er seufzte schwer. Dann griff er nach einem weiteren Stift und ging daran, Kreise zu zeichnen. Die Kreise wurden zu Steinen auf dem Grund eines Flussbetts. »Sie zeigt mir Steine. Fünf Stück. Sie sind glatt. Wie Flusssteine.«

»Ihr Auto lag kopfüber im Fluss«, flüsterte Mercedes.

Er nickte und zeichnete weiter. Ein mit einer Flagge bedeckter Sarg tauchte unheimlich und unverkennbar unter seinem Stift auf. Ein Paar Erkennungsmarken an einer langen Kette rahmten das Bild ein.

»Ihr Dad war Marinesoldat und verlor seine Beine bei einem Bombenattentat. Er kam nach Hause. Und brachte sich um«, erklärte Mercedes.

Moses nickte erneut.

»Hat sich Cora ebenfalls umgebracht? Versucht sie, mir das mitzuteilen?«

Seine Augen blitzten auf, und seine Hand erstarrte. »Ich zeichne nur, Lopez. Ich stelle keine Fragen. So läuft das nicht. Ich gebe hier nicht den Ton an. Das tun sie. Sie zeigen mir, was sie mir zeigen. Ich rede nicht mit ihnen.«

»Haben Sie es je versucht?«, drängte Mercedes.

»Ich will nicht mit ihnen reden!«, schnauzte er.

»Cora?«, sagte Mercedes und nahm die Sache selbst in die Hand. Ihr Herz schlug ihr bis zum Hals, ihre Lunge brannte, und sie starrte Moses an, während sie sprach. »Cora, kannst du mich hören?«

Er presste sich die Handflächen auf die Augen. »Sie hört Sie«, brummte er.

»Ich liebe dich, Cora. Ich habe dich immer geliebt. Und ich werde dich immer lieben. Aber ich muss wissen, warum du es getan hast.«

»Mist«, murmelte Moses wieder und fing erneut an zu zeichnen.

Drei Figuren nahmen Gestalt an. Sie waren auf die gleiche Weise verbunden wie die Figuren, die Moses bereits gezeichnet hatte, und die letzte war wieder ganz winzig. Sie erkannte Cora und Gia. Und sie erkannte den Mann.

»Das ist nicht Noah«, zischte sie.

»Nein … das ist er nicht«, flüsterte Moses.

»Wie ist es gelaufen?«, fragte Noah, als er Mercedes nach draußen zu ihrem Auto begleitete. Sie hatte versucht, sich ohne sein Wissen aus der Montlake-Klinik zu schleichen. Doch Noah hatte draußen vor der Tür gewartet, als sie den Raum verlassen hatte. Vielleicht vertraute er Moses doch nicht so sehr, wie sie gedacht hatte. Sie hielt die Bilder fest umklammert – alle bis auf das letzte – und musste ihre ganze Willenskraft aufbringen, um nicht schreiend aus dem Gebäude zu rennen. Das letzte Bild hatte sie hastig in ihre Tasche gestopft, bevor sie den Raum verlassen hatte.

»Du wirkst aufgewühlt«, sagte Noah sanft. »Eine Begegnung mit Moses kann ganz schön heftig sein. Ich habe versucht, dich zu warnen.«

»Mein Verstand ist nur ein bisschen überfordert. Er ist wirklich etwas Besonderes«, sagte sie und war froh, dass sie über Moses und nicht über Cora redeten.

»Das ist er. Er wird morgen entlassen. Ich habe ihm meine Nummer gegeben und ihm gesagt, dass er mich anrufen soll, wann immer es nötig ist. Ich bezweifle, dass er das Angebot annehmen wird, aber ich hoffe, er wird es tun. Er ist ein guter Kerl. Besonders. Das, was mit Moses Wright nicht stimmt, kann man mit Zeit, Freundschaft und ein wenig Freiheit wieder in Ordnung bringen. Er muss nur aufhören, so heftig dagegen anzukämpfen. Er und David Taggert – ich habe dir von ihm erzählt – haben große Pläne. Sie werden sich entweder gegenseitig retten oder ihren eigenen Tod heraufbeschwören.«

Mercedes erwiderte nichts. Sie wollte einfach nur hier weg, weit weg, irgendwohin, wo sie nachdenken konnte. Und wo sie ihrer Wut freien Lauf lassen konnte.

»Kann ich die Bilder sehen?«, fragte Noah.

»Was?«, schnauzte sie und presste sie dicht an sich.

»Die Bilder, Mer. Kann ich sie sehen?«

»Oh. Ähm. Ja. Sie sind faszinierend. Er ist faszinierend.« Sie reichte ihm die Bilder, die Moses gezeichnet hatte, und schloss ihr Auto auf. Dabei versuchte sie, Noahs Gesicht zu ignorieren, während er die Bilder durchblätterte.

»Er hat sie signiert?« Noah lachte fassungslos, blickte aber nicht von dem mit einer Flagge bedeckten Sarg auf. Mercedes sah zu, wie er zum nächsten Bild weiterblätterte.

»Ich habe ihn darum gebeten. Eines Tages wird Moses Wright berühmt sein. Merk dir meine Worte. Diese Zeichnungen werden mal ein hübsches Sümmchen wert sein.«

»Ich wünschte, dass ich daran gedacht hätte«, sagte Noah, doch sein Blick war fest auf eine der Zeichnungen der Papierfigürchen gerichtet. Es war die, die sie drei zeigte. Noah, Mercedes und Gia. Mercedes wusste nicht, was sie davon halten sollte, aber sie versteckte es nicht vor ihm. Nicht dieses Bild.

»Bist du deswegen so aufgewühlt?«, fragte er sanft.

»Sie bat mich, mich um dich und Gia zu kümmern. Ich vermute, dass das die Bedeutung dieses Bilds ist.«

»Ja. Könnte sein. Aber das erklärt nicht, warum du aufgewühlt bist.«

»Machst du das auch mit deinen Patienten?«, fragte sie scharf.

»Was denn?«

»Sie ausquetschen.«

»Tue ich das?« Er runzelte die Stirn und starrte auf sie herab. Der Februarwind fühlte sich an, als würde jemand ihre Wangen mit winzigen Eispickeln malträtieren. Doch ihr Herz war heiß, und ihre Atemzüge waren flach. Sie brauchte nur eine Gelegenheit, um nachzudenken.

»Du bist ihr Ehemann. Gia ist *ihr* Kind. Und sie ist tot. Dieses Bild sorgt nicht dafür, dass mir ganz warm ums Herz wird. Es sorgt dafür, dass ich mich wie eine … Diebin fühle. Wie eine Betrügerin.« Das war die Wahrheit, aber sie log dennoch. Sie war nicht ihretwegen aufgebracht. Sie hatte schreckliche Angst um Noah.

Noah neigte den Kopf zur Seite und wartete darauf, dass sie das weiter ausführte. Darin war er gut. Er konnte warten.

Zuhören. Aufdröseln. Als sie nichts sagte, reichte er ihr die Bilder.

»Du bist keine Betrügerin, Mer. Du bist eine Lebensretterin.«

»Ich muss los, Noah. Ich bin spät dran. Ich ruf dich an«, flüsterte sie. Dann stellte sie sich auf die Zehenspitzen und küsste seine Wange, direkt über seinem Bartansatz. Seine Wange war kalt, aber seine Augen ruhten warm auf ihrem Gesicht, als sie sich zurückzog.

»Denk nicht zu viel darüber nach, Boozer«, neckte er sie und wiederholte das, was sie in der Silvesternacht zu ihm gesagt hatte.

Sie versuchte zu lächeln und stieg in ihr Auto. Als sie davonfuhr, winkte sie ihm. Vielleicht dachte sie tatsächlich zu viel darüber nach. Vielleicht ließ sie zu, dass ihr Verstand Szenarien heraufbeschwor, die keine Grundlage in der Realität hatten. Aber das glaubte sie nicht. Ihr Bauchgefühl hatte sich noch nie geirrt.

Mercedes fuhr nicht zur Arbeit zurück. Der Himmel war grau, und der Schnee ragte an den Straßenrändern hoch auf. Doch die Straßen selbst waren frei. Sie rief im *Maven* an und bat Briana, ihre Termine für diesen Nachmittag zu verlegen. Sie fuhr ziellos umher, und ihre Gedanken wanderten durch die Jahre zurück, während sie versuchte, einen Sinn in etwas zu finden, das sie nicht verstand und *nie* verstanden hatte.

Cora ver- und entliebte sich ein Dutzend Mal, bevor sie Noah heiratete. Sie war immer auf der Suche nach etwas gewesen, das sie nie zu finden schien. Mercedes vermutete, Cora hätte einfach nur darauf gewartet, dass sich Noah auch in sie verliebte. Und hätte ihre ewige Suche eingestellt, als es endlich passiert war. Doch offensichtlich war das nicht der Fall gewesen.

Cora war die Erste von ihnen dreien gewesen, die ihre Jungfräulichkeit verloren hatte – an Ryan Wilcox in der zehnten Klasse. Cora war ganz verrückt nach ihm gewesen, bis sie mit ihm geschlafen hatte. Danach hatte sie gar nicht schnell genug von ihm wegkommen können. Ryan Wilcox war zuerst an Mercedes interessiert gewesen, doch als Cora gesagt hatte, sie möge ihn, hatte Mercedes kein Problem damit gehabt, ihn ihr zu überlassen. Sie hatte kein Interesse an Dreiecksbeziehungen oder dem Ende einer Freundschaft wegen einer Romanze, die nicht länger als eine Woche halten würde.

Ob es nun ihre Cousins und deren Freundinnen oder ihre Freunde in der Schule waren, Sex schien alles zu ruinieren. Und sie, Noah und Cora hatten sich geschworen, niemals zuzulassen, dass irgendwelche Jungs – oder Mädchen – ihre Freundschaft zerstörten. Doch als Noah in der zehnten Klasse einen Wachstumsschub bekommen und sein guter Charakter plötzlich in einem großen, attraktiven Körper gesteckt hatte, war es schwer gewesen, das nicht zu bemerken. Und Cora hatte es definitiv bemerkt.

Doch Cora hatte ihr Wort gehalten und nie versucht, sich an Noah heranzumachen oder ihre Beziehung zu verändern. Vielleicht hatte sie ihn gar nicht wirklich für sich haben wollen. Vielleicht hatte er ihr dafür zu viel bedeutet, weil sie ihn so wertgeschätzt hatte, wie er war. So wie *sie alle* waren. Doch als Noah zur Armee gegangen war, hatte sich alles verändert. Mercedes hatte sich zurückgezogen, und Cora war vorgetreten.

»Wirst du mich vergessen, wenn ich fort bin?«, fragte Noah.

»Natürlich nicht. Wie könnte ich meinen besten Freund auf der ganzen Welt vergessen?«, erwiderte Mercedes lachend.

Noah sagte nichts, behielt den Blick aber auf ihr Gesicht gerichtet, so als würde er versuchen, sie zu durchschauen.

»Du warst ganz schön lange mit Kurt draußen.« Er hatte eine Stunde mit Abuela zusammengesessen und darauf gewartet, dass sie reinkam. Als er die Tür gehört hatte, hatte er sie im Flur abgefangen, und Abuela war ins Bett gegangen.

»Wir haben rumgemacht«, erwiderte sie einfach nur.

Noah rieb sich den Nacken und lachte fassungslos auf. »Wie soll ich wütend auf dich sein, wenn du so ehrlich bist?«

»Warum solltest du wütend auf mich sein?«, fragte Mercedes verwirrt.

»Du bist zu gut für Kurt Jespersen.«

»Natürlich bin ich das. Aber er ist heiß. Und er kann gut küssen. Ich bin achtzehn, Noah. Ich habe vor, eine Menge Typen zu küssen, bevor ich mich mit einem von ihnen niederlasse. Ich bin nicht wie Cora. Sie hat ihr Herz an dich gehängt.« Sie neckte ihn mit der Wahrheit. Cora hatte ihr Herz tatsächlich an Noah gehängt, selbst wenn keiner von ihnen darüber redete.

»Ich verstehe.« Er klang müde. »Cora ist meine Freundin, Mer. Das ist alles.«

»Ich weiß. Aber sie würde gern mehr sein. Du weißt es, und ich weiß es.«

»Was würdest du tun, wenn ich dich küssen würde?«, fragte Noah sanft. Er machte mehrere Schritte auf sie zu und sah in ihr Gesicht.

»Tu das nicht.« Ihr Herz raste, aber ihre Stimme klang fest. Ruhig.

»Warum nicht?«

»Erinnerst du dich an Bob?«, fragte sie.

»Was?« Noah konnte ihr nicht folgen.

»Erinnerst du dich, wie er und Heather draußen auf ihrem Balkon immer zusammen geraucht haben?«

»Ja?« Er sprach das Wort gedehnt aus und legte einen neugierigen Unterton hinein.

»Sie redete mit ihm. Sie waren Freunde. Und dann …«

»Wollte er mehr«, beendete Noah den Satz. Dieses Mal klang seine Stimme flach.

»Ja. Und hast du Bob in letzter Zeit mal gesehen?«, fragte sie.

»Bob ist weg.«

»Genau.«

Niedergeschlagen ließ Noah die Schultern herabsacken.

»Unsere Freunde behalten wir. Aber feste Freundinnen und Freunde … die tauschen wir aus, die lassen wir gehen. Ich will dich behalten, Noah. Und die einzige Möglichkeit, die ich habe, um dich für immer zu behalten, ist die, dass wir Freunde bleiben.«

»Ich weiß nicht, ob ich dazu in der Lage bin, Mer.«

»Warum nicht?«, keuchte sie.

»Ich mag dich zu sehr.«

Ohne zu fragen und ohne jede Vorwarnung lehnte er sich vor und küsste sie.

Seine Lippen waren weich, sein Atem war süß, und seine Fingerspitzen fühlten sich auf ihren Wangen leicht an. Doch es war kein Kuss unter Freunden. Es war kein Abschiedskuss. Es war ein verzweifeltes Hallo. Ihr Herz schwoll immer weiter an und füllte ihre Brust sowohl mit Schrecken als auch mit Triumph aus. Doch sie stieß ihn nicht von sich weg und wich auch selbst nicht zurück. In der Dunkelheit erwiderte sie den Kuss, und als er ihn vertiefte, öffnete sie ihren Mund für ihn, ohne zu zögern.

Sie wusste, dass es ein Fehler war, ihn zu küssen. Sie wusste, dass es alles schwieriger machen würde. Doch sie konnte nicht aufhören. Sie konnte sich nicht abwenden. Und als er die Arme um sie legte und sie hochhob, damit er sich aufrichten und sie an sich pressen konnte, rastete etwas in ihr aus. Sie küsste ihn mit einer Wildheit und einer Leidenschaft, die dafür sorgten, dass er sich zurückzog und ihren Namen keuchte. Dann verloren sie sich wieder im süßen Übereinandergleiten ihrer Lippen, im Gewirr ihrer Zungen und in den geteilten Seufzern, die dafür sorgten, dass sie nur noch mehr wollten.

Sie klammerten sich aneinander. Sie hatte die Arme um seine Schultern geschlungen, er hatte seine um ihre Taille gelegt. Er ließ seine Hände nicht wandern, und sie sanken auch nicht auf den Boden. Sie standen in der dunklen Nische und küssten sich, als würden sie nie wieder eine Chance dazu bekommen, als wäre das Küssen das Leben selbst. Es fühlte sich an, als würde die Welt aufhören, sich zu drehen, sobald sie stoppten.

Und die Welt hörte tatsächlich auf, sich zu drehen.

»Wirst du mir schreiben, Mer? Bitte«, keuchte Noah.

»Natürlich werde ich dir schreiben«, flüsterte sie.

»Und dich um Cora kümmern. Sie ist nicht so stark, wie du es bist.«

Coras Name war wie kaltes Wasser, das ihren Rücken hinunterlief. Mercedes zog sich zurück. Sie taumelte regelrecht von ihm weg. Noah streckte eine Hand aus, um sie zu stützen, doch sie trat aus seiner Reichweite.

Sie hatte versucht, sich um Cora zu kümmern. Bei Noahs erster Abwesenheit war es nicht so schwer gewesen. Sie waren alle immer noch Freunde, immer noch ungebunden, immer noch auf die gleiche Weise verbunden. Noah war nach dem Tod seiner Mutter nach Hause gekommen, aber schon bald darauf nach Kuwait aufgebrochen. Mercedes hatte ihn gefragt, ob er davonlaufe. Er hatte ihr erklärt, dass er lediglich versuche herauszufinden, wohin ihn sein Weg führe. Doch er hatte sie und Cora zurückgelassen. Er hatte die Drei-Amigos-Wohnanlage zurückgelassen.

Mercedes hatte die Ausbildung zur Friseurin gerade beendet, Cora war auf dem College, und da Noah fort und die Highschool vorbei war, wurden die drei zu einzelnen Inseln in ihren eigenen Meeren. Zumindest dachte sie das. In Wahrheit war sie als Einzige abgedriftet. Cora und Noah waren sich während der Zeit, die sie getrennt voneinander verbracht hatten, immer nähergekommen, und Cora brauchte Mers Fürsorge nicht mehr.

Als Noah 2002 zum Einsatz nach Afghanistan geschickt worden war, hatte er seiner ältesten Freundin das gleiche Versprechen abverlangt. »Kümmere dich um Cora, Mer.«

Beim zweiten Mal war es schwerer gewesen.

Cora war distanziert und unzufrieden gewesen. An manchen Tagen aufgeregt wegen ihrer Schwangerschaft, an anderen niedergeschlagen und desinteressiert. Cora hatte angefangen, Mercedes aus dem Weg zu gehen, nur um plötzlich unangekündigt und weinend im Salon aufzutauchen und sie zu fragen, warum sie sie in Stich gelassen habe, wenn sie sie am meisten brauche. Cora war entweder völlig ekstatisch und voller Energie und sprühte nur so vor Leben, oder sie war komplett am Boden, sodass sie sogar Mühe hatte, sich die Haare zu kämmen oder die Zähne zu putzen. Während Noahs neunmonatiger Abwesenheit war Mercedes mehrere Male bei Cora zu Hause aufgetaucht, nur um sicherzugehen, dass sie es zur Arbeit schaffte. Wenn sie zur Arbeit ging und sich an eine Routine hielt, ging es ihr besser. Gegen Ende ihrer Schwangerschaft erlangte sie allmählich ihr Gleichgewicht zurück, nur um dann nach Gias Geburt wieder komplett abzustürzen. Als Noah nach Hause kam, übernahm er sofort wieder seine alte Rolle als Fürsorger. Es war, als würde er seine Mutter nach ihrem Tod durch eine andere Person ersetzen, die ihn auf exakt die gleiche Weise brauchte.

Der Gedanke sorgte dafür, dass Mercedes das Gesicht verzog.

»Tut mir leid, Cora«, flüsterte sie vor sich hin. »Das ist nicht fair. Aber ich weiß nicht, was du versuchst, mir mitzuteilen. Wenn es das ist, was ich denke, dann will ich es nicht wissen.«

Wenn mir etwas zustoßen sollte, würdest du dich doch um sie kümmern, nicht wahr?

Mercedes bog zu einer Tankstelle ab und füllte den Tank des Corollas auf. Sie stand in der Kälte, die Hände tief in ihre Taschen geschoben. Sie fühlte die Zeichnung, die sie in Montlake hastig gefaltet und in ihrer Hosentasche verstaut hatte. Sie zog sie heraus und faltete das Papier auseinander. Dabei strich sie die Knitterfalten glatt, die die Gesichter verunstalteten, welche sie von dem Blatt anstarrten. Keegan Tate. Sie hatte ihn sofort erkannt. Warum hatte Moses ein Bild von Keegan Tate mit Cora und Gia gezeichnet? Das konnte nur eins bedeuten.

Wenn mir etwas zustoßen sollte, würdest du dich doch um sie kümmern, nicht wahr?

»Ich versuche es, Cora«, murmelte Mercedes. »Aber ich kann mich nicht um ihn kümmern, wenn ich dich decke.«

8

1989

Sie hatte ihn bemerkt. Er rauchte auf seinem Balkon – so wie es jeder andere tat –, doch er beobachtete gern die Kinder. Manchmal beobachtete er Mercedes. Einmal starrte sie zurück, reckte ihr Kinn vor und stemmte die Hände in die Hüften. Sie fluchte sogar auf Spanisch, eine ganze Reihe schmutziger Wörter, von denen sie sich sicher war, dass er sie nicht verstand. Er verstand sie. Sie hörte ihn kichern, dann stieß er einen langen Rauchfaden aus, der sich um ihn herumwand wie eine zahme Schlange.

»Er findet dich hübsch, Sadie«, sagte Cora eines Tages und beobachtete den Mann, während er sie beobachtete. Von seinem Balkon aus hatte er direkten Blick auf den Basketballplatz, und Mercedes glaubte nicht, dass er sie hören konnte. Aber sie wünschte sich, er würde reingehen. Sie konnte sich nicht auf ihr Spiel konzentrieren, und er löste bei ihr eine Gänsehaut aus.

»Das ist eklig, Cora«, knurrte Mercedes.

»Er beobachtet dich.«

»Dich beobachtet er auch«, schnaufte Mercedes. Sie wollte nicht die Einzige sein.

»Er sieht ein bisschen wie mein Dad aus.«

»Nein, das tut er nicht, Cora.«

»Vermutlich ist er einsam. Ich glaube, dass ich mal mit ihm reden werde.«

»Wag es ja nicht, Cora, er ist vermutlich ein Kinderschänder.«

»Wir sind keine Kinder mehr, Sadie.«

»Doch, das sind wir!«

»Du musst nicht mitkommen.«

Mercedes würde Cora nicht allein gehen lassen, und Cora schien fest entschlossen zu sein, mit dem Mann zu reden. Sie marschierte über das Gras und stellte sich unter seinen Balkon. Dann schirmte sie die Augen ab und sah lächelnd zu ihm hoch.

»Hi!«, rief Cora. Der Mann lächelte.

»Selber hi, Rotschopf.« Er drückte seine Zigarette aus und strich sein Haar glatt.

»Wie heißen Sie?«, fragte Cora.

»Payton«, antwortete er und schmunzelte.

»Tja … Mr Payton. Wie lange wohnen Sie schon hier?«, fragte Cora.

»Einfach nur Payton. Und du weißt, wie lange. Du hast mich beobachtet, Kleine.«

»Hast du?«, zischte Mercedes und starrte ihre Freundin an.

»Sie sehen wie mein Dad aus, Mr Payton. Er ist gestorben«, erklärte Cora.

»Sie sehen kein bisschen wie ihr Dad aus«, schnaubte Mercedes.

»Das mit deinem Dad tut mir wirklich leid, Rotschopf.« Payton ignorierte Mercedes. »Wie heißt du?«

»Ich bin Cora.«

»Und meine Freunde nennen mich ›Das geht Sie gar nichts an‹«, meldete sich Mercedes wieder zu Wort. Sie zog an Coras Arm, während der Mann lachte.

»Komm rauf, Cora«, sagte der Mann. »Wir reden über deinen Dad. Ich geb dir eine Limo. Ihr habt so doll Ball gespielt, dass du vermutlich Durst hast.«

»Wir wollen keine Limo.« Mercedes schüttelte den Kopf und verschränkte die Arme vor der Brust.

»Okay«, sagte Cora eifrig. Der Mann auf dem Balkon war zwei

Stockwerke über ihnen, und Cora trottete auf die Treppe zu, die sie zu den Wohnungen auf der zweiten Etage bringen würde.

»Cora!«, rief Mercedes aufgebracht.

»Ich will mit ihm reden, Sadie. Ich habe dir doch gesagt, dass du nicht mitkommen musst.«

»Das kannst du vergessen.«

Payton erwartete sie bereits. Mit Limos in den Händen stand er in seiner weit geöffneten Tür. Er trat beiseite und bat sie herein. Cora spazierte in seine Wohnung, als würde sie ihn schon ihr ganzes Leben lang kennen. Mercedes stand auf der Schwelle und behielt eine Hand am Türrahmen und die andere an der Tür. Cora nahm die Limos mit Traubengeschmack von Payton entgegen und reichte eine davon Mercedes. Mercedes nahm sie und war bereit, sie Payton ins Gesicht zu schleudern, wenn er auch nur eine falsche Bewegung machte. Die Dose war kalt und glitschig, und Cora öffnete ihre sofort, um einen großen Schluck zu nehmen.

»Du siehst auch ein bisschen wie mein kleines Mädchen aus, weißt du das? Sie hatte die gleichen roten Locken.«

Payton streckte eine Hand aus und berührte eine Haarsträhne, die auf Coras linker Brust lag. Sie trat zurück, Mercedes vor. Payton trat zwischen sie.

»Sie haben ein kleines Mädchen?«, flüsterte Cora, und Mercedes stöhnte.

Payton setzte eine kummervolle Miene auf. »Sie ist gestorben. Ich vermisse sie.«

»Schwachsinn«, zischte Mercedes. Sie hatte wirklich Angst. Cora führte sich auf, als wären sie in einem Theaterstück, als würde jeden Moment jemand »Cut!« rufen und sie müsste alles aus der Szene herausholen.

»Also das ist aber wirklich nicht nett«, sagte Payton hinterhältig. Mercedes brauchte einen Augenblick, um zu begreifen, dass er mit ihr redete. »Cora und ich werden uns nur ein wenig unterhalten.

Du kannst nach Hause gehen.« Er versuchte, Mercedes zur Tür hinauszuschieben.

»Cora!« Mercedes klammerte sich an den Türrahmen und weigerte sich, die Wohnung ohne ihre Freundin zu verlassen. Payton hob sie hoch, betatschte dabei kurz ihren Hintern und ließ die Hände dann an ihre Seiten gleiten. Draußen im Flur setzte er sie ab.

»Geh nach Hause«, sagte er.

Plötzlich schob sich Cora an Payton vorbei, schlang die Arme um Mercedes und zerrte sie aus Paytons Griff. Mercedes' Traubenlimo knallte auf den Boden und platzte auf. Sprudelige lilafarbene Flüssigkeit spritzte auf ihre Füße und Beine. Payton fluchte und packte Coras Arm. Ihre Wangen waren gerötet, und sie hatte die Augen weit aufgerissen, so als wäre ihr die Gefahr, in die sie sie gebracht hatte, plötzlich bewusst geworden. Sie riss sich los und zerrte Mercedes mit sich. Dann rannten sie davon, die Treppe hinunter und über die Rasenfläche, die an dem Betonplatz und dem Basketballkorb vorbei zu den Wohnungen auf der anderen Seite führte.

»Es tut mir leid, Sadie«, keuchte Cora, als sie den Flur erreichten, der sich vor ihren Wohnungstüren erstreckte.

»Was zum Teufel hast du dir dabei gedacht?«, rief Mercedes. Sie wollte ihre Freundin schütteln, ohrfeigen, ihren Kopf öffnen, um hineinzuschauen. Ihr Magen schmerzte, und sie hatte das Gefühl, sich übergeben zu müssen.

»Keine Ahnung«, stammelte Cora. »Ich weiß es wirklich nicht.«

Drei Wochen lang hatte Mercedes vor sich hin gebrütet und sich Sorgen gemacht. Das von Moses gezeichnete Bild hatte sich in ihr Hirn eingebrannt – drei Papierfigürchen mit vertrauten Gesichtern, die sie verhöhnten, wann immer sie die Augen schloss. Sie wusste nicht, was sie tun sollte. Keegan hatte Cora ihr gegenüber nie erwähnt, und Mercedes hatte nie bemerkt, dass zwischen ihnen etwas vorgegangen war. Als Cora gestorben war, war Keegan zu ihrer Beerdigung gekommen. Alle aus dem *Maven* waren zu der Beerdigung gekommen. Keegan hatte sie fest umarmt und ihr sein Beileid ausgesprochen, aber das war alles gewesen. Sie hatten nie über Coras Tod gesprochen, und Keegan hatte nie persönlich betroffen gewirkt. Mercedes redete es sich immer wieder aus, ihn zu konfrontieren. Doch der sprichwörtliche Stich ins Wespennest war nun einmal passiert, und so sehr sie es auch versuchte, konnte sich Mercedes einfach nicht dazu durchringen, die Sache auf sich beruhen zu lassen. Sie musste immer wieder daran denken. Und das sorgte dafür, dass sie sich ganz elend fühlte. Es raubte ihr den Schlaf und brachte sie um ihren Frieden.

Sie und Keegan waren allein und machten den Laden zu, als sich die Gelegenheit ergab. Normalerweise teilten sie ihre Schichten auf und wechselten sich ab – einer machte den Salon morgens auf, einer schloss abends alles ab. Doch an diesem Samstagabend befanden sie sich zusammen im Laden, nachdem die letzte Kundin gegangen und die Tür abgesperrt war.

»Willst du was essen gehen, Mercedes?«, fragte Keegan, ohne von der Kasse aufzusehen. »Wir waren lange nicht mehr zusammen essen. Wir könnten ein bisschen plaudern und uns gegenseitig auf den neuesten Stand bringen.«

Sie musterte ihn und versuchte, ihn so zu sehen, wie Cora ihn gesehen haben musste, so wie andere ihn sahen. Doch es gelang ihr nicht, denn sie schaute direkt durch ihn hindurch. Er hatte keinerlei Substanz. Keinerlei Gewicht. Und sie hatte kein Interesse daran, eine von vielen zu sein, während er durchs Leben huschte. Er war nicht so groß wie Noah, in seinen Stiefeln mit Absatz vielleicht eins achtzig. Aber er war hübsch, hatte perfekte Haare und eine tolle Kieferpartie, strahlende blaue Augen, die er gern zusammenzog, und Schmolllippen, die er oft schürzte, als wäre er tief in Gedanken versunken, um seinen nächsten Schritt zu planen. Frauen liebten das. Er starrte sie im Spiegel minutenlang an, so als würde er darüber nachgrübeln, wie er ihre schönsten Seiten am besten hervorbringen konnte. Er berührte ihr Haar, fuhr mit den Fingern hindurch und neigte ihre Köpfe in diese und jene Richtung. Er ließ Kommentare vernehmen wie: »Gott, Sie haben tolle Augen. Wir sollten Ihrem Haar ein wenig Farbe verleihen, um es richtig zu betonen. Sie werden umwerfend aussehen.« Oder: »Schauen Sie sich nur mal diese Knochenstruktur an. Fantastisch. Egal was ich mache, Sie werden wunderschön aussehen. Sie machen mir meine Arbeit so leicht.«

Seine Kundinnen kicherten dann immer und ließen ihn tun, was er wollte. Und er tat, *was auch immer* er wollte. Die Frauen, die zu ihm kamen, schwebten fast immer auf Wolke sieben, wenn sie den Salon verließen. Seine Aufmerksamkeit war ein Aphrodisiakum, und er hatte Wartelisten, die drei Monate lang waren. Gloria Maven liebte ihn, weil er ein gewaltiger Kundenmagnet war.

Doch wenn die Wirkung des Aphrodisiakums nachließ, kamen manche Frauen weinend zurück. Nochmalige Überlegungen und extreme Frisuren waren nicht immer die beste Kombination. Zum Glück war Keegan sehr geschickt in seinem Handwerk, und selbst wenn eine Frau ihre Entscheidung bereute, schaffte er es, sie von seiner Sichtweise zu überzeugen. Doch Mercedes hatte bereits ein paar seiner unbeliebten Frisuren in Ordnung gebracht und dadurch Kundinnen gewonnen, die ihr gegenüber absolut treu waren und ihm misstrauten. Aus diesem Grund hatten sie und Keegan ihre jeweiligen Arbeitsplätze an gegenüberliegenden Seiten des Salons.

Wie dem auch sein mochte, er rief heftige Gefühle hervor und war gut fürs Geschäft. Mercedes war sich ziemlich sicher, die einzige Person im *Maven* zu sein – abgesehen von

Gloria Maven selbst –, die nicht mit Keegan geschlafen hatte. Keegan hatte sie sogar einmal auf spielerische und schmollende Weise gefragt, warum sie noch nicht miteinander geschlafen hätten.

»Weil ich dich irgendwann hassen würde, wenn ich mit dir schlafen würde, Keegan. Und du würdest mich nicht mehr respektieren«, hatte sie geantwortet.

»Ich würde dich vergöttern!«, hatte er protestiert.

»Für etwa zehn Minuten. Und dann würde es diesen Widerstreit, in dem wir uns befinden, ruinieren.«

Keegan hatte gelacht, und die Flirterei hatte weiter ihren Lauf genommen. Mercedes hatte es für harmlos gehalten. Sie hatte gedacht, sie wären Freunde. Sie mochte ihn sogar.

»Ich muss dich etwas fragen, Keegan«, sagte Mercedes. »Und du musst mir die Wahrheit sagen.«

In ihrer Stimme musste ein gewisser Tonfall gelegen haben, denn er sah überrascht auf.

»Hatten du und Cora Andelin eine Affäre?«, platzte es aus ihr heraus.

Er lachte prustend und schloss die Kasse. »Heilige Scheiße, Mercedes. Wo kommt das denn jetzt her?«

»Ich muss es einfach nur wissen, Keegan«, drängte sie leise.

»Warum? Warum in aller Welt musst du das wissen ... nach all dieser Zeit?«

»Also ist es wahr.« Dios mío. *Es ist wahr. Sie hatten eine Affäre.*

»Ich würde es nicht als Affäre bezeichnen. Es war eher so was wie eine Handvoll One-Night-Stands«, sagte er und zuckte mit den Schultern. Er wirkte unbehaglich, aber nicht übermäßig beunruhigt. »Ich glaube, sie wusste, dass ich dich mochte, Mercedes.« Er lehnte sich mit der Hüfte gegen die Theke und schmachtete sie an, indem er seine hübschen Lippen verzog.

»Lass den Quatsch, Keegan. Ich stehe nicht auf dich. Vor allem jetzt nicht.«

Er lachte, als würde er ihr nicht glauben.

»Tja, Cora war das genaue Gegenteil«, neckte er. »Sobald sie wusste, dass ich auf *dich* stand, stand sie auf *mich*. Und Cora war schön. Es fiel mir nicht schwer, meine Aufmerksamkeit von dir auf sie zu verlagern.«

»Ja. Sie war schön. Und sie war verheiratet.«

»Ach, komm schon, Sadie. Wem willst du hier etwas vormachen? Wir alle wissen, wie das mit dir und Noah Andelin ist.«

»Wovon redest du?«, schnauzte Mercedes. Sie hatte absolut nichts für fiesen Tratsch übrig, der lediglich dafür sorgte, dass sich jeder für die fünf Sekunden, die es dauerte, jemand anders zu zerfetzen, besser fühlte.

»Ihr zwei habt so viel Chemie, das ist, als würde man einem Porno durch die Jalousien des Hauses einer anderen Person folgen.«

»Machst du das häufig, Keegan? Pornos durch die Jalousien anderer Leute ansehen?«, knurrte sie.

»Ihr zwei macht niemandem etwas vor«, schoss er zurück. Mercedes musste sich enorm zusammenreißen, um ihm keine Ohrfeige zu verpassen.

»Tja, offensichtlich doch. Noah und ich sind Freunde. Mehr als das sind wir nie gewesen.«

»Cora sah das anders.«

»Nein, das stimmt nicht«, keuchte Mercedes. »Das stimmt nicht, Keegan Tate. Das ist eine Lüge.«

Keegan zuckte mit den Schultern. »So vieles an euch störte sie. Wie er dich immer Mer nannte. Wie ihr zusammen gelacht habt. Die Tatsache, dass er immer herkam, um sich von dir die Haare schneiden zu lassen. Ihr zwei standet euch so nah.«

»Wir stehen uns seit unserem achten Lebensjahr nah. Aber nie so, wie du es meinst. Nie. Und Cora wusste das.«

»Es hielt nicht sehr lange an, Sadie«, jammerte er. Ihm schien nicht zu gefallen, dass sie sauer auf ihn war. »Ich schnitt ihr einmal die Haare, erinnerst du dich? Sie war cool. Und so hübsch. Mit ihr zusammen zu sein war … als wäre man mit einer mythischen Prinzessin zusammen. Das klingt dumm. Aber sie war …«

»Ätherisch«, half Mercedes ihm aus. »Ich verstehe das.«

»Ja. Ätherisch.« Er schien über das Wort nachzugrübeln, als hätte er gerade erst dessen Bedeutung erfahren. »Ich schnitt ihr die Haare, und sie hinterließ ihre Telefonnummer an meinem Arbeitsplatz. Sie hatte keinen Namen hinzugefügt. Aber ich wusste, dass es ihre Nummer war. Ich hätte sie nicht anrufen sollen, tat es aber.«

Mercedes nickte. Sie versuchte, nicht zu urteilen, ihn nicht umbringen zu wollen, Cora nicht umbringen zu wollen.

»Sie hatte ziemlich schnell genug von mir.« Er zuckte erneut mit den Schultern.

»Hattest du genug von ihr?«

»Sie war verheiratet. Sich heimlich mit ihr zu treffen, machte Spaß und war irgendwie aufregend – für etwa zehn Sekunden. Wir trafen uns, hatten Sex, und dann verschwand sie auch schon wieder. Irgendwann teilte sie mir dann mit, dass wir miteinander fertig seien, und damit hatte sich die Sache erledigt. Ich vermisste sie nicht.«

»Und was dachtest du, als du erfuhrst, dass sie schwanger war?«, flüsterte Mercedes. Ihre Nerven waren so angespannt, dass sie eine verzweifelte Melodie summten.

Keegan schluckte, was darauf hindeutete, dass er tatsächlich darüber nachgedacht hatte.

»Wir haben immer verhütet, und ich war nicht der Einzige,

mit dem sie Sex hatte. Sie war verheiratet, erinnerst du dich? Das Timing stimmte, aber Noah wurde zu der Zeit in den Einsatz geschickt, als wir uns noch miteinander trafen. Ich dachte, seine Abwesenheit könnte bedeuten, dass wir uns wieder aufeinander einlassen würden, aber dazu kam es nie. Vielleicht fühlte sie sich schuldig. Ich weiß es nicht. Aber als sie nichts zu mir sagte, ging ich davon aus, dass das Kind von Noah war, und hielt den Mund.«

»Dafür danke ich Gott.«

»Weiß er es? Der gute Doktor?«, fragte Keegan. »Geht es hier darum? Hat er es dir erzählt? Er ist schon immer eifersüchtig auf mich gewesen.«

»Ich habe keine Ahnung, ob er es weiß, Keegan. So etwas würde er mir nicht erzählen. Und warum nennst du ihn so?«

»Er ist einfach ein wenig zu gut, um wahr zu sein«, murmelte Keegan.

»Und du kommst nicht an ihn heran.«

»Das sah Cora anders.«

»Nein. Ganz sicher nicht. Ansonsten hätte sie ihn für dich verlassen«, schnauzte Mercedes.

»Bist du dir sicher, dass du nicht mit ihm schläfst?«

»Du bist ein Schwein, Keegan.«

Er zuckte mit den Schultern. »Du konntest mich immer ganz gut leiden.«

»Jetzt nicht mehr.«

»Ach, komm schon, Mercedes. Sag das nicht. Du tust ja geradezu so, als hätte ich *dich* betrogen. Vielleicht magst du mich lieber, als du zugeben willst«, schmeichelte er und versuchte ihr ein Lächeln zu entlocken. Sie konnte ihn nicht mal ansehen. Und sie hatte keine Ahnung, wie sie Noah gegenübertreten sollte, nun, da sie mit Sicherheit wusste, was Cora getan hatte.

»Wer weiß sonst noch davon?«, flüsterte sie.

Keegan schüttelte den Kopf. »Niemand.«

Sie nickte. »Gut. Denn ich will nie wieder darüber reden.«

»Mercedes, Cuddy ist mal wieder an der Hintertür und will seinen Gratishaarschnitt«, begrüßte Keegan Mercedes, als sie am Freitagmorgen das *Maven* betrat. Er schaute sie nicht an, während er sprach. Die ganze letzte Woche über war ihr Umgang miteinander unangenehm gewesen. Sogar Gloria hatte es bemerkt.

Mercedes seufzte. Cuddy kam nicht sehr oft vorbei und war harmlos und süß. Aber er verschreckte die normalen Kunden, also hatte sie ihm mitgeteilt, dass er freitags direkt um Punkt neun auf der Matte stehen müsse, wenn er einen Haarschnitt brauche. Dann würde sie sich um ihn kümmern, bevor der Salon um zehn öffnete. Er war immer so dankbar. Wenn sie ihm die Haare wusch, schloss er die Augen, und dicke Tränen quollen an den Seiten unter den Lidern hervor. Das brach ihr jedes Mal ein kleines bisschen das Herz.

Vor ein paar Jahren, etwa sechs Monate vor Noahs Einsatz in Afghanistan, sponserte der Hill-Luftwaffenstützpunkt einen Gemeindedienstag. Dabei konzentrierten sich die Organisatoren auf das Obdachlosigkeitsproblem in Salt Lake City. Ein Großteil der Obdachlosen und psychisch Kranken waren Veteranen, und Hill tat sich mit dem Büro des Gouverneurs zusammen, um das Problem ins öffentliche Bewusstsein zu rücken und all jenen, die so oft vergessen und ignoriert wurden, Zugang zu grundlegenden Dienstleistungen zu ermöglichen. Noah und Cora nahmen mit großer Leidenschaft an dem Projekt teil, Cora wegen des militärischen Hintergrunds ihres Vaters und Noah, weil seine Mutter bei seiner Geburt selbst als Teenagerin auf der Straße gelebt hatte. Und sie brachten auch Mercedes dazu, daran teilzunehmen.

Zwei Tage lang lockte die Gemeinde die Obdachlosen mit einem Kombinationsangebot aus Gratisessen, Schlafmöglichkeiten und Dienstleistungen in ein riesiges Zelt, das sich in der Stadt über einen kompletten Block erstreckte. Sie erhielten medizinische Versorgung, Zahnbehandlungen, Beratungen, Bildungsangebote und sogar Haarschnitte und Kleidung. Noah meldete Leute für Treffen bei den Anonymen Alkoholikern an und stellte Einschätzungen hinsichtlich ihrer geistigen Gesundheit zur Verfügung. Cora wies die Anwesenden auf Bildungsmöglichkeiten hin und arbeitete mit einer Personalfirma zusammen, um ihnen neue Jobs zu verschaffen. Mercedes tat unterdessen ihr Bestes, um dafür zu sorgen, dass sich alle wieder schön fühlten.

Sie hatte jedes Jahr an der Veranstaltung teilgenommen, aber nur sehr wenige Leute, darunter Cuddy, sah sie regelmäßig. Es gab strenge Regeln, wenn es um das Herumlungern vor dem Salon ging. Außerdem achtete sie darauf, dass niemand ihre Mitarbeiter belästigte oder in der Nähe bettelte. Aber wer sich an diese Regeln hielt, den wies sie nie ab. Cuddy war ihr regelmäßigster nicht zahlender Kunde.

»Es ist nicht seine Schuld, dass ich spät dran bin«, murrte Mercedes. »Ich werde heute einfach schnell arbeiten müssen. Lass ihn rein, ja, Keegan? Und setz ihn an eines der Waschbecken.«

»Du bist ein Engel, Mercedes Lopez. Ich würde den Kopf dieses Mannes nicht mal mit der Kneifzange anfassen«, brummte Keegan vor sich hin. Doch er ging zur Hintertür und zog sich dabei einen weißen Stylistenkittel über seine makellose Kleidung.

»Sei nett zu ihm, Keegan«, rief ihm Mercedes hinterher. »Cuddy hat Kräfte. Er wird dich verzaubern.«

Das würde er tatsächlich. Der arme Cuddy war geistig nicht

mehr ganz auf der Höhe, falls er das überhaupt je gewesen war. Aber er hatte die unheimliche Fähigkeit zu erkennen, wer ein Freund und wer ein Feind war.

Mercedes beeilte sich damit, einzustempeln und ihre Handtasche unter der Theke zu verstauen. Dann band sie sich eine Schürze um und kehrte in den Kundenbereich des Salons zurück, um sich um Cuddys Haare zu kümmern. Er saß bereits zurückgelehnt und mit geschlossenen Augen auf einem Stuhl vor den Waschbecken. Seinen langen Mantel hatte er um sich gewickelt. Seine Beine zuckten, und seine Knie wippten auf und ab. Er war immer ein nervöses Wrack, bis sie anfing, seine Haare zu waschen. Dann wurden seine Gliedmaßen ruhig, als hätte sie etwas in seinem Kopf gelöst. Unter ihren Händen wurde er ganz locker und entspannt.

»Guten Morgen, Cuddy.«

»Guten Morgen, Miss Lopez.«

»Nennen Sie mich Mercedes, Cuddy. Sie wissen doch, dass ich mir wie eine Lehrerin vorkomme, wenn Sie Miss Lopez zu mir sagen.«

Sie suchte sein Haar heimlich nach Läusen ab – bislang hatte er nie welche mitgebracht – und drehte das Wasser auf, damit es warm werden konnte, bevor sie es über sein dichtes Haar laufen ließ. Er hatte eine regelrechte Mähne, die beinahe komplett ergraut war. Sie kannte sein Alter nicht – traurigerweise wirkten alle Obdachlosen uralt –, aber die Dichte seines Haars ließ sie vermuten, dass er um die Fünfzig war. Ein großer und drahtiger Mann – sogar dürr –, allerdings war es schwer, seinen Körper unter dem langen Mantel, den er immer und bei jedem Wetter trug, genauer auszumachen. In den Sommermonaten roch er recht streng, und Mercedes überredete ihn oft dazu, die Dusche in der Mitarbeiterumkleide zu benutzen. Heute würde er jedoch keine Zeit zum Duschen haben. Zum Glück roch er nicht allzu streng. Ein wenig rauchig, ein wenig verschwitzt, aber nicht zu schlimm.

»Heute wird ein wunderschöner Tag werden, Cuddy. Es fühlt sich nach Frühling an, nicht wahr? Und, wie ist das Wasser?«

»Das Wasser ist genau richtig, Miss Lopez.« Er behielt die Augen geschlossen, doch die Tränen quollen unter seinen Lidern hervor.

Sie nahm sich mehr Zeit, als sie hatte, wusch sein Haar, spülte das Shampoo aus und wusch es erneut. Sie reichte ihm einen heißen Waschlappen und forderte ihn sanft dazu auf, sich damit das Gesicht zu waschen und auch hinter den Ohren zu schrubben. Er gehorchte und wischte die Tränen weg, die immer noch flossen. Das war ihre Routine. Er tat so, als würden ihn ihre Freundlichkeit und der menschliche Kontakt nicht zum Weinen bringen. Und sie tat so, als würde sie es nicht bemerken.

Sie wickelte ein sauberes Handtuch um sein Haar und trocknete es grob, bevor sie ihn zu ihrem Stuhl führte.

»Nehmen Sie Platz, Cuddy. Machen wir das Gleiche wie immer? Oder wollen Sie mal etwas Neues ausprobieren?« Das fragte sie immer, und es brachte ihn jedes Mal zum Lächeln.

»Könnten Sie es einfach schön kurz schneiden? Dann hält es länger.«

Er konnte ihr nicht in die Augen schauen. Sein Blick verweilte nie lange genug an einem Ort. Das sorgte dafür, dass ihr schwindelig wurde, wenn sie versuchte, mit ihm zu reden. Sie war dankbar, dass er die Augen geschlossen hielt, während sie sein Haar trimmte und kürzte. Sie versuchte, schnell zu arbeiten und ihm trotzdem eine gute Frisur zu verpassen.

»Miss Cora … Ich habe sie seit einer Weile nicht mehr gesehen«, sagte er plötzlich. »Sie war letzten November nicht auf der Gemeindeveranstaltung. Dr. Noah habe ich auch nicht gesehen. Kommen Sie nächsten Monat hin?«

Cuddy kannte Cora aus dem gleichen Grund, aus dem er auch Mercedes kannte. Sie hatten sich durch das Hilfsprogramm für die Obdachlosen kennengelernt.

»Ich werde dort sein. Ich weiß nicht, ob Noah kommen wird. Cora ist vor etwa einem Jahr gestorben, Cuddy«, murmelte Mercedes. »Sie kam bei einem Autounfall ums Leben. Es war ein schweres Jahr für ihn, aber ich weiß, dass er sein Bestes tun wird, um an der Veranstaltung teilzunehmen. Sie ist ihm sehr wichtig.«

»Oh nein«, stöhnte Cuddy leise. Dann blinzelte er hektisch und schüttelte ungläubig den Kopf hin und her. »Oh nein. Nicht Miss Cora. Das hatte ich befürchtet.«

»Was meinen Sie damit … das hatten Sie befürchtet? Hat Cora irgendetwas zu Ihnen gesagt?«

»Ich sah sie erst letztens noch. Ich hatte gehofft, dass ich mich geirrt hätte.«

»Ich verstehe nicht, Cuddy.« Cora war seit einem Jahr tot, und sogar Cuddy konnte eine so große Zeitspanne begreifen.

»Ich dachte, dass ich sie gesehen hätte. Ich dachte es«, murmelte er und wischte sich über die Augen. »Cora war so süß. Sie war nett zu mir.«

»Das tut mir leid, Cuddy. Ich dachte, Sie wüssten es«, sagte Mercedes und schluckte den Kloß hinunter, er sich nun auch in ihrem Hals bildete.

Mercedes beendete ihre Arbeit, während Cuddy weinte. Sie tat ihr Bestes, um ihn zu trösten und dafür zu sorgen, dass er stillhielt. Letztendlich setzte sie ihre Schere einfach an seinen Locken an und sah zu, wie die grauen Klumpen zu Boden fielen.

Er schien nicht zu bemerken, dass sie mehr als üblich abgeschnitten hatte. Als sie fertig war, stand er auf und wühlte in seiner Tasche herum. Sie wusste, dass er nicht nach Geld suchte. Auch das war Teil ihrer Routine. Die meisten Leute bezahlten mit Geld. Cuddy bezahlte mit Steinen.

»Diesen hier habe ich für Sie aufbewahrt. Er ist hübsch und dunkel. Wie Ihre Augen«, flüsterte er und legte einen glatten Stein auf den Tisch an ihrer Frisierstation. Dann legte er noch ein paar weitere daneben. »Dieser hier ist für Cora. Dieser für Noah. Und dieser für ihr kleines Mädchen. Werden Sie sie ihnen geben, Miss Lopez?«

»Das werde ich. Ich werde sie auf Coras Grab legen. Das würde ihr gefallen.«

Er nickte und starrte auf die vier Steine hinunter. Dann griff er in seine Tasche und zog einen fünften heraus. »Fünf glatte Steine«, flüsterte er. »David tötete Goliath mit fünf glatten Steinen. Legen Sie sie nicht auf ihr Grab. Womöglich brauchen Sie sie noch.«

9

1989

»Du hast die Rolle nicht bekommen«, sagte Noah. Es war keine Frage. Er hatte es offensichtlich bereits gehört.

»Nein. Ist vermutlich besser so. Die Proben hätten eine Menge Zeit in Anspruch genommen, und ich kann es mir nicht leisten, bei der Arbeit zu fehlen«, sagte Mercedes und zuckte mit den Schultern.

Er schwieg, setzte sich neben Mercedes auf die niedrige Steinmauer und ließ seine langen Beine baumeln. Mercedes beobachtete, wie seine offenen Schnürsenkel hin und her schwangen. Sie waren schmutzig und zerrissen. Mit einem Seufzen sprang sie von der Mauer und band sie zu.

»Was machst du da?«, fragte er.

»Du wirst stolpern und hinfallen. Und du machst die Schnürsenkel kaputt, wenn du ständig drauftrittst«, murmelte Mercedes, während sie sich wieder neben ihn auf die Mauer hievte. Sie trug einen neuen Rock, den sie bei Goodwill *gefunden hatte, und es war nicht leicht für sie, darin zu klettern und gleichzeitig ihre Würde zu bewahren. Doch sie schaffte es.*

»Ach, Mer. Du kümmerst dich immer um alle.«

»Das musst du gerade sagen. Du hast dich doch praktisch allein großgezogen«, gab Mercedes zurück.

Er versteifte sich, und sie seufzte erneut. Noah mochte es nicht, wenn sie andeutete, dass seine Mutter nicht verantwortungsbewusst war. Er wechselte das Thema.

»Bist du sauer auf Cora?«, fragte er.

»Nein.« Mercedes schüttelte den Kopf.

»Sie hat nur für das Stück vorgesprochen, weil du dafür vorgesprochen hast.«

»Ich weiß.«

»Und sie hat die Rolle bekommen, die du haben wolltest«, fuhr er fort.

»Ja.«

»Aber du bist nicht sauer?«, hakte Noah nach. Sein Tonfall war sanft. Er versuchte nicht, sich einzumischen oder Cora in den Rücken zu fallen. Er wollte es wirklich wissen. Er wollte sichergehen, dass in ihrem Königreich aus drei Personen Frieden herrschte.

»Wie könnte ich sauer sein? Cora war toll. Sie ist ein Naturtalent. Und sie passt viel besser zu der Rolle.« Tief in ihrem Herzen fragte sich Mercedes, ob ihr Aussehen bei der Entscheidung eine Rolle gespielt hatte. Eliza Doolittle war ein englisches Ladenmädchen, und Mercedes hatte die falsche ethnische Zugehörigkeit, und das wussten alle.

»Ich habe mir das Vorsprechen angesehen. Du warst auch gut.« Noah gab sich so große Mühe, dafür zu sorgen, dass sie sich besser fühlte, aber ihm musste klar gewesen sein, wie diese Sache enden würde. Mercedes hatte es gewusst. Doch es tat immer noch weh, wenn sie Coras Namen neben Eliza Doolittles sah und ihren eigenen neben einer kleinen Nebenrolle ganz unten auf der Seite.

»Ich habe Feuer und Hingabe. Aber seien wir mal ehrlich, mein Cockney-Akzent war ziemlich übel«, gab Mercedes zu.

Er versuchte, ernst zu bleiben, aber Mercedes sah, wie der Hauch eines Lächelns über seinen Mund huschte. »Er war ein wenig zu …«

»Er war zu westernmäßig«, beendete sie den Satz für ihn.

»Ja. So würde John Wayne klingen, wenn er Doolittle spielen würde.«

Sie lachten gemeinsam, doch ihr Lachen verstummte, als Mercedes daran dachte, wie Cora ausgesehen hatte, als sie unter den Bühnenscheinwerfern gestanden und ihren Text aufgesagt hatte. Sie hatte wütend sein wollen. Cora hatte gewusst, wie sehr Mercedes die Rolle gewollt hatte, und sie hatte für dieselbe Rolle vorgesprochen und sie bekommen. Aber wie konnte Mercedes wütend sein, wenn Cora so tragisch war? Und so überzeugend?

»Cora sagte, dass sie sich frei fühle, wenn sie auf der Bühne sei, Noah. Sie sagte, dass sie dann nicht mehr Cora sein müsse. Sie war so gut, dass ich sie da oben kaum wiedererkannte.«

»Sie schauspielerte nicht. Sie floh.«

»Ja«, hauchte Mercedes. »Und vielleicht habe ich die Rolle deswegen nicht bekommen. Ich schauspielerte und vergaß nicht für eine Sekunde, wer ich war. Ich war Mercedes Lopez. Nicht Eliza Doolittle.«

»Das ist etwas Gutes, Mer.«

»Ist es das?«

»Ich denke schon. Ich mag Mercedes Lopez. Sie ist klug und witzig und unerschrocken. Sie ist loyal und tough und kann denn Ball besser dribbeln und werfen als jedes andere Mädchen, das ich kenne. Sie ist schön – innerlich und äußerlich. Warum solltest du irgendjemand anders sein wollen?«

Die Antwort hallte in ihrem Kopf wider, fast so, als hätte ihr jemand die Worte direkt ins Ohr gesprochen.

»Weißt du was? Das würde ich nicht wollen. Ich würde nicht irgendjemand anders sein wollen«, sagte Mercedes. Noah Andelin war ihr bester Freund, und das machte Mercedes Lopez ziemlich großartig.

»Es mag eine kleine Rolle sein, aber du wirst fantastisch sein und alles aus ihr herausholen«, versicherte Noah. »Das weiß ich. Manchmal ist die kleinste Rolle die, die allen die Schau stiehlt.«

Am 22. März wurde Gia zwei. Es war ein Dienstag, zwei Wochen vor dem Jahrestag von Coras Tod. Noah bestellte ein Dutzend Cupcakes mit rosa Zuckerguss und einen riesigen Strauß Luftballons, die er alle in seinem Subaru befördern musste, während er versuchte, Gia auf ihrem Kindersitz anzuschnallen. Sie wollte einen der Ballons halten, und er platzte in ihren Armen, was dazu führte, dass Noah fluchte und Gia weinte.

Noah versuchte gerade, ihr beizubringen, aufs Töpfchen zu gehen – zwei kam ihm wie ein geeignetes Alter dafür vor –, und sie legten einen Zwischenstopp bei *Walmart* ein, um neue Unterwäsche auszusuchen. Er hegte die Hoffnung, dass sie nicht auf hübsche Prinzessinnen pinkeln wollen würde. Gia bestand darauf, eine der Unterhosen sofort anzuziehen. Er kaufte sie, nahm seine Tochter mit auf die Toilette im *Walmart*, zog ihr die Windelhose aus, zog ihr die neue Unterhose an und brachte den Rest ihrer Kleidung wieder in Ordnung. Auf dem Heimweg machte sie sich in die Hose und durchnässte Dornröschen, ihren Kindersitz und sich selbst, was ihr gar nicht gefiel. Zwei weitere der mit Helium gefüllten Ballons platzten, bevor sie es nach Hause schafften.

An den Geschenken, die er gekauft hatte, war Gia nicht interessiert. Aber sie weinte, als es nichts mehr zum Auspacken gab. Letztendlich packte er alles in ihrer Spielzeugkiste ein, damit sie das Papier abwickeln konnte, was sie für etwa eine halbe Stunde beschäftigte.

Heather war nicht in der Stadt, Alma und Mer mussten arbeiten, und Gia hielt sich die Ohren zu, als Noah ihr ganz allein das Geburtstagslied vorsang.

»Kein guseliges (gruseliges) Lied, Daddy!«, schluchzte sie.

Er machte das obligatorische Foto mit dem Cupcake und den Kerzen, aber Gia war von alldem nicht sonderlich beeindruckt. Sie blickte finster in die Kamera, und dicke Tränen rollten über ihre Wangen.

Es war ein schrecklicher Geburtstag, der nur noch schlimmer wurde, als Mer an diesem Abend gegen zwanzig Uhr auftauchte. Sie trug einen langen knallrosa Mantel und Schuhe mit Gepardenmuster und hatte eine Miene aufgesetzt, die nichts Gutes vermuten ließ. Gia trug lediglich ihre Cinderella-Unterhose, hatte die Schnur eines Ballons umklammert und verlangte, dass Noah sie überall hintrug. Die Schlafenszeit konnte heute nicht früh genug kommen, und danach musste Noah noch die Nachtschicht durchstehen.

»Alles Gute zum Geburtstag, Gia-Käferchen!«, gurrte Mer und lehnte sich vor, um einen Kuss zu bekommen, den ihr Gia fröhlich gab. Mercedes versuchte, ihre Aufregung zu verbergen. Sie versteckte etwas im tiefen Ausschnitt ihres Mantels. Als ein leises Miauen ertönte, schnappte Gia nach Luft. Noah stöhnte.

»Oh, Mer. Was hast du getan?«

Er wusste genau, was sie getan hatte. Sie hatte Gia zum Geburtstag ein Kätzchen gekauft.

»Er wird ein guter Mäusejäger sein«, sagte Mercedes.

»Ich habe keine Mäuse«, protestierte Noah.

»Aber du hast Ameisen!«

»Das wirst du mir ewig vorhalten, oder? Letzten Juli war mein Haus ein einziges Mal in einem chaotischen Zustand, und du wirst es mich niemals vergessen lassen«, beschwerte er sich.

»Doch, das werde ich. Ich werde die Ameisen nie wieder erwähnen … wenn du Oscar gegenüber aufgeschlossen bist«, versprach sie.

»Du hast eine … Katze … nach deinem Dad benannt?«

Mercedes nickte begeistert und zog ein kleines schwarzes Kätzchen aus ihrem Mantel hervor.

»Er ist ein kleiner Katzenjunge, hat schwarzes Haar und

eine sanftmütige Persönlichkeit. Genau wie Papi. Er wird ein perfekter Spielgefährte für Gia sein. Ein Haustier zu haben, wird ihr guttun. Du wirst schon sehen. Und er kann bereits ein Katzenklo benutzen. Ich habe alles gekauft, was er benötigen wird. Du musst dir um nichts Gedanken machen. Ich habe ihm ein Bett, ein Katzenklo, einen riesigen Sack Katzenstreu und einen dieser Zwanzigkilobeutel mit Katzenfutter besorgt. Der wird für ein ganzes Jahr reichen. Du wirst nicht mal merken, dass Oscar hier ist, abgesehen davon, dass er Gia unterhalten wird, damit du in der Zwischenzeit alle möglichen Dinge erledigen kannst.«

Noah stöhnte erneut. Er wollte nicht noch jemanden oder noch etwas, worum er sich kümmern musste. Doch Gia war in seinen Armen ganz still geworden. Sie starrte die winzige schwarze Katze an. Ihr kleiner Mund stand offen, und sie hatte die blauen Augen so weit aufgerissen, dass sich Noah auf die Lippe beißen musste, damit er nicht loslachte.

»Mieze«, flüsterte sie ehrfürchtig.

Mercedes setzte das Kätzchen auf den Küchenboden, und Noah ließ Gia los. Er stellte sie auf ihre stämmigen kleinen Beinchen und trat zurück.

»Hi, Mieze«, quiekte sie und streckte ihre kleinen Stummelfinger aus, um das schwarze Fellknäuel zu berühren, das zitternd vor ihr hockte.

Mercedes schaute Noah mit leuchtenden Augen an, und Noah seufzte und kratzte mit beiden Händen seinen Bart. Er wusste, dass er erledigt war.

»Er hatte gestern seine erste Impfung. In vier Wochen wird er eine weitere brauchen, wenn er sechzehn Wochen alt ist. Aber darum werde ich mich kümmern. Keine Sorge. Und ich habe ihm auch einen dieser Kratzbäume besorgt, damit er nicht die Möbel zerstört«, versicherte Mercedes ihm.

Noah stöhnte wieder. »Mer … Ich wünschte wirklich, dass du das nicht getan hättest.«

»Ich bin bereit, Oscar mit zu mir zu nehmen, wenn du ihn wirklich nicht haben willst. Aber schau dir doch nur Gia an, Noah. Sie liebt ihn.«

Gia hockte auf den Knien, hatte den Hintern in die Luft gereckt und eine Wange auf den Boden gepresst, damit sie dem Kätzchen so nah wie möglich sein konnte. Das Kätzchen schnüffelte misstrauisch an ihrem Gesicht.

»Ich will nicht überall Katzenhaare haben«, murrte Noah.

»Ich werde jeden Montag alle Möbel und Fußböden absaugen, wenn ich hier bin.«

»Das machst du ohnehin schon.«

»Du hast recht. Das mache ich. Ich habe das wirklich verdient, Noah. Komm schon. Bitte?«, schmeichelte Mercedes. Sie faltete die Hände unter dem Kinn und starrte ihn mit ihren großen braunen Augen, die von dichten Wimpern umgeben waren, traurig an.

»Wenn *du* es verdient hast, warum wohnt die Katze dann in *meinem* Haus?«

»Weil ich öfter hier als zu Hause bin. Und ich habe ihn für Gia gekauft.«

»Du bist *wirklich* sehr oft hier. Warum ist das so?«, neckte er sie. »Geh nach Hause, Frau.«

Sie verdrehte die Augen. »Du brauchst mich. Das ist der Grund.« Dann lächelte sie und ließ ihre Zähne aufblitzen. Grübchen rahmten ihre rosigen Lippen ein. »Du lässt sie das Kätzchen doch behalten, oder?«

»Du weißt, dass ich das tun werde. Stand das je infrage? Du bekommst immer deinen Willen, Mer.«

Sie verdrehte wieder die Augen. »Ha! Wann? Mir fallen nicht allzu viele Gelegenheiten ein, bei denen Mercedes Lopez das bekam, was sie wollte, und zwar einfach nur, weil sie es wollte. Mir fallen allerdings all die Gelegenheiten ein, bei denen ich wie verrückt geschuftet und damit etwas erreicht habe«, schnaufte sie.

Noah lehnte sich vor und küsste ihre Stirn. »Danke für das Kätzchen, das ich nicht wollte.«

»Gern geschehen. Also, wo sind die Cupcakes?«

Noah räumte die Küche aus und stellte einen Cupcake für Mercedes beiseite, während Mercedes und Gia dem Kätzchen dabei halfen, sich einzuleben. Gia trug Oscar unter einem Arm mit sich herum und sagte ihm all die Wörter, die sie kannte – für eine Zweijährige eine beträchtliche Menge. Noah wusste nicht, was normal war, aber seine Tochter schien für ihr Alter besonders sprachbegabt zu sein. Mercedes hatte ihre Absatzschuhe ausgezogen und füllte Katzenstreu in ein Katzenklo. Dabei erklärte sie sowohl Gia als auch Oscar, wozu das gedacht war. Dann nahm sie Gia Oscar ab und setzte ihn in das Klo.

»Mach dein Geschäft, Oscar«, befahl sie.

Das Kätzchen schnüffelte etwa drei Sekunden lang vor sich hin. Dann hob es seinen kleinen Schwanz und hockte sich folgsam hin, um der Aufforderung nachzukommen. Selbst die Katze konnte Mercedes nichts abschlagen, dachte Noah bei sich. Mercedes klatschte, als Oscar sein sehr kleines Kothäufchen verbuddelte – Gia klatschte ebenfalls. Dann machten sie sich daran, die Katzennäpfe mit Wasser und Trockenfutter aufzufüllen.

Als Gia Oscar ins Wohnzimmer jagte, folgten Noah und Mercedes ihnen und ließen sich auf die Couch sinken, um den beiden beim Spielen zuzusehen. Stattdessen erwischte sich Noah dabei, wie er Mercedes dabei beobachtete, wie sie ihren Cupcake aß. Er war dankbar, dass sie Gias Geburtstag davor bewahrt hatte, in einer totalen Katastrophe zu enden, selbst wenn das bedeutete, dass er nun der unglückliche Besitzer einer Katze war.

»Du weißt immer, was zu tun ist«, sagte er. »Das ist eine Gabe. Du tauchst auf und machst alles besser.«

»Wirklich?« Er hatte ihr eine Freude gemacht.

»Ja. Der heutige Tag war ein totaler Reinfall. Du hast ihn gerettet«, gab er zu.

»Ich habe die Szene gestohlen.« Sie stand auf und verbeugte sich. Dann ließ sie sich wieder neben ihn fallen und leckte sich den Zuckerguss von den Fingern.

»Das hast du wirklich. Verrate mir etwas, Mer. Wie lange willst du schon eine Katze haben?«

Sie lachte. »Seit meinem zehnten Lebensjahr.«

»Das dachte ich mir. Erinnerst du dich an diese Kätzchen, die mal jemand vor Albertsons Lebensmittelladen verschenkte?«, fragte er.

»Es war nur noch eins übrig. Es war grau und flauschig. Cora und ich waren verliebt, und du warst nicht interessiert.«

»Ich hatte sogar damals schon eine schwere Bürde zu tragen. Ich wollte nicht noch mehr Verantwortung, als ich ohnehin schon hatte. Ich habe mich nicht sehr verändert.«

»Ich wollte dieses Kätzchen, aber ich wusste, dass ich Mami würde fragen müssen. Ich musste warten, bis sie von der Arbeit nach Hause kam.«

»Doch Cora kam dir zuvor.«

»Ja. Cora fragte ihre Mom nicht. Sie nahm das Kätzchen einfach mit nach Hause. Sie nannte es Popeye, und etwa einen Monat später verschwand es.«

Sie schwiegen einen Augenblick, während sie sich daran erinnerten.

»Ist dir das eigentlich nie aufgefallen?«, fragte Noah. »Was immer du gewollt oder was immer du dir vorgenommen hast, Cora wollte es ebenfalls.«

»So war sie nicht.«

»Doch, so war sie, Mer. Und es ist okay, das zuzugeben. Mit das Schwerste an Coras Tod ist die Tatsache, dass alle sie auslöschen wollen – die echte Cora. Sie reden über sie, als wäre sie perfekt gewesen. Das war sie nicht. Die Leute sagen, dass man nicht schlecht über die Toten reden darf. Aber wenn wir in Bezug darauf, wer unsere Liebsten waren, nicht aufrichtig sind, dann erinnern wir uns eigentlich gar nicht an *sie*. Wir erschaffen jemanden, der nie existierte. Cora liebte dich. Sie liebte mich. Aber was sie mir antat, war nicht in Ordnung. Und ich bin deswegen wirklich wütend.«

Mercedes wich verblüfft zurück. »Herrgott, Noah. Ich verstehe ja, dass du wütend bist. Aber sie verdient trotzdem unser Mitgefühl«, tadelte sie ihn.

Er nickte. »Jeder verdient Mitgefühl. Und ich weiß, dass Selbstmord nicht immer eine bewusste Handlung ist. Meistens steckt reine Verzweiflung dahinter. Es ist ein schwacher Moment, von dem wir nicht zurückkommen können. Doch egal, ob Krankheit oder Schwäche der Grund ist, wenn wir nicht zu unseren Handlungen stehen und nicht verlangen, dass andere zu ihren stehen, was hat das dann alles überhaupt noch für einen Zweck? Wir könnten ebenso gut gleich aufgeben. Wir müssen etwas Besseres von uns erwarten. Das *müssen* wir einfach. Ich erwarte mehr von meinen Patienten. Und wenn ich mehr erwarte – liebevoll, geduldig –, neigen sie dazu, diese Erwartung zu erfüllen. Vielleicht nicht vollständig, aber zu einem großen Teil. Sie verbessern sich, weil ich glaube, dass sie es können, und weil ich glaube, dass sie es müssen. Meine Mom war krank. Aber sie versuchte nicht intensiv genug, wieder gesund zu werden. Sie fand eine Möglichkeit, damit zurechtzukommen – und das ist wichtig –, aber sie wich nie davon ab. Das Leben muss mehr als bloßes Zurechtkommen sein. Das muss es einfach.«

Mercedes nickte langsam. Sie hatte die Augen fest auf sein leidenschaftliches Gesicht gerichtet. Sie hatte einen Nerv getroffen, und er war noch nicht fertig.

»Ich weiß, dass wir das nicht sagen sollen. Wir sollen die ganze Zeit über liebevoll und mitfühlend sein. Aber manchmal sind die Dinge, die wir nicht sagen sollen, die Wahrheiten, die unsere geistige Gesundheit garantieren, die uns in der Realität verankern, die uns dabei helfen, verdammt noch mal weiterzumachen! Ich weiß, dass ein paar meiner Kollegen schockiert wären, das zu hören. Aber Druck – ob es nun gesellschaftlicher Druck oder der Druck der Verantwortung oder der Druck ist, der daraus resultiert, dass man geliebt und gebraucht wird – ist nicht immer etwas Schlechtes. Sicher hast du schon mal von dem Klischee über Druck und Diamanten gehört. Es ist ein Klischee, weil es stimmt. Manchmal bringt Druck schöne Dinge hervor.«

Mercedes schwieg und betrachtete sein attraktives Gesicht, seine angespannten Schultern und seine geballten Fäuste. Er war erschöpft, das war offensichtlich, aber er hatte nicht unrecht.

»Er bringt sie hervor?«, fragte sie mit einem Funkeln in den Augen.

Noah verdrehte die Augen. »Du weißt sehr gut, was hervorbringen bedeutet.«

»In der Bibel bedeutet es gebären. Ich hätte nichts dagegen, einen Diamanten zu gebären«, sinnierte sie.

»Du ruinierst meine besten Vorträge.«

In der Küche herrschte Stille. Stille war nicht gut.

»Gia?«, rief Noah.

»Was, Daddy?«, erwiderte sie süß.

»Machst du Kacka in deine neue Prinzessinnenunterhose?«

»Nein. Kacka in Kiste.«

»Was für eine Kiste?« Seine Stimme wurde vor Entsetzen ein wenig lauter.

»Miezekiste.«

Noah war bereits aufgesprungen und rannte in die Küche. Mercedes folgte ihm.

Gia war nackt – ihr Cinderellahöschen lag vergessen mitten auf dem Fußboden – und hockte über dem neuen Katzenklo.

»Nein!«, brüllte Noah erschrocken. Er packte sie und marschierte zur Toilette.

»Vielleicht wird es gar kein Häufchen, Noah. Vielleicht wird Gia einen Diamanten hervorbringen«, zirpte Mercedes, die versuchte, nicht zu lachen.

»Das ist deine Schuld, Mer!«, rief er vom Badezimmer aus. »Sie war beinahe so weit, dass sie keine Windeln mehr benötigt, und jetzt will sie eine Katze sein!«

Ein schlechtes Gewissen und ein Kätzchen, dessen Impfungen aktueller waren als die seiner zweijährigen Tochter, sorgten dafür, dass Noah einen Termin für eine Routineuntersuchung bei Gias Kinderärztin machte. Noah hatte den Aktenschrank durchsucht und Gias Impfausweis gefunden – genau vor einem Jahr war ihre letzte Routineuntersuchung gewesen. Er packte sie ins Auto und verspürte Mitgefühl für seine Frau, die ohne ihn zu jeder Untersuchung gegangen war und jedes Mal herzzerreißend geweint hatte, weil sie ihre Tochter Schmerzen aussetzen musste.

Cora hatte sich stets große Sorgen um Nebenwirkungen gemacht und Gia in den Tagen nach ihren Impfungen eifrig überwacht. Sie hatte Noah mehrmals am Tag auf der Arbeit angerufen, damit er sie beruhigte. Noah hatte damals beschlossen, dass sie sich genug Sorgen für sie beide machte, und sich wegen der Impfungen keinerlei Gedanken gemacht.

Nun war er nervös. Vielleicht lag es daran, dass er so unvorbereitet und unbeholfen war. Er war noch nie mit Gia bei der Kinderärztin gewesen. Als sie eine Ohrenentzündung gehabt hatte, war er mit ihr in die Notaufnahme der Uniklinik gefahren. Zehn Minuten später hatte er ein Rezept für ein Antibiotikum in der Hand gehabt. Leute zu kennen zahlte sich aus. Er hatte keine Ahnung, was er bei der Untersuchung bei der Kinderärztin erwarten oder wie er sich verhalten sollte. Vielleicht war er aber auch nur nervös, weil man ihm Fragen stellen würde. Das war unausweichlich. Die Leute stellten immer Fragen.

»Wo ist ihre Mutter? Kümmern Sie sich heute um das Kind? Was für ein guter Daddy Sie doch sind, dass Sie Mommy mal eine Pause gönnen!«

Er würde irgendjemandem – der Sprechstundenhilfe, der Arzthelferin, der Ärztin – erzählen müssen, dass Cora tot war. Und er würde die kummervollen Blicke und die aufrichtigen Beileidsbekundungen ertragen müssen, während sich die Neuigkeit in der Praxis verbreitete.

Seine Furcht war unbegründet. Alle waren nett und wussten bereits Bescheid, was eine Erleichterung war. Er hatte Mer einst erzählt, dass ein Krankenhaus wie eine Kleinstadt sei und sich Tratsch dort schneller verbreite als Bazillen. Offensichtlich traf das auch über die Grenzen des Krankenhauses hinaus auf die gesamte medizinische Gemeinschaft zu. Dieses Mal war er für den Mangel an Privatsphäre dankbar. Er musste nichts erklären und auch nicht darum bitten, etwas erklärt zu bekommen. Sie gingen einfach davon aus, dass er vollkommen ahnungslos war.

Sie wogen und maßen Gia, die es geschafft hatte, ihre

Unterhose mit dem Bild von Arielle der Meerjungfrau nicht einzunässen. Noah hatte sie allerdings auch alle zehn Minuten gefragt, ob sie auf die Toilette müsse. Sie maßen ihren Kopfumfang, überprüften ihre motorischen Fähigkeiten und stellten ihr ein paar Fragen, auf die sie in ganzen Sätzen antwortete, was die Arzthelferin überraschte und zum Lachen brachte. Die Arzthelferin stellte auch Noah einige Fragen – gab es irgendwelche Allergien, Besorgnisse, kürzlich überstandene Erkältungen, wann hatte sie das letzte Mal ein Antibiotikum bekommen –, und er war in der Lage, sie alle zu beantworten. Dr. Layton kam herein, hörte Gias Herz und Lunge ab und untersuchte ihre Ohren – Gia hasste das. Dann schaute sie sich ihre Zähne und ihren Rachen an. Das hasste Gia noch mehr. Sie fing an, an Noah hochzuklettern wie Oscar an den Wohnzimmervorhängen (was das Zerstören der Möbel betraf, hatte Mercedes gelogen). Die Ärztin lachte und erklärte Gia für perfekt.

»Haben Sie irgendwelche Fragen an mich, Dr. Andelin?«, wollte sie von Noah wissen.

Nur eine Million. Doch er gab sich mit zwei zufrieden. »Ich weiß, dass Gia mit einem Jahr ihre Impfungen bekommen hat, aber zur Achtzehnmonatsuntersuchung war ich nicht mit ihr hier. Das Leben war ein bisschen verrückt, und irgendwie ist mir das entfallen. Welche Impfungen müssen wir heute nachholen?«, fragte Noah.

Dr. Jill Layton war eine hübsche Frau Anfang fünfzig. Noah kannte ihren Namen und ihren Ruf, war ihr aber noch nie zuvor begegnet. Sie war sehr beliebt und wurde überall respektiert, und sie kam gut mit ihm und Gia zurecht, was er zu schätzen wusste.

»Sie braucht heute die DTaP-Impfung, ihre zweite Dosis gegen Hepatitis A und die Windpockenimpfung. Ich werde gleich eine Arzthelferin hereinschicken, damit sie sie ihr verabreichen kann.«

Noah nickte. Drei Impfungen. Das war nicht allzu schlimm.

»Ich habe das Gefühl, dass ich versuche, alles aufzuholen … Ich *versuche*, alles aufzuholen«, gab er zu. »Als Gia geboren wurde, war ich in Afghanistan. Und ich befürchte, dass es Dinge gibt, die ich wissen sollte und nicht weiß. Und meine Frau ist nicht mehr hier, um sie mir zu erklären.« Er räusperte sich. »Könnten Sie einen Blick auf Gias Akte werfen und mir ihre Krankengeschichte kurz zusammenfassen? Gibt es irgendetwas, worauf ich achten sollte?«

Dr. Layton lächelte. Ihre Augen waren freundlich. Sie schlug noch einmal die Akte vor sich auf.

»Tja, dann wollen wir mal sehen.« Sie blätterte eine Seite um und las eine Minute lang stumm, wobei sie immer wieder nickte. »Sie hatte bei der Geburt eine gute Größe – dreitausendsechshundert Gramm, dreiundfünfzig Zentimeter lang. Sie hatte Gelbsucht, aber das war nicht allzu ernst.«

»Das lag an der Rhesusunverträglichkeit, richtig?« Er erinnerte sich daran, dass Cora das erwähnt hatte.

»Vermutlich, aber nicht unbedingt. Gelbsucht kommt sehr häufig vor. Wir setzten Gia einer Lichttherapie aus und beobachteten sie. Bei ersten Babys ist die Rhesusunverträglichkeit normalerweise nicht so schlimm – das ist ein bisschen so wie bei jemandem, der auf Bienenstiche allergisch reagiert. Erst beim zweiten Stich wird es problematisch. Coras zweite Schwangerschaft hätte ein deutlich höheres Risiko dargestellt.«

»Ich erinnere mich an die Grundlagen«, sagte Noah nickend.

»Aufgrund von Coras Blutgruppe – Null negativ – testeten wir Gia direkt nach der Geburt. Gias Blutgruppe ist A positiv. Ein Vorteil dieses Tests besteht darin, dass Sie diese

Information jetzt haben. Die meisten Eltern kennen die Blutgruppe ihres Kinds nicht.«

»Was?«

»Die Blutgruppe Ihrer Tochter zu kennen, könnte hilfreich sein«, erklärte die Ärztin geduldig, als hätte er sie nicht gehört.

»Da stimme ich Ihnen zu, aber was sagten Sie, welche Blutgruppe Gia hat?«

»A positiv.«

»Das kann nicht sein«, widersprach Noah ruhig.

»Doch, so ist es«, entgegnete die Ärztin.

»Ich habe Null positiv. Cora hatte Null negativ. Aus zwei Nullen kann doch nur eine weitere Null entstehen.«

Dr. Layton warf einen Blick in die Akte und schaute dann wieder Noah an. Sie lief tiefrot an, behielt den Blick aber fest auf ihn gerichtet.

»Sind Sie sicher, dass Sie Blutgruppe Null haben?«

Noah zog seine Erkennungsmarken unter seinem Hemd hervor. Alte Gewohnheiten wurde man nur schwer los, und er trug sie immer noch. »Definitiv.« Die Blutgruppe stand dort, eingeprägt neben seinem Namen und seiner Religionszugehörigkeit auf der kleinen Metallplatte, die aufgrund des Kontakts zu seiner Haut noch warm war. Die Ärztin beäugte die Erkennungsmarke länger als notwendig. Seltsamerweise war Noah die offensichtliche Antwort noch gar nicht gekommen. Sein Herz raste nicht. Seine Gedanken rasten nicht. Er wollte nur die medizinische Akte korrigieren. Gias Blutgruppe war Null positiv – so musste es sein –, und jemand hatte einen Fehler gemacht, was den Kliniker in ihm alarmierte. Derartige Fehler konnten gefährlich sein.

»Wir werden den Test wiederholen. Das ist gar kein Problem, und Ihre Versicherung wird die Kosten übernehmen. Vermutlich wäre es gut, wenn Sie sich ebenfalls erneut testen ließen, Dr. Andelin. Das Militär kann Fehler machen.« Sie ging daran, eine Anweisung für die Laboruntersuchung zu schreiben, und sah ihn nicht länger an.

»Ich wurde zweimal getestet. Einmal in der Highschool und dann noch einmal, als ich mich verpflichtet habe«, sagte Noah ruhig.

»Okay. Tja.« Sie schrieb ihre Anweisung fertig und reichte sie ihm. »Gia ist ein vollkommen gesundes, schönes zweijähriges Mädchen. Sie machen das wirklich gut, Dad. Ich werde die Arzthelferin hereinschicken, damit sie sich um die Impfungen kümmern kann. Falls sie ein Schmerzmittel braucht, können Sie ihr alle vier Stunden Paracetamol oder Ibuprofen geben.« Sie streckte eine Hand aus und schüttelte seine fest. »Es war wirklich nett, Sie kennenzulernen, Dr. Andelin. Und das mit Ihrer Frau tut mir sehr leid.«

Sie rannte förmlich aus dem Zimmer.

10

1989

»Geben Sie ein wenig Alkohol auf den Wattebausch. Nehmen Sie die Lanzette, und stechen Sie sich damit in den Finger. Wenn Sie sich nicht selbst in den Finger stechen wollen, kann Ihr Partner Ihnen helfen«, leierte Mr Ward die Anweisungen herunter.

»Zwei Schüler haben sich heute schon übergeben«, erzählte Noah Cora fröhlich. »Einer von ihnen war in Mercedes' Kurs. Sie sagte, dass es schrecklich gewesen sei.«

»Sobald Sie sich in den Finger gestochen haben und sich ein ausreichend großer Blutstropfen gebildet hat, drücken Sie Ihren Finger an drei unterschiedlichen Stellen auf das Glas, damit Sie drei einzelne Blutstropfen auf dem Objektträger haben«, erklärte Mr Ward.

»Niemand hört zu«, sagte Noah verärgert. »Sie werden es alle vermasseln.«

»Ich werde herumgehen und eine Pipettenfüllung monoklonale Antikörper auf Ihre Objektträger geben. Sie werden jeden Antikörper – Anti A, Anti B und Monoklonal D – auf dem Objektträger mit einem Tropfen Ihres Blutes mischen. Achten Sie darauf, jedes Mal einen frischen Zahnstocher zu benutzen. Sobald Ihr Blut mit dem Antigen vermischt ist, schauen Sie auf Ihr Arbeitsblatt, um zu bestimmen, was mit den Proben passiert. Das wird Ihnen verraten, welche Blutgruppe Sie haben.«

»Ich kann mir nicht in den Finger stechen, Noah«, flüsterte Cora.

Sie hatte die Augen zugekniffen, und ihr Gesicht war so blass, dass ihre Sommersprossen wie Tintenkleckse aussahen.

»Hast du Angst davor, dass es wehtun wird?«, fragte Noah sanft.

»Nein. Ich will das Blut nicht sehen«, flüsterte sie durch zusammengepresste Zähne.

»Okay. Ich werde es tun. Keine Sorge.«

Als er in ihren Finger stach, zuckte sie nicht einmal. Aber ihre Hände waren klamm und ihre Finger steif.

»Alles in Ordnung?«, murmelte er.

»Ja.«

Er presste ihren Finger an den entsprechenden Stellen auf den Objektträger, sodass drei perfekte tiefrote Punkte entstanden. Dann führte er die gleiche Prozedur bei sich selbst durch. Cora saß neben ihm und hatte die Augen immer noch geschlossen. Er fragte sich, ob sie die ganze Stunde so verharren würde. Sie hätte nicht zum Unterricht kommen sollen. Noah hätte es Mr Ward erklären können. Er hätte es verstanden. Seit dem Tod ihres Dads konnte Cora kein Blut mehr sehen. Letzte Woche war sie ohnmächtig geworden, als Noah einen Basketball ins Gesicht bekommen und aus der Nase geblutet hatte.

Mr Ward gab die Antikörperlösungen auf die Objektträger und beäugte Cora nervös. »Falls Ihnen nicht gut ist, können Sie gehen, Miss McKinney.«

»Ich komme zurecht, solange ich die Augen geschlossen habe. Noah kann mir sagen, welche Blutgruppe ich habe.« Blind neben seinem Partner zu sitzen, während dieser die ganze Arbeit erledigte, verfehlte zwar irgendwie den Zweck einer Laborübung, aber das machte Noah nichts aus. Er beobachtete, wie das Blut auf den beiden Objektträgern auf die Antikörper reagierte.

»Du hast Blutgruppe Null, Corey. Genau wie ich«, sagte er nach einem Augenblick.

»Wir haben die gleiche Blutgruppe?«, hauchte sie.

»Fast. Ich habe Null positiv und du hast Null negativ.«

»Ist Null negativ … schlecht?«

»Es ist Blut, Corey. Das kann nicht schlecht oder gut sein. Es ist definitiv seltener als Null positiv. Dieser Tabelle zufolge haben von einhundert Spendern normalerweise nur sieben Null negativ.«

»Welche Blutgruppe hat Sadie? Hat sie es dir erzählt?«

»Sie hat A positiv. Die kommt sehr häufig vor. Sie war enttäuscht.« Er lachte. »Ich glaube, sie hat gehofft, eine völlig neue Blutgruppe zu entdecken.«

»Ich hätte vermutet, dass Sadie die seltenste Blutgruppe haben würde«, sagte Cora.

»Warum?«

Cora zuckte mit den Schultern. »Weil sie so …«

»Originell ist?«, schlug Noah vor.

»Ja. Ich wünschte, dass ich mehr wie sie wäre. Sie fürchtet sich vor nichts.«

»Jeder fürchtet sich vor irgendetwas«, widersprach Noah. »Sogar Mer.«

»Bluten alle immer noch?«, flüsterte Cora.

»Nein. Alle sind fertig. Ich glaube, du bist in Sicherheit.«

»Ich bin nicht in Sicherheit, Noah. Ich war nie in Sicherheit. Niemand ist in Sicherheit.«

Das waren die gleichen Worte, die der verrückte John Davis Cutler vor Jahren zu ihm gesagt hatte. Noah erstarrte erschrocken und drehte den Kopf langsam zu seiner Partnerin herum. Cora saß reglos da, hatte die Hände vors Gesicht gelegt und weigerte sich, sich umzuschauen.

Noah presste Gia an seine Brust, während sie empört schrie, weil sie immer wieder gestochen wurde, während ihr Vater einfach danebenstand und es zuließ. Die Arzthelferin sagte etwas zu ihm und reichte ihm Gias aktualisierten Impfausweis.

Er glaubte, dass er nickte und irgendetwas Bestätigendes murmelte, war sich aber nicht sicher. In seinem Kopf herrschte eine Taubheit vor, die seine Ohren verstopfte und seine Gedanken vernebelte. Sie kroch in seine Kehle hinunter, durch seine Brust hindurch und sammelte sich schließlich in seinen Händen.

Er zog Gia das rosafarbene Hemdchen über den Kopf und zog ihr die Hose wieder an. Sie bedeckte nun die drei Pflaster mit einem Bild von Tweety darauf, die auf ihren stämmigen Beinchen klebten. Schließlich zog er ihr noch die rosafarbenen Stiefel an und knöpfte ihren Mantel mit Fingern zu, die er nicht fühlen konnte. Dann hob er sie wieder hoch. Seine Gedanken schrien ihn an, während er sie mit sanften Worten tröstete.

Er ging nicht zum Labor.

Er stakste auf hölzernen Beinen durch die Klinik und hielt den Blick stur geradeaus gerichtet. Es war wie an dem Tag, an dem Cora gestorben war. Er hatte wieder dieses Gefühl, außerhalb seines Körpers zu sein, so als würde er durch einen Einwegspiegel beobachten, wie sich sein Leben vor ihm abspielte. Er überquerte den Parkplatz und schloss den Subaru auf, ohne sich an einen einzigen Handgriff zu erinnern. Dann schnallte er Gia auf ihrem Kindersitz an, wie er es an dem Tag getan hatte, an dem ihre Mutter sie verlassen hatte. Mer war schnell in den Laden gegangen und hatte einen gekauft, damit er nicht nach Hause fahren musste, ohne dass Gia sicher angeschnallt war. Gias anderer Kindersitz hatte sich zu diesem Zeitpunkt immer noch kopfüber im Fluss im Emigration Canyon befunden.

Gias Kindersitz war nun nach vorne ausgerichtet und ihre Beine waren länger. Seit jenem Tag hatte er sie schon Hunderte Male angeschnallt. Und noch viele Tausende Male mehr hatte er ihre Wangen geküsst. Nun küsste er sie ebenfalls. Es war eine automatische Reaktion auf ihre Tränen, und sie packte seinen Bart und krallte ihre winzigen Finger in sein Gesicht, um ihn dicht bei sich zu halten.

»Di-ah tauig«, jammerte sie. *Gia ist traurig.*

»Ich weiß, Käferchen. Ich bin auch traurig«, brachte er erstickt hervor. Und plötzlich war er es. Furchtbar, furchtbar traurig. Verzweifelt. Bestürzt. Am Boden zerstört. Die Trauer durchdrang seine Fassungslosigkeit und brannte sich durch den Nebel in seinem Kopf, in seinem Herzen und in seinen Gliedmaßen. Als dieses Gefühl so schlagartig und mit voller Wucht wieder zurückkehrte, biss er die Zähne zusammen.

»Daddy tauig?«, fragte Gia, die immer noch sein Gesicht umklammert hatte.

»Ja. Daddy ist traurig.«

»Daddy weint?«

Sein Gesicht war nass. Seine Augen brannten. Die Flammen wurden immer größer, und die Hitze sammelte sich, und er musste all seine Kraft zusammennehmen, um sich aus Gias kleinen Händen zu befreien, damit er sie nicht ebenfalls versengen würde.

Er eilte zur Fahrertür und stieg ein. Er zitterte, und ihm war übel. Er hatte Angst davor loszufahren, aber auch Angst davor stillzusitzen. Er dachte darüber nach, Mercedes anzurufen. Sie würde ihm dabei helfen, sich besser zu fühlen. Sie würde sich um Gia kümmern, während er brannte. Doch er konnte nicht jedes Mal zu Mercedes laufen, wenn das Leben schwer wurde. Er war Gias Vater, und sie war seine Verantwortung, nicht Mers.

»Ich bin Gias Vater«, brachte er erstickt hervor und erkannte, dass er die Worte laut ausgesprochen hatte. *War er das?*

Er konnte Mercedes nicht anrufen. Denn dann würde er ihr erzählen müssen, was passiert war. Er würde es ihr erklären müssen. Er würde sich der schrecklichen Möglichkeit stellen müssen.

»Daddy los?«, fragte Gia vom Rücksitz aus. Die Spritzen hatte sie eindeutig schon wieder vergessen. Sie verstand nicht, warum sie in einem kalten Auto saßen. Sie verstand nicht, warum er weinte. Sie wusste nicht, dass seine Welt brannte.

»Daddy?«

»Ja, Käferchen?«, flüsterte er.

»Di-ah Hunger.«

Er drehte sich um und schaute sie an. Sie saß so geduldig in ihrem Kindersitz. Die Tränen auf ihren Wangen waren noch nicht ganz getrocknet.

»Gia hat Hunger?«, fragte er.

Sie nickte und lächelte dann so breit, dass sie ihm ihre kleinen weißen Zähne zeigte.

Füttern, anziehen, trösten. Das konnte er schaffen. Das *würde* er schaffen. Er schnallte sich an und drehte den Schlüssel im Zündschloss herum.

»Noah?«, rief Mercedes und schloss die Tür hinter sich.

Sein Haus war still und zum Glück aufgeräumt, aber niemand reagierte auf ihren Ruf. Noahs Subaru stand in der Garage. Seine Brieftasche, sein Handy und seine Schlüssel lagen immer noch mitten auf dem Küchentisch, neben dem Behälter mit Suppe, den sie gestern für ihn dagelassen hatte. Er hatte die Suppe nicht angerührt.

Sie stieg die Treppe hoch und schob seine Schlafzimmertür einen Spaltbreit auf. Ausgestreckt und ohne Hemd lag er auf seinem Bett. Er trug immer noch dieselbe Jogginghose, die er getragen hatte, als sie am Tag zuvor nach ihm gesehen hatte.

Heather hatte sie am Samstagmorgen auf der Arbeit angerufen. Gia hatte im Hintergrund gebrabbelt. »Mercedes? Noah hat Gia gerade zu mir gebracht. Sie hatte gestern einen Arzttermin. Die arme Maus hat ihre Impfungen bekommen. Anscheinend geht es ihr gut – sie hat noch nicht einmal mehr Schmerzen. Aber mit Noah scheint irgendetwas nicht zu stimmen. Er sieht übel aus, Mercedes. Und er hat gesagt, er habe sich bei der Arbeit heute krankgemeldet. Trotzdem wollte er, dass ich auf Gia aufpasse. Als ich ihm anbot, sie auch morgen zu nehmen, stimmte er zu. Das tut er nie! Auf meine Frage, ob etwas nicht stimme, antwortete er, er sei bloß müde, doch das glaube ich ihm nicht. Der Jahrestag steht bevor.« Ihre Stimme brach. »Glaubst du, dass es daran liegt?«

Mercedes hatte Heather versprochen, nach Noah zu sehen. Daher war sie am Samstag in ihrer Mittagspause schnell zu ihm gehuscht. Noah hatte im Bett gelegen und geschlafen, also hatte sie ihn nicht gestört. Sie hatte ihm eine Nachricht und einen Behälter mit Hühnersuppe aus einem Delikatessengeschäft am Ende der Straße dagelassen. Er hatte sie nicht angerufen, aber sie war nicht allzu besorgt gewesen. Bis jetzt. Nun war sie vierundzwanzig Stunden später wieder hier, und er schien sein Zimmer seit ihrem letzten Besuch nicht verlassen zu haben.

»Noah?«

Er zog sich ein Kissen über den Kopf, begrüßte sie aber nicht.

»Gut. Du bist wach. Geht es dir gut?«

»Nein.« Seine Antwort klang gedämpft, aber sie hatte sie gehört.

»Bist du krank?«

»Nein.«

»Bist du … traurig?«

Er reagierte nicht, und sie ging zum Fenster und zog die Jalousien auf, um das schwache Nachmittagslicht ins Zimmer zu lassen. Sie öffnete das Fenster einen Spaltbreit und atmete tief ein. Sie spürte den Regen, der in der Luft lag. Im Zimmer war es stickig und roch auf diese moschusartige Weise nach Mann und Weichspüler. Das war eine seltsame Kombination und ließ sie vermuten, dass Noahs Zusammenbruch plötzlich und nicht schleichend gekommen war.

»Du hast dieses Zimmer seit zwei Tagen nicht verlassen. Du schläfst seit gestern Morgen. Willst du mir erzählen, was los ist?«, fragte sie und drehe sich zum Bett herum.

Noah schob das Kissen von seinem Gesicht und starrte sie störrisch an. Sein Haar war zerzaust, seine Augen waren blutunterlaufen, und wenn er tatsächlich geschlafen hatte, hatte er nicht gut geschlafen. Dunkle Ringe umgaben seine Augen.

»Ich will gerade keine Gesellschaft, Mer.«

»Warum nicht?«

»Ich bin müde.«

»Warum?«

Er stöhnte. Ihre Fragen nervten ihn eindeutig. Doch einen Augenblick später versuchte er, es ihr zu erklären. »Was sagte Abuela immer … über die drei Dinge? Die drei Dinge, die wichtig sind?«

»Nur drei Dinge sind wichtig. Wer Er ist. Wer du bist. Und wer deine Freunde sind«, leierte Mercedes herunter.

»Ja. Tja, ich kann gerade nichts davon beantworten.«

»Ähm, hallo?«, sagte Mercedes ungläubig. Sie stapfte auf das Bett zu und setzte sich mit so viel Schwung neben ihn, dass die Matratze wackelte. »Ich bin genau hier. Sag mir das ins Gesicht.«

»Ich weiß nicht, wer Cora war, Mer. Ich dachte, dass ich es wüsste. Ich war mir sicher. Aber ich kannte sie nicht.«

»Was ist passiert, Noah?«, fragte sie und spürte, wie sich in ihrem Bauch Beklommenheit breitmachte.

»Sie sagte mir einst, dass niemand in Sicherheit sei. Stimmt das, Mer? Ist niemand in Sicherheit? Ich habe so sehr versucht, ihr ein Gefühl von Sicherheit zu geben.«

Trauer wallte in Mercedes auf und sammelte sich in ihren Augen. Doch Noah kniff seine Augen einfach zu und schüttelte den Kopf, als würde er die Antworten nicht mehr kennen. Für einen Augenblick schwiegen sie und waren beide in ihren eigenen Gedanken verloren.

»Am fünften wird es ein Jahr her sein«, flüsterte er.

»Ja. Das wird es.« Mercedes verspürte einen Anflug von Erleichterung. Vielleicht war Noah immer noch damit beschäftigt, die Art, auf die Cora gestorben war, zu verarbeiten. Vielleicht war das alles, was dahintersteckte.

»Ich werde einfach noch ein wenig länger schlafen. Okay?« Noah rollte sich von ihr weg, und für einen Augenblick spielte Mercedes mit dem Gedanken, ihm einfach seinen Willen zu lassen.

»Nein. Du musst jetzt aufstehen«, sagte sie sanft.

»Ich bin müde.«

»Nein, das bist du nicht. Aber du stinkst. Du brauchst eine Dusche, und du brauchst Essen, und du musst deine Tochter bei Heather abholen. Sie macht sich Sorgen um dich, und ich will Gia sehen.«

»Hol du sie ab. Ich werde schlafen«, murmelte er.

Mercedes zog ihm die Decke weg und schlang ihre Arme um ihn, um ihn hochzuhieven. Seine Haut war warm, und sein Atem roch muffig. Seine zugekniffenen Augen sorgten dafür, dass ihr Herz bebte und ihr Magen sich verkrampfte.

»Verdammt, Mer.«

»Wann hast du das letzte Mal etwas gegessen?«, fragte sie. »Ich werde erst gehen, wenn du dich gewaschen und Nahrung zu dir genommen hast.«

Er erwiderte nichts, gab aber nach und stand auf, um sich von ihr ins Bad führen zu lassen. Sie gab Zahnpasta auf seine Zahnbürste und benetzte sie unter dem Wasserhahn. Dabei redete sie mit ihm, als wäre er fünf Jahre alt und sie seine Mutter.

»Putz dir die Zähne«, verlangte sie. Er gehorchte und schrubbte lustlos in seinem Mund herum.

»Vergiss die Zunge nicht«, sagte sie streng.

Er schüttelte einfach nur den Kopf und schob Mercedes aus dem Weg, damit er ausspucken und den Putzvorgang wiederholen konnte. Sie füllte einen Becher mit Mundspüllösung und hielt ihn ihm hin, als er fertig war.

»Gurgeln! Und dann ab mit dir unter die Dusche.«

»Verschwinde, Mer«, flüsterte er.

»Nein«, schnauzte sie.

Er gurgelte laut und spülte seinen Mund mit der minzigen antibakteriellen Lösung aus, die sogar einem Hund frischen Atem verpasst hätte. Er ließ sie um seine Zähne schwappen und spuckte sie schließlich ins Waschbecken. Dann schob er Mercedes in Richtung Tür.

»Geh«, verlangte er heiser.

»Ich traue dir nicht. Du wirst mich aussperren und hier drinnen bleiben, bis ich gehe.«

»Ich muss pinkeln.«

»Nur zu. Ich drehe mich um und halte mir die Nase zu, damit ich deinen Urin nicht riechen muss.«

»Mer, ich bin kein Kind«, seufzte er. »Geh.«

»Ich weiß, dass du kein Kind bist. Also werd erwachsen und mach dein Geschäft. Ich werde nicht gehen.« Sie verschränkte die Arme vor der Brust und starrte ihn streng an, was eine beeindruckende Leistung war, da er deutlich größer war als sie. Selbst in ihren zehn Zentimeter hohen Absatzschuhen reichte sie ihm nur bis zum Kinn. Sein Haar, das vom Schlaf und aufgrund der mangelnden Pflege ganz zerzaust war und in alle Richtungen abstand, ließ ihn sogar noch größer wirken.

»Ich kann nicht pinkeln, wenn du zuhörst«, argumentierte er.

Mercedes trat um ihn herum und drehte das Wasser in der Dusche auf. Sie stellte die Armaturen so ein, dass es sich langsam aufwärmen würde.

»Jetzt kann ich dich nicht mehr hören. Überall fließt einfach nur Wasser. Pinkle«, beharrte sie.

Er trat vom Waschbecken zurück, und sie hörte, wie er den Toilettendeckel anhob und ihn mit einem Klacken gegen den Spülkasten prallen ließ. Sie hatte ihm wie versprochen den Rücken zugewandt. Sie wollte ihn nicht demütigen. Wirklich nicht. Aber sie kannte ihn zu gut, und in seinem Gesicht lag etwas, das sie an Coras Dad erinnerte. Einen ähnlichen Ausdruck hatte sie bei ihm an dem Tag gesehen, als er sich erschoss. Es war der Ausdruck, den ihre Mutter nach Papis Beerdigung in den Augen gehabt hatte. Es war die ruhige, furchtbare Erkenntnis, dass das Leben nie wieder dasselbe sein würde, und die zunehmende Versuchung, das alles hinter sich zu lassen.

Er jagte ihr Angst ein. Sie konnte vieles ertragen. Sie *hatte* vieles ertragen. Doch ein Leben ohne Noah gehörte nicht dazu. Seine Niedergeschlagenheit ließ sie in Panik verfallen. Ihr Herz hämmerte, ihre Handflächen waren heiß und ihre Finger taub. Sie ballte die Hände zu Fäusten und versuchte, sie mit reiner Willenskraft dazu zu bringen zu kooperieren. Ebenso wie sie versuchte, Noah dazu zu bringen zu kooperieren.

»Ich werde genau hier warten, während du dich wäschst«, verkündete sie, doch ihre Stimme zitterte. Sie verzog das Gesicht und räusperte sich. Aber sie gab nicht nach. »Dann werde ich dafür sorgen, dass du dich anziehst, dir die Haare kämmst,

Deo aufträgst und dir vielleicht noch einmal die Zähne putzt, nur zur Sicherheit. Dann mache ich dir Frühstück und halte deine verdammte Hand, während du zur Tür hinausgehst. Dann werden wir einen Spaziergang machen. Einen langen Spaziergang. Und wir werden schwitzen und die frische Luft einatmen, und du wirst aufhören, darüber nachzudenken, wie ätzend das Leben ist.«

»Wirst du dabei zuschauen, wie ich mich ausziehe?«, fragte er tonlos.

»Wenn es sein muss.« Sie wusste, dass sie sich absolut unverschämt verhielt, aber Menschen mit ernsthaften Depressionen konnte man nicht trauen. »Du bist ja schon halb nackt.«

»Aber es ist nicht die entscheidende Hälfte.«

Hinter ihr ertönte die Toilettenspülung, und sie trat von der Badewanne weg und bewegte sich in Richtung Tür. Sie würde ihm gern ein wenig Raum geben, war aber nicht bereit zu gehen. Das Bad war so eingerichtet, dass sich das Waschbecken und die Dusche einander gegenüber befanden. Die Toilette war in der Ecke versteckt.

Nach einigen Augenblicken der Stille – sie hörte weder spritzendes Wasser noch das Geräusch des Duschvorhangs, der beiseitegeschoben wurde – drehte sie sich um und stellte fest, dass er sie anstarrte. Seine Jogginghose saß nach wie vor auf seinen schmalen Hüften. Seine nackte Brust hob und senkte sich schnell, so als würde er über einem Abgrund hängen und sich mit aller Kraft festklammern. Wasserdampf stieg über dem fröhlichen gelben Duschvorhang auf, doch er machte keine Anstalten, darauf zuzugehen.

»Noah«, drängte sie. Ihre Stimme war ein panischer Weckruf. Er hob nicht mal den Kopf.

»Noah!«

»Geh einfach, Mer«, flehte er.

»Nein. Das werde ich nicht tun. Du musst dich um dich kümmern. Du musst weitermachen. Erinnerst du dich an die Taubheit? Taub zu sein ist besser, als tot zu sein. Du bist nicht tot! Also hör auf, dich so zu verhalten, als wärst du es.«

Er wandte ihr den Rücken zu.

Sie scheuchte ihn, schlug auf seinen drahtigen Rücken und seine breiten Schultern, hieb auf ihn ein – alles in dem verzweifelten Versuch, eine Reaktion von ihm zu erhalten. Doch hinter ihren Schlägen lag kein Gewicht, keine Kraft. Für sie gab es nur noch Angst und Frustration und die Weigerung, ihn einfach sich selbst zu überlassen. Er drehte sich herum und hob den rechten Arm, um sie abzuwehren.

»Hör auf«, brüllte er. »Kannst du mich nicht einfach mal für fünf Sekunden in Ruhe lassen? Geh einfach!«

»Das kannst du vergessen! Ich werde dich niemals in Ruhe lassen, verstehst du? Ich werde dich niemals in Ruhe lassen!«, schrie sie.

Er griff mit so viel Nachdruck nach der Handtuchstange über der Toilette, dass sie sich von der Wand löste. Putzstückchen und eine winzige Schraube flogen durch die Luft. Er knallte die Stange gegen den Spiegel über dem Waschbecken und zerbrach ihn. Er zersplitterte in einem zackigen Spinnennetzmuster. Seine Wut erfüllte sie mit Erleichterung.

Er warf die Handtuchstange beiseite und attackierte den Spiegel erneut mit beiden Fäusten. Die Risse breiteten sich immer weiter aus. Sie schienen vor seiner Wut zu fliehen und verzerrten sein Spiegelbild so sehr, dass Mercedes zusammenzuckte. Er fluchte im Takt mit seinen Schlägen, und jeder Fluch wurde von fallenden Glassplittern untermalt. Seine Hände bluteten, und Mercedes schrie ihn an, dass er aufhören solle. Stattdessen wirbelte er herum und packte den gelben Duschvorhang. Er zerrte daran und riss ihn mitsamt der Haltestange auf sich herunter. Er heulte empört auf, stieß das Chaos beiseite und stürmte auf Mercedes zu. Seine Absicht war klar. Sie weigerte sich zu gehen, also würde er dafür sorgen, dass sie ging. Er würde sie gewaltsam aus dem Badezimmer entfernen.

Mercedes konnte nur noch daran denken, dass sie ihn irgendwie unter den Wasserstrahl zwingen musste. Also trat sie vollständig bekleidet unter die Dusche – mit Schuhen, Ohrringen und allem.

Noah starrte sie gleichermaßen verblüfft und aufgebracht an, während das Wasser ihre Bluse durchnässte. Sie bestand aus Seide und würde nach dieser Aktion ruiniert sein. Doch das war ihr egal. Sie schlüpfte aus ihren Absatzschuhen und reichte sie ihm. Er schleuderte sie beiseite, und sie landeten klappernd auf dem Boden.

»Lass mich dir helfen.«

»Du wärst eine schreckliche Therapeutin«, keuchte er.

»Deswegen bin ich keine. Aber ich bin eine verdammt gute beste Freundin. Und jetzt schwing deinen Hintern hier rein und wasch ihn.«

»Das ist nicht das, was ich brauche, Mercedes. Das wird nichts in Ordnung bringen«, stöhnte er. Seine Wut war ebenso schnell wieder verraucht, wie sie gekommen war. Er ließ die Schultern nach unten sacken und die Hände an die Seiten sinken. Blut tropfte von seinen Fingern.

»Es wird zumindest eine Sache in Ordnung bringen«, widersprach sie leise. »Du wirst sauber sein.«

Mit einem kapitulierenden Seufzen trat er unter den Wasserstrahl, ohne seine Jogginghose auszuziehen. Er stand nun zwischen ihr und dem Duschkopf und blockte das Wasser mit seinem Körper ab. Es lief über sein ungekämmtes Haar und sein Gesicht, und er ließ das Kinn auf die Brust sinken und lehnte sich unter der Wärme des Wassers in ihre Richtung.

Sein Blut tropfte und wirbelte um ihre Füße herum, und sie ergriff seine Hände, um sie zu untersuchen.

»Das wirst du morgen spüren«, hauchte sie. Seine zerfetzten Knöchel, den körperlichen Beweis für seine Verzweiflung, zu sehen, schmerzte sie. Sie hielt seine Hände unter das Wasser und suchte nach Glassplittern. Er verzog das Gesicht, gestattete es ihr aber, ihn für einen Augenblick zu bemuttern. Dann zog er seine Hände aus ihrem Griff.

»Meine Hände sind in Ordnung, Mer.«

Sie strich ihm das Haar aus der Stirn und schaute ihm in die Augen. Sie starrte in sein geliebtes, trauerndes Gesicht und wünschte sich mit aller Kraft, dass sie ihm seinen Schmerz nehmen könnte. Sie würde ihn komplett auf sich nehmen, wenn sie es könnte. Ihm seinen Schmerz zu nehmen, würde ihren eigenen lindern.

»Was brauchst du, Noah? Sag mir, wie ich es in Ordnung bringen kann. Und ich werde mein Bestes tun, um es dir zu geben«, murmelte sie und streichelte seinen gebeugten Kopf. Diese Art des Trostes war universell. Das Beruhigen, das Streicheln. Er atmete zitternd ein und dann wieder aus, so als würde er sich selbst die Erlaubnis erteilen, diesen Trost anzunehmen.

Er hob die Hände zaghaft an ihre Hüften. Dann spreizte er die Finger, packte sie und legte die Hände um ihre Taille. Er knetete sie verzweifelt und stöhnte. In diesem Laut lagen so viel angestaute Trauer und so viel Verzweiflung, dass sie auf ihn zutrat und ihre Arme um ihn legte, um ihm Halt zu geben.

Sie standen in einer lockeren Umarmung da und hatten die Augen geschlossen, während das Wasser immer noch über ihre Köpfe und ihre Kleidung strömte. Sie bewegte die Hände weiterhin über ihn und liebkoste ihn beruhigend und tröstend. Sie wollte seine Verzweiflung fortwischen, sie abwaschen und zusehen, wie sie zusammen mit seinem Blut im Abfluss verschwand. Sie presste ihren Mund auf seine Brust, um sein aufgewühltes Herz zu beruhigen. Stattdessen spürte sie, wie ihr eigener Puls schneller schlug.

Ganz plötzlich wurden kollektive Trauer und geteilter Trost zu etwas anderem.

Etwas Neuem.

Etwas Altem.

Mitgefühl verwandelte sich in Einfühlungsvermögen und wurde zu einer körperlichen Reaktion. Die Hitze, die sie umgab, wurde zu einer Hitze in ihrem Inneren. Sie brodelte und köchelte, flackerte in ihrem Kreuz und in ihrer Magengrube. Sie kletterte an ihren Beinen hinauf und wand sich um ihre Brüste. Sie wuchs in ihrer Brust und blähte ihre Lippen. Und sie war nicht allein. Sie spürte eine neue Anspannung unter Noahs Haut, einen veränderten Rhythmus seines Herzschlags, ein Bewusstsein in seiner Berührung.

Er schob die Hände unter den Saum ihrer Bluse und auf die Haut darunter. Sie hob ihr Gesicht zu seinem und bot sich ihm, ohne zu zögern, an. Sein Kiefer war nicht länger angespannt, und in seinem Blick loderte ein unerwartetes Feuer. Er öffnete den Mund, seine Atmung ging hastig. Für eine Sekunde trafen sich ihre Augen und klammerten sich aneinander. Eine unhörbare Reihe aus Klicklauten – links, rechts, links, entriegeln – hallte in ihrem Kopf wider und vibrierte in seiner Brust. Es war eine tödliche Kombination, und sie öffneten den Tresor.

Sie sprachen kein Wort. Sie sagten nicht einmal den Namen des anderen. Sie fragten nicht um Erlaubnis und testeten keine Grenzen aus. Es war einfach da, zwischen ihnen, das Wissen, dass sie nicht aufhören oder zurückweichen würden. Und dass sie genau wussten, was sie taten.

Dann küsste Noah sie. Es war ein nervöser und unsanfter Kuss. Sein Mund prallte mit alten Gefühlen und neuem Trotz auf ihren, so als würde er damit rechnen, dass sie zurückweichen oder abrupt ihr Gesicht abwenden würde. Als sie nichts davon tat, wurde sein Mund weicher. Er verlangsamte sein Tempo, und ein Beben ging durch seinen Körper und erschütterte sie beide bis ins Mark. Er zog den Reißverschluss an ihrem durchnässten Rock auf und schob ihn über ihre Hüften, bis er auf ihre nackten Füße klatschte. Er zerrte ihr die Bluse über den Kopf und zog die Haarnadeln aus ihrem wallenden Haar, sodass es ihr in widerspenstigen Locken um die Schultern fiel.

Sein Mund war ebenso beharrlich wie seine Hände. Er suchte, klammerte sich an sie und war auf eine Antwort aus, die sie ihm nur zu gerne gab. Ihr Bewusstsein war voll und ganz auf den Moment konzentriert, auf ihre Münder, auf ihre nasse Haut, auf das Kratzen seines Barts und das sanfte Gleiten seiner Zunge. Es gab keine Vergangenheit und keine Zukunft, kein Abwägen und kein Überlegen. Es gab nur das Jetzt.

Ich bin hier, schrien ihre Gedanken. *Du bist hier. Wir sind hier. Das sind wir.*

Doch diesen Noah kannte sie nicht.

Diese Seite von ihm kannte sie nicht. Sie kannte auch nicht die Art, wie ihm der Atem stockte, als sie nackt vor ihm stand – kurvig und üppig mit warmer Haut und runden Hüften. Dieser andere Noah legte seine Hände um ihre Oberschenkel und hob sie hoch. Er zog ihre Beine um seine Taille, hatte einen Arm unter und einen Arm hinter ihr und schützte ihren Kopf mit einer Hand vor den kalten Kacheln. Er keuchte, als er in sie eindrang, als wäre er noch nie mit einer Frau zusammen gewesen. Er bewegte sich an ihr und verlor sich im Rhythmus des aufziehenden Sturms.

Diesen Noah kannte sie nicht.

Sie liebte einen Fremden. Sie hatte die Augen weit aufgerissen, ihr Herz hämmerte vor Neugier und ihr Körper bebte vor wissbegierigem Staunen.

Sie hatte nicht erwartet, so viel zu empfinden. Sie hatte nicht erwartet, die Kontrolle zu verlieren. Sie war so sehr von ihm eingenommen, so fasziniert von der traumartigen Wahrnehmung der in die Länge gezogenen Sekunden, dass sie das Gefühl vollkommen überrumpelte. Es fegte durch sie hindurch wie ein plötzlicher Windstoß, und sie riss ihren Mund von seinem los und schnappte verzweifelt nach Luft. Fast glaubte sie, dieser intensiven Erfahrung entkommen zu müssen, weil sie es nicht länger aushielt. Doch dann schob er seine Hand in ihr Haar und zwang ihren Mund wieder auf seinen, während er ihr über den Abgrund folgte.

Dann dehnte sich die Gegenwart wieder aus und verband sich erneut mit gestern und dem Tag davor, mit morgen und all den Augenblicken, die noch kommen würden. Sie war nicht länger im *Jetzt* verankert. Sie wurde vom *Damals* aufgespießt, von allem, was zuvor geschehen war, und sie wusste nicht, ob sie sich dem stellen konnte, was als Nächstes passieren würde. *Oh, gütiger Gott, was hatte sie getan?* Sie zitterte, die Wand der Dusche fühlte sich an ihrem Rücken klamm an. Sie hörte zu, wie sich Noahs Herzschlag verlangsamte und seine Atmung ruhiger wurde. Und als sie ihm nicht länger aus dem Weg gehen konnte, schob sie ihn sanft von sich weg.

Noah ließ sie widerwillig los. Er wich zurück und ließ sie an seinen Beinen entlang nach unten gleiten, bis ihre Füße wieder auf dem Boden der Dusche standen. Sie hob ihr Kinn an und weigerte sich, sich zusammenzukauern oder zu bedecken. Sie war schön. Sie mochte ihren Körper. Sie mochte sich. *Du bist kein bisschen wie Cora*, flüsterte ihre Unsicherheit. *Noah liebt Cora.* Sie zuckte zusammen und schob den Gedanken dann beiseite.

»Hast du das gebraucht?«, fragte sie sanft. Sie musste ihn und sich selbst daran erinnern, wie es zu diesem Moment gekommen war.

Er antwortete nicht, hatte die Lippen geschürzt und den Kiefer angespannt. Seine Augen waren so weit aufgerissen und sein Blick wirkte so tragisch, dass sie ihren Körper mit den Händen bedecken und ihn anflehen wollte, sich abzuwenden. Sie hatte ihm nicht geholfen. Sie hatte ihn lediglich aufgeweckt, und nun war sein Gesicht von einem Schmerz erfüllt, der so stark war, dass er um ihn herumwaberte wie der Wasserdampf, der den zersplitterten Spiegel verhüllte. Er war nicht mehr taub.

Doch sie hielt seinem Blick stand.

»Du hast dich immer noch nicht gewaschen«, fuhr sie fort und zog sich ihre freche Art über wie ein altes Gewand, um ihr nacktes Fleisch und ihre bloßgestellten Gefühle zu verdecken. »Dusch fertig und zieh dich an. Ich werde unten sein und uns etwas zu essen machen. Ich verhungere. Und denk ja nicht, dass ich dich vom Haken lassen werde. Wir werden nach draußen gehen. Und dann werden wir uns einen Film anschauen. Und morgen wirst du wieder zur Arbeit gehen, und ich werde Gia nach Hause bringen.«

Sie beugte sich vor und hob ihre durchnässten Klamotten auf. Dann stieg sie aus der Wanne, als würde sie aus einer Limousine aussteigen. Sie würde sich nicht schämen. Sie ließ ihre nassen Klamotten ins Waschbecken fallen, wickelte sich ein Handtuch um und ließ Noah unter dem lauwarmen Wasserstrahl stehen.

Schließlich gingen sie weder ins Kino noch lange spazieren. Mercedes borgte sich Shorts und ein T-Shirt aus Noahs Kommode aus, aber sie konnte schlecht in einer zu großen

Unterhose und Schuhen mit zehn Zentimeter hohen Absätzen durch die Nachbarschaft schlendern. Stattdessen bereitete sie eine Pfanne mit Bohnen und Käseburritos zu – aufgewärmte Bohnen, fertige Tortillas aus dem Supermarkt und Cheddar mit ein paar gewürfelten Zwiebeln, Koriander und Tomaten, damit die Burritos nach etwas schmeckten – und sie kauerten sich an seinen Küchentisch und aßen schweigend. Sie wollte weglaufen. Gott, das wollte sie so sehr. Ihr Puls hämmerte in ihrer Kehle, und ihre Oberschenkel bebten unter dem Tisch.

Noah aß die Hälfte des Inhalts der Pfanne und trank drei Gläser Milch, als hätte er seit einer Woche nichts gegessen. Er hatte seine Fingerknöchel mit Pflastern verarztet, auf denen Minnie Maus und Donald Duck abgebildet waren. Die Verletzungen schienen ihm nichts auszumachen. Doch er hatte Schwierigkeiten damit, ihr in die Augen zu sehen, und ihr Schweigen war nicht das übliche warme Gefühl, angefüllt mit Erinnerungen und Behaglichkeit.

»Danke, Mer«, murmelte er.

»W… Was?«, stammelte sie verblüfft.

»Danke für …«, begann er.

»Für den Sex unter der Dusche«, fiel sie ihm ins Wort. »Jederzeit, Großer. Jederzeit.« Niemand konnte behaupten, dass sie sich nicht schnell wieder erholte.

»Ernsthaft?«, murmelte er und hob den Blick, um sie anzuschauen. »Jederzeit?«

»Nein«, erwiderte sie leise und räusperte sich.

»Dann sag das nicht, Mer. Und leg mir keine Worte in den Mund.«

Sie nickte zerknirscht und trank einen großen Schluck Milch. Sie mochte keine Milch. Warum hatte sie sich ein Glas eingeschenkt? Sie behielt die Flüssigkeit im Mund, da sie nicht bereit war, sie herunterzuschlucken.

»Danke, dass du mich zur Verantwortung gezogen hast«, fuhr er leise fort. »Danke, dass du hier bist. Danke, dass du mir Burritos gemacht und mich dazu gezwungen hast, mir die Zähne zu putzen. Ich wusste nicht, dass du mich bespringen wolltest. Wenn ich das gewusst hätte, hätte ich dich nicht gebeten zu gehen. Und dann wäre meine Lieblingsjogginghose trocken geblieben.«

Die Milch in ihrem Mund schoss auf schmerzhafte Weise in ihre Nase.

Sie stand auf, lachte erstickt und spritzte sich Wasser ins Gesicht. Erleichterung durchströmte sie und nahm eine Last von ihrem Herzen. Sie würden darüber lachen. Gott sei Dank. Sie würden darüber lachen, so wie sie es immer taten, und zwischen ihnen würde alles in Ordnung sein. *Er* würde in Ordnung sein.

»Ich wusste nicht, dass das passieren würde«, keuchte Mercedes und versuchte bei all dem Gekicher Luft zu bekommen.

»Dass die Milch aus deiner Nase laufen würde ... oder das mit dem Sex?«, neckte Noah sie trocken, und sie lachte noch heftiger. »Ich lag falsch. Du würdest eine tolle Therapeutin abgeben. Ich fühle mich viel besser«, fuhr Noah fort, während er sich immer noch Bohnen in den Mund schaufelte. »Wir könnten gemeinsam eine Klinik eröffnen und alternative Therapieformen anbieten. Deine Heilkräfte sind bemerkenswert.«

»Hör auf«, keuchte Mercedes, die kaum noch in der Lage war, Luft zu holen.

»Heiß. Es war heiß, Mer. Fast so gut wie deine Burritos.«

II

1989

»Wo ist mein Dad?«, fragte Noah.

Shelly Andelin kauerte sich tiefer in ihre Decke und hielt den Blick auf den Fernseher gerichtet. Sie liebte Harrys wundersames Strafgericht *und Richter Harry Stone. Manchmal erwischte er sie dabei, wie sie die Mattscheibe anlächelte. Sie lachte nicht und rief nichts, wie er es manchmal tat, wenn er ein Spiel der Jazz ansah. Sie betrachtete die Mätzchen, lauschte dem Gelächter vom Band und verpasste so gut wie nie eine Folge.*

Er hatte ihr diese Frage schon öfter gestellt, aber sie hatte immer nur mit den Schultern gezuckt und gesagt, dass sie es nicht wisse. Er hatte sie auch gefragt, wie der Name seines Vaters laute, und nie eine Antwort erhalten.

»War sein Nachname Andelin?«

»Nein. Wir waren nicht verheiratet. Du hast meinen Nachnamen.«

»Wie lautete sein Nachname?«

»Stone. Sein Name war Harry Stone.«

»Wirklich?«

»Nein.«

»Wie lautete sein Name, Mom?«

»Ich bin mir nicht sicher.«

»Also hast du eine Ahnung?«

»Nein. Keine Ahnung.«

»Warum nicht?«

»Weil er sich mir nicht vorgestellt hat, Noah.«

Das hatte ihn für sehr lange Zeit zum Schweigen gebracht. Er wollte nicht wissen, was das bedeutete. Aber der Laborunterricht in Mr Wards Kurs hatte ihn wieder zum Nachdenken gebracht. Blut. Verbindungen. Zugehörigkeit. Er wusste nichts über seinen Vater und nur sehr wenig über seine Mutter. Sicher, er wusste, dass sie nicht gern die Wohnung verließ. Die Tatsache, dass sie ihre Stelle im Archiv fünfzehn Jahre lang behalten hatte, war ein Wunder. Die Tatsache, dass sie allein zwischen Akten voller Tod und Krankheit arbeitete und sich in den frühen Morgenstunden, wenn alle anderen eintrafen, aus dem Krankenhaus schlich, half dabei. Und er hatte ihr ebenfalls geholfen. Das war auch ein Wunder.

Er kannte ihre Chefin – eine Frau namens Carole Stokes – und ihre Kollegen aufgrund der Schichten, in denen sie arbeiteten, und wegen ihrer Fähigkeiten. Er wusste, wer am meisten leistete und wer die Stunden einfach nur absaß und die Akten beiseiteschob, damit sich die Nachtschicht darum kümmern konnte. Carole war gut zu seiner Mutter. Sie kümmerte sich um sie und damit gewissermaßen auch um ihn.

Carole kannte Shelly Andelins Grenzen – vor allem im Bereich Interaktion – und zwang sie nie zu etwas. Sie verbot ihr nie, Noah mit zur Arbeit zu bringen, obwohl das mit Sicherheit gegen die Vorschriften des Krankenhauses verstieß. Niemand sonst brachte sein Kind mit zur Arbeit. Carole war diejenige, die Noah für den Kurs für medizinische Transkription anmeldete, als er vierzehn war. Er hörte sich eine Aufnahme an, tippte ab, was er hörte, erledigte die dazugehörigen Aufgaben in seinem Arbeitsheft und schickte dann alles per Post weg. Als er den Kurs abgeschlossen hatte, stellte Carole ihn ein – genau genommen stellte sie seine Mutter ein –, um nebenbei Transkriptionsarbeiten zu erledigen. Die Tatsache, dass er noch nicht alt genug war, um auf der Gehaltsliste zu stehen, umging sie. Sie hatte ihm die Werkzeuge gegeben, die er benötigte, um die Arbeit zu erledigen, also erledigte er die Arbeit.

Noah hatte Carole einst gefragt, ob sie verwandt seien. Sie hatte gelächelt und es verneint. Sie hatte Shelly kennengelernt, als sie am Empfang in der Notaufnahme gearbeitet hatte. Shelly war hochschwanger gewesen und mit Schwangerschaftstoxikose eingeliefert worden. Sie wäre fast gestorben. Noah wäre ebenfalls fast gestorben. Als Carole herausfand, dass Shelly unter der Überführung gelebt hatte, zog sie ein paar Strippen und forderte ein paar Gefallen ein. Ein Bett in einer Obdachlosenunterkunft führte zu einem Zimmer in einem Rehabilitationszentrum. Aus dem Zimmer im Rehabilitationszentrum wurde ein Zimmer in einem Frauenhaus.

Dass Shelly nicht drogenabhängig war, half – das kam erst später in Form von Schlaftabletten. Außerdem half, dass sie ruhig war und keinen Ärger machte. Sie arbeitete hart und tat alles, was man ihr sagte. Und als Carole engagiert wurde, um die Leitung des Archivs zu übernehmen, nahm sie Shelly einfach mit. Shelly und Noah zogen aus dem Frauenhaus in die Drei-Amigos-Wohnanlage. Für Shelly musste sich dieser Ort wie eine Oase angefühlt haben, die ihr den Platz und die Ruhe und die Privatsphäre bot, nach denen sie sich sehnte. Zum ersten Mal konnte sie aufhören, den Atem anzuhalten. Sie konnte ausatmen. Das Problem war nur, dass sie nie wieder einatmete.

Noah wusste das alles über seine Mutter, und doch kannte er sie kein bisschen. Sie teilte ihre Gedanken nicht mit ihm. Sie hatte keine Lebensphilosophie. Sie existierte, und er existierte mit ihr. Aber er wollte mehr wissen.

»Du sagtest, dass er sich nicht vorgestellt habe … mein Vater. Was bedeutet das?«, fragte Noah.

»Ich kannte ihn nicht. Ich wollte ihn nicht kennen.«

Noah schluckte und schloss die Augen. Ihm war übel, und er hatte Angst. Aber er musste es wissen und so zu tun, als wäre die Welt nicht hässlich, änderte nichts daran.

»Wurdest du vergewaltigt, Mom?« Er war fünfzehn, nicht fünf. Er wusste Bescheid.

»Nein. Wir hatten eine Abmachung. Es war ziemlich schnell vorbei. Er tat mir nicht weh.«

»Und du weißt nicht, wer er war?«

»Er war bloß ein weiterer Obdachloser. Danach fand ich einen anderen Ort, an dem ich schlafen konnte.«

Noah war nicht überrascht. Er war nicht in der Lage gewesen, sich ein Szenario vorzustellen, in dem seine Mutter eine Beziehung gehabt hätte, die zu einer Schwangerschaft geführt hätte. Es fiel ihm schwer, sie sich überhaupt in einer Beziehung vorzustellen. Aber zu wissen, dass sein Vater ein beliebiger Obdachloser war, war für Noahs Selbstwertgefühl nicht besonders förderlich. Er konnte auf diese Enthüllung nichts erwidern. Was sollte er auch sagen? Überraschenderweise war seine Mutter diejenige, die das Schweigen brach.

»Du bist ein Wunder, Noah«, flüsterte sie stockend.

»Was?«

»Du bist ein gottverdammtes Wunder.«

Ihre Leidenschaft schockierte ihn, und er starrte sie wartend an. Sie schaute ihm kurz in die Augen und richtete den Blick dann wieder auf den Fernseher. Der ehrenwerte Harry Stone tröstete seinen Gerichtsdiener Bull.

»Du hast mir den Glauben gegeben«, murmelte sie.

»An was?« Er versuchte, sie mit reiner Willenskraft dazu zu bewegen, ihn wieder anzuschauen, da er befürchtete, dass sie einfach mitten im Gespräch verstummen würde, wie sie es so oft tat.

»An Gott.«

»Warum?«, drängte er. Seine Stimme war lauter geworden, und

seine Mutter atmete schwer aus, als würde diese Unterhaltung sie erschöpfen.

»Ich habe dich ganz sicher nicht erschaffen. Dieses Stück Dreck, das mich besprang, hat dich auch nicht erschaffen. Wir machten deinen Körper. Aber wir machten nicht deine Seele. Deine Seele kam von woanders, da bin ich mir sicher.«

Das war das Netteste, was seine Mutter je zu ihm gesagt hatte. Das Weiseste. Und vielleicht lag es daran, dass sie überhaupt nur sehr selten etwas sagte, aber er glaubte ihr.

Noah wusste nicht, wie die Lösung aussah. Einerseits wollte er nicht wissen, ob Gia seine leibliche Tochter war. Andererseits konnte er die Tatsache, dass sie es womöglich nicht war, nicht ignorieren.

Vor seinem Einsatz in Afghanistan hatte er gewusst, dass er und Cora in Schwierigkeiten steckten. Er hatte gewusst, dass sie nicht glücklich war. Seltsamerweise hatte er nicht den Verdacht gehegt, sie könnte ihn betrügen. Vielleicht lag das an seiner Naivität, vielleicht hatte er gedacht, dass sie ihn mehr liebte, als es tatsächlich der Fall gewesen war, oder vielleicht war es letztendlich gar nicht um Liebe gegangen. Bei Cora konnte man das nur schwer beurteilen. Und nun würde Noah es *niemals* erfahren.

Ein Teil von ihm fragte sich, ob das, was am Wochenende mit Mercedes geschehen war, auch dann geschehen wäre, wenn er nicht so wütend auf Cora gewesen wäre. Der Gedanke beunruhigte ihn. Einer seiner Psychologiedozenten hatte immer gesagt: »Verletzte Menschen verletzen Menschen.« Das stimmte, aber es bedeutete nicht, dass das in Ordnung war. Er wollte nicht, dass sein Schmerz und seine Wut Mercedes verletzten.

Hätte er auch dann Sex mit Mercedes gehabt, wenn sich die Gelegenheit vor einer Woche ergeben hätte? Wäre er so schnell von Niedergeschlagenheit zu Verlangen übergegangen, wenn er sich nicht so betrogen gefühlt hätte, wenn er Cora nicht hätte »zeigen« wollen, dass er sie ebenfalls nicht liebte? Der Gedanke sorgte dafür, dass seine Brust schmerzte und er die Hände vor Scham zu Fäusten ballte. Er wollte Mercedes aus der Gleichung heraushalten. Er wollte seine Gefühle für sie, seine Liebe für sie vollkommen von der Hässlichkeit in seinem Kopf getrennt halten. Doch am Sonntagabend hatten sich die Grenzen vermischt – tatsächlich waren sie sogar ausgelöscht worden. Das musste er wieder in Ordnung bringen.

Er hatte die Phasen der Trauer schnell durchlebt – Leugnen, Wut, Verhandeln und Depression –, bis er schließlich bei Akzeptanz angelangt war. Am Freitag war er vor Leugnen noch taub gewesen, als er die Kinderarztpraxis verlassen hatte. Am Samstag und am Sonntag hatte er zwischen Wut und Depression hin und her gewechselt. Als Mercedes am Sonntagabend gegangen war, hatte er sich dabei erwischt, wie er mit dem Universum verhandelt hatte – er hatte verhandelt und rationalisiert. Doch die Akzeptanz war am Dienstag gekommen, als er Gia ihr Frühstück gemacht hatte – ein Ritual, das er an den Tagen, an denen er morgens mir ihr zu Hause war, sehr genoss.

Normalerweise wachte Gia gut gelaunt auf, was das Aufwachen auch für ihn leichter machte. Er war nie bereit aufzuwachen. Dienstags und donnerstags frühstückten sie zusammen, plapperten und ließen sich Zeit. Sie genossen den Morgen ohne Eile oder Hast. Gia half ihm gern beim Aufräumen – *Di-Ah aufäumen, Daddy*. Sie reichte ihm die Kleidungsstücke aus dem Trockner, wischte alles auf Kniehöhe mit ihrem kleinen rosafarbenen Handtuch ab und fuhr auf dem Staubsauger durch die Gegend, als wäre sie eine Zugführerin. Dieses Spiel hatte er erfunden, als Cora noch am Leben gewesen war, und Gia geriet immer noch in Aufregung, wenn sie das Surren des Staubsaugers hörte.

Gia war eine fröhliche kleine Gefährtin, eine winzige Erinnerung an alles, was in seiner Welt gut und richtig war. Als er sie an diesem Morgen beobachtete, während sie ihm hinterherwatschelte, alles, was er sagte, nachahmte und dabei dankenswerterweise keine Ahnung von seinem gebrochenen Herzen hatte, beschloss er, dass er sich der Wahrheit stellen konnte, wie immer sie auch aussehen mochte. Gia würde nicht vaterlos sein. Nicht so wie er. Er war ihr Vater und würde *immer* ihr Vater sein. Sein Name stand auf ihrer Geburtsurkunde, und seine Anwesenheit – die Minuten, Stunden und Tage – in ihrem Leben bedeutete mehr als das Blut in ihren Adern.

Hingabe brauchte keine Genetik, und er war voll und ganz bereit, seine Pflicht zu erfüllen. Er war auch noch nie jemand gewesen, der den Kopf in den Sand steckte. Die Vorstellung war zu beängstigend, zu dunkel und grobkörnig. Er wollte nicht den Hintern in den Wind recken, während seine Sinne gedämpft wurden. Wie auch immer die Wahrheit aussah, er wollte sie kennen, wenn auch nur, um seine Tochter besser schützen zu können, um seine Frau besser verstehen zu können und um sich selbst besser vorbereiten zu können. Also zog er Gia am Dienstagnachmittag an und bereitete sich auf das Schlimmste vor.

Gia mochte fröhlich sein, aber sie war auch stur, und wenn sie beim Verlassen des Hauses wie eine kleine Stadtstreicherin aussah, dann war das nicht die Schuld ihres Daddys. Sie hatte ein Faible für den Zwiebellook und hasste Schuhe. Vielleicht lag das daran, dass ihr Mer jeden Montag die Zehennägel lackierte – normalerweise jeden Zeh in einer anderen Farbe –, und Gia der Anblick ihrer bunten Zehen so sehr gefiel, dass sie sie nicht bedecken wollte. Die einzigen Schuhe, die ihr Noah verlässlich anziehen konnte, waren die rosafarbenen glitzernden Schneestiefel, die ihr Heather zu Weihachten geschenkt hatte. Sie wurden langsam zu klein, und Noah befürchtete, dass sie aus ihnen herauswachsen würde, bevor sie bereit war, sich von ihnen zu trennen. Daher hatte er drei Paar in den nächsten drei Größen gekauft. Im August könnten rosafarbene Schneestiefel ein Problem darstellen, aber darum würde er sich kümmern, wenn es so weit war.

Noah hatte unablässig versucht, Gia andere Optionen schmackhaft zu machen, aber bislang war sie nicht interessiert. Mer hatte ein Paar Pantoffeln gefunden, das wie Oscars Geschwister aussah, und Gia mochte diese Schuhe ebenfalls – im Gegensatz zu Oscar –, was nicht viel besser war. Also besuchten Noah und Gia, die eine weite Baumwollhose mit Welpen darauf, einen dazu passenden Pullover mit der Mamahündin, die rosafarbenen Schneestiefel und einen mit Pelz ausgekleideten Mantel – geeignet für einen Opernbesuch – trug, nun die Montlake-Klinik.

Am Empfang begrüßte Noah Chaz, der gurrte und Gia ein Kompliment für ihre schicke Kleidung machte. Doch ansonsten wich Noah allem und jedem auf dem Weg zum Labor aus. Sein Besuch war persönlicher Natur, und er wusste, dass Ronnie Claridge, der das Labor leitete, sofort begreifen würde, was er im Sinn hatte. Aber es gab keine andere Möglichkeit.

Gia gefielen Ronnies Krankenhauskleidung und die Handschuhe an seinen Händen nicht. Sie hatte kürzlich erst ihre Impfungen erhalten, und die Aussicht auf weitere Spritzen löste bei ihr keine Begeisterung aus. Sie schaltete sofort in den Fluchtmodus um, und Noah kam schnell zum Punkt, bevor die Situation eskalierte.

»Ronnie, ich war mit Gia vor zwei Wochen bei ihrer Routineuntersuchung für Zweijährige.«

»Okay.« Ronnie nickte. Er und Noah hatten sich vom ersten Tag an gut verstanden, und Ronnie hatte eindeutig kein Problem damit, ihm einen Gefallen zu tun.

»Als ihre Kinderärztin ihre Akte durchsah, erwähnte sie Gias Rhesusunverträglichkeit mit meiner verstorbenen Frau. Meine Frau hatte Blutgruppe Null negativ.«

Ronnie nickte erneut. »Also behielten sie sie im Auge?«

»Ja. Während der Schwangerschaft gab es keine Probleme«, sagte Noah. Sein Magen rumorte.

»Sie war nicht sensibilisiert worden«, meinte Ronnie.

»Soweit ich das verstanden habe. Aber die Ärzte bestimmten trotzdem Gias Blutgruppe, als sie geboren wurde.«

»Das ist das Standardvorgehen, wenn die Mutter negativ und der Vater positiv ist«, stimmte Ronnie zu.

»Richtig. Offensichtlich ist Gias Blutgruppe A positiv.«

»Okay.«

»Ich muss nur überprüfen, ob das stimmt«, beendete Noah seine Ausführungen ruhig.

Ronnie starrte ihn verwirrt an.

»Wir können ihre Blutgruppe doch hier testen, oder, Ronnie?«, fragte Noah.

»Klar … Das kann ich machen.«

»Würdest du mich auch testen, nur damit Gia keine Angst hat?«

»Ich verstehe das nicht, Noah.«

»Meine Frau hatte die Blutgruppe Null negativ, Ronnie.«

»Okay …«

»Ich habe Null positiv.«

Ronnie beäugte ihn einen Moment lang. Dann dämmerte es ihm. »Okay, Doc.«

Nachdem Noah solche Schwierigkeiten gehabt hatte, Gia davon zu überzeugen, Schuhe anzuziehen, war sie nun nicht begeistert, als es darum ging, ihre Stiefel auszuziehen, damit Ronnie in ihre Ferse piksen konnte. Doch Ronnie war geschickt und hatte, was er brauchte, bevor Gia überhaupt merkte, dass sie »verletzt« war. Außerdem konnte sie den hervorquellenden Blutstropfen an der Unterseite ihres Fußes nicht sehen. Noah klebte ihr ein Pflaster auf die Ferse und zog ihr den Stiefel wieder an. Dabei redete er die ganze Zeit über Eiscreme und einen Ausflug in den Hogle-Zoo, in dem sie sich die Affen ansehen würden, wenn sie hier fertig waren. Er hasste den Zoo, aber Gia liebte ihn, also gingen sie oft hin. Dauerkarten und ein guter Kinderwagen machten es erträglich. Und die Tatsache, dass sich der Zoo nur fünf Minuten von ihrem Haus entfernt befand, half ebenfalls.

Nun hielt Noah Ronnie seinen Finger hin. Ronnie arbeitete schnell und schweigend und behielt den Blick auf die Blutstropfen gerichtet.

Er brauchte keine fünf Minuten, um zu bestätigen, dass Gia nicht Noahs leibliche Tochter war.

Ronnie war fassungslos. Peinlich berührt. Mitfühlend. Aber Noah war ruhig. So funktionierte Akzeptanz.

»Und du bist dir sicher, dass deine Frau die Blutgruppe Null negativ hatte?«, murmelte Ronnie.

»So steht es in Gias Akte. Und das bestätigte auch ein Test in einem Kurs, den wir in unserem ersten Jahr auf der Highschool belegten. Ich sah das Ergebnis mit eigenen Augen.«

»Was wirst du jetzt machen?«, flüsterte Ronnie. Sein Mitgefühl und seine Freundschaft traten in den Vordergrund und überlagerten alles andere.

»Zoo gehen!«, krähte Gia. Noah lachte. Der Laut klang ein wenig erstickt, aber er lachte, und Ronnie lächelte ebenfalls.

»Genau das werden wir machen, Ronnie. Wir werden in den Zoo gehen«, sagte Noah.

»Doc?«, warf Ronnie zaghaft ein.

»Ja?«, erwiderte Noah.

»Ich wurde adoptiert. Blut ist wichtig. Aber für ein Kind spielt es keine Rolle.«

»Ich weiß, Ronnie. Das sage ich mir selbst auch immer wieder«, flüsterte Noah.

Gia und Noah verbrachten den Rest des Tages – eines Tages, der letztendlich mehr Sonnenschein als Regenschauer mit sich brachte – mit einem Besuch bei den Giraffen und den Elefanten, den Kängurus und den Koalas. Sie standen draußen vor dem Affengehege, jubelten und grölten und tanzten den Affentanz. Sie schlenderten langsam an den Schlangen und Echsen vorbei, damit Gia sie anknurren und –zischen konnte. Dabei war sie halb fasziniert und halb vor Angst erstarrt. Sie aßen Corn Dogs und blieben zu lange, aber ausnahmsweise machte das Noah einmal nichts aus. Die Tiere hatten keine Probleme oder Sorgen. Sie kümmerte nicht, wer sie waren, woher sie kamen oder was der morgige Tag bringen würde. Und Noah nahm sich fest vor, es ihnen gleichzutun.

Als all der Schmerz und der Verrat von ihm abgefallen waren, hatte sich nichts verändert. Seine Liebe für Gia war unverändert, sie war nach wie vor auf ihn angewiesen, und letztendlich war es genau so, wie Ronnie gesagt hatte: Liebe war sehr viel wichtiger als Blut.

Mercedes war immer in Bewegung. Man sollte meinen, dass so jemand eine anstrengende Gesellschaft abgeben würde, aber bei Mer war das nicht der Fall. Sie war nicht zappelig, und sie tigerte auch nicht umher oder fummelte an allem herum. Sie war einfach nur *beschäftigt*. Sie ging nicht schnell – sie schlenderte –, setzte sich aber nie hin. Noah beobachtete, wie sie sich durch den Salon bewegte. Sie trug himmelhohe Absätze und hatte ihr Haar aus ihrem Gesicht zurückgestrichen und zu diesem langen, glatten Pferdeschwanz zusammengebunden, den nur sehr wenige Frauen hinbekamen. Sie hatte ihn noch nicht bemerkt, aber er bemerkte ihre taufrischen Lippen, ihre perfekte Haut, ihre dunklen Augen und ihre langen Wimpern. Sie sagte, dass sie falsch seien, aber als sie zehn Jahre alt gewesen war, waren sie bereits genauso lang gewesen.

Wo auch immer er hinschaute, spiegelte der Salon ihren Einfluss wider. Das *Maven* strahlte nicht diese düstere typische New-Age-Atmosphäre aus, die für viele Salons typisch war. Es erinnerte Noah an Zitronen in einem brauen Weidenkorb. Es war hell, hatte dunkle Holzfußböden, buttrig gelbe Wände und weiße Bordüren. Hier drinnen roch es sogar nach frischem Obst, wie auf der Veranda einer Ananasplantage, auf der es eisgekühlte Getränke und eine sanfte Meeresbrise gab. Wo man auch hinschaute, war alles makellos und hell. Hier gab es weder laute, wummernde Musik noch Zen-Mandolinenklänge. Tatsächlich war die Musik gar keine Musik. Das Hintergrundgeräusch im *Maven* war weißes Rauschen – Wellen und Möwen und gelegentliches fernes Gelächter, wie von Kindern an einem Strand. Es war angenehm.

Noah wusste, dass Mercedes ihm die Haare an seinem Küchentisch schneiden würde, so wie sie es in den ersten paar Monaten nach Coras Tod gemacht hatte, wenn er sie darum bäte. Doch aus irgendeinem Grund brauchte er heute die Umgebung des Salons. Er brauchte die Sicherheit fremder Augen und Ohren. Seit dem Wochenende hatte er Mercedes nicht mehr gesehen. Seit sie ihn unter die Dusche gezwungen hatte. Seit er sie auf den Mund geküsst und ihr die Kleidung ausgezogen und an der gekachelten Wand mit ihr Sex gehabt hatte.

Er hatte darüber nachgedacht, woanders hinzugehen, zu dem Barbier mit der altmodischen rot-weißen Stange direkt gegenüber der Montlake-Klinik. Das wäre nur dieses eine Mal einfacher gewesen. Aber das hätte sie verletzt. Wenn er ihr aus dem Weg ging, würde ihr das das Herz brechen. Und Noah verspürte nicht den Wunsch, Mercedes zu verletzen. Die Vorstellung, ihr Schmerz zuzufügen, sorgte dafür, dass sich sein Herz verkrampfte und er die Arme fester um Gia legte, die an seiner Brust schlief. Er konnte eine kleine, nasse Stelle spüren, an der sie auf sein Hemd gesabbert hatte.

Mer ließ sich nicht leicht einschüchtern, aber er sah, wie sich ihre Schultern versteiften und sie vorsichtig zweimal hinschaute, als sie ihn mit Gia auf dem Arm in der Eingangstür stehen sah. Sie trug hautfarbene Absatzschuhe, die ihre schlanken Beine länger wirken ließen, auch wenn das Einzige, das an Mercedes »lang« war, ihre Haare waren. Ihr enger kakifarbener Rock passte zu ihren Schuhen, und eine maßgeschneiderte weiße Bluse steckte ordentlich im hohen Bund des Rocks. Goldene Ohrreifen und eine zierliche goldene Kette mit einem Kreuzanhänger rahmten ihr weiches Gesicht ein und komplettierten das Outfit. Die Sohlen ihrer Schuhe, ihre Fingernägel und ihre Lippen waren rot, und er vermutete, dass das auch für die Zehennägel galt. Am Sonntag waren sie nicht rot gewesen.

»Heute war hier eine Menge los. Ich habe komplett die Zeit aus den Augen verloren und total vergessen, dass heute unser Tag ist. Geh nach hinten zu den Waschbecken, und such dir einen Stuhl aus. Ich bin in fünf Minuten bei dir«, sagte sie sanft und blickte ihn direkt an. »Falls Gia aufwacht, werde ich eins der Mädels bitten, auf sie aufzupassen und ihr eine Kleinigkeit zu essen zu geben.«

Er nickte und gehorchte, indem er zu der Stuhlreihe vor den Waschbecken ging und sich auf einen davon sinken ließ. Gia regte sich nicht. Noah bemerkte, wie die Stylistinnen und Stylisten im Salon ihre Blicke auf ihr verweilen ließen, darunter auch dieser widerliche Keegan – Gia hatte diese Wirkung auf Leute, egal wo sie hinging. Während er auf Mercedes wartete, schloss er für eine halbe Sekunde die Augen und war überrascht, als er ihre Hände in seinem Haar und flüssige Hitze auf seiner Kopfhaut spürte. Er behielt die Augen geschlossen und ließ zu, dass sie sich um ihn kümmerte, so wie sie es immer getan hatte.

Sie roch gut. Immer. Morgens, mittags und abends. Nach der Arbeit, vor der Arbeit und mitten in der Nacht. Süß und warm mit einem Hauch von Würze, die auf einzigartige Weise zu ihr gehörte. Und das bereitete Noah Unbehagen. Sogar vor Sonntag hatte es ihm schon Unbehagen bereitet.

In den letzten paar Monaten waren ihm Dinge aufgefallen, die er bereits wusste. Er kannte Mercedes fast sein ganzes Leben lang und hatte beobachtet, wie sie zu einer erwachsenen Version seiner Kindheitsfreundin geworden war. In dieser Hinsicht gab es an ihr nicht viel, was ihm neu war. Doch plötzlich sah er Dinge, die er einst geflissentlich ignoriert hatte.

Mercedes' Haut war schon immer eine ihrer besten Eigenschaften gewesen. Sie war rein, makellos und rauchig, als hätte man einen Löffel Kaffee in eine halbe Tasse mit Sahne gefüllt. Wenn er mit ihr zusammen war, sehnte er sich danach, sie zu berühren. Er wollte mit einem Finger über ihre Wangen und ihre Hände streichen, ihren schlanken Hals und ihr Ohr liebkosen. Er wollte mit dem Daumen über den hohen Spann ihres kleinen Fußes reiben und sich weiter über ihre Wade bis zu der weichen Haut an der Rückseite ihrer Knie vorarbeiten. Auch das bereitete ihm Unbehagen.

Mercedes brauchte kein Make-up aufzulegen, aber sie tat es immer. Als sie noch jünger gewesen waren, hatte sie manchmal zu viel Schminke getragen, doch bei Mer hatte es nie so gewirkt, als würde sie versuchen, sich dahinter zu verstecken. Sie hatte geübt. Experimentiert. Gelernt. Mit sechzehn hatte er sich einmal von ihr die Haare schneiden lassen und war danach zu dem Schluss gekommen, das nie wieder zuzulassen. Als sie zwei Monate später um einen weiteren Versuch gebeten hatte, war er eingeknickt, und sie hatte Erfolg gehabt.

Seitdem schnitt sie ihm immer die Haare – abgesehen von der Zeit, die er im Ausbildungslager, in Kuwait und in Afghanistan verbracht hatte. Das waren die Momente, in denen sie sich miteinander unterhielten und sich gegenseitig auf den neuesten Stand brachten. Ihre Welten konnten sich in unterschiedliche Richtungen entwickeln, aber sie fanden immer Zeit für einen Haarschnitt. Dann redeten sie ununterbrochen und versuchten, in den dreißig Minuten, die sie einmal im Monat miteinander verbrachten, alles Wichtige unterzubringen. Nach seiner Hochzeit hatte Mercedes mehr Zeit mit Cora als mit ihm verbracht. Sie waren zusammen Mittagessen oder ins Fitnessstudio gegangen. Manchmal hatte er sich ihnen angeschlossen, allerdings zog er eine Joggingrunde um den Campus der University of Utah einer Yogastunde vor.

Mer sagte, dass Yoga entspannend sei, solange man die Augen schloss. Ansonsten bestehe eine Yogastunde nur aus fremden Hintern, die man direkt vor dem Gesicht habe, was nicht besonders beruhigend sei. Als sich Noah in Cora verliebt hatte, hatte er sich vorgenommen, Frauenhintern nicht bewusst wertzuschätzen. Das war nicht besonders schwer gewesen. Wann immer er einen hübschen Hintern gesehen hatte, hatte er sich abgewandt und an seine Frau gedacht. Mer hatte einen außergewöhnlich hübschen Hintern – noch etwas, das er bemerkt hatte –, und an seine Frau zu denken, schmerzte, also was sollte er jetzt tun? Er öffnete die Augen, da er auf andere Gedanken kommen musste, und fand Mers Gesicht über sich vor.

»Ich dachte, du schläfst«, murmelte sie.

»Ich habe geschlafen. Für eine Minute.«

»Ich kann mir nicht vorstellen, warum. Heute ist Freitag, was bedeutet, dass du seit Mittwoch nicht mehr geschlafen hast, richtig?« Sie schmunzelte und zog eine perfekt gezupfte Augenbraue hoch.

»Ich werde heute Nacht schlafen.«

»So kann das nicht weitergehen, Boozer.«

Er lächelte sie an, als wären sie einfach wieder Stockton und Malone und würden auf der rissigen Betonfläche in der Drei-Amigos-Wohnanlage spielen.

»Ich bin okay, Stock.«

»Letztes Wochenende bist du an deine Grenzen gestoßen, erinnerst du dich?«, tadelte sie ihn.

»Ja. Ähm. Auf mehr als eine Art. Eigentlich warst du diejenige, die … gestoßen wurde.« Er wackelte mit den Augenbrauen und versuchte sie so zu necken, wie er es letzte Woche in der Küche getan hatte. Da hatte er sie zum Lachen gebracht und ihren entspannten Umgang miteinander für den Moment wiederhergestellt. Doch nun liefen ihre Wangen rot an, und sie wandte sich ab und schnappte sich die Pflegespülung, obwohl sie das Shampoo noch gar nicht ausgewaschen hatte. Verwirrt stellte sie die Spülung wieder ab und drehte das Wasser an. Doch die Düse war nach außen ausgerichtet. Sie durchnässte ihre Bluse und verfehlte seinen Kopf komplett.

»Verdammter …«, zischte sie. Sie stellte die Temperatur ein und wusch ihm das Shampoo aus den Haaren. Dabei wich sie seinem Blick aus. »In letzter Zeit werde ich irgendwie immer nass, wenn du in der Nähe bist.« Ihre Lider flatterten, als könnte sie nicht fassen, dass sie das gerade gesagt hatte. Ein Ausdruck vollkommener Demütigung huschte über ihr Gesicht.

»Mer?«

»Hmm?« Sie blickte nicht auf.

»Es tut mir leid. Ich dachte, du würdest lachen.«

»Ich werde mich mal umziehen gehen. Hinten habe ich noch ein Ersatzoberteil. Kannst du einfach hier warten? Du kannst ja noch mal für einen Moment die Augen schließen.« Sie machte kehrt und rannte förmlich durch die Tür, die zum Pausenraum für die Mitarbeiter und zu den Massageräumen dahinter führte. Er und Cora hatten Mercedes in einem Frühjahr geholfen, den kompletten Bereich zu streichen.

»Tja, verdammt«, flüsterte Noah. Sein Haar war tropfnass, und er hielt ein schlafendes Kind in den Armen. Doch er hievte sich trotzdem von dem Stuhl hoch und folgte Mercedes durch die Tür mit der Aufschrift »Zutritt nur für Mitarbeiter«. Er glaubte nicht, dass ihn jemand aufhalten würde.

Er hätte noch ein paar Minuten warten sollen. Die Tür zur Mitarbeiterumkleide hatte sich verkeilt und sich deswegen nicht komplett geschlossen. Mit seiner Schulter schob er sie auf. Mercedes stand neben einem offenen Spind. Sie hatte ihm den Rücken zugewandt und ihre nasse Bluse ausgezogen. Ein hellrosa BH-Träger lag gekreuzt auf ihrer karamellfarbenen Haut. Sie warf einen empörten Blick über ihre Schulter.

Er erwiderte ihr Starren. »Die Tür war offen, Mer. Jeder hätte hier einfach so hereinspazieren können. Keegan hätte hier hereinspazieren können!« Er hatte Keegan immer noch nicht verziehen, dass er hetero war. Noah war der beste Heterofreund. Keegan würde sich jemand anders suchen müssen.

Mer zerrte ein schwarzes T-Shirt mit der Aufschrift *Maven* aus dem Spind und zog es sich über den Kopf. Dabei achtete sie darauf, ihren glatten Pferdeschwanz nicht durcheinanderzubringen. Sie stopfte den Saum des T-Shirts in den Bund ihres Rocks. Einmal mehr staunte Noah, wie mühelos es ihr gelang, alles gut aussehen zu lassen. Bei ihr funktionierte irgendwie immer alles.

»Ich dachte, dass wir über das, was am Sonntag passiert ist, lachen wollten«, sagte er sanft.

»Das tun wir doch.« Sie warf ihm ein strahlendes falsches Lächeln zu und lachte künstlich: »Hahaha!«

»Du bist aufgewühlt.«

»Ich habe einen schlechten Tag, Noah. Das ist alles. Der obdachlose Cuddy kam heute Morgen vorbei. Das ist in diesem Monat nun schon das zweite Mal. Er fragt ständig nach Cora, und ich versuche jedes Mal, es ihm zu erklären. Ich schätze, dass mir heute einfach nicht zum Lachen zumute ist.«

Noah war dem obdachlosen Cuddy nie begegnet. Mer und Cora hatten oft über ihn geredet. Der Name sollte nicht abwertend klingen. Anfangs war es einfach eine Möglichkeit gewesen, ihn zu identifizieren. Und dann war der Name hängen geblieben. Er hatte Cuddy in der Ferne herumlungern sehen, aber der Mann hatte Noahs Dienste nie in Anspruch genommen. Cuddy hatte Cora vergöttert und ließ sich von Mer regelmäßig die Haare schneiden. Doch Noah ging er immer aus dem Weg.

»Wie wäre es, wenn ... wir nie wieder über die Sache unter der Dusche reden würden? Nicht mal als Scherz?«, schlug er vor.

Sie nickte und schluckte. Sie verhielt sich nicht wie Mer.

»Aber was wäre, wenn ... ich es ... noch mal machen wollen würde?«, flüsterte sie.

Sie scherzte. Er war sich sicher, dass sie scherzte. Beinahe. Er hielt nach den verräterischen Anzeichen dafür Ausschau. Sie drehte den Kopf zur Seite, damit er ihr Gesicht nicht sehen konnte.

»Willst du das denn?«, fragte Noah.

»Ja. Und deswegen … ist das für mich nicht wirklich witzig.«

»Du willst mit mir Sex unter der Dusche haben?« Seine Stimme klang ein wenig heiser.

»Ja. Oder in einem Bett. Oder vielleicht auf dem Küchentisch. Oder vor dem Fernseher. Oder vielleicht könnten wir auch mal den Vordersitz des Corollas ausprobieren. Der ist überraschend geräumig.«

Noah wurde langsam schwindlig, und er suchte nach einem Ort, um sich hinzusetzen. Seine Arme verkrampften sich immer mehr, weil er sie seit einer halben Stunde in der gleichen Position hielt. Er ließ sich auf die lange Bank sinken, die in der Mitte zwischen den Wänden voller Spinde stand.

»Ich mache Witze, Noah.« Mercedes fing an zu kichern und umherzutanzen. Sie reckte die Arme in die Luft, als hätte sie mit ihren Äußerungen den Vogel abgeschossen. Er hatte es gewusst. Er hatte sie durchschaut. Also warum bekam er keine Luft mehr?

»Du bist wirklich keine nette Frau, Mer«, brummte er.

»Du hättest mal dein Gesicht sehen sollen. Du hast ausgesehen, als würdest du jeden Moment in Ohnmacht fallen.«

»Der Corolla hat mir Angst gemacht. Ich denke nicht, dass er geräumig genug ist. Du weißt doch, dass ich unter Klaustrophobie leide.«

»Das stimmt nicht.«

»Aber ich habe Angst vor Bazillen. Also steht der Küchentisch absolut nicht zur Debatte.«

Mer lachte und ließ sich neben ihn sinken. Mit einer Hand strich sie sein nasses Haar glatt. Er brauchte immer noch einen Haarschnitt. Er fragte sich, ob er heute tatsächlich noch einen bekommen würde. Sie zog ihre Hand weg und seufzte.

»Aber mal Scherz beiseite. Ich fühle mich sehr schuldig«, murmelte sie und rieb die Stelle zwischen ihren Augenbrauen.

»Ich träume ständig von Cora. Normalerweise träume ich nicht, Noah. Du weißt das. Ich schlafe wie eine Tote.« Sie verzog das Gesicht. »Aber ich träume ständig von ihr. In meinen Träumen lebt sie, aber das, was am Sonntag passiert ist, ist trotzdem passiert. Und wenn ich dann aufwache, fühle ich mich schrecklich. Ich bin die ganze Woche über nicht in der Lage gewesen, dieses Gefühl abzuschütteln. Fühlst du dich schuldig?«

Er fühlte sich kein bisschen schuldig. Nicht im Geringsten. Aber in den Tiefen seines Verstands fragte er sich, ob er sich schuldiger fühlen würde, wenn er nicht so wütend auf Cora gewesen wäre. Er würde etwas gegen diese Wut unternehmen müssen, etwas, das sich nicht gegen seine beste Freundin richtete.

»Überraschenderweise … nicht. Nein. Ich habe bei einer Freundin Trost gefunden. Bei jemandem, dem ich vertraue. Bei jemandem, den ich liebe. Das fühlte sich nicht billig oder geschmacklos an«, sagte er.

»Nicht?«

»Nein, Mercedes. Das tat es nicht.«

»Gut. Das ist immerhin etwas.« Sie atmete geräuschvoll aus.

»Aber ich habe mir Sorgen um dich gemacht. Um uns. Ich brauche dich, Mer. Das ist doch offensichtlich, oder? Ich will nicht, dass du denkst, ich würde erwarten … dass das, was letztes Wochenende passiert ist, erneut passiert.«

»Nicht?«

»Nein. Ich erwarte nicht, dass es erneut passiert.« Er hoffte, dass es erneut passieren würde. Aber er erwartete es nicht.

»Hm.« Mer biss sich auf die Lippe.

Gia streckte den Rücken durch und wachte in Noahs Armen auf. Sie öffnete ihre großen blauen Augen und starrte schlaftrunken zu ihm auf.

Noah lagerte sie in dem Versuch, seinen schmerzenden Oberarm zu entlasten, um, und Gia entdeckte Mercedes.

»Meh«, begrüßte Gia sie schläfrig.

Mercedes lächelte und lehnte sich vor, um Gias Wange zu küssen und ihr dabei ein leises Hallo ins weiche Ohr zu flüstern. Noah erhaschte einen Hauch von Rosen und Bergamotte und bekam weiche Knie. Gleichzeitig wurde sein Nacken ganz heiß. Er hoffte wirklich, dass es erneut passieren würde.

12

1989

»Glaubst du an Geister?«, flüsterte Cora. Sie und Mercedes lagen auf einem Berg aus Kissen und Decken auf Coras Schlafzimmerfußboden. Zum ersten Mal seit einer ganzen Weile übernachtete Mercedes bei Cora, und sie hatten so viele Oreo-Kekse gegessen und so viel Mountain Dew getrunken, dass ihnen schlecht geworden war. Sie hatten St. Elmo's Fire *gesehen und dann stundenlang zu jedem Musikvideo getanzt, das auf MTV gelaufen war. Doch nun war Mitternacht, und Mercedes hatte pochende Kopfschmerzen und ihr Magen rumorte. Sie dachte sehnsüchtig an ihr eigenes Bett ein paar Türen weiter und war neidisch auf Noah, der gerade eben mit Papis Gitarre im Schlepptau nach Hause gegangen war. Alma hatte sie ihm mit Mercedes' Segen geschenkt, und er brachte sich selbst das Spielen darauf bei. Er war nicht besonders gut – vermutlich würde er das nie sein –, aber er gab sich große Mühe. Er war damit herumgetanzt, während die Mädchen gesungen hatten. Sie alle hatten so getan, als wären sie die Drei-Amigos-Version von Tears for Fears, ihrer aktuellen Lieblingsband.*

Alma und Heather waren sich einig gewesen, dass Noah nun, da er, Mercedes und Cora alle auf der Highschool waren, nicht mehr bei ihnen übernachten durfte. Jungs waren nicht erlaubt. Mercedes wollte ebenfalls gehen, aber sie wusste, dass Cora enttäuscht sein würde, wenn sie es täte, also lehnte sie sich auf den Kissen zurück, schloss die Augen, lauschte Coras Geplapper und reagierte nur dann, wenn es nötig war. Coras letzte Frage sorgte dafür, dass sie träge ein Auge öffnete und ihre Freundin anstarrte.

»Nein. Ich glaube nicht an Geister. Du etwa?«, fragte Mercedes.

»Ja. Meine Mom sagt, so etwas wie Geister gibt es nicht … nur Engel, aber ich denke nicht, dass das stimmt.«

»Abuela sagt, dass Papi ein Engel ist. Ich stelle ihn mir gerne so vor. Vielleicht verkauft er Schuhe an all die kleinen Engel an den Toren zum Himmel. Wie in diesem Lied«, sagte Mercedes.

»Würdest du es mit mir singen?«, fragte Cora. »Ich liebe dieses Lied, aber ich kann mich nicht an den spanischen Text erinnern. Vielleicht kann Noah lernen, es auf seiner Gitarre zu spielen.«

Mercedes schloss die Augen und sang La Puerta del Cielo *bis zum Ende. Singend erzählte sie die Geschichte der barfüßigen Engel und flehte sie an zu schlafen. Sie hoffte, dass Cora ebenfalls einschlafen würde.* »Duérmete niño, duérmete niño, duérmete niño, arrú arrú.«

»Duérmete niño, duérmete niño, duérmete niño, arrú arrú«, *wiederholte Cora leise. Ihr Akzent war fürchterlich, aber ihre Stimme klang bezaubernd. »Wie geht die Strophe über die Mütter, die wachen?«*

»Die Kinder, die schlafen, Gott segne sie. Die Mütter, die wachen, Gott hilft ihnen«, sang Mercedes auf Englisch. »Vielleicht sollten wir den Text ändern, damit es ›die Väter, die wachen‹ heißt. Schließlich haben wir beide Väter, die über uns wachen, nicht wahr?«

»Keiner von uns hat einen Vater. Ich nicht. Du nicht. Noah nicht. Wir sollten einen Club gründen«, erwiderte Cora mit bitterem Tonfall. Dann schwieg sie sehr lange, und Mercedes dämmerte langsam weg. Sie stellte sich ihren Vater vor, der lächelte, während er den Engeln Schuhe verkaufte. Das würde Papi gefallen. Mercedes mochte auf der Erde keinen Vater mehr haben, aber sie hatte immer noch einen Vater.

»Denkst du, dass Menschen, die sich das Leben nehmen, in die Hölle kommen?«, fragte Cora plötzlich.

Mercedes zuckte zusammen und setzte sich alarmiert auf.

»Herrje, Corey. Wie kommst du dazu, so was zu sagen?«

»Da ist dieses Mädchen – Brittney – aus meinem Geschichtskurs. Sie sagt, dass Selbstmord eine Sünde ist. So wie Mord. Und Mörder kommen in die Hölle.«

»Erinnere mich daran, Brittney eins überzubraten, wenn ich sie das nächste Mal sehe«, brummte Mercedes und ließ sich zurück auf die Kissen sinken.

»Wenn du an Gott glaubst, musst du auch an die Hölle glauben, oder?«, fragte Cora. Ihr Blick war unruhig, und Mercedes stöhnte. Sie hatte Bauchschmerzen und wollte nicht über die Hölle oder Geister oder die fiese Brittney reden, die die Hölle nicht von einem Whirlpool unterscheiden konnte.

»Ich MUSS gar nichts glauben. Ich glaube an Gott, weil Abuela an Gott glaubt. Und der Gott, an den Abuela glaubt, ist gütig und liebt all Seine Kinder. Vor allem diejenige, die Ihn am dringendsten brauchen. Besonders die, die traurig genug sind, um sterben zu wollen. Er wird sie nicht abweisen und in die Hölle oder sonst wohin schicken. Das glaube ich.«

»Das ist eine gute Einstellung.« Cora seufzte. »Lass uns Brittney zusammen vermöbeln.«

»Abgemacht. Können wir jetzt endlich schlafen? Mir ist speiübel, und ich bin müde.«

»Okay.« Cora schaltete das Licht aus und ließ sich neben Mercedes fallen, um sich unter die Decken zu kuscheln. Sie schwieg einige Minuten lang, und Mercedes war fast eingeschlafen, als ihre Freundin erneut sprach. Ihre Stimme klang so leise, dass sich Mercedes nicht sicher war, ob sie mit ihr redete.

»So was wie die Hölle mag es nicht geben«, flüsterte Cora. »Aber ich glaube an Geister … weil ich manchmal glaube, dass ich meinen

Dad sehe, der in seinem Rollstuhl im Wohnzimmer sitzt. Es dauert nur eine Sekunde, dann ist er wieder weg. Aber es ist schon mehr als einmal passiert. Ich will ihn fragen, warum er mich verlassen hat, aber er verschwindet immer.«

Mercedes tat so, als würde sie schlafen und erwiderte nichts. Doch ihr Herz pochte und sie war hellwach. Sie wollte unbedingt nach Hause. Aber jetzt würde sie auf keinen Fall mehr durch Coras Wohnzimmer gehen.

Zwei Wochen nach dem ersten Jahrestag ihres Todes begleitete Mercedes Noah zu Coras Grab. Heather war am 5. April dort gewesen, und Mercedes hatte Noah angeboten, bei Gia zu bleiben, wann immer er hingehen wollte. Doch er hatte den Kopf geschüttelt und nichts weiter dazu gesagt. Er war still. Nachdenklich. Und für eine Weile schien er gar nicht hingehen zu wollen. Wann immer Mercedes das Thema ansprach, presste er die Lippen zusammen und senkte den Kopf, als wollte er sagen: »Es gibt da etwas, das ich erzählen sollte, aber nicht erzählen werde.« Und er schwieg weiterhin. Mercedes machte sich gar nicht erst die Mühe zu versuchen, es ihm aus der Nase zu ziehen. Zwischen ihnen herrschte eine neue Art der gegenseitigen Wahrnehmung, aber sie war nicht unangenehm. Sie fühlte sich nicht falsch an und sorgte auch nicht dafür, dass sie ständig auf ihre Füße schaute, um zu überprüfen, wie sie liefen, so wie es ein Kind mit einem neuen Paar Turnschuhe machen würde. Es war einfach nur eine weitere Schicht, und dass sie sich nicht seltsam anfühlte, war beinahe beängstigend. Vielleicht lag es daran, dass *sie* sich nicht verändert hatten. Sie neckten einander nach wie vor und zankten sich, als wären sie zwölf Jahre alt. Sie verhielten sich immer noch genau wie früher. Abgesehen von den Augenblicken, in denen Mercedes Noah dabei erwischte, wie er sie mit einem Ausdruck anstarrte, der dafür sorgte, dass sich die Haut an ihrer Kehle erwärmte und sich die Muskeln in ihrem Unterleib zusammenzogen. Wenn sie diesen Blick bemerkte, erinnerte sie sich daran, wie es sich anfühlte, ihn zu küssen, und dann wolle sie es unbedingt noch mal machen. Aber sie machten es nicht. Sie machte es nicht. Die Sache unter der Dusche, wie er es im Salon genannt hatte, war nicht wieder zur Sprache gekommen. Es hatte keine versteckten Anspielungen und auch kein klärendes Gespräch gegeben. Sie hatten sie nicht vergessen, aber sie sprachen nicht darüber.

Am 18. April, einem Montag, kam Noah von der Arbeit nach Hause und schlug vor, gemeinsam zum Friedhof zu gehen. Sie packten Gia dick ein, damit sie gegen drohende Regenschauer geschützt war, und stiegen in Noahs Auto. Unterwegs legten sich noch einen Zwischenstopp ein, um Blumen zu kaufen. Es gab mehrere Gräber, die sie besuchen wollten. Sie kauften gelbe Rosen – ihre Lieblingssorte – für Cora sowie einen Zweig Immergrün, der mit Schleierkraut und ein paar roten Rosen kombiniert war, für Papi. Für April wirkte das vielleicht ein bisschen zu weihnachtlich, aber Weihnachten erinnerte Mercedes an ihren stets treuen und liebevollen Papi. Noah kaufte außerdem einen Strauß Narzissen für seine Mutter. Die Frau, die sich vor dem Licht gefürchtet hatte, verdiente ein wenig Sonnenschein. Und zu guter Letzt kauften sie noch einen kleinen gemischten Strauß, den sie auf Sergeant Mike McKinneys Grab legen wollten. Er war nicht in der Nähe der anderen begraben, sondern lag im Veteranenbereich ganz oben auf dem Hügel. Im Laufe der Jahre hatten sie ihn niemals vergessen, auch wenn Noah und Mercedes ihn nie wirklich gekannt hatten. Sergeant McKinney und seine fehlenden Teile hatten einen bleibenden Eindruck bei ihnen hinterlassen. Traurigerweise nicht den Eindruck, der ihm gefallen hätte, da waren sie sich sicher.

Sie fuhren an den Eingang, von dem aus sie die Gräber, die

sie besuchen wollten, am einfachsten erreichen konnten, und parkten das Auto. Als hätten sie eine unausgesprochene Abmachung getroffen, war klar, dass sie Coras Grab als Letztes besuchen würden. Zuerst gingen sie zum ältesten Verlust. Sie fanden Sergeant McKinneys Grab und legten die Blumen unter seinem Namen ab. Heather war ebenfalls schon an seinem Grab gewesen. Sie hatte dort ein Foto abgelegt, das Cora zusammen mit ihrem Vater zeigte. Es sah wie eine einfache Fotokopie aus und steckte in einer Klarsichthülle, die es vor den Regenschauern im April schützen sollte. Mercedes vermutete, das wäre Heathers Art, ihren toten Ehemann daran zu erinnern, dass er nun damit an der Reihe war, sich um ihre Tochter zu kümmern.

»Ich weiß, was du denkst, Mer«, murmelte Noah, der den Blick fest auf Mike McKinneys Namen gerichtet hatte.

»Was?«

»Du hast dieses verdammte Lied im Kopf.«

»Dem Bones?«

»Ja.«

»Das ist absolut unangemessen. Aber seit wir darüber gesprochen haben, kommt es mir in den Sinn, wann immer ich an ihn denke. Woher wusstest du das?«

»Weil du die Zehen zum Rhythmus des Lieds bewegst, … und weil ich es ebenfalls seit einem Jahr im Kopf habe.«

»Ich werde *Red Red Wine* singen.«

»Wag es ja nicht.«

Mercedes tätschelte den Grabstein, und Noah salutierte davor. Gia wollte hinaufklettern, und Noah schnappte sie sich, damit sie weitergehen konnten, ohne die letzte Ruhestätte von Gias Großvater zu entweihen.

Als Nächstes war Papi an der Reihe. Er und Sergeant McKinney waren im Abstand von vierzehn Monaten gestorben.

Mercedes hatte ihn vierzehn Monate länger bei sich gehabt, als Cora ihren Vater in ihrem ganzen Leben gehabt hatte. Cora hatte gesagt, das sei nicht fair. Mercedes hatte sie daran erinnert, dass Verlust kein Wettbewerb sei. Allerdings hatte Mercedes nie widersprochen, dass Coras Vater auf schlimmere Art gestorben war als ihrer. Denn das war er. Papi war so friedlich und ruhig gestorben, wie er gelebt hatte. Seine Familie vermisste ihn ganz schrecklich, aber in seinem Tod hatte keine Gewalt gelegen. Nur die Gewalt gebrochener Herzen.

Mercedes sang eine Strophe von *La Puerta del Cielo*, dem Schlaflied, das sie an Papi erinnerte, und berührte zuerst ihre Lippen und dann seinen Namen mit ihren Fingern, bevor sie sich erhob. Noah streckte ihr seine Hand entgegen, und sie ergriff sie und ging mit ihm. Sie vermisste ihren Vater, aber das Leben ging weiter.

»Was war das?«, fragte Noah.

»Das Lied?«

»Ja. Das hast du letztens auch Gia vorgesungen, und Cora sang es ebenfalls, auch wenn sie es normalerweise nur summte.«

»Ich habe es ihr beigebracht.«

»Cora?«

»Ja. Vor langer Zeit. Es heißt *La Puerta del Cielo* – ›An den Toren des Himmels‹. Papi sang es früher immer.«

»Wie lautet der Text?«

»*A la Puerta del Cielo* – an den Toren des Himmels. *Venden zapatos* – verkaufen sie Schuhe. *Para los angelitos* – für die kleinen Engel. *Que andan descalzos* – die barfuß laufen.«

Noah lächelte. »Vielleicht ist dieses Lied der Grund dafür, dass *mein* keiner Engel nie seine Schuhe tragen will.«

»Keine Suhe!«, krähte Gia wie auf Stichwort. Mercedes und Noah lachten.

»Di-ah laufen«, beharrte sie.

Noah setzte sie ab und forderte sie auf, in der Nähe zu bleiben. Gemeinsam schlenderten sie in Richtung von Shelly Andelins Grab und riefen das kleine Mädchen immer wieder zu sich, damit es ihnen folgte.

Shellys Grab bestand aus einer einfachen Steinplatte mit ihrem Namen darauf. Darüber war das Wort »Mutter« eingraviert. Als sie gestorben war, hatte Noah kein Geld gehabt. Welcher Neunzehnjährige verfügte schon über Geld? Aber er hatte genug Kredite zusammengekratzt, um einen Sarg, einen Platz auf dem Friedhof und eine Steinplatte für das Grab kaufen zu können. Einst hatte er Mercedes erzählt, seine Mutter habe gesagt, dass er das Einzige sei, das sie gut gemacht habe … dabei habe sie nicht wirklich viel getan. Mercedes' Meinung nach war Noah das Beste an seiner Mutter.

»Wenn ich herkomme, fühle ich mich traurig. Ich vermisse sie nicht … nicht so, wie ich es sollte. Ich bin hart zu ihr. In meinem Kopf und in meinen Erinnerungen bin ich hart zu ihr«, sagte Noah. »Jeder verdient es, dass man um ihn trauert, und ich habe nicht genug um sie getrauert.«

»Du bist nie sehr gut darin gewesen, so zu tun als ob.«

»Nein.« Er schüttelte den Kopf, und Mercedes konnte die Zerrissenheit in seinem Gesicht sehen. Es war die gleiche Zerrissenheit, mit der er schon seit Wochen kämpfte. Doch er schüttelte sie einmal mehr ab, ohne sich die Last von der Seele zu reden.

»Gia, komm schon!«, rief er. Gia trödelte herum und lief zwischen den Grabsteinen hin und her, wodurch sie eine zu große Entfernung zwischen sie brachte.

»Komme, Daddy.« Sie versuchte zu rennen, doch ihre Füße waren in den rosafarbenen Schneestiefeln viel zu schwer dafür. Noah beobachtete sie mit einem kleinen Lächeln auf dem Gesicht.

»Sie nennt dich nicht mehr Noah«, kommentierte Mercedes.

»Nein. Manchmal neckt sie mich und nennt mich Noah. Wie kann ein zweijähriges Kind das Konzept des Neckens überhaupt begreifen? Aber sie versteht es. Zuerst brüllte ich immer herum und kitzelte sie. Doch dann wurde mir klar, dass ich sie damit nur zu diesem Verhalten animierte. Also ignoriere ich es jetzt komplett. Wenn sie meine Aufmerksamkeit will, muss sie mich Daddy nennen. Ansonsten bin ich blind, taub und stumm.«

Mercedes lachte. »Sehr clever.«

»Ich liebe sie so sehr«, flüsterte er überwältigt.

Es war ein so plötzliches Geständnis, das so vollkommen aus dem Nichts kam, dass Mercedes verwirrt zu ihm aufschaute. Aber etwas in seiner Stimme und in seinem Gesicht spiegelten seine inneren Qualen wider. Also schwieg Mercedes und ließ ihn sprechen. Dabei versuchte sie, auch die Dinge zu hören, die er vielleicht nicht sagen würde.

»Das erste Jahr mit einem Baby ist ein einziges Chaos. Väter werden irgendwie beiseitegeschoben. Oder vielleicht schieben wir uns auch nur zu gern selbst beiseite. Wir verkriechen uns in die Ecke und beten, dass die Familie überlebt. Dieses erste Jahr ist sehr mutterintensiv, weißt du? Für den Dad gibt es keinen Platz. Wir sind die Unterstützung, die Verstärkung. Diesbezüglich habe ich offensichtlich nicht die beste Arbeit geleistet, wenn man bedenkt, dass meine Frau …« Er verstummte, atmete dann einmal tief ein und aus und ließ zu, dass sich das, was auch immer er hatte sagen wollen, in der Brise auflöste.

»An dem Tag, an dem Cora starb, gab es eine kurze Zeitspanne, in der ich nicht wusste, was mit Gia passiert war. Als ich dich anrief und du sagtest, dass sie bei dir und in Sicherheit sei, erlebte ich einen heftigen und beinahe alles übersteigenden Augenblick der Erleichterung. Es war wie ein Schwall aus Superkraft. Dieser Augenblick hat mich durch dieses ganze Jahr getragen. Wenn ich an meinen schlimmsten Tiefpunkten anlange, denke ich daran, dass Gia verschont wurde, und das gibt mir Kraft. Meine Mutter teilte mir einst mit, ich sei ein Wunder. Sie sagte, dass weder sie noch mein Vater meine Seele gemacht hätten. Dafür sei jemand anders verantwortlich gewesen. Das gleiche Gefühl habe ich in Bezug auf Gia. Ich kann mir ihre Existenz nicht als Verdienst anrechnen. Ich kann mich einfach nur glücklich schätzen, dass ich in ihrem Leben einen Platz in der ersten Reihe erhalten habe.«

Mercedes konnte sich nicht vorstellen, dass Shelly Andelin diese Worte ausgesprochen hatte. Aber die Tatsache, dass es offenbar so gewesen war, rührte sie. Sie verspürte einen plötzlichen Anflug von Dankbarkeit für diese seltsame, kleine Maus, die Noah Mutter genannt hatte, und dankte ihr im Geiste dafür, dass sie ihm etwas gegeben hatte, an dem er sich festhalten konnte.

Nachdem sie Coras Grab erreicht und es von den Überresten befreit hatten, die der lange Winter hinterlassen hatte, reichte Mercedes Gia die Rosen, damit sie sie dort niederlegen konnte. Gia wollte sich jedoch nicht von ihnen trennen, also ließen sie sie mit den Blumen in den Armen umherstolzieren und sahen zu, wie sie ihre eigene kleine Parade veranstaltete.

»Die meiste Zeit über habe ich keine Ahnung, was in ihrem kleinen Kopf vorgeht, aber es sieht aus, als würde sie Spaß haben«, murmelte Noah.

»Das ist zweifellos eine Party«, sagte Mercedes lachend. Da die Blumen in Benutzung waren, kramte sie Cuddys Steine aus ihrer Handtasche und betrachtete sie, bevor sie sie einen nach dem anderen auf Coras Grabstein legte.

»Wofür sind die?«, fragte Noah.

»Cuddy gab sie mir. Er lässt mir immer einen Stein da,

wenn ich seine Haare schneide. Seine Taschen sind voll davon. Einmal fragte ich ihn, warum er Steine mit sich herumtrage. Er sagte, dass sie ihn davon abhielten, mit den Toten davonzutreiben.«

Noah schüttelte den Kopf. »Cuddy jagt mir ein bisschen Angst ein, Mer.«

»Mir jagt er keine Angst ein.«

»Jagt dir überhaupt irgendetwas Angst ein?« In seiner Stimme lag Belustigung, und sie erwiderte nichts.

Er jagte ihr Angst ein. Noah jagte ihr Angst ein. Ihn zu verlieren, jagte ihr Angst ein. Das war schon immer so gewesen, vor allem nachdem Papi gestorben war.

»Ich mag Cuddy. Und du kennst mich, Noah. Ich mag nicht jeden. Ich kann eine totale Zicke sein.«

»Nein, das kannst du nicht, Mer. Du *denkst* nur, dass du das kannst. Das ist ein großer Unterschied.«

»Die Leute sagen Cuddy schon sein ganzes Leben lang, dass er verrückt ist. Und er glaubt es. Er brannte sich das Hirn mit Drogen weg, um dem Wahnsinn zu entkommen, und das machte es nur schlimmer. Doch er strahlt die ganze Zeit über eine unglaubliche Anmut und Sanftheit aus. Er weint, wenn ich ihm die Haare wasche.«

»Das ist die Mercedes-Berührung.«

Sie wackelte mit den Fingern. Sie dachte, er würde scherzen, doch die Art, wie er sie ansah, verriet ihr, dass er es ernst meinte.

»Warum fünf Steine?«, fragte er und räusperte sich.

»Er hat mir gesagt, einer sei für Gia, einer für mich, einer für dich, einer für ihn und einer für Cora selbst. Außerdem sagte er, dass David Goliath mit fünf glatten Steinen getötet habe. Du weißt schon, nur für den Fall, dass wir heute noch jemanden töten müssen, bevor wir den Friedhof verlassen.«

»Hmm. Alle hier sind bereits tot.«

»Cuddy riet mir, die Steine zu behalten. Aber ich werde sie nicht in meiner Handtasche mit mir herumtragen. Ich brauche keine Hilfe dabei, nicht davonzutreiben.«

»Außerdem wiegt deine Handtasche auch ohne Steine schon zehn Kilo.«

»Genau.«

Erstaunlicherweise ließ Gia die Steine in Ruhe und konnte endlich dazu überredet werden, die Blumen aufs Grab ihrer Mutter zu legen – nachdem sie eine Rose für sie beiseitelegt hatten. Nun, während die Sonne vor ihnen unterging, kehrten sie zu dritt zu Noahs Subaru zurück.

»Bist du immer noch wütend, Mer?«, fragte Noah und setzte Gia auf seine Schultern.

»Bist du es?«

Er schwieg, und Mercedes konnte spüren, wie seine Unentschlossenheit von ihm aufstieg wie Dampf aus einem heißen Topf.

»Ich habe dich zuerst gefragt«, sagte er und klang genau wie damals, als sie zehn gewesen waren.

»Ich bin nicht wütend. Zumindest die meiste Zeit über nicht. Ich will es nur verstehen und bin mir nicht sicher, ob mir das je gelingen wird.«

»Nein. Da bin ich mir auch nicht sicher. Ich würde alles geben, um eine Stunde mit ihr zu haben. Um mit ihr zu reden. Ich habe ihr eine Menge zu sagen«, murmelte er.

»Willst du es mir erzählen? Man hat mir schon öfter gesagt, dass ich eine gute Zuhörerin bin.«

»Es gibt Dinge, Geheimnisse, die man nicht auf die leichte Schulter nehmen sollte.«

»Ich nehme sie nicht auf die leichte Schulter, Noah. Das habe ich nie getan.«

»Ich weiß, Mer. Das meine ich damit nicht. Ich will deine Meinung von Cora nicht mit meiner Wut trüben. Ergibt das Sinn?«

»Absolut. Mami bat mich, es ihr nicht zu erzählen, wenn meine Freunde mich verletzt hatten, weil ich ihnen irgendwann vergeben würde, sie aber nie.«

Noah lachte. »Das ist so wahr. Ich arbeite daran, Cora zu vergeben. Mir selbst zu vergeben. Aber ich will nicht, dass meine momentane Gefühlslage dazu führt, dass ich sie auf eine gewisse Weise darstelle, die dann zu etwas Dauerhaftem wird.«

»Gibt es Dinge, die du mir verschweigst, Noah?«, fragte Mercedes. Sie wollte wissen, was er wusste, aber ihre eigenen Geheimnisse wollte sie nicht preisgeben.

»Es gibt Dinge, die ich nicht sage, Mer«, antwortete er. »Dinge, die ich vielleicht niemals sagen werde.«

»Okay«, flüsterte sie und fragte sich zum zigsten Mal, was richtig und was falsch war, was Verrat und was Liebe war. Doch wenn Noah entschlossen war zu schweigen, würde sie ebenfalls schweigen.

»Ich weiß nur, dass Cora dich geliebt hat, Noah«, bot Mercedes nach einer langen Pause an.

»Woher weißt du das, Mer?«, fragte er so leise, so traurig, dass sie ganz blass wurde und darauf wartete, dass er sie anschaute.

»Ich weiß, wer du bist, Noah Andelin.«

Er starrte sie verwirrt an.

»Du bist der beste Mensch, den ich kenne. Das warst du schon immer. Aufrichtig. Gütig. Selbstlos. Fleißig. Attraktiv.« Sie zwinkerte. »Ich stimme deiner Mom zu. Du«, sie tippte mit einem Finger auf seine Brust, »bist ein Wunder.«

»So siehst *du* das, Mer. Cora sah das womöglich anders.«

»Sie war überzeugt, dass sie dich nicht verdiente. Und sie tat ihr Bestes, um dir gerecht zu werden. Aber ich weiß, dass sie dich liebte. Sie betete den Boden an, auf dem du gingst. Genau wie ich es tat.«

»Genau wie du es *tust*«, neckte er sie. Er war bereit, das ernsthafte Gespräch hinter sich zu lassen.

»Ha. Genau wie ich es tue.«

»Ich liebe dich, Mer.«

»Ich liebe dich auch, Noah. Können wir jetzt bitte etwas essen gehen. Ich verhungere.«

»Di-Ah Hunger«, krähte Gia von den Schultern ihres Vaters.

»Gia hat immer Hunger.« Noah lachte. »Dann sollte ich meine Mädels wohl besser mal füttern. Lasst uns essen.«

Drei Tage später wartete Keegan am Ende ihrer Schicht auf dem Parkplatz neben dem *Maven* auf Mercedes. Er hatte eine Zigarette zwischen den Fingern und lehnte an seinem schwarzen Volvo, als würde er für ein Fotoshooting posieren.

Seit dem Abend vor fast zwei Monaten, als er die Affäre zugegeben hatte, hatten sie kaum mehr als eine Handvoll Worte miteinander gewechselt. Ihr Umgang war jedoch stets höflich und professionell gewesen. Nach und nach hatte sich Mercedes in seiner Gegenwart immer mehr entspannt. Mittlerweile hatte sie sogar die Hoffnung, dass Coras Fehltritt für immer ihr Geheimnis bleiben würde. Doch Keegan hatte eindeutig andere Pläne.

»Sie sieht aus wie ich, Sadie«, begrüßte Keegan sie und trat seine Zigarette mit der Spitze seines schwarzen Stiefels aus. »Coras kleines Mädchen. Sie sieht aus wie ich.« Er stieß sich vom Auto ab und kam auf ihren Corolla zu. Sie hatte die Schlüssel in der Hand – sie hatte ihre Schlüssel immer griffbereit, bevor sie das Gebäude verließ.

»Findest du nicht, dass sie aussieht wie ich, Mercedes?«, drängte Keegan.

»Ich finde, dass sie wie Cora aussieht«, sagte Mercedes. Ihre Hände zitterten, was dazu führte, dass ihre Schlüssel klapperten.

»Ich habe sie zuvor nie gesehen. Aber als Noah sie vor ein paar Wochen mit herbrachte … sah ich sie. Ich sah sie, und sie sieht aus wie ich.«

»Was willst du damit sagen, Keegan?« Mercedes' Herz pochte gegen ihren Brustkorb, und sie wollte die Arme vor der Brust verschränken, damit es still blieb. Doch stattdessen stählte sie sich innerlich und blickte ihm direkt in die Augen.

»Was, wenn sie meine Tochter ist?«, beharrte Keegan. »Das muss ich doch wissen, oder etwa nicht?«

Mercedes starrte ihn entsetzt an. Sein Argument war absolut vernünftig und drohte gleichzeitig die vollkommene Zerstörung an.

»Warum?«, flüsterte Mercedes. »Willst du plötzlich Vater sein?«

»Nein. Nicht unbedingt. Aber … wenn ich der Vater dieses kleinen Mädchens bin …«

»Ihr Name ist Gia. Gia Mercedes Andelin. Sie hat einen Namen«, zischte sie.

»Richtig. Gia. Wenn ich Gias Dad bin, will ich es wissen. Und ich will, dass Noah es weiß.«

Wieder hielt Mercedes inne. Suchend betrachtete sie sein Gesicht und versuchte zu verstehen, was er vorhatte. Sie hielt Ausschau nach Anzeichen für ein boshaftes Motiv, wollte seine Absicht zutage fördern. Er wandte den Blick ab, räusperte sich und verschränkte die Arme vor der Brust.

»Warum würdest du Noah das antun? Er ist ihr Vater. Er ist seit dem Tag ihrer Geburt ihr Vater gewesen. Er hat die ganze

Arbeit gemacht. Nicht du. Und warum würdest du ihr das antun? Warum würdest du dadurch alles kompliziert machen?«

»Schau sie dir an. Sie sieht aus wie ich«, schnaufte er.

Mercedes hatte sie sich angeschaut. Gia sah tatsächlich aus wie er. Niemand würde von allein auf den Gedanken kommen, aber sobald man einen Verdacht hatte, war die Ähnlichkeit nicht mehr zu übersehen.

»Geheimnisse neigen dazu, ans Licht zu kommen, Mercedes. Es wird herauskommen«, warnte er. Dann schob er die Hände in die Hosentaschen und machte ein paar Schritte auf sie zu.

»Also wirst du zu Noah gehen und ihm mitteilen, dass du denkst, dass seine Tochter eigentlich *deine* Tochter ist? Wirst du klagen, um deine Elternrechte zu erhalten? Ihn dazu zwingen, vor Gericht um seine Tochter zu kämpfen? Was?« Sie hatte Mühe, ihre Stimme ruhig zu halten, ihm weiterhin in die Augen zu schauen und ihn nicht mit ausgefahrenen Krallen und schnappenden Zähnen anzugreifen.

»Wenn es sein muss.« Er klang beinahe entschuldigend, als wüsste er, dass ihn das, was er sagte, zu einem Arschloch machte. Aber er ließ es auch so wirken, als gäbe es für ihn keine andere Möglichkeit, das zu bekommen, was er wollte.

»Wenn es sein muss? Du hast mit seiner Frau geschlafen, und jetzt willst du ihm sein Kind wegnehmen?«

»Ich denke, dass sie von mir ist.« Er zuckte mit den Schultern. »Aber vielleicht können wir uns irgendwie einigen. Ich und du«, sagte er und kam ihr so nah, dass sie das Kinn heben musste, um ihm in die Augen zu schauen.

»Uns einigen?«, hakte sie mit tonloser Stimme nach.

»Ich brauche Geld, Mercedes.«

Sie konnte ihm nicht folgen, und ihr Herz war immer noch im Schrecken seiner Drohung gefangen.

»W… Was?«

»Ich brauche … Bargeld«, wiederholte er. »Ich habe mich in ein paar kleine Schwierigkeiten gebracht, die ich nur mit Geld wieder in Ordnung bringen kann. Wenn du mir helfen kannst, werde ich mich von Noah und dem kleinen Mädchen fernhalten.«

Sie war entsetzt, wütend, aber vor allem verwirrt. »Du willst, dass ich dich auszahle?«

Sein Gewissen war immerhin noch so groß, dass er sich unbehaglich fühlte. Doch er nickte trotzig. »Ich brauche Geld.«

»Woher weiß ich, dass du dich wirklich von ihnen fernhalten wirst, sobald ich dir das Geld gegeben habe? Ich bin nicht von gestern, Keegan.«

»Noah scheint ein anständiger Kerl zu sein. Ich weiß, dass sie in guten Händen ist«, sagte Keegan großmütig. »Ich will niemandem schaden.«

Mercedes wollte lachen. Als ob es hier darum ginge. Keegan war vollkommen egal, bei wem Gia aufwuchs. Er spielte eine Rolle. Und er spielte sie gut.

»Ich brauche dieses Geld, Mercedes. Ich werde es nehmen und gehen.«

»Du wirst gehen? Du wirst den Salon verlassen?«

»Ich werde nach L.A. oder nach New York gehen. Ich will etwas Größeres und Besseres als Salt Lake City, Utah. Auf dem Sundance Film Festival habe ich an einem Wochenende mehr verdient als hier in zwei Monaten. Für die großen Namen zu arbeiten, bringt richtig Geld. Ich werde gehen, und niemand wird je etwas erfahren.«

»Von wie viel Geld reden wir hier?«

»Fünfzehntausend würden vermutlich ausreichen.«

»Heilige Scheiße, Keegan!«

Verteidigend verschränkte er die Arme vor der Brust, korrigierte seinen Preis aber nicht.

»Wie kommst du darauf, dass ich so viel Geld haben könnte?«, fragte sie.

»Du wohnst in einer Bruchbude. Du fährst ein fünfzehn Jahre altes Auto. Du kaufst bei *Goodwill* ein. Aber du verdienst gut. Du bist eine Sparerin, Mercedes. Ich wette, dass du jeden Penny, den du nicht unbedingt zum Leben brauchst, beiseitelegst.« Er lächelte sie liebevoll an, als wäre ihre Sparsamkeit bezaubernd.

»Wer bist du?«, entfuhr es Mercedes. Sie schüttelte den Kopf. »Ich habe das Gefühl, dich nicht mal mehr zu kennen.«

Er zuckte mit den Schultern. »Wer ich bin? Irgendwie denke ich, dass ich Gias Daddy bin.«

Die Worte ließen sie erschaudern, und vor ihren Augen verschwamm alles.

»Wir sind Freunde, Mercedes. Ich mag dich. Du magst mich. Ich hasse es, dass es so weit gekommen ist.«

»Warum ist es so weit gekommen, Keegan? Niemand zwingt dich dazu.«

Er verlagerte sein Gewicht und sah sie kummervoll an. Dann schürzte er die Lippen und schleuderte sich mit einer schwungvollen Bewegung das lange blonde Haar aus dem Gesicht.

»Ich bin bereit, sie aufzugeben. Aber ich glaube einfach, dass ich es verdiene, im Gegenzug etwas dafür zu bekommen«, sagte er mit beschwörendem Unterton.

Sie aufzugeben? Mercedes schnaubte so heftig, dass sie sich verschluckte. Sie hatte immer gewusst, dass Keegan oberflächlich war. Eitel. Aber sie hatte sich durch seine Fehler nie bedroht gefühlt. Jeder hatte Fehler. Und er war ein guter Stylist. Sie hatte ihn sogar gemocht. Nun mochte sie ihn nicht mehr. Sie hasste ihn. Und sie hatte Angst, dass er den Menschen schaden würde, die sie am meisten liebte. Zum ersten

Mal kam Mercedes der Gedanke, dass Cora mit dem Bild der Papierfigürchen nicht versucht hatte, ihr ihre Affäre zu beichten. Vielleicht hatte sie versucht, Mercedes zu warnen.

»In Ordnung, Keegan. Ich bezahle. Ich werde bezahlen, und du wirst verschwinden. Und ich will dich nie wiedersehen.«

13

1990

Noah hatte befürchtet, dass niemand kommen würde. Nicht weil Mer nicht toll war, sondern weil er sich nicht sicher war, wie viele Leute wussten, wie toll sie war. Mer machte ihr eigenes Ding und hatte nicht viel Zeit für ein Sozialleben. Sie redeten beide davon, sich für die Basketballmannschaften der Schule zu bewerben, aber keiner von ihnen hatte das nötige Geld oder die nötige Zeit. Sie arbeiteten nach der Schule und an den Wochenenden und quetschten ihre Freundschaft in die Lücken, die ihnen blieben. Doch wenn man sich in dem überfüllten Raum umschaute, würde man denken, dass Mercedes das beliebteste Mädchen in der Schule war.

Noah zog an der Fliege an seinem Hals und rückte den Kummerbund an seiner Taille zurecht. Er hatte noch nie zuvor einen Anzug getragen, und nun stand er hier, in der Lagerhalle hinter dem Maven, in einem grauen Smoking. Wo er auch hinschaute, befanden sich Highschool-Schüler – Smokings, bauschige Kleider, toupiertes Haar und zu viel Augen-Make-up –, die sich genauso unwohl fühlten wie Noah. Aber es gab Musik und Servierplatten voller Essen – Tamales, Tacos, Nachos und Churros –, was die formelle Kleidung erträglich machte.

Mercedes hatte Abuela und Alma gesagt, eine Quinceañera sei nicht wichtig, doch sie hatten darauf beharrt, dass sie das sehr wohl war. Mercedes machte sich Gedanken wegen der Kosten. Eine Quinceañera, selbst eine, bei der der Veranstaltungsort keine Miete *kostete und das Essen hausgemacht war, lag außerhalb ihres Budgets. Aber Abuela und Alma hatten ein kleines Wunder bewirkt, und alles war perfekt.*

Mercedes trug ein rosafarbenes Rüschenkleid – sie hatte es bei Deseret Industries *gefunden, dem örtlichen Äquivalent zu* Goodwill. *Alma hatte es abgeändert, damit es ihr passte. Cora trug ein schulterfreies tiefgrünes Etuikleid, das wunderbar zu ihrem roten Haar passte und ihre Beine ellenlang wirken ließ. Auch dieses Kleid stammte aus einem Secondhandladen. Heather war mit Noah in einen Smokingladen gegangen und hatte ihm dabei geholfen, diesen Pinguinanzug zu leihen, in dem er sich jetzt wiederfand. Er hatte ihn fünfzig Dollar für den Abend gekostet. Mers Geschenk hatte ihn weitere fünfzig Dollar gekostet, aber sie war es wert. Nun musste er es ihr nur noch überreichen.*

»Ich habe ein Geschenk für dich«, murmelte er und duckte sich, damit er direkt in ihr Ohr sprechen konnte. Sie roch nach rosafarbenem Zuckerguss und dem Parfüm Exclamation. *Mercedes lächelte ihn an, leckte sich die Finger ab und stellte ihren Cupcake beiseite.*

»Ach wirklich?«, quiekte sie.

Er drückte ihr eine rosafarbene Schuhschachtel in die Hände und war froh, sie nicht länger mit sich herumtragen zu müssen. Unter den Rüschen des Kleids waren Mercedes' Füße nicht zu sehen, aber er hatte gehört, wie sie sich Schuhe gewünscht hatte, die zu ihrem Outfit passten. Er hatte es sich zur Aufgabe gemacht, ihr welche zu besorgen. Es waren Cinderella-Schuhe. Sie hatten hohe Absätze und glitzerten und wirkten wie die Art von Schuhen, die um Mitternacht verschwinden würden.

Außerdem sahen sie extrem unbequem aus und waren so klein, dass er sich sicher war, sie würden nicht passen. Alma hatte ihm jedoch versichert, dass sie die richtige Größe hatten.

Mercedes öffnete die Schachtel, und in dem Moment, in dem sie nach Luft schnappte, wusste Noah, dass er alles richtig gemacht hatte.

»Noah«, hauchte sie. »Ach du meine Güte.«

»Jetzt kannst du deine alten Schuhe ausziehen«, murmelte er und freute sich, dass sie sich freute. Allerdings war ihm das Ganze auch ein wenig peinlich, weil die Schuhe rosa waren und glitzerten und er sie ganz allein gekauft hatte.

Sofort schlüpfte Mercedes aus ihren abgenutzten Stoffturnschuhen und zog erst den einen und dann den anderen Schuh aus der Schachtel, während sie das Seidenpapier beiseiteschob. Sie stützte sich auf seinem Arm ab und zog die Schuhe nacheinander an. Als sie sich aufrichtete und dabei immer noch seinen Arm umklammert hielt, war sie mehrere Zentimeter größer.

»Ich fühle mich so mächtig.«

Noah lachte laut los. Sie war ein winziges rosafarbenes Spielzeug, wie etwas, das man als Dekoration auf einem Kuchen erwarten würde – tatsächlich befand sich auf dem Kuchen, den Alma gemacht hatte, ein Figürchen, das genau wie sie aussah.

»Ich will für den Rest meines Lebens jedes Jahr solche Schuhe tragen«, rief Mercedes und hob ihr Kleid an, damit sie verzückt auf ihre Füße starren konnte.

»Wenn du jeden Tag solche Schuhe tragen würdest, würden dir die Füße abfallen«, erwiderte Noah.

»Das wäre es wert«, konterte sie unerschütterlich.

Er lachte erneut.

»Sollen wir versuchen zu tanzen«, fragte er, als er das Lied erkannte, das gerade begann. Es war Vogue *von Madonna, Mercedes' aktuelles Lieblingslied.*

Sie nickte begeistert und schob die rosafarbene Schuhschachtel mit ihren alten Turnschuhen darin unter den Tisch.

»Das ist der beste Tag meines Lebens«, rief sie und nahm eine neue Pose ein, wann immer Madonna sie dazu aufforderte.

»Wer sind all diese Leute?«, fragte er, während er versuchte, mit ihr mitzuhalten. Seine Posen bestanden größtenteils aus verschränkten Armen und einer Reihe schlechter Grimassen.

»Hauptsächlich Cousins und Cousinen. Und ein paar Kinder aus der Schule.«

»Du hast so viele Cousins und Cousinen?«, fragte er staunend. Bislang hatte er nur José und Ángel kennengelernt. Er hatte keine Ahnung gehabt.

»Tja … nicht wirklich. Aber so was spricht sich herum. Mami sagte, dass ich mir wegen der Gäste keine Gedanken machen solle. Sie würde schon dafür sorgen, dass wir eine Party feiern könnten. Abuela und Mami haben Beziehungen, und jeder ist auf irgendeine Weise miteinander verwandt. Arbeit, Familie, Erbe.« Sie zuckte mit den Schultern. »Mami sagte, dass ich jeden einladen solle, den ich kenne.«

Etwa fünfzehn Prozent der Schülerschaft der East High war lateinamerikanischer Herkunft, und sie alle waren zu Mers Quinceañera gekommen. Noah schüttelte staunend den Kopf.

»Eines Tages werde ich eine große Familie haben«, sagte er und zog sie dicht an sich, während die Musik zu Sinéad O'Connor überging, die Nothing Compares 2 U sang. Das war ein weiteres von Mers Lieblingsliedern. Ihre Absätze sorgten dafür, dass sich ihr Gesicht näher an seinem befand, und er verspürte das gleiche Kribbeln wie immer, wenn er sie anschaute. Sie gab ihm ein Gefühl von Sicherheit und machte ihn glücklich.

Mercedes lächelte ihn an.

»Ich auch.«

»Tanten und Onkel und Cousinen und Cousins und Großeltern. Das ist toll«, hauchte er.

»Ja. Ich schätze, das ist es. Wir stehen uns nicht wirklich nah … aber in gewisser Weise eben doch. Alle kümmern sich umeinander. Nach Papis Tod hatten wir Essen für einen ganzen Monat im

Haus. Die Hälfte der Leute, die vorbeikamen, kannte ich noch nicht mal.«

Sie wandte den Blick von ihm ab und warf jemandem, der hinter ihm stehen musste, ein Lächeln zu. Er drehte den Kopf herum, um zu sehen, wen sie da angrinste. Cora tanzte mit einem Jungen, der sie hielt, als bestünde sie aus Glas. Der Junge wirkte völlig bezaubert.

»Cora, halte dich von Diego fern! Der macht nur Ärger!«, rief Mercedes und zwinkerte dann.

»Warum sagst du ihr das? Je mehr Ärger die Jungs machen, desto lieber mag sie sie«, murmelte Noah.

»Keine Sorge«, flüsterte Mercedes. »Diego ist der süßeste Junge im ganzen Universum. Er ist durch und durch anständig. Bei ihm wird sie sicher sein.«

Das Geld war das Ergebnis jahrelangen Sparens. Mit fünfzehntausend Dollar könnte sie ihre Miete für das Zweifamilienhaus für achtzehn Monate bezahlen. Doch Mercedes war auf Keegan zugegangen und hatte ihn mit etwas konfrontiert, das sie streng genommen nichts anging. Und nun bezahlte sie dafür. Buchstäblich. Sie hatte ihn auf die Sache aufmerksam gemacht, ihm Ideen in den Kopf gesetzt und sich selbst, Noah und vor allem Gia angreifbar gemacht. Wenn sie einfach den Mund gehalten hätte, wäre nichts davon passiert. Es war ihre Schuld, also musste sie die Sache jetzt in Ordnung bringen.

Ihn zu bezahlen, damit er verschwand, war nicht klug, aber sie wusste nicht, was sie sonst tun sollte. Und tief im Inneren hoffte sie, Keegan werde genug Scham und Selbstsucht empfinden, um das Geld zunehmen und zu gehen und sich nie wieder blicken zu lassen. Wenn das passierte, wäre das Geld gut angelegt.

Sie ging zur Bank und hob ihre Ersparnisse ab. Sie versuchte, das nervöse Beben unter ihrer Haut zu beruhigen, doch sie gab Keegan das Geld nicht direkt. Mercedes würde ihm keinen Cent geben, solange er noch nicht offiziell weg war. Schweigend saß sie daneben, während er seine Kündigung einreichte, die in zwei Wochen gültig sein würde, was die Mitarbeiter des *Maven* in helle Aufregung versetzte. Niemand wollte, dass Keegan ging. Für eine Woche war es das einzige Thema im Salon. Gloria Maven bot ihm sogar eine Gehaltserhöhung und zehn Prozent Anteil am *Maven* an, wenn er bleiben würde. Mercedes sah, wie sich ihr Traum davon, das *Maven* zu kaufen und daraus das *MeLo* zu machen, in Luft auflöste.

An diesem Abend wartete Keegan nach der Arbeit auf dem Parkplatz auf sie. Er schüttelte den Kopf und kaute auf seiner Lippe herum. »Ich weiß nicht, Sadie. Gloria will wirklich, dass ich bleibe. Sie macht mir den Abschied schwer. Ich denke, dass fünfzehntausend doch nicht ausreichen werden.«

»Und was ist mit deinem Problem, das sich nur mit Geld lösen lässt? Gloria hat dir das Bleiben versüßt, aber nicht mit Bargeld«, konterte Mercedes.

»Stimmt. Weswegen ich auch nach wie vor bereit bin, mit dir zu arbeiten.«

»Mit mir zu arbeiten?«, erwiderte Mercedes fassungslos.

»Ja. Mach fünfundzwanzigtausend draus, und ich reise morgen ab. Ich werde einfach gehen. Die zwei Wochen sind fast rum. Ein paar Tage spielen da keine Rolle.«

»Fünfundzwanzigtausend?« Mercedes wurde übel.

»Nimm das Angebot an, oder lass es bleiben. Ich glaube, das andere kleine Problem wird sich von selbst erledigen, und ich wäre ein Narr, wenn ich das *Maven* einfach so zurücklassen würde.«

»Und nächste Woche oder nächsten Monat stehst du dann

wieder vor mir und brauchst mehr. Diese fünfundzwanzigtausend reichen nicht. Also muss ich dein Angebot ablehnen, Keegan. Ich vertraue dir nicht, dass du deinen Teil der Abmachung einhalten wirst.« Ihr Rücken war so angespannt und ihr Magen so verkrampft, dass es sie nicht überrascht hätte, wenn ihre Wirbelsäule plötzlich entzweigebrochen wäre.

Sie schickte sich an, die Tür ihres Autos zu öffnen, und Keegan streckte ruckartig einen Arm aus und drückte sie wieder zu. Er bedrängte sie und schob sie mit dem Rücken gegen die Seite ihres Corollas.

»Tu das nicht, Sadie.«

»Was soll ich nicht tun? Du willst nicht, dass ich Nein zu dir sage, Keegan?«, entgegnete sie. Sie stieß ihn weg und versuchte, in ihr Auto einzusteigen.

»Ich habe einen Anwalt angerufen. Nächsten Mittwoch habe ich einen Termin. Fünfundzwanzigtausend, sonst sieht sich Noah Andelin einer Vaterschaftsklage gegenüber. Mir gefällt die Vorstellung nicht, dass ein anderer Mann meine Tochter großzieht.«

Mercedes erstarrte, und Keegan erkannte den Augenblick, in dem er sie dort hatte, wo er sie haben wollte. Er legte seine Hände auf ihre Schultern und bewegte seine Lippen dicht an ihr Ohr heran wie ein Liebhaber, der ihr süße Kleinigkeiten zuflüstern wollte.

»Bezahl mich, dann bin ich morgen weg, Sadie. Gib mir fünfundzwanzigtausend, und das alles ist vorbei. Du kannst weiter Vater-Mutter-Kind mit dem Doktor und meiner Tochter spielen. Mir ist vollkommen egal, was du tust. Aber ich brauche dieses Geld.«

Sie konnte nicht atmen. Nicht denken. Sie wollte einfach nur, dass er verschwand und sie in Ruhe ließ. Dass er Noah und Gia in Ruhe ließ.

»Ich habe zwanzigtausend, Keegan. Ich werde dir zwanzigtausend Dollar geben. Das ist das Beste, was ich dir anbieten kann«, gab sie nach. Oh Gott. Zwanzigtausend. Sie würde fünf Jahre brauchen, um noch einmal so viel Geld anzusparen.

Keegan starrte sie mit zusammengezogenen Augen an und legte nachdenklich einen Daumen an ihre Lippen. Ruckartig wich sie zurück und stieß mit den Händen gegen seine Brust. Er lachte, als wäre das alles nur ein Vorspiel. Er trat nicht zurück.

»Zwanzig reichen nicht«, sagte er. »Aber ich werde sie unter einer Bedingung annehmen.«

»Und wie lautet diese Bedingung, Keegan?«, schnauzte sie.

»Du bringst die zwanzigtausend morgen in bar zur Arbeit mit. Ich muss mich noch von allen verabschieden, und morgen früh habe ich noch ein paar Kundinnen.«

»Das ist die Bedingung?«

»Nein. Das Geld werde ich morgen annehmen, aber jetzt nehme ich einen Kuss im Austausch für die fünftausend, auf die ich verzichte. Nur damit du weißt, was wir hätten haben können.«

»Ist das alles ein riesiger Scherz für dich?«, entfuhr es Mercedes ungläubig.

»Komm schon, Sadie. Ich will, dass du mich wieder magst.« Er beugte sich vor. Sein Mund war heiß, und seine Hände waren kalt. Mercedes erschauderte. Er deutete ihre Reaktion eindeutig falsch und schien zu denken, dass es sich um Lust handelte. Er stöhnte an ihren Lippen und küsste sie, als würde er versuchen, sie davon zu überzeugen, dass er jemand anders war, jemand, den sie willkommen hieß und wollte. Doch sie brachte ihm lediglich Gleichgültigkeit entgegen, da sie wusste, dass ihn das mehr ärgern würde als Wut. Und nachdem er mehrere Male versucht hatte, die gewünschte Reaktion von ihr zu erhalten, zog er sich mit einem Seufzen zurück.

»Ich werde dich vermissen, Mer.«

»Nenn mich nicht so.«

»Ach ja, richtig. So nennt dich Dr. Noah. Ich vergaß.« Er grinste erneut und zwinkerte ihr zu. Dann ließ er sie los und marschierte davon. Dabei wischte er sich den Mund ab, als wären seine Lippen noch feucht von ihren. »Wir sehen uns morgen, Liebes.«

»Keegan mag mich nicht«, murmelte Cuddy, als Mercedes ihn zum Waschbecken führte. Keegan war an ihnen vorbeigegangen und hatte Mercedes zugezwinkert, war Cuddy aber weiträumig ausgewichen.

»Keegan mag eigentlich nur sich selbst, Cuddy. Aber heute ist sein letzter Tag. Sie werden ihn nicht wiedersehen müssen.«

»Ich mag Keegan auch nicht«, brummte Cuddy. »Er ist zu hübsch. Wie eine Schlange.«

Mercedes war sich nicht sicher, ob sie eine Schlange je als hübsch bezeichnen würde, vermutete aber, dass sie über ihre eigene Schönheit verfügten, wenn man den Ekelfaktor beiseiteließ.

»Sie sind auch hübsch, Miss Lopez.«

»Danke, Cuddy.«

»Nicht wie eine Schlange.«

»Das ist gut.«

»Schlangen haben keine Familien«, flüsterte er.

»Nein … davon würde ich nicht ausgehen.«

»Cora hat gern mit mir geredet.«

»Tja, Sie sind ein netter Kerl, Cuddy.«

»Ich habe ihr von ihrem Dad erzählt.«

»Sie kannten Coras Dad?« Das hatte Cora nie erwähnt, und Mercedes konnte sich nicht vorstellen, dass sie so etwas für sich behalten hätte. Cora war von allem, was mit ihrem Vater zu tun gehabt hatte, besessen gewesen. Sie hatte einen Vaterkomplex gehabt, zu dem Verlassensängste gekommen waren, und schließlich erlebte sie noch das Trauma seines schrecklichen Todes.

»Ich konnte ihn sehen. Ich habe ihn sehr lange gesehen. Nun, da Cora tot ist, sehe ich ihn nicht mehr.«

»Was?«, keuchte Mercedes. Cuddy fuhr mit seinem Gebrabbel fort, als hätte sie nichts gesagt.

»Er hatte keine Beine. Er brauchte sie nicht mehr, aber er hatte trotzdem keine. Geister brauchen keine Beine. Aber er zeigte sich mir auf diese Weise ... vielleicht damit Cora ihn erkennen würde.«

Mercedes schaltete die Haarschneidemaschine aus. Ihre Hände zitterten, und solange das der Fall war, konnte sie keine saubere Linie schneiden.

»Ich jage Ihnen Angst ein«, flüsterte er.

Das stimmte.

»Warum erzählen Sie mir das alles, Cuddy?«

»Keine Ahnung.« Er schüttelte den Kopf. »Manchmal vergesse ich, den Mund zu halten. Bei Ihnen fühle ich mich sicher, Mercedes. Und ich sage, was mir durch den Kopf geht.« Er schob die Hände in seine Hosentaschen, und Mercedes hörte das Klackern und Knirschen der Steine, die durch seine Finger glitten. »Ich brauche mehr Steine. Ich treibe davon.«

»Dann behalten Sie heute all Ihre Steine. Ich brauche keinen.« Sie frisierte ihn zitternd und unbehaglich fertig und hasste es, dass sie sich vor ihm fürchtete und sich in seiner Gegenwart womöglich nie wieder sicher fühlen würde.

»Es tut mir leid, Mercedes«, flüsterte er. »Schon mein ganzes Leben lang habe ich Menschen verscheucht.«

Sie lächelte ihn an und schaute ihm im Spiegel in die Augen. Sie waren traurig. So tief und dunkel wie der Ozean um Mitternacht. So aufgewühlt. In diesem Moment erinnerte er sie an Noah in der achten Klasse, als sein Haar zu kurz geschoren gewesen war und seine Augen in seinem schmalen Gesicht zu groß gewirkt hatten.

»Deswegen gebe ich Ihnen Steine, wissen Sie?«, meinte er.

»Warum?«

»Wenn Sie sie in Ihre Tasche stecken, werden Sie auch nicht davontreiben. Sie werden uns nicht zurücklassen.«

»Oh, Cuddy. Das ist traurig.«

Er nickte. »Die Traurigkeit treibt nie davon. Sie ist schwer. Sie ist wie ein riesiger Felsbrocken. Ein Berg.«

»Ja. Das ist sie, nicht wahr? Vielleicht können wir sie einen Hügel hinunterrollen.«

Er lächelte, und dann lachte er plötzlich und enthüllte Zähne, die dringend eine Zahnarztbehandlung benötigten.

»Ich werde meine Traurigkeit einen Hügel hinunterrollen«, verkündete er lachend.

»*Gonna roll my sadness down a hill, gonna roll my sadness down a hill*«, sang Mercedes und improvisierte dazu eine spontane Mischung aus Melodie und rhythmischem Klatschen, so wie sie es im Bibellager immer gemacht hatten, wenn sie *Dem Bones* gesungen hatten.

Der Salon war leer, und sie wirbelte herum. Sie löste den Umhang, der Cuddys Schultern bedeckte, und schüttelte ihn im Rhythmus zu ihrem neuen Lied aus. Cuddy griff in seine Tasche und legte einen Stein auf den Tisch ihrer Arbeitsstation.

»Danke, Miss Lopez.«

»Bis zum nächsten Mal, Cuddy.«

Er war schon fast zur Tür hinaus, als er sich noch einmal umdrehte und verlegen zu ihr zurückkehrte.

»Ich habe gesehen, wie Sie sich mit Keegan gestritten haben«, sagte er.

»Wann? Gestern Abend?« Die Vorstellung, dass Cuddy die ganze Nacht lang auf einen Haarschnitt gewartet hatte, machte sie traurig.

Er zuckte mit den Schultern und rieb über sein Gesicht, als würden alle Tage miteinander verschwimmen.

»Vor einer Weile. Es war dunkel. Ich hatte Angst, Sie würden mich sehen und mir sagen, dass ich gegen die Regeln verstoße. Ich lungerte nicht herum. Ich kam nur zufällig vorbei.« Er schluckte, und Mercedes wusste, dass er die Wahrheit sagte.

»Und Sie sahen mich, wie ich mit Keegan stritt?«

Er nickte verlegen. »Seien Sie vorsichtig, Miss Lopez. Schlangen haben keine Familie.«

Am Freitag, dem 20. Mai, zwei Wochen nachdem Keegan Tate die Stadt verlassen hatte, kam Mercedes früher von der Arbeit nach Hause und fand Noah auf einer Leiter vor. Er war damit beschäftigt, ein Rückbrett und einen Basketballkorb über dem Garagentor anzubringen. Mercedes parkte auf der Straße hinter seinem Subaru, um die Einfahrt frei zu lassen.

»Was ist das?«, rief sie. Sie stieg aus ihrem Corolla und schirmte die Augen ab, um zu ihm hinaufzustarren. Der Nachmittag war warm – gute zwanzig Grad – und schön, und Noah trug ausgeblichene Jeans, ein altes T-Shirt und eine verkehrt herum aufgesetzte Baseballmütze. Eigentlich wollte er den Korb schon vor Stunden angebracht haben, aber Alma hatte sich den Tag für Mers Geburtstag freigenommen. Alma kannte seinen Zeitplan und wusste, dass er die ganze Nacht gearbeitet hatte. Also hatte sie darauf beharrt, dass er ein Nickerchen machte, während sie auf Gia aufpasste. Er hatte fünf Stunden lang geschlafen, und Alma und Gia waren wunderbar ohne ihn zurechtgekommen. Daher hatte er es nicht mehr geschafft, die große rote Schleife um den Basketballkorb zu binden oder zu duschen. Aber vielleicht könnten er und Mer später ein kleines Spiel wagen – um der alten Zeiten willen.

»Das ist dein Geburtstagsgeschenk, Mercedes Lopez«, sagte Noah und lächelte zu ihr herunter.

»Du hast dich daran erinnert?«

»Habe ich deinen Geburtstag je vergessen?«

Sie rümpfte die Nase und überlegte. »Nein. Ich glaube nicht. Aber ich hätte nichts dagegen, diesen Geburtstag zu vergessen.«

»Fühlst du dich alt?«

»Ja«, ächzte sie. »So ist es. Ich fühle mich alt und deprimiert. Früher habe ich es immer gehasst, dass du und Cora vor mir Geburtstag hattet. Ich hasste es, die Jüngste zu sein. Aber jetzt nicht mehr. Ich hätte nie gedacht, dass ich tatsächlich mal dreißig werden würde. Ich weiß nicht mal, wie das passiert ist.«

»Ich habe auch noch etwas anderes für dich. Etwas, das garantiert dafür sorgen wird, dass du sich wieder wie vierzehn fühlst. Es befindet sich in dieser Tasche. Ich habe es eingepackt, aber Gia hat es wieder ausgepackt, als ich nicht hingesehen habe.«

Mercedes rannte zu der Tasche und zog die blaue Schachtel mit der weißen Aufschrift heraus. »Du hast mir Knöchelturnschuhe besorgt?«, keuchte sie andächtig.

»Weiße Knöchelturnschuhe von Reebok mit roten Akzenten. Die Basketballschuhe, die du haben wolltest und die ich mir nicht leisten konnte … damals im Jahr 1988.« Sie waren etwa so lang wie seine Handfläche, aber er hatte die Größe dreimal überprüft. Damenschuhe in Größe 35,5. Mers Füße waren kaum größer als Gias.

Sie quietschte und schüttelte ihre abartig hohen roten Sandalen ab. Ohne sich darum zu scheren, dass sie eigentlich Socken bräuchte, schlüpfte sie in die Reeboks und machte sich daran, sie zu schnüren. Dabei kicherte sie die ganze Zeit über.

»Passen sie?«

»Sie sitzen ein wenig locker, aber mit Socken werden sie perfekt passen.«

»Ein wenig locker«, murmelte er.

»Wir brauchen einen Ball«, sagte sie und sprang auf. Ihr rotes Kleid, ein enganliegendes, ärmelloses Modell, reichte ihr gerade bis zu den Knien, und die neuen Turnschuhe passten trotz ihrer roten Akzente kein bisschen dazu. Und doch gelang es ihr, die Kombination gut aussehen zu lassen.

»Ich habe einen gekauft. Aber du wirst mit Gia um ihn kämpfen müssen. Ich wollte ihn ihr abnehmen, und sie hat sich von Gizmo in einen Gremlin verwandelt.«

»Wo ist sie?«

»Sie ist drinnen bei Alma. Sie hat den Ball immer wieder auf die Straße geworfen. Ich konnte sie davon überzeugen, ihn stattdessen zum Üben lieber in ihre Spielzeugkiste zu werfen. So weit, so gut. Allerdings … ist sie bemerkenswert ruhig gewesen. Vermutlich stellt sie da drinnen irgendwas Schreckliches an.«

Mercedes eilte ins Haus und kehrte wenige Augenblicke später mit dem Ball zurück.

»Gia hat Zuckerguss gegessen und nicht mal bemerkt, als ich den Ball genommen habe. Mami macht einen Geburtstagskuchen und Tamales für mich. Du bleibst doch zum Essen, oder?«

»Ich bleibe definitiv zum Essen. Ich habe vor, den halben Kuchen allein aufzuessen. Schließlich hast du die Hälfte von meinem gefuttert.«

»Ich habe deinen *gemacht* und es mir verdient.«

»Stimmt.«

»Ich schätze, das war's«, sagte er und zog an dem Netz, um sich davon überzeugen, dass es fest saß. Er kletterte von der

Leiter herunter und stellte sie aus dem Weg. »Mach einen Wurf, Geburtstagskind.«

»Ich muss mich erst aufwärmen. Ich habe seit mindestens fünf Jahren keinen Basketball mehr geworfen. Wie kommt das?«, stöhnte sie. »Was habe ich mit meinem Leben angefangen?« Sie dribbelte ein wenig und zog dabei ihr Kleid bis zu ihren Oberschenkeln hoch, damit sie eine bessere Haltung hatte.

Noah ließ sich auf eine halbherzige Verteidigung ein, nahm ihr den Ball ab und warf ihn so, dass er im Korb landete.

Mercedes schnaubte und schnappte sich den Ball, sobald er auf dem Boden aufprallte. Ihr Pferdeschwanz löste sich, und Noah streckte eine Hand aus, um ihr eine Haarsträhne hinters kleine Ohr zu schieben. Sie war so hübsch. Sie bedeutete ihm so viel, und die Worte kamen einfach über seine Lippen, obwohl er sich geschworen hatte, nichts zu sagen.

»Läuft da etwas zwischen dir und Keegan Tate, Mer?«, fragte Noah mit sanfter Stimme. Sein Blick war schmerzerfüllt.

Sie erstarrte und schaute ihm in die Augen. Er hatte in Bezug auf das, was er vor zwei Wochen gesehen hatte, geschwiegen, da er wusste, dass Keegan Tate nicht mehr im *Maven* arbeitete und dass ihn dass, was er gesehen hatte, nichts anging und es vermutlich nichts Ernstes war. Aber Mer ging ihn etwas an, und er würde nicht tatenlos zusehen, wie sich jemand an sein Mädchen heranmachte. Denn sie *war* sein Mädchen. Ob sie nun beide bereit waren, das zuzugeben, oder nicht.

»Nein.« Mer schüttelte den Kopf und setzte eine versteinerte Miene auf. »Warum?«

Er biss sich auf die Lippe und betrachtete sie. Er bemerkte ihren fest zusammengepresste Mund und ihren wachsamen Blick. »Ich habe dich gesehen ... letztens ... wie du ihn geküsst hast. Draußen vor dem *Maven*.« Er rieb sich über den Bart. Die ganze Sache war ihm eindeutig unangenehm. »Ich kam vorbei, weil ich dachte, dass ich dich abfangen könnte, während du den Laden zugemacht hast. Ich dachte, dass du vielleicht mit mir zu *McDonald's* fahren wollen würdest. Dass wir uns eine Cola und eine große Portion Fritten und vielleicht sogar noch ein Eis holen könnten. Ich konnte Gia nicht beruhigen, also zog ich ihr ihren Schlafanzug an und dachte, dass ich einfach ein bisschen durch die Gegend fahre, bis sie aufgeben würde. Gegen einundzwanzig Uhr kam ich am hinteren Parkplatz vorbei. Keiner von euch drehte sich auch nur herum, als ich langsamer wurde. Für einen Augenblick hatte ich den Eindruck, dass du aufgebracht warst. Doch dann küsste er dich, und ich fuhr weiter und war froh, dass du mich nicht gesehen hattest.«

»Wie es scheint, habt du und Cuddy also *beide* gesehen, was vor sich ging.«

»Cuddy?«

Sie schüttelte den Kopf und tat die Frage ab. »Ich mag Keegan Tate nicht, Noah. Der Kuss war nicht einvernehmlich. Und jetzt ist er weg, und ich hoffe, dass ich ihn nie wiedersehen werde.«

Noah verspürte einen Anflug von Wut. »Was meinst du mit nicht einvernehmlich?«

»Ich meine, dass ich ihn nicht küssen wollte. Er begriff das. Er ging. Ende der Geschichte.«

Noah entließ seine Wut mit einem schweren Atemstoß und beäugte seine Freundin. Er war nicht in der Lage gewesen, das Bild aus seinem Kopf zu verbannen – Keegan Tate, der über sie gebeugt war, die Hände auf ihre Schultern gelegt hatte und sie küsste, als würde sie ihm gehören. Das hatte ein Loch in seinen Magen gebrannt, und er war die letzten zwei Wochen auf Abstand geblieben. Gleichzeitig war ihm aufgefallen, dass auch Mer Abstand gehalten hatte, abgesehen von den Montagen und der Zeit, in der sie sich um Gia gekümmert hatte. Sie war still gewesen. Verhalten. Und wenn er es nicht besser gewusst hätte, hätte er gedacht, dass sie sich wegen etwas Sorgen machte.

»Stimmt etwas nicht, Mer?«

Sie schaute ihm fest in die Augen und warf ihm den Ball zu. Es war ein tadelloser Pass, den sie im Laufe der Jahre schon Tausende Male durchgeführt hatten. Er vollführte einen lässigen Korbleger und fing den Ball wieder auf, bevor er sie erneut ansah.

»Du bist nicht du selbst. Du wirkst … abgelenkt. Und das schon seit einer ganzen Weile«, sagte er drängend.

»Vielleicht liegt das nur daran, dass ich dreißig werde.« Sie zuckte mit den Schultern. »Ich habe in meinem Leben nicht das erreicht, was ich erreichen wollte.«

»Ach nein? Was wolltest du denn erreichen?«, fragte er leise und überwand den Abstand zwischen ihnen. Sie seufzte ausgiebig und starrte auf ihre winzigen Füße in ihren neuen Reeboks. Noah legte eine Hand um ihren glatten Pferdeschwanz und zog sanft daran, um sie dazu zu bringen, zu ihm hochzuschauen. Als sie sprach, war ihre Stimme sanft, und ihre Augen lagen in Schatten.

»Ich wollte ein eigenes Haus haben und zahle immer noch Miete. Ich wollte einen eigenen Laden haben und arbeite immer noch für jemand anders, und ein Ende ist nicht in Sicht. Ich wollte eine eigene Familie haben – eine große Familie –, und jetzt gibt es nur noch mich und Mami. Ich werde älter … und ich bin meinen Träumen nicht näher gekommen als damals, als ich ganz am Anfang stand. Vielleicht bin ich nun sogar noch weiter von ihren entfernt.«

Er wusste nicht, was er sagen sollte. Mer war immer ebenso ehrgeizig wie er gewesen. Im letzten Jahr hatte er diesen

Ehrgeiz voll und ganz auf sein tägliches Überleben konzentriert. Doch nun wurde ihm klar, dass er nicht einmal darüber nachgedacht hatte, wie Mercedes' Pläne aussahen. Er hatte sie als selbstverständlich angesehen. Vielleicht war es deshalb so ein Schock gewesen zu sehen, wie sie den schleimigen Keegan Tate küsste.

»Du siehst so müde aus.« Er rieb über die Falte zwischen ihren Brauen. »Ich habe mir Sorgen um dich gemacht«, murmelte er.

Mer schnappte nach Luft und schlug seine Hand weg. »Das darf man niemals zu einer dreißigjährigen Frau sagen, Noah Andelin.«

»Was denn? Ich habe nicht gesagt, dass du alt aussiehst. Ich habe nicht gesagt, dass du hässlich aussiehst. Ich habe gesagt, dass du müde aussiehst.«

Sie funkelte ihn finster an.

»Mer, komm schon. Du siehst immer toll aus. Selbst wenn du müde bist.«

»Da brauche ich schon genauere Angaben, Noah. Sonst werde ich dir nicht glauben.«

»Jeder Teil von dir ist schön. Die Wölbung deines Fußes. Deine Zehen. Sogar deine Knie sind hübsch. Deine Ellbogen. Deine verdammten Achselhöhlen sind hübsch. Wer bitte hat hübsche Achselhöhlen? Niemand.« Er deutete auf Mercedes. »Aber du schon, Mercedes Lopez. Selbst deine verdammten Achselhöhlen sind hübsch.«

Sie kicherte und hob den rechten Arm, um ihre Achselhöhle anzustarren. Ihr ärmelloses rotes Etuikleid ließ einen ungehinderten Blick auf sie zu. »Sie sind schon irgendwie nett«, stimmte sie zu.

Noah legte den Ball in ihre Hände. Mercedes dribbelte an ihm vorbei, ging vor dem Korb in Position und setzte zum

Wurf an. Der Ball rauschte durch die Luft und landete im Korb. Sie wackelte triumphierend mit den Hüften. »Ich hab's immer noch drauf. Ich bin dreißig Jahre alt und hab's immer noch drauf.« Sie machte sich daran, quer durch die Einfahrt den Moonwalk zu machen, und Noah schnappte sich den Ball, bevor er auf die Straße rollte.

»Erzähl mir mehr nette Sachen«, verlangte sie. »Ich habe dir immer noch nicht vergeben. Hübsche Achselhöhlen dürften nicht ausreichen. Du steckst in Schwierigkeiten.«

Noah warf den Ball. »Hmm. Nette Sachen. Okay. Du riechst immer gut, und wann immer ich dich sehe, siehst du perfekt aus. Ich erinnere mich daran, wie du mir einst gesagt hast, dass du die Leute schön aussehen lassen wolltest. Damals dachte ich bei mir: ›Das liegt daran, dass sie selbst schön ist. Wenn irgendjemand weiß, wie man etwas schön macht, dann ist es Mer.‹ Du bist ein kleines Päckchen aus Perfektion. Tatsächlich bist du so perfekt, dass es manchmal ein wenig einschüchternd ist. Cora hat mich immer gefragt, ob sie so hübsch wie du sei.«

»Cora war wunderschön«, verteidigte Mercedes sie und versuchte gleichzeitig, Noah den Ball abzunehmen, während er an ihr vorbeidribbelte.

»Ja. Das war sie. Aber sie war nicht so gut darin, sich zu präsentieren. Und das wusste sie.«

»Das musste sie nicht sein. Sie war auf natürliche Weise umwerfend. Ihr Haar. Ihre Haut. Ihr Körper. Ihre Augen. Das war alles einfach da. Ich hatte einen Schnurrbart, als ich neun war. Ich musste mich anstrengen. Ich habe Hüften und Brüste und bin klein. Ich habe keinen Platz für ein paar zusätzliche Fettpölsterchen. Zum Glück besteht mein Blut aus reinem Essig. Das sorgt für einen tollen Stoffwechsel.«

Noah lachte. »Du hattest nie einen Schnurrbart. Ich kannte

dich, als du neun warst, erinnerst du dich? Und du hast einen tollen Stoffwechsel, weil du ständig in Bewegung bist.«

»Wirst du das auf meinen Grabstein schreiben?«, fragte sie.

»Was?«

»Hier liegt ein kleines Päckchen aus Perfektion.«

»Geht klar. Wenn du mir eins versprichst.«

»Okay.«

»Rede nie wieder über Grabsteine.« Seine Stimme klang schmerzerfüllt, und er warf den Ball aufs Gras.

»Okay, Boozer. Nie wieder.«

Er ging zu ihr, hob sie in ihrem roten Kleid und ihren Reeboks hoch und umarmte sie fest. Sie quiekte überrascht, ließ sich aber von ihm halten. Ihre Füße baumelten in der Luft, und seine Wange ruhte an ihrem Kopf.

»Du magst im Leben nicht das erreicht haben, was du erreichen wolltest, Mer. Aber ich bin so froh, dass du ein Teil *meines* Lebens bist. Dein Geburtstag ist einer meiner Lieblingstage, weil er bedeutet, dass du existierst, und dafür bin ich so dankbar«, murmelte er.

»Du kannst jetzt damit aufhören, nette Sachen zu sagen. Okay?« In ihrer Stimme lag ein Zittern, das Noah dazu brauchte, seine eigenen Gefühle hinunterzuschlucken. »Ich vergebe dir dafür, dass du gesagt hast, ich würde müde aussehen. Du musst aufhören, so süß zu sein, sonst weine ich, und mein Make-up verläuft. Und das führt dazu, dass ich *wirklich* alt aussehe.«

»Ich meinte jedes Wort davon ernst.«

»Selbst das mit meinen Achselhöhlen?«

Er ging auf die Haustür zu. Dabei hielt er sie immer noch in den Armen, und ihre Beine baumelten nach wie vor in der Luft. »Ganz besonders das mit deinen Achselhöhlen.«

14

1990

Der Mann lief am Straßenrand entlang, als Noah unterwegs war, um seine Mutter am Ende ihrer Schicht abzuholen. Die gebeugte Haltung seines schmalen Rückens und die Art, wie er vor sich hin huschte, hatten etwas Vertrautes an sich. Es war noch dunkel – im Dezember war es morgens immer dunkel –, sodass man kaum etwas erkennen konnte, aber der Mann war nicht dem Wetter entsprechend gekleidet. Er trug ein T-Shirt und eine Jogginghose. Sein Bart war von Eis verkrustet. Seine Füße waren nicht wirklich zu sehen, aber Noah hatte nicht den Eindruck, dass er Schuhe trug.

Als Noah sich auf dem Rückweg befand, war der Mann immer noch unterwegs. Auf der Hinfahrt hatte Noah nicht angehalten, aber zweimal konnte er nicht an ihm vorbeifahren. Als er langsamer wurde und hinter der schmuddeligen Gestalt anhielt, die an der Straße entlangstolperte, starrte ihn seine Mutter entsetzt an und klammerte sich an der Tür fest.

»Nicht anhalten, Noah. Auf keinen Fall. Er ist gefährlich«, sagte sie und hob in einem seltenen Anfall von Leidenschaft die Stimme.

»Er wird sterben, wenn niemand anhält, Mom. Irgendjemand muss anhalten. Das kann ebenso gut ich sein. Bleib hier.« Noah kam zum Stehen und parkte den Wagen. Die Warnblinkanlage ließ er an. Er machte sich keine Gedanken darüber, dass man ihn anhalten oder hinter dem Steuer erwischen könnte. Er hatte nun endlich einen Führerschein. Er war jahrelang ohne einen gefahren, aber

nun durfte er sich ganz legal hinters Steuer setzen. Falls die Polizei auf ihn aufmerksam wurde, umso besser. Vielleicht würde sie in der Lage sein zu helfen.

»Hey!«, rief Noah und rannte los, um den Mann einzuholen, der sein Tempo erhöht hatte, als Noah angehalten hatte. »Warten Sie. Sie werden erfrieren. Ich kann Sie mitnehmen.«

Der Mann blieb stehen, drehte sich um und schüttelte den Kopf. Schneeflocken rieselten aus seinem Bart und sammelten sich auf den Haaren an seinen Armen. »Ich kann nirgendwo hin.«

»Nehmen Sie meinen Mantel.« Noah öffnete den Reißverschluss des Mantels, den Mer ihm vor zwei Jahren zu Weihnachten geschenkt hatte. Er liebte den Mantel, aber er war ihm mittlerweile ohnehin zu klein und an den Ärmeln zu kurz. Mer würde das verstehen.

Der Mann stammelte und hatte den Blick auf das Kleidungsstück gerichtet. »Nein. Das kann ich nicht tun. Du brauchst deinen Mantel.« Noah ignorierte den Einwand und legte ihm den Mantel um die Schultern.

»Ich brauche ihn nicht so sehr wie Sie. Ich habe ein warmes Auto, in das ich jederzeit wieder einsteigen kann.« Noah trug ein Sweatshirt, und das T-Shirt, das er darunter anhatte, rutschte an seinem Bauch nach oben, als er das Sweatshirt über seinen Kopf zog. »Hier, ziehen Sie erst das an. Dann den Mantel.«

Der Mann ließ sich dazu überreden, das Sweatshirt und den Mantel anzuziehen. Er zitterte so heftig, dass Noah ihm helfen musste. Die Arme des Mannes waren lang und seine Schultern breit, aber er war so dünn, dass er regelrecht ausgemergelt wirkte. Und obwohl die Ärmel zu kurz waren, sahen das Sweatshirt und der Mantel an ihm zu groß aus. Noah zog den Reißverschluss des Mantels zu und dem Mann die Kapuze des Sweatshirts fest über den Kopf.

»Welche Schuhgröße haben Sie?«, frage Noah.

»Äh. K… Keine Ahnung. Groß?«, stammelte der Mann.

Noah beäugte die Füße des Mannes. »Wir haben vermutlich ungefähr die gleiche Größe. Sie können die hier haben. Ich habe zu Hause noch ein zweites Paar.« Das war eine Lüge. Er hatte zu Hause kein zweites Paar Schuhe, aber er konnte sich eins besorgen. Er hatte gerade sein Gehalt bekommen. Er machte sich daran, aus seinen Turnschuhen zu schlüpfen, und zog dann nacheinander seine Socken aus. Er balancierte auf einem Bein wie ein Storch und stellte seine nackten Füße dann auf die Straße. Verdammt, war das kalt. Er reichte dem Mann die Socken, den das Angebot sprachlos zu machen schien.

»Wollen Sie mitkommen und sich ins Auto setzen, damit Sie die anziehen können?«, drängte Noah.

»Nein. Nein. Das würde ihr nicht gefallen.«

»Wem? Meiner Mom?« Noah schaute zurück zum Auto. Seine Mom beobachtete sie. Sie hatte die Augen weit aufgerissen und die Hände auf die Wangen gelegt, als wollte sie sich verstecken.

»Andy«, murmelte er.

»Wer ist Andy?«, hakte Noah nach.

Der Mann starrte ihn an. »Du bist Andys Junge«, flüsterte er.

»Ich kenne niemanden namens Andy. Aber Sie sollten sich von mir an einen sicheren Ort bringen lassen. Kommen Sie mit. Es schneit. Und Ihre Füße sehen übel aus.«

Noah zog sein T-Shirt aus. Nun stand er lediglich mit seinen alten Jeans bekleidet am Straßenrand. Die eisige Luft fühlte sich auf seiner Haut wie tausend Nadelstiche an. »Legen Sie Ihre Hände auf meine Schultern, dann helfe ich Ihnen dabei, das Gleichgewicht zu halten, während wir dafür sorgen, dass ihre Füße trocken und warm werden.« Er benutzte sein T-Shirt, um dem Mann nacheinander die Füße abzutrocknen. Dann zog er ihm eine Socke an und schob seinen Fuß in einen Turnschuh, bevor er sich dem zweiten Fuß widmete, damit die Füße des Mannes nicht wieder nass wurden. Als er fertig war, richtete sich Noah auf und versuchte nicht zu zittern. Er wollte nicht, dass der Mann mitbekam, wie kalt ihm war.

»Ich habe ein Paar Handschuhe im Auto. Warten Sie kurz.« Noah rannte zum Auto und holte die Handschuhe heraus, die er für Tage, an denen er das Eis von den Fenstern kratzen musste, im Handschuhfach aufbewahrte. Außerdem nahm er noch einen Zehndollarschein aus seiner Brieftasche. Dann kehrte er zu dem Mann zurück, der nun aussah, als sei es ihm schon deutlich wärmer als noch vor wenigen Minuten.

»Hier. Ziehen Sie die an. Und hier ist etwas Geld für ein warmes Frühstück. McDonald's *hat geöffnet. Es ist gleich dort an der Ecke, einen knappen Kilometer die Straße runter. Gönnen Sie sich einen Kaffee. In der Innenstadt auf der Rio Grande Street gibt es eine Obdachlosenunterkunft. Wissen Sie, wo das ist?«*

Der Mann nickte.

»Ich bringe Sie gern dorthin«, versuchte Noah es erneut.

Der Mann nahm das Geld und die Handschuhe und schüttelte den Kopf. Er starrte Noah mit feuchten Augen an.

»Ich bin kein guter Umgang, Noah. Du solltest jetzt gehen.«

Noahs Mund klappte auf. »Woher kennen Sie meinen Namen?«

»Ich bin dir schon mal begegnet. Erinnerst du dich? Ich fragte dich, wann die Flut kommen würde, und du sagtest mir, dass ich in Sicherheit sei.«

Noah starrte ihn an und trat dann ängstlich einen Schritt zurück. Jetzt erinnerte er sich. Der Mann sah mit Bart so anders aus, und seine Augen waren nicht mal ansatzweise so wild wie damals. Nun wirkten seine Augen einfach nur noch alt und müde. Traurig.

»Danke, Noah«, flüsterte John Davis Cutler. »Und jetzt geh. Sonst wirst du noch erfrieren, und dann wird Andy ganz allein sein.«

Der Regen kam plötzlich und prasselte mit angestauter Wut auf die Straßen und Dächer herab. Normalerweise hätte Mercedes das geliebt und vielleicht sogar im Regen getanzt. Für gewöhnlich feierte man einen anständigen Regenschauer im trockenen Utah. Doch Gia schlief in ihrem Kindersitz, und Mercedes musste dringend tanken. Die Benzinleuchte in ihrem Corolla brannte schon viel zu lange. Mercedes war sparsam, aber nicht dumm. Sie hätte den Tank niemals so leer werden lassen, aber irgendwie passte sie immer auf Gia auf, wenn sie neues Benzin brauchte. Und Erledigungen mit einer Zweijährigen im Schlepptau waren deutlich schwieriger zu bewältigen als Erledigungen ohne eine Zweijährige im Schlepptau. Sie hielt an der Tankstelle direkt gegenüber dem Salon an und beäugte ungeduldig den Himmel.

Nachdem sie zehn Minuten unter der grauen Wolkendecke gewartet hatte, warf Mercedes einen Blick auf ihre Armbanduhr und fluchte. Dann bereitete sie sich innerlich darauf vor, durchnässt zu werden. Der Regen ließ nicht nach. Noah würde mittlerweile von der Arbeit nach Hause gekommen sein und auf sie warten. Und sie saß einfach hier und fürchtete sich davor, nass zu werden. Sie schnappte sich ihr Portemonnaie aus ihrer Handtasche, stieg aus dem Corolla und lief hastig um das Auto herum. Bevor sie vor der Zapfsäule zum Stehen kam, war sie klitschnass. Sie presste ihr Portemonnaie an ihre Brust und versuchte, ihre Kreditkarte zu benutzen. Doch sie wurde abgelehnt, und die Anzeige an der Zapfsäule forderte sie auf, sich an den Tankwart zu wenden.

»Das soll doch wohl ein Witz sein!«, rief sie. Sie versuchte es erneut mit ihrer Karte, hatte jedoch kein Glück. Sie drückte auf den Knopf, um den Tankwart zu kontaktieren, der bestätigte, dass sie mit ihrer Karte ins Gebäude kommen müsse.

Mercedes fluchte leise vor sich hin und wischte sich den

Regen vom Gesicht. Sie würde Gia bei diesem Wetter nicht aus dem Auto holen, nur um für zehn Sekunden ins Tankstellengebäude zu gehen. Auf dem Gelände befand sich kein weiteres Auto, und sie konnte ihren Wagen aus dem Gebäude heraus sehen. Sie würde einfach schnell hineinlaufen, dem Tankwart ihre Kreditkarte geben, damit er das Geld abbuchen konnte, und dann wieder nach draußen laufen. Nachdem sie ihre Entscheidung getroffen hatte, rannte sie mit dem Portemonnaie in der Hand auf das Tankstellengebäude zu. Ihre Klamotten waren komplett durchnässt, und ihr Haar klebte an ihrem Nacken. Als sie die Tür aufriss und das Gebäude betrat, warf sie einen Blick zu ihrem Corolla, weil sie sichergehen wollte, dass er nicht davongetrieben war. Beruhigt trat sie durch die Tür und reichte dem Tankwart ihre Karte. Der Bursche sah noch nicht mal alt genug aus, um sich selbst die Pickel auszudrücken. Die Vorstellung, dass er hier Alkohol verkaufen durfte, war absurd.

»Zwanzig Dollar für Zapfsäule zwei«, sagte sie zitternd.

»Tut mir leid. Wenn es regnet, kommt es zu technischen Problemen.« Er drückte auf ein paar Tasten und zog dann ihre Karte durch das Gerät. »Äh, Zapfsäule zwei?«, hakte er nach und schaute über ihren Kopf hinweg durch die Glasscheibe.

»Ja.«

»Sind Sie sicher? Sieht so aus, als hätte Ihr Auto etwas anderes im Sinn.«

Mercedes wirbelte herum und sah, wir ihr Corolla von der Zapfsäule wegrollte.

»Rufen Sie die Polizei!«, kreischte sie und rannte zur Tür. »Informieren Sie den Notruf. Da sitzt ein Baby im Auto!«

»Wollen Sie Ihre Karte wiederhaben?«, rief er hinter ihr her, während sie durch die Tür nach draußen stürmte.

»Rufen Sie die Polizei!«

Sie spürte, wie der Riemen an ihrem Flip-Flop riss, und war dankbar dafür, dass sie keine Absatzschuhe trug. Schlitternd und rutschend rannte sie über das nasse Tankstellengelände und auf die Straße hinaus. Dabei tat sie ihr Bestes, um das Auto nicht aus dem Augen zu verlieren. Jemand brüllte sie an, jemand anders hupte, und sie lief einfach weiter und schrie dabei die ganze Zeit um Hilfe. Den Blick hatte sie fest auf die Rücklichter des Corollas gerichtet, die flackerten, als das Auto um eine Kurve bog und außer Sichtweite verschwand.

»Alles in Ordnung?«, rief jemand aus einem Wagen, der neben ihr anhielt.

»Helfen Sie mir! Jemand hat mein Auto gestohlen, und mein kleines Mädchen ist auf dem Rücksitz!«

Die Frau hinter dem Steuer bedeutete ihr einzusteigen. Mercedes sprang auf den Beifahrersitz und zeigte auf die Straße, in die Richtung, in die ihr Auto verschwunden war. Sie glaubte, das Jaulen einer Sirene zu hören, und die Frau – eine Weiße mit voluminösem blonden Haar und einem kleinen Hund auf dem Schoß – trat energisch aufs Gaspedal.

»Biegen Sie in die nächste Straße ein!«, schrie Mercedes. »Nach rechts!«

»Ihr Fuß blutet, Süße«, keuchte die Frau.

»Es geht mir gut, bitte, fahren Sie einfach.« Mercedes hatte zu viel Angst, um zu weinen oder auch nur zu blinzeln. Sie befürchtete, dass ihr etwas entgehen würde.

Die Frau kam ihrer Aufforderung nach und bog mit beträchtlichem Geschick um die Kurve. Mercedes suchte die Straße vor ihnen nach dem Corolla ab. Eine Reihe Autos stand an der nächsten Ampel, aber ihr Wagen befand sich nicht unter ihnen.

»Dort!« Der Corolla stand verlassen mitten auf einem Parkplatz vor einem *Wendy's*. Die Fahrertür stand offen. »Das ist mein Auto!«, kreischte Mercedes. »Auf dem Parkplatz zu Ihrer Rechten.«

Die Frau überquerte zwei Spuren und bog so schnell auf den Parkplatz ab, dass ihr kleiner Hund aufjaulte und ihr aus den Armen flog. Mercedes hatte ihre Tür geöffnet, bevor die Frau den Wagen nur wenige Meter von dem verlassenen Corolla entfernt stotternd zum Stehen brachte.

Mercedes konnte Gia schreien hören.

Ihre Beine gaben unter ihr nach, als sie zu Gias Tür hastete. Sie wollte so dringend zu dem kleinen Mädchen gelangen und war von den Gefühlen, die sie überrollten, geschwächt. Einerseits war sie erleichtert, dass sie sie gefunden hatten, andererseits hatte sie furchtbare Angst, dass sie verletzt worden sein könnte. Der Regen strömte durch die offene Fahrertür ins Auto und spritzte Gia ins Gesicht. Sie war durchnässt und verängstigt. Ihre Augen waren panisch, und auf ihrem Gesicht schimmerten Tränen und Regen. Doch sie war nach wie vor auf ihrem Kindersitz angeschnallt und sicher und unverletzt.

Mercedes löste die Gurte an Gias Sitz und zog das kleine Mädchen in ihre zitternden Arme.

»Schh. Alles ist gut. Alles ist gut, Gia-Käferchen. Mer ist bei dir.«

»Daddy!«, heulte Gia.

»Ja. Wir brauchen Daddy«, murmelte Mercedes. Ihr Schreck verwandelte sich in Tränen. Sie tastete unbeholfen nach ihrem Handy und bemerkte, dass ihre Handtasche immer noch unberührt auf dem Beifahrersitz lag. Die Handbremse des Autos war angezogen, aber der Motor lief noch, so als hätte der Corolla einfach beschlossen, auf eigene Faust eine kleine Spritztour zu unternehmen, und es sich dann wenige Minuten später anders überlegt.

»Süße, soll ich jemanden für Sie anrufen?« Mercedes' blonde Retterin lugte durch die offene Tür. Sie hatte sich im Auto zusammengekauert, um sich vor dem Regen zu schützen. Ihr kleiner Hund bellte wie verrückt.

»Nein. Nein, ich habe mein Handy. Aber ich brauche Ihren Namen. Ich kann Ihnen für das, was Sie getan haben, gar nicht genug danken«, brachte Mercedes schluchzend hervor.

Der Name der Frau lautete Mary Jane Fryer. Sie gab Mercedes ihre Nummer und versprach, für einen Gratishaarschnitt mit Färben im *Maven* vorbeizukommen, wenn sie das nächste Mal zum Friseur musste. Allerdings beharrte sie darauf, bei Mercedes zu bleiben, bis die Polizei eintraf. Sie holte eine Decke aus dem Kofferraum ihres Autos und wickelte sie um Mer und Gia, die nass und zitternd auf dem Rücksitz des Corollas saßen. Dann stieg sie auf den Vordersitz, um dem Regen zu entkommen.

»Sie müssen Ihren Fuß verarzten lassen, Süße.«

Mercedes nickte und dankte ihr erneut. Doch ihr Fuß war momentan ihre geringste Sorge. Noah ging nach dem ersten Tuten dran. In seiner Stimme lag Besorgnis. Als sie ihn hörte, musste sie sich enorm zusammenreißen, um nicht zusammenzubrechen. Stattdessen biss sie die Zähne zusammen und schloss die Augen. Sie zwang sich dazu, ruhig zu bleiben, damit sie ihn nicht zu Tode erschrecken würde.

»Mer? Was ist los?«

»Es geht mir gut, Noah. Gia geht es auch gut. Aber ich brauche dich.«

Mercedes wurde an ihrem Fußballen mit zwölf Stichen genäht. Sie musste auf eine Glasscherbe getreten sein, als sie die Straße hinuntergelaufen war. Sie sagte, sie hätte es nicht gespürt und könne nicht genau beurteilen, wann es passiert sei. Etwa zehn

Minuten nach dem Eintreffen der Polizei fing es an wehzutun. Das Adrenalin hatte nachgelassen, und der Schock klang ab.

Noah traf wenige Minuten nach der Polizei ein. Der Tankwart hatte die Beamten informiert. Mary Jane Fryer war ebenfalls vor Ort geblieben und berichtete der Polizei aus ihrer Sicht, was geschehen war. Einer der Polizisten nahm Mercedes' Aussage auf und empfahl ihr, »ein Kind nie allein im Auto zu lassen, nicht mal für ein paar Sekunden«. Zum Glück ritt er nicht weiter auf dem Thema herum. Sobald sie den Tadel vernommen hatte, senkte Mercedes den Kopf und weinte in Gias helle Locken. Noah wurde wütend.

»Sie ist nicht diejenige, die Sie tadeln sollten, Officer«, schnauzte er.

»Meh weint?«, fragte Gia und schob die Unterlippe so weit vor, dass der Polizist ihr einen Lutscher anbot. Mercedes tat ihr Bestes, um ihre Tränen, die einfach nicht versiegen wollten, unter Kontrolle zu bringen.

»Sind Sie die Babysitterin?«, fragte der Polizist Mercedes.

»Sie ist die Patentante«, mischte sich Noah ein.

»Ich passe jeden Montag auf sie auf«, fügte Mercedes hinzu.

Der Beamte nickte und machte sich ein paar Notizen. »Für mich sieht das so aus, als hätte jemand eine Gelegenheit gesehen, Ihr Auto zu stehlen, dann aber das Kind auf dem Rücksitz bemerkt und es sich anders überlegt. Ein Auto zu stehlen, ist eine Sache. Entführung eine ganz andere.«

»Aber ... der Täter hat nichts mitgenommen«, argumentierte Mercedes.

»Sie sagten, dass Sie Ihr Portemonnaie bei sich gehabt hätten. Befanden sich in Ihrer Handtasche noch irgendwelche anderen Wertgegenstände?«

»Mein Handy. Mehr eigentlich nicht. Aber die Tasche sah nicht einmal so aus, als wäre sie durchwühlt worden.«

»Der Täter sieht das Kind auf den Rücksitz und erschrickt. Er nimmt Reißaus. Das ist nicht schwer nachzuvollziehen.«

Mercedes nickte. Das ergab Sinn.

»Wir werden das Auto auf Fingerabdrücke untersuchen – am Lenkrad befindet sich ein großer schmutziger Handabdruck – und sie durch unsere Datenbank jagen. Vielleicht landen wir ja einen Treffer. Außerdem werden wir die Aufzeichnungen der Überwachungskameras an der Tankstelle auswerten.«

Noah verfrachtete Mercedes und Gia in seinen Subaru und überließ den Corolla der Polizei, damit sie ihn untersuchen konnte. Dann brachte er Gia zu Heather, damit er mit Mercedes in die Notaufnahme fahren konnte. Sie musste dringend ihren Fuß behandeln lassen.

Er verhielt sich bemerkenswert ruhig, wenn man bedachte, dass seine Tochter vorübergehend entführt worden war. Mercedes war diejenige, die sich offenbar nicht unter Kontrolle bekommen konnte. Sie war diejenige, die alles mit angesehen hatte. Sie war diejenige, die in die Hölle katapultiert worden war, bevor man sie auf wundersame Weise begnadigt hatte. Er war ernst. Ruhig. Und er hatte sich der Situation mit der gleichen Gelassenheit genähert, die ihn schon sein ganzes Leben lang begleitet hatte. Doch ihm war übel, und er zitterte.

Er hielt Mers Hand, während die Wunde an ihrem Fuß genäht wurde. Immer wieder versicherte er ihr, dass sie nichts falsch gemacht habe, dass alles in Ordnung sei und es nicht ihre Schuld sei.

Der Arzt sagte, sie solle für ein paar Tage auf ihre Absatzschuhe verzichten. Als sie sich darüber beklagte, verdrehte Noah die Augen. »Gia will ausschließlich ihre rosafarbenen Schneestiefel tragen und du ausschließlich Schuhe mit zehn Zentimeter hohen Absätzen. Ich mache dich für ihre Neurose verantwortlich.«

»Ich habe ein tolles, nagelneues Paar Reeboks, das ich ständig trage«, brummte sie.

»Tja, Sie werden wohl besser einen Pantoffel tragen oder Ihren Fuß in den nächsten paar Tagen am besten gar nicht belasten. Wenn Sie zu viel herumlaufen, wird die Naht aufgehen«, erwiderte der Arzt.

»Ich könnte mir einen dieser kleinen Scooter besorgen, auf denen man kniet. Dann könnte ich problemlos zur Arbeit gelangen«, überlegte Mercedes.

»Drei Tage. Belasten Sie den Fuß einfach nur drei Tage lang nicht. Danach können Sie ihn sorgfältig mit einem Verband umwickeln und Ihre Turnschuhe zur Arbeit tragen. Das sollte gehen«, meinte der Arzt.

»Ein paar freie Tage, die dazu dienen, dass dein Fuß heilen kann, werden dich nicht umbringen, Mer«, sagte Noah, als sich der Arzt entschuldigte und versprach, einen Pfleger mit einem Rollstuhl vorbeizuschicken, damit er Mercedes aus dem Krankenhaus schieben konnte.

Mercedes kaute auf ihrer Unterlippe herum. Die gleiche Sorge, die er vorhin schon wahrgenommen hatte, huschte über ihr Gesicht.

»Was ist los?«, fragte Noah. »Ist auf der Arbeit sonst noch etwas nicht in Ordnung?«

»Du kennst mich doch. Es fällt mir einfach schwer still zu sitzen.« Sie schüttelte den Kopf und tat seine Frage mit einer wegwerfenden Handbewegung ab.

In diesem Moment traf der Pfleger mit dem Rollstuhl ein. Noah hob Mercedes vom Tisch und setzte sie hinein. Sie beschwerte sich darüber, dass der Rollstuhl lächerlich sei, und Noah ließ sie meckern. Doch als er darauf bestand, dass sie mit zu ihm nach Hause kam, damit er sich um sie kümmern konnte, nickte sie. Ihre herabhängenden Schultern und der Mangel an Widerworten verrieten ihm, dass die Ereignisse des Tages sie nun eingeholt hatten. Ihn hatten sie ebenfalls eingeholt. Er war so erschöpft, dass ihm beinahe schwindelig war. Das passierte, wenn man nur alle paar Tage schlief. Sonntagnacht hatte er gearbeitet und war auch den ganzen Tag über wach gewesen. In den vergangenen sechsunddreißig Stunden hatte er bei Tagesanbruch ein zweistündiges Nickerchen zwischen seinen Schichten gehalten. Aber seine kleine Familie war in Sicherheit, und seine Dankbarkeit übertraf seine Erschöpfung um Längen.

Sie fuhren bei Heather vorbei, und Noah nahm eine schlecht gelaunte Gia von ihrer Großmutter entgegen. Zweiundzwanzig Uhr, und Gia war bereit fürs Bett. Doch als sie Mer auf dem Beifahrersitz des Autos entdeckte, wurde sie wieder ganz munter.

»Meh«, begrüßte Gia sie und grinste, als Noah sie anschnallte. Mercedes erwiderte das Grinsen und brach dann sofort in Tränen aus.

»Hey«, beruhigte Noah sie und ließ sich wieder hinters Steuer gleiten. »Es geht ihr gut, Mer. Sie ist in Ordnung. Es ist vorbei.«

Mercedes nickte und tat ihr Bestes, um die Tränen zurückzuhalten. Als sie Noahs Haus erreichten, trug er Mer ins Gästezimmer und brachte Gia dann ins Bad. Er besorgte ihr ein Glas Milch und zog ihr ihren Schlafanzug an, während Mer umherhumpelte und sich bettfertig machte. Mercedes hatte immer einen Schlafanzug und ein paar Sachen in Noahs Haus, weil sie an den Sonntagabenden dort übernachtete. Und als er ins Gästezimmer ging, um nach ihr zu sehen, nachdem er Gia ins Bett gebracht hatte, hatte sie sich bereits unter die Decke gekuschelt und die Augen geschlossen. Die Nachttischlampe brannte noch.

Als er Anstalten machte, sie auszuschalten, riss sie die Augen auf.

»Nicht. Bitte. Ich brauche das Licht«, flüsterte sie.

Er setzte sich neben sie aufs Bett und blickte auf ihr müdes, sorgenvolles Gesicht.

»Ich hatte noch nie solche Angst, Noah. Wenn Gia etwas zugestoßen wäre … Wenn der heutige Tag anders ausgegangen wäre …« Sie schüttelte den Kopf und war nicht in der Lage, den Satz zu beenden. Ihr Mund zitterte schon wieder.

»Ich weiß. Aber ihr ist nichts zugestoßen. Sie ist in Sicherheit. Ihr seid beide in Sicherheit. Und wir sind alle zusammen hier.«

»Würdest du bei mir bleiben?«, fragte sie. »Ich will nicht allein sein.«

Noah nickte. »Gib mir eine Minute, damit ich schnell unter die Dusche springen und mich umziehen kann. Ich bin gleich wieder da.«

Sie schloss die Augen und atmete schwer aus. Ein paar Minuten später kehrte er mit dem Kopfkissen aus seinem Bett zurück. Er trug eine Jogginghose und ein T-Shirt. Sein Haar war von der schnellen Dusche noch feucht.

Er stieg neben ihr ins Bett, schüttelte sein Kissen auf, schaltete das Licht aus und zog sie in seine Arme. Sie schmiegte sich bereitwillig, beinahe schon eifrig an ihn und drückte ihr Gesicht an seinen Hals.

»Noah?«

»Ja?«

»Es tut mir so leid. Ich habe es verbockt. Ich hätte Gia nicht allein im Auto lassen sollen, nicht mal für eine Sekunde.«

Noah hob ihr Kinn an und presste seinen Mund ohne ein weiteres Wort auf ihren. Er schenkte ihr seine Vergebung und sprach sie auf die einzige Weise, von der er glaubte, dass sie zu ihr durchdringen würde, von ihrer Schuld frei. Sie erwiderte den Kuss. Ihre Lippen waren weich und eifrig, bedürftig und süß, und er vergaß, dass er sie eigentlich nur hatte beruhigen und trösten wollen. Stattdessen küsste er sie nun mit wachsender Leidenschaft, und schon bald waren ihre Körper aneinandergepresst. Ihre Atemzüge wurden hektischer, ihre Lippen klammerten sich aneinander, und ihre Hände tasteten wild umher.

Noah wollte sie weiter küssen. Er wollte sie unter sich ziehen und lieben. Aber nicht so. Nicht wenn sie beide erschöpft und verängstigt waren. Nicht wenn sie innerlich leer waren und sich nach Bestätigung und Sicherheit sehnten. Also zog er seine Lippen von ihren weg und schmiegte ihren Kopf unter sein Kinn. Auf diese Weise konnte er sie dicht bei sich haben, während er sie gleichzeitig auf Abstand hielt. Er spürte, wie sie einmal erbebte und ihre Hände in sein T-Shirt krallte. Und schließlich spürte er, wie ihre Muskeln erschlafften und der Schlaf sie überkam. Mit einem Seufzen und einem leisen »Gute Nacht« gab er sich ebenfalls dem Schlaf hin.

Den nächsten Tag verbrachten sie damit, im Haus herumzuwerkeln. Sie schliefen, wenn Gia schlief, aßen, wenn Gia aß, und spielten, wenn Gia spielen wollte. Mercedes' Fuß schmerzte, aber die Verletzung war nicht allzu ernst. Da die Naht quer über ihren Fußballen verlief, trat sie mit der Ferse auf. Und sie ignorierte Noah, wann immer er darauf bestand, dass sie sich hinsetzte und sich von ihm bedienen ließ. Er fand Trost in der Tatsache, dass sie wenigstens keine Stilettos trug und ihre Naht zu halten schien.

Noah ließ Mercedes und Gia zusammen bei sich zu Hause, als er Nachtschicht hatte. Mercedes nahm sich den Mittwoch frei, weil der Arzt es so angeordnet hatte, und blieb bei Gia, während Noah morgens ein paar Stunden schlief. Als Detective Zabriskie sie am Mittwochnachmittag auf dem Handy anrief, saßen sie gerade an Noahs Küchentisch und nahmen ein spätes Mittagessen.

»Die Ergebnisse der Fingerabdruckuntersuchungen sind da, Miss Lopez. Ich bin mir immer noch sicher, dass es ein Gelegenheitsverbrechen war, aber wir haben eine Übereinstimmung. Die Fingerabdrücke gehören zu einem gewissen John Davis Cutler. Klingelt bei dem Namen irgendwas bei Ihnen?«

»John Davis Cutler?«, hakte sie nach. »Nein. Ich glaube nicht.«

Noah drehte ruckartig den Kopf herum.

»Was hast du gesagt?«, keuchte er.

»Die Fingerabdrücke ... Die Polizei vermutet, dass der Mann, der den Corolla entführte, ein gewisser John Davis Cutler war«, erklärte sie leise. Doch der Detective sprach bereits weiter, und sie richtete ihre Aufmerksamkeit wieder auf das Gespräch mit ihm.

»Er hat ein Vorstrafenregister. Im Laufe seines Erwachsenenlebens war er immer mal wieder in Heilanstalten für psychisch Kranke. Er verbrachte auch eine gewisse Zeit im Gefängnis, brach einmal aus und wurde schließlich entlassen, nachdem ihn neue Beweise vor ein paar Jahren von jeglicher Schuld freisprachen. Seit seiner Entlassung hat er sich ruhig verhalten und keinen Ärger gemacht – bis jetzt«, berichtete Detective Zabriskie.

»Ich kenne niemanden mit diesem Namen.« Mercedes starrte Noah an, der ganz blass geworden war. Seine Fingerknöchel traten weiß hervor.

»Sein Sachbearbeiter nennt ihn Cuddy – eine Kurzform von Cutler.«

»Cuddy?«, keuchte Mercedes.

»Sie kennen einen Cuddy?«, hakte der Detective nach.

»Ja«, stammelte Mercedes. »Er ist ein Obdachloser. Ich schneide ihm hin und wieder die Haare. Das mache ich schon seit Jahren.«

»Tja, aus irgendeinem Grund war John Davis Cutler – auch bekannt als Cuddy – derjenige, der letztens mit Ihrem Auto und Gia Andelin eine Spritztour unternahm. Es sei denn, er hatte irgendeinen anderen Grund dafür, in Ihrem Auto zu sein, der seine Fingerabdrücke auf Ihrem Lenkrad erklären würde. Fällt Ihnen da etwas ein?«

»Nein. Cuddy ist noch nie zuvor in meinem Auto gewesen. Zumindest weiß ich es nicht. Also, was machen wir jetzt?«, wollte Mercedes wissen.

»Wir werden ihn aufs Revier bringen, um ihn zu befragen. Wenn er wegen eines Haarschnitts zu Ihnen kommt, rufen Sie uns an. Außerdem veröffentlichen wir einen Fahndungsaufruf.« Nachdem Detective Zabriskie einen Termin mit ihr vereinbart hatte, zu dem sie aufs Revier kommen und eine zusätzliche Aussage machen sollte, beendete er das Gespräch.

Mercedes legte ihr Handy ab und schaute Noah an.

»Was ist los, Noah? Du siehst aus, als hättest du einen Geist gesehen«, sagte sie.

»Cuddy war derjenige, der dein Auto entführt hat? Der Obdachlose? Der Kerl, der dir Steine dalässt?«, fragte er ruhig.

»Ja. Das denkt die Polizei.«

Abrupt stand Noah auf. Sein Sandwich hatte er erst halb aufgegessen. Er strich über seinen Bart und wirkte angespannt. »Der Detective sagte, dass Cuddy ein Spitzname sei?«

»Ja. Für John Davis Cutler«, antwortete sie.

»Ich traf mal einen Mann namens John Davis Cutler, als ich ein Kind war, Mer. Das war kurz nach dem Tod von Coras Dad. Er befand sich in der psychiatrischen Abteilung der Uniklinik, hatte aber ein Talent dafür zu entkommen. Angeblich tötete er eine Frau, weil er dachte, dass sie ›bereits tot‹ wäre.« Er hob eine Hand und deutete in der Luft Anführungszeichen an.

»Vielleicht ist das nicht derselbe John Davis Cutler«, meinte Mercedes hoffnungsvoll. »Detective Zabriskie sagte, er sei entlassen worden, nachdem ihn neue Beweise freigesprochen hätten.«

»Und er hat in deiner und Coras Nähe herumgelungert?«

»Er hat nicht in unserer Nähe herumgelungert, Noah. Du weißt, wie wir ihm begegnet sind. Ich schneide ihm alle paar Monate die Haare. Das mache ich schon seit Jahren. Er hat nie jemandem etwas angetan. Er ist süß. Ein bisschen verrückt, aber süß. Ich würde es nicht herumlungern nennen. Und er sagte, dass er Coras Dad kannte.«

»Inwiefern kannte er ihn?«

»Er sagte, dass er … ihn sehe. Vielleicht … ist er wie Moses.«

»Oh mein Gott«, stöhnte Noah. »Das muss derselbe Kerl sein. Und er ist nicht wie Moses.« Noah schüttelte beharrlich den Kopf.

»Warum nicht? Weil er muffig riecht, Drogen nahm und wegen eines Verbrechens im Gefängnis saß, das er offenbar gar nicht begangen hat?«

Noah starrte sie fassungslos an und stemmte die Hände in die Hüften.

»Moses hat Menschen, die ihm *glauben*. Und vielleicht hat er einen starken Geist und ein hübsches Gesicht und eine beeindruckende Gabe, die es leichter machen, das, was er sagt, zu akzeptieren. Cuddy hingegen hat so gut wie gar nichts, aber wer kann schon beurteilen, ob er das, was er zu sehen behauptet, wirklich sieht oder nicht?«, beharrte Mercedes.

»Das erklärt aber immer noch nicht, warum er in dein Auto gestiegen und mit meiner Tochter davongefahren ist«, flüsterte

Noah. »Wenn er harmlos ist, warum sollte er dann so etwas tun?«

Nun war es an Mercedes, verwirrt zu sein. Sie blickte ihm in die Augen und zuckte hilflos mit den Schultern. »Ich habe keine Ahnung.«

15

1992

Von dem Hügel direkt hinter der Drei-Amigos-Wohnanlage aus konnten sie das Feuerwerk besser sehen, als wenn sie Karten für die Feierlichkeiten zum 4. Juli im Rice Stadium gehabt hätten, wo die Runnin' Utes spielten. Cora war noch auf der Arbeit, also zogen Noah und Mercedes ohne sie los und gingen davon aus, dass sie auftauchen würde, sobald es ihr möglich war. Sie schleppten eine Kühlbox den Hügel hinauf und hatten eine abgenutzte Decke dabei, auf die sie sich legen konnten. Noah hatte seinen Gettoblaster mitgebracht, und sie hörten Bon Jovi und Aerosmith, aßen Doritos und tranken Dr. Pepper, während sie darauf warteten, dass die Nacht hereinbrach und das Spektakel losging. Sie waren nicht die Einzigen, die den Hügel benutzten, um sich das Feuerwerk anzusehen, aber sie stiegen immer am höchsten hinauf und blieben am längsten.

»Nächstes Jahr sind wir in der Abschlussklasse, Mer. Nächsten Sommer werden wir am 4. Juli vielleicht nicht einmal mehr hier sein«, sinnierte Noah und streckte sich neben ihr auf der Decke aus.

»Wo sollten wir denn sonst sein?«, fragte Mer, die den Blick auf den dunkler werdenden Himmel gerichtet hatte. Sie sahen sich das Feuerwerk bereits seit der dritten Klasse jeden Sommer zusammen an.

»Ich muss hier weg«, sagte er leise. »Ich ersticke.«

Mer setzte sich auf und blickte auf Noah. Ihr Herz schlug ihr bis zum Hals.

»Wo willst du denn hingehen?«

Er musste das Entsetzen auf ihrem Gesicht gesehen haben, denn er setzte sich ebenfalls auf, schlang die Arme um seine Knie und schaute ihr in die Augen. Er streckte eine Hand aus und rieb die Falte zwischen ihren Brauen mit seinem Daumen weg.

»Das weiß ich noch nicht«, sagte er sanft. »Vielleicht werde ich der Armee beitreten. Vielleicht auch der Luftwaffe. Man muss nicht unbedingt Flugzeuge fliegen, um Teil der Luftwaffe zu sein. Wusstest du das? Vielleicht werden sie mich auf dem Hill-Luftwaffenstützpunkt stationieren, dann wäre ich ganz in der Nähe. Vielleicht gehe ich aber auch einfach nach Alaska und arbeite für ein paar Monate auf einem dieser kommerziellen Fischtrawler. Aber ich werde gehen. Das muss ich.«

»Mir gefällt nicht, wie das alles klingt.«

»Wie soll ich denn lernen, ein Mann zu sein, wenn ich meine ganze Zeit mit Frauen verbringe?«, fragte Noah.

»Halloooo da oben!«, rief Cora und unterbrach sie damit. Sie schwenkte eine Taschenlampe so hin und her, dass sie im Dämmerlicht einen weiten Bogen beschrieb. »Seid ihr das? Warum steigt ihr immer so weit nach oben? Ich hasse es, im Dunkeln den Hügel heraufzukraxeln.«

»Komm rauf!«, rief Noah. »Es ist doch noch nicht mal richtig dunkel, du Spinnerin.«

»Ja, aber was, wenn es das wäre? Wie hätte ich euch dann finden sollen?«, murrte Cora. Sie brachte die verbliebene Entfernung hinter sich und ließ sich auf die Decke fallen. Dann quetschte sie sich in die schmale Lücke zwischen ihnen, obwohl auf beiden Seiten noch genügend Platz war. Sie lachten und rückten ein Stück auseinander, damit sie zwischen sie passte. Gleichzeitig stießen sie Coras lange Arme und Beine weg, die nun quer über ihnen lagen. Sie rollte sich

auf den Rücken und verschränkte die Atme hinter dem Kopf. Noah und Mercedes entspannten sich neben ihr. Sie hatten die Augen nach oben gerichtet, und ihre Unterhaltung war vergessen.

»Ich habe Bier mitgebracht«, sagte Cora mit einem zufriedenen Tonfall in der Stimme. »Kaltes. Köstliches. Bier.«

»Bier ist nicht köstlich«, widersprach Mercedes. »Es riecht schrecklich. Aber gib mir eins.«

Cora holte eine kalte Dose aus ihrem Rucksack. Sie öffnete sie, und die drei reichten sie zwischen sich herum und warteten darauf, dass das Spektakel losging.

Innerhalb von zehn Minuten leerten sie zwei Dosen und öffneten eine dritte. Je mehr sie tranken, desto besser schmeckte das Bier. Mercedes hatte noch nie zuvor ein Verlangen nach Alkohol verspürt. Ángel und José waren einmal komplett betrunken in der Wohnung aufgetaucht, und Ángel hatte den Wohnzimmerteppich vollgekotzt. Sie hatten den Teppich einen Monat lang schrubben müssen, um den Gestank loszuwerden. Beim Geruch von Alkohol musste Mercedes an Erbrochenes denken. Doch ihr ging nicht aus dem Kopf, dass Noah gesagt hatte, er wolle von hier fortgehen. Mercedes glaubte nicht, dass sie überleben würde, wenn Noah sie verließ. Das Bier zu trinken, stellte eine gute Ablenkung dar.

Als die ersten Farben krachend und zuckend den Himmel erhellten, hatten sie das Sixpack leer getrunken. So langsam begriff Mercedes, warum Menschen Alkohol tranken. Sie konnte ihre Angst nicht mehr spüren. Eine Farbe verschmolz mit der nächsten, Gold und Grün, Rot und Blau. Der Geruch von Hitze und Rauch und Sommer erfüllte ihre Sinne, während das Bier ihre Hemmungen löste.

»De Colores«, *sang sie leise.* »Y por eso los grandes amores, de muchos colores me gustan a mí.«

Cora summte mit. Sie war nicht in der Lage, die Worte zu singen, erkannte aber die Melodie. All die Farben. All die Farben. All die bunten Farben brachten mein Herz zum Weinen.

Als sie fertig waren, stimmte Cora ein neues Lied an. Sie ließ ein Lied über Farben mit einem anderen verschmelzen.

»I see your true colors, shining through«, trällerte Cora. Cora sang True Colors *sogar noch besser als Cyndi Lauper.* De Colores *war schnell vergessen, als Noah sich ihr anschloss. Seine Stimme war ein tiefes Brummen, das neben Coras kraftvoller Darbietung kaum zu hören war. Doch Mercedes sang nicht mehr. Stattdessen weinte sie. Ihr Herz weinte ebenfalls, genau wie der Liedtext es beschrieb. Das lag am Bier. Sie setzte sich auf und tastete nach der Taschenlampe. Sie musste nach Hause gehen und wollte nicht durch die Dunkelheit irren.*

»Mercedes«, sagte Cora. »Was ist los?«

»Ich gehe nach Hause. Ich muss pinkeln.« Und plötzlich musste sie es tatsächlich. Sie musste so dringend pinkeln, dass ihr ganz schwindelig wurde.

»Aber du weinst«, protestierte Cora.

»Ich weine, weil ich mir in die Hose mache, wenn ich nicht weine. Und weil Noah weggeht.«

»Was?«, keuchte Cora.

»Ach, Mer. Noch gehe ich nirgendwohin«, sagte Noah.

Cora sah Noah entsetzt an. Mercedes' Tränen hatte sie bereits wieder vergessen.

»Wo gehst du hin, Noah?«, jammerte Cora.

»Nirgendwohin. Ich gehe nirgendwohin. Noch nicht. Mer ist bloß betrunken. Ich denke nicht, dass jemand, der so klein ist, so viel Bier trinken sollte.«

Mercedes lief los. Dass ihre Freunde all ihre Sachen ohne sie den Hügel würden runtertragen müssen, war ihr egal. Sie hörte, wie sie ihren Namen riefen und sie aufforderten zu warten, doch sie blieb nicht stehen. Ausnahmsweise würden die beiden mal ohne sie zurechtkommen müssen.

Noah starrte in der Dunkelheit an die Decke hinauf. Nachdem er Gia ins Bett gebracht hatte, hatte er noch eine Weile gelesen. Dabei hatte immer wieder den Blick gehoben, um Mer zu beobachten, die mit Oscar spielte. Sie hatte ihn gestreichelt und ihm auf Spanisch etwas zugeflüstert – Noah hatte nur etwa die Hälfte davon verstanden. Dann war sie zu Noah gekommen, hatte ihm einen Kuss auf den Kopf gepresst und ihm schläfrig eine gute Nacht gewünscht. Es war Sonntagabend, und sie übernachtete wieder in Noahs Gästezimmer – so wie sie es fast jeden Sonntagabend machte –, damit sie am nächsten Tag auf Gia aufpassen konnte. Am Donnerstag und Freitag war sie bereits wieder im Salon gewesen, und am Samstag hatte sie zur Arbeit sogar ihre Absatzschuhe angezogen, nur um zu beweisen, dass sie es konnte. Den ganzen Sonntag über war sie deswegen dann durch die Gegend gehumpelt. Noah hatte sich sehr zusammenreißen müssen, um sie nicht für ihre Eitelkeit zu tadeln.

Die ganze vergangene Woche über hatte sie öfter in seinem Gästezimmer als bei sich zu Hause übernachtet. Noah fragte sich, wann sie zugeben würden, dass sich ihre Beziehung verändert hatte. Der Kuss, den sie am Montagabend miteinander geteilt hatten, war nur eins der Anzeichen. Natürlich hatten sie nicht darüber gesprochen, und sie hatten ihn auch nicht wiederholt.

Darin waren sie gut. Sie gingen verletzlich und ehrlich und offen miteinander um, es sei denn, es ging um Romantik oder ihre gegenseitige Anziehung. Dann ignorierten sie beharrlich die Tatsache, dass sie sich näher als die meisten verheirateten Paare standen. Sie taten gewissenhaft so, als wäre die Liebe, die sie füreinander empfanden, rein platonisch. Sie fielen in vertraute Muster – sie zankten sich wie Geschwister und verwandelten sich in Zwölfjährige zurück, damit sie sich nicht der

Tatsache stellen mussten, dass sie nun erwachsen waren und daher auch sehr erwachsene Gefühle verspürten. Sie verließen sich aufeinander, kümmerten sich umeinander und gaben bereitwillig zu, dass sie einander liebten. Doch ob Mercedes es nun zugeben wollte oder nicht: Sie waren nicht einfach nur beste Freunde. So zu tun, als wäre es anders, war eine Lüge. Und wie Mer schon festgestellt hatte, war Noah noch nie besonders gut darin gewesen, so zu tun als ob. Er konnte geduldig sein, aber irgendwann würde Mercedes aufhören müssen, gegen das Unvermeidliche anzukämpfen. Und das mit ihnen *war* unvermeidlich. Daran glaubte er.

Er hatte nie vergessen, was Abuela zu ihm gesagt hatte, bevor er zu seiner Grundausbildung aufgebrochen war. Sie hatte nie sehr gut Englisch gesprochen, aber in ihrer Beziehung war es ohnehin mehr um Umarmungen, wortloses gegenseitiges Verständnis und geteilte Zuneigung als um lange Unterhaltungen gegangen. Doch sie hatte ihm sehr deutlich gemacht, dass etwas, das dazu bestimmt war zu passieren, nicht unbedingt sofort passieren musste. Er hatte gedacht, dass sie von seiner Ausbildung geredet hätte, von seinem Studium, von seinem Leben im Allgemeinen. Aber ihre Worte waren ihm im Verlauf des vergangenen Jahres mehr als einmal in den Sinn gekommen, und er hatte angefangen, sich zu fragen, ob sie in Wahrheit womöglich von ihm und Mercedes gesprochen hatte. Sie war einer dieser Menschen gewesen, die Dinge einfach wussten, und er hatte ihr damals geglaubt. Er glaubte ihr auch jetzt und war überzeugt, dass der richtige Zeitpunkt nun endlich gekommen war.

Er schloss die Augen und versuchte zu schlafen. Er versuchte, an etwas anderes als seine komplizierten Gefühle und seine sture beste Freundin zu denken. Er dämmerte gerade weg, als das Babyfon auf seinem Nachttisch anfing, mit ihm zu sprechen.

Er stöhnte. Gia hatte die nervtötende Angewohnheit, immer gerade dann aufzuwachen, wenn er einschlief. Und sie wieder dazu zu bringen, sich hinzulegen und einzuschlafen, war die Hölle. Er hörte, wie sie sich ein wenig hin und her wälzte. Noah hielt den Atem an und hoffte, dass sie einfach nur im Schlaf redete.

»Di-koh-wo-wes«, sagte sie erneut, und er ächzte, stand aber nicht auf. Irgendwie klang es, als würde sie singen. Sie brabbelte ein paar weitere Worte – Worte, die Noah nicht verstehen konnte –, und eine klare Melodie zeichnete sich ab. Sie klang vertraut, aber nicht übermäßig vertraut. Noah konzentrierte sich auf ihre zarte Stimme, die schläfrig in der Dunkelheit sang.

Es war das Niedlichste, was er je gehört hatte.

Er schob die Decke zurück und griff nach dem Babyfon. Er wollte dieses Erlebnis mit Mer teilen und hoffte, sie schlief nicht zu tief, um wertzuschätzen, dass ihr eine Zweijährige ein Ständchen brachte.

Ihre Nachttischlampe brannte noch. Das gedämpfte Licht war so sanft und schwach, dass es kaum heller als eine Kerze leuchtete. Doch Mer hatte die Augen geschlossen, und Noah fragte sich flüchtig, ob sie nach dem Schreck am Montag immer noch zu viel Angst davor hatte, allein im Dunkeln zu sein. Er schloss ihre Tür und tapste zu ihrem Bett. Dabei flüsterte er ihren Namen. Sofort öffnete sie flatternd die Augen.

»Mer, du musst dir etwas anhören.«

»Ist alles in Ordnung?«, fragte sie und setzte sich auf. Sie war nun hellwach.

»Ja. Ja. Es ist nur … Ich wollte, dass du das hier hörst«, beruhigte er sie. Sie ließ sich zurück auf ihr Kissen sinken, und Noah setzte sich neben sie aufs Bett und stellte das Babyfon auf volle Lautstärke. Für einen Augenblick herrschte nur aufgeladene Stille. Sie hörten das schnorchelnde Geräusch von Gias Atmung und hin und wieder ein Rascheln der Bettdecke oder ein Quietschen der Federn in ihrem Kinderbettchen. Dann fing Gia an zu summen und fügte hier und da Worte hinzu. Ihre kleine Stimme war wie eine Perlenschnur, während sie sich durch ihr Lied bewegte.

»Sie singt«, flüsterte Noah, als könnte Gia aufhören, wenn er auch nur ein wenig lauter sprach.

»Ja. Das tut sie«, erwiderte Mercedes erfreut.

»Ich kenne das Lied nicht ... aber es klingt vertraut.«

»De Colores. Sie singt *De Colores.«* Mercedes sah aus, als wollte sie lachen, aber noch lieber zuhören, weswegen sie sich die Freude verkniff. Sie presste eine Hand auf ihr Herz und spitzte die Ohren, um die spanischen Worte zu verstehen, die eher Laute und Andeutungen waren. Doch die Melodie war nun, da sie sie identifiziert hatte, unverkennbar.

»Canta el gallo, canta el gallo«, sang Mercedes und passte ihre Stimme an Gias an. *»Con el quiri, quiri, quiri, quiri, quiri.«*

»Wie lauten die Worte«, flüsterte Noah.

»Ich habe ihr diese Strophe beigebracht, weil sich die Laute des Hahns, der Henne und der Küken wiederholen. *La gallina, la gallina con el cara, cara, cara, cara, cara. Los pollitos, los pollitos con el pío, pío, pío, pío, pí«*, sang sie.

»Sie trifft genau den Ton«, flüsterte Noah. »Sie ist erst zwei Jahre alt und kann jetzt schon besser singen als ich.«

»Ich wünschte, Cora könnte sie hören«, sagte Mercedes leise, und Noah seufzte. Er wünschte sich ebenfalls, dass Cora sie hören könnte. Er wünschte Cora Frieden und Ruhe und Vergebung. Aber er wollte nicht an Cora denken.

»Vielleicht kann sie das«, sinnierte Mercedes. »Wenn wir an Moses glauben ... und an den verrückten Cuddy, dann müssen wir wohl auch glauben, dass Cora noch irgendwo existiert.«

»Ich schätze schon«, flüsterte Noah, der immer noch lauschte. Gia wurde offenbar müde. Ihre kleine Stimme wurde immer leiser, und schließlich verstummte das Lied. »Ich wusste, dass ich mich an dieses Lied erinnere. Ich konnte es nur nicht einordnen«, fügte er hinzu.

»Das war ein weiteres von Papis Lieblingsliedern. Ich habe es Gia beigebracht«, erklärte Mercedes lächelnd.

»Ich habe es ihn nie singen hören. Aber *dich* habe ich es singen hören. Erinnerst du dich an den Abend mit dem Feuerwerk? Du hattest zu viel Bier getrunken und bist den Hügel hinter der Drei-Amigos-Wohnanlage hinuntergerollt.«

»Das war der schnellste Weg nach unten, und ich musste pinkeln.« Sie kicherte, als sie sich daran erinnerte.

»Du hast geweint, und deine Knie waren ganz aufgeschürft. Und ich fühlte mich schrecklich, weil es meine Schuld war.«

»Du warst gemein und sagtest, dass wir Frauen dich alle ersticken würden«, erwiderte Mercedes schmollend.

»Ich glaube nicht, dass ich es so drastisch formuliert habe. Aber ich erinnere mich daran, dass ich verzweifelt war. Ich hatte keinen Dad. Meine besten Freundinnen waren Mädchen. Wo immer ich auch hinschaute, war ich von Frauen umgeben. Versteh mich nicht falsch. Du, Abuela, Alma … Ich hatte ein paar tolle Frauen in meinem Leben. Auch Heather und Cora. Ich konnte mich nicht beschweren. Aber ich brauchte eine Vaterfigur. Das erkannte ich in mir selbst. Ich sehnte mich danach. Erinnerst du dich noch daran, wie dieser Anwerber von der Luftwaffe zu uns in die Schule kam, als wir in der elften Klasse waren?«

»Du sahst aus, als hättest du einen Finger in eine Steckdose gesteckt.« Mercedes kicherte erneut.

»Ja. Vermutlich hatte ich das. Er redete eine gute Stunde lang mit mir. Er schenkte mir seine ungeteilte Aufmerksamkeit. Ich ging nach Hause und weinte, weil ich so aufgeregt war.«

»Ich konnte nie so recht begreifen, warum du zur Luftwaffe gehen wolltest. Du hattest gute Noten und hättest Zuschüsse und Stipendien und Unterstützung bekommen können. Auf mich wirkte deine Entscheidung einfach nur gefährlich und unnötig.«

»Es fühlte sich lebensnotwendig an. So als … würde ich explodieren, wenn ich nicht gehen würde.«

»Ich hatte immer den Eindruck, dass du davonliefst. Für eine Weile war ich sauer auf dich.«

»Ich lief nicht davon. Ich lief auf etwas zu«, sagte er mit einem schiefen Lächeln auf den Lippen. »Ich lief auf mein Leben zu.«

»Ich wusste nur einfach, dass nichts je wieder wie früher sein würde. Und ich hatte recht. Als du zurückkamst, warst du in Cora verliebt, und sie war schon immer in dich verliebt gewesen«, flüsterte Mercedes. Ihre Augen waren weich und traurig. Ihr dunkles Haar lag auf dem Kissen ausgebreitet, und im schummrigen Licht der kleinen Lampe war sie so schön, dass er kaum atmen konnte.

»Sie brauchte mich immer. Du hast deutlich gemacht, dass du mich nicht brauchst.«

»Jemanden lieben und jemanden brauchen ist nicht das Gleiche, Noah.«

Er nickte und starrte auf sie hinunter. Die Stille breitete sich aus und schwoll zwischen ihnen an. In ihr schwelten all die Dinge, die sie empfand, doch sie war nicht mutig genug, sie auszusprechen. Er lehnte sich über sie und platzierte die Hände rechts und links neben ihrem Kopf. Als er den Mund senkte, um sie zu küssen, stockte ihr der Atem.

Er wollte sie einfach nur küssen. Das war alles. Sie einfach nur küssen, wie er es an Silvester getan hatte, wie er es am

Montagabend getan hatte. Wie er es vor zwölf Jahren getan hatte, bevor sich ihre Wege getrennt hatten. Doch wenn er sich einen Kuss nahm, brauchte er einen weiteren. Weiche Lippen, leise Seufzer, und er wusste, dass er dieses Mal nicht in der Lage sein würde, sich davon abzuhalten, mehr zu nehmen.

Das Zimmer war düster und still – ein stummer Mitverschworener, der die Welt auf Abstand hielt –, und zum ersten Mal lachten sie nicht. Sie neckten sich auch nicht und versuchten nicht einmal, einander zu trösten. Niemand weinte oder hatte Angst. Niemand verabschiedete sich. Niemand zog sich zurück. Und in Noahs pochendem Herzen machte sich Hoffnung breit.

Doch als sich Mercedes plötzlich aufrichtete und die Lampe ausschaltete, wurde Noah klar, dass sie noch nicht bereit war, die Wahrheit zu erkennen. Sie zog seinen Mund zurück auf ihren, zwang seinen Körper neben ihrem aufs Bett, tat aber immer noch so als ob. Sie tat so, als ob das, was zwischen ihnen war, keine Liebe wäre. Sie »gab ihm, was er brauchte«, wie sie es an jenem Tag getan hatte, an dem sie ihn unter die Dusche gelockt hatte, während sie die ganze Zeit über leugnete, dass er das war, war sie wollte.

Noah kannte sie zu gut. Selbst in der Dunkelheit sah er sie klar und deutlich vor sich. Er sah sie mit seinen Händen und seinem Mund. Er roch ihre Haut, hörte ihre Gedanken und spürte ihre Berührungen, und in seinem Kopf gab es nicht die geringste Vortäuschung. Sie stöhnte begierig und bedürftig an seinen Lippen, zerrte an seiner Kleidung und drängte seinen Körper dazu, sich an ihren zu schmiegen. Doch er weigerte sich, sie das Tempo vorgeben zu lassen.

Mer wollte einen wilden Tanz, damit sie nicht zu lange zu viel empfinden musste. Noah verstand das. Aber er *musste* etwas empfinden. Er brauchte es so sehr, dass ihm Tränen in die

Augen stiegen und seine Hände zitterten. Er wollte sie nicht necken. Er wollte sie kosten. Er wollte nicht hetzen, er wollte genießen. Es langsam angehen zu lassen, würde wehtun, weil es wehtat, wenn einem jemand etwas bedeutete. Und Mercedes bedeutete ihm eine Menge. Mehr als sie ahnte.

Sie hatten so viel miteinander erlebt, so viel Freude und Schmerz geteilt. Wie konnte sie ihm da nichts bedeuten? Er hieß dieses Gefühl willkommen. Er wollte es. Nachdem sie sich unter der Dusche geliebt hatten, hatte er gesagt, er hätte Trost bei einer Freundin gefunden. Das stimmte, aber es war mehr als das gewesen. Sie wusste es, er wusste es, und er war bereit, es zuzugeben. Noah wollte keinen Trost von Mer. Nicht mehr. Dieses Mal musste es etwas Echtes sein. Er liebte Mercedes und wollte mit ihr schlafen. Das erforderte Zeit, und wenn sie es überstürzten und das Ganze hektisch hinter sich brachten, könnte Mer behaupten, dass es überhaupt keine Liebe war. Sie könnte in den Bereich der Freundschaft davonhuschen, wo Liebe nichts anderes als Sicherheit und Beständigkeit war und niemand verletzt wurde.

»Mach langsam, Mer«, flüsterte er und zog sich zurück. Sie erstarrte und öffnete die Augen. Mercedes hatte schöne Augen, und in der vom Mondlicht erhellten Dunkelheit schimmerten sie fragend und vorsichtig. Ihr Kopf war von seinen Unterarmen eingerahmt, ihr schwarzes Haar auf dem hellen Kissen ausgebreitet. Noah lehnte sich Zentimeter für Zentimeter vor, behielt seine Augen auf ihre gerichtet und verlangte von ihr, dass sie ihm ihre Aufmerksamkeit schenkte. Er küsste sie erneut.

»Atme«, befahl er. Sie erstarrte und öffnete Lippen und Augen weit. Ihr vorsichtiges Ausatmen huschte an seinen Lippen vorbei und wärmte seine Haut. Er streifte ihre Lippen mit seinen, ohne mehr Druck auszuüben oder mehr Verlangen zu zeigen, bis sie die Augen schloss und ihr Körper sich unter ihm entspannte. Sie hob die Hände an sein Gesicht und erkundete es ehrfürchtig mit den Fingern. Sie genoss ihn regelrecht. Dann öffnete sie den Mund und lud ihn stumm dazu ein, sich zu nehmen, was er wollte.

Sehr lange küsste Noah sie einfach nur. Er behielt sein Gewicht über ihr, die Hände in ihrem Haar und den Mund auf ihren Lippen. Küssen ist tausendmal intimer als Sex. Er wusste, dass manche Leute das anders sehen würden, aber das Erste, was verschwindet, wenn sich ein verheiratetes Paar auseinanderlebt, ist nicht der Sex. Es ist das Küssen.

Mers Hände waren unter seinem Hemd und schwebten über seinem Hosenbund. Sie zerrte und schob, und selbst als ihre Kleidung nach und nach von ihren Körpern verschwand, hörte Noah nicht auf, sie zu küssen. Er vernachlässigte ihren Mund selbst dann nicht, als sie ihre Hände gierig, bettelnd und strafend über seinen Körper wandern ließ. Er packte ihre Handgelenke und drängte sie zu mehr Geduld. Und als er schließlich begann, sie zu berühren, war es kein Mittel zum Zweck. Er liebkoste sie, weil er es liebte, wie sich ihre Haut unter seinen Fingerspitzen anfühlte. Er liebte die seidigen Täler, die weichen Wölbungen und den warmen Duft der geheimen Stellen, die er noch nicht erkundet hatte.

»Noah, bitte. Noah«, flehte sie. Sie hob die Hüften an und befreite eine Hand aus seinem Griff, um sich an ihn zu klammern und ihn zu drängen. Er gab nur langsam nach. Sein Mund war auf ihrem, als er in sie hineinsank. Die Gefühle überwältigten ihn so sehr, dass er innehalten musste. Er war Atlas, der die Last der Welt auf seinen Schultern trug. Er schwebte über ihr und genoss die köstliche Qual der Knechtschaft.

Mercedes zerrte an seinem Haar und bohrte ihre Fingernägel in seinen Rücken. Sie krallte sich regelrecht an ihn und zog seine Hüften gegen ihre. Sie versuchte, ihn dazu zu bringen, sich zu bewegen, die Kontrolle zu verlieren. Doch er murmelte ihren Namen und küsste ihre Brüste. Er verweilte über der Vertiefung ihrer Kehle und an der weichen Haut hinter ihren Ohren. Das war der Augenblick, in dem ihm klar wurde, dass sie weinte. Tränen liefen aus ihren Augenwinkeln und benetzten ihr Haar und das Bettlaken unter ihrem Kopf.

Er presste seine Lippen auf ihre Augenwinkel und leckte das Salz von ihren Wangen. Er schmeckte die Gefühle, die sie so sehr vor ihm zu verbergen versuchte. Er fragte sie nicht, warum sie weinte. Er flehte sie nicht an aufzuhören. Er verstand ihren Schmerz und wusste, dass er ihr wehtat. Er tat ihr zärtlich, sanft und vorsichtig weh. Für einen Moment war sie ganz bei ihm und verlor sich in der Süße der Hingabe. Sie schluchzte seinen Namen an seinen Lippen. Er bewegte sich träge und langsam an ihr wie eine Verandaschaukel an einem Sommerabend. Es gab nur sie beide und keinen Ort, an dem sie sein mussten. Dann kämpfte sie wieder gegen ihn an. Sie nahm seine Unterlippe zwischen ihre Zähne, knabberte und biss, bis er blutete. Dann nahm sie seine Zunge in den Mund. Verzweifelt versuchte sie, ihn abzulenken, sich selbst davon abzulenken, dass sich ihre Abwehr auflöste.

Sein Puls hämmerte, und sein Körper tobte. Er wollte nachgeben, ihr Leidenschaft statt Geduld geben, Lust statt Langmut. Doch die Qual der grenzenlosen Liebe würde sie heilen – daran glaubte er –, und er war nicht bereit, sich mit weniger zufriedenzugeben, *ihr* weniger zu geben. Also nahm er die Strafe an, selbst als ihr Körper unter ihm zitterte und bebte, selbst als sie ihn anflehte, sie zu erlösen, sie zu halten, sie loszulassen, sie niemals zu verlassen.

»Ich bin hier, Mer. Ich bin direkt hier bei dir«, versprach Noah. Seine Lunge schmerzte, und seine Brust verkrampfte sich. Sein Wille wurde schwach. »Und ich werde dich nicht verlassen. Ich werde dir über den Abgrund folgen. Wann immer du bereit bist, Süße, ich werde direkt hinter dir sein.«

»Zum Teufel mit dir, Noah«, flüsterte sie mit zitternden Lippen. Sie hatte die Hände in seinem Haar vergraben, doch ihr Atem stockte. Sie schaute ihm in die Augen, und für einen Moment befanden sie sich gemeinsam am Abgrund und waren zwischen Fallen und Fliegen gefangen. Dann hob sie das Kinn an, schloss die Augen und legte die Arme fest um ihn. Er sah zu, wie sie fiel. Ihre Wangen waren tränennass und ihre Lippen geschwollen. Und sie nahm ihn mit sich in das tiefschwarze Danach, wo es nur noch pochendes Empfinden gab, das seinen Höhepunkt erreichte, sich verlangsamte und schließlich verging.

Er spürte den Moment, in dem sie wieder zu sich kam. Sie versteifte sich in seinen Armen, wirkte unbehaglich und unsicher und ließ die Hände zu seiner Taille wandern, als wollte sie ihn unbedingt wieder an seinen Platz versetzen. Er rollte sich auf den Rücken und nahm sie mit sich – seine widerwillige beste Freundin mit ihren seidigen Gliedmaßen und ihrem zerzausten Haar. Er strich mit einer Hand von ihrem Kopf bis zum unteren Ende ihrer Wirbelsäule, streichelte ihren Rücken, glättete ihren aufgewühlten Stolz und beruhigte ihre sorgenvollen Gedanken, bis die Zeit sie überwältigte und sie sich erneut hingaben – dieses Mal jedoch dem Schlaf.

Er erlaubte sich allerdings keine allzu lange Ruhephase. Der Morgen dämmerte, und die Pflicht rief. Etwa eine Stunde später wachte er auf, zog seinen Arm vorsichtig unter Mers Wange hervor und rutschte behutsam von ihr weg. Er stand neben dem Bett und schaute auf sie hinunter. Wenn Mercedes in Bewegung war, gab sie einen wunderschönen Anblick ab, aber wenn sie ruhig schlummerte, war sie wie das Timpanagos-Gebirge – friedlich und bezaubernd, gestern genau wie heute und mit der Macht, sie alle zu überleben. Sie verfügte über diese Eigenschaft. Es wirkte, als könnten die Wellen der Welt gegen sie branden, und sie würde dennoch standhaft bleiben. Wenn Cora Wind war, dann war Mer Fels. Noah wusste nicht, was er dann war, aber sie hatten ihn beide verändert.

Er rührte Mer nicht wieder an – er wollte nicht, dass sie aufwachte und sich neu bewaffnete –, sondern schlich sich lautlos aus dem Zimmer. Dabei zog er noch schnell die Jogginghose wieder an, die er neben dem Bett zurückgelassen hatte. *Er hatte sie nur küssen wollen.* Der Gedanke entlockte ihm ein Lächeln. Er hatte sie küssen wollen. Und er hatte auch alles gewollt, was nach diesen Küssen gekommen war.

Er legte einen Zwischenstopp in Gias Zimmer ein und tapste zu ihrem Kinderbettchen, um ihr die Decke über die winzigen Schultern zu ziehen. Sie würde sie wieder wegstrampeln. Das tat sie immer. Er machte sich Sorgen, dass ihr kalt werden könnte, aber sie schien nie zu frieren. Ihre sanft geschwungenen Lippen waren im Schlaf leicht geöffnet, und ihre Wimpern berührten die Wölbungen ihrer Wangen. Sie bekam langsam Sommersprossen. Noah strich mit einer Hand über ihr weiches Haar. Er wollte sie berühren, ihr sagen, dass er sie liebte, selbst wenn er der Einzige war, der es hören würde. Ihr Haar war nach dem Schneiden dicht und weich geworden, genau wie Mer es versprochen hatte. Es hatte nichts mehr mit den flachsblonden Fusseln gemeinsam, mit denen sie geboren worden war. Stattdessen war es seidig und kräftig und verfügte über einen deutlichen erdbeerfarbenen Schimmer. Sie würde ein Rotschopf werden wie ihre Mutter.

»Ich muss jetzt zur Arbeit, Käferchen. Aber Mer ist hier«, flüsterte Noah. »Kümmere dich heute um sie, okay? Sie wird versuchen, vor deinem alten Herrn wegzulaufen. Aber vor dir wird sie nicht weglaufen. Das bringt sie nicht übers Herz. Sie ist die Art von Frau, die für immer bleibt. Sobald sie dich für sich beansprucht hat, gehörst du ihr. Du gehörst ihr, Käferchen. Wir müssen sie nur noch davon überzeugen, dass sie uns gehört.«

Gia weckte sie auf. Das Babyfon, das Noah in ihrem Zimmer zurückgelassen hatte, war auf volle Lautstärke eingestellt, und ihre kleine Stimme durchdrang Mers Träume und zerrte sie aus bruchstückhaften Szenen und unzusammenhängenden Abfolgen ins gleißende Sonnenlicht und in Noahs Gästezimmer.

»*De colores*«, sang Gia. »*De colores.*« So wie sie »*colores*« aussprach, klang es eher wie Ko-wo-wes – aber ihr »*de*« war perfekt. »*Quiri, quiri, quiri, quiri, quiri*«, zirpte sie, als würde sie Oscar rufen. Kätzi, Kätzi, Kätzi, Kätzi. Sie rollte das R nicht, aber die Melodie war unverkennbar.

Mercedes hob Gia aus ihrem Bettchen – es wurde Zeit für ein richtiges Kinderbett für große Mädchen – und setzte sie auf ihr Töpfchen. Während sie dort hockte, putzte sich Mercedes die Zähne. Dabei achtete sie darauf, ihr frisch geschrubbtes Gesicht – sie ging nie geschminkt ins Bett – und ihr zerzaustes Haar nicht im Spiegel anzusehen. Noah hatte es mit seinen Fingern durchgekämmt, und sie wollte das Ergebnis nicht sehen.

Er war mit seinen Händen durch ihr Haar gefahren und hatte sie dabei so unglaublich langsam geliebt. So geduldig. Und sie hatte geweint. *Oh Gott, sie hatte geweint.* Er hatte sie so süß geküsst. Er hatte sie so lange und so gründlich geküsst, dass sie vergessen hatte, dass sie ihn nicht lieben sollte und dass es besser wäre, wenn er sie auch nicht liebte.

Zum Teufel mit ihm. Er würde alles ruinieren.

»Fertig«, verkündete Gia und erhob sich von ihrem winzigen

Thron, um zu sehen, wie viel Flüssigkeit sie produziert hatte. Sie applaudierte sich selbst. »Toll, Di-ah!«, krähte sie.

Mercedes wischte ihr den kleinen Hintern ab, kippte ihren Gewinn in die Toilette und setzte sie aufs Waschbecken, damit sie sich beide die Hände waschen konnten.

Genau diese Routine hatten sie mit leichten Abwandlungen schon oft durchgeführt. Doch als sich ihre Gesichter an diesem Morgen nebeneinander befanden und Gia mit ihrem Spiegelbild redete, bemerkte Mercedes plötzlich, wie unterschiedlich ihre Haut-, Haar- und Augenfarben waren. Sofort kam ihr der flüchtige Gedanke, dass niemand sie je für Gias Mutter halten würde. Frauen, die wie Mercedes aussahen, hatten nur selten Babys wie Gia, egal wer der Vater war. Das war nicht *schlimm*. Es war einfach nur genetisch bedingt. Doch Mercedes *wollte* Gias Mutter sein. Die Leute sollten davon ausgehen, dass Gia ihr Kind war. Diese Überlegungen sorgten dafür, dass sie umgehend Reue empfand.

»Tut mir leid, Cora«, sagte sie laut.

»Tut mir leid, Cowa«, plapperte Gia nach, und Mercedes lachte. Doch ihr Herz schmerzte, und ihre Augen füllten sich mit Tränen. Sie wandte sich von ihren Spiegelbildern ab, hob Gia vom Waschbecken und zog sie an.

Mercedes verbrachte den Tag in hektischer Aktivität, und Gia hielt größtenteils mit. Sie putzten und gingen einkaufen und sorgten dafür, dass die Küchenschränke und der Kühlschrank voll waren, auch wenn Noah immer genervt war, wenn sie das tat. Er bestand darauf, dass sie stets die Kassenzettel mitbrachte, weil er ihr das Geld, das sie für ihn ausgegeben hatte, zurückgeben wollte. Sie ignorierte seine Wünsche und seine Genervtheit. Sie würde putzen, wann immer sie es wollte. Sie würde einkaufen, was sie wollte. Und wenn etwas von dem, was sie kaufte, in Gias Kommode oder Noahs Küchenschränken landete, dann war das ihr Vorrecht als Noahs beste Freundin und Gias Patentante.

Noahs beste Freundin, die in der vergangenen Nacht in seinen Armen geweint und auf eine sehr *unfreundschaftliche* Weise komplett die Kontrolle verloren hatte. Mercedes hatte keine Ahnung, wie sie sich ihm gegenüber verhalten sollte, wenn er nach Hause kam. Würde er wieder lachen und sie um Burritos bitten? Würde er sie halten und langsam küssen wollen, wie er es in der Dunkelheit gemacht hatte? Mercedes glaubte nicht, mit irgendetwas umgehen zu können. Sie *wusste*, dass sie es nicht konnte.

»Tut mir leid, Cora«, stöhnte Mercedes und fragte sich erneut, wie sie es auch schon in der vergangenen Nacht getan hatte, ob Cora ihr zuhörte.

»Tut mir leid, Cowa«, wiederholte Gia.

»Verdammt«, flüsterte Mercedes.

»Verdammt«, flüsterte Gia.

Mercedes lackierte Gias Fußnägel und dann ihre eigenen, während Gia durch die Bilderbücher blätterte, die Mer ihr schon so oft vorgelesen hatte, dass sie sie auswendig kannte. Dann bereitete Mercedes drei Aufläufe zu und packte zwei davon in einzelnen Portionen in die Tiefkühltruhe. Sie glich ihr Scheckbuch aus und balancierte Gia dann auf ihren Schultern, während sie einhundert Kniebeugen machte. Als ihre Beine und ihre Nerven am Ende waren, rief sie Heather an, um zu fragen, ob sie für die letzte halbe Stunde auf Gia aufpassen konnte, bis Noah nach Hause kam. Mercedes konnte es nicht tun.

Heather konnte es allerdings auch nicht.

Sie entschuldigte sich überschwänglich und versuchte eine Lösung für Mercedes' Problem zu finden – ein Problem, das Mercedes Heather ganz sicher nicht erklären würde. *Tja,*

Heather, ich habe letzte Nacht mit deinem Schwiegersohn geschlafen. Schon wieder. Und das ist mir jetzt ein ganz kleines bisschen unangenehm. Könntest du mir den Rücken freihalten?

»Ist etwas passiert? Ist es ein Notfall?«, fragte Heather besorgt.

»Nein, nein. Ähm, nur ... ein Termin. Nichts Wichtiges. Ich werde ihn einfach verlegen.«

»Bist du sicher? Vielleicht könntest du Gia mit zu dem Termin nehmen.«

Mercedes dachte für einen Augenblick darüber nach, Gia mit zu ihrem ausgedachten Termin zu nehmen, damit sie Noah für eine weitere halbe Stunde aus dem Weg gehen konnte. Oder sie könnte so tun, als wäre sie für ihren angeblichen Termin spät dran, und sofort zur Tür hinaushuschen, wenn er nach Hause kam. Das würde funktionieren.

»Ich werde versuchen, ihn ein wenig nach hinten zu verschieben«, teilte sie Heather mit und log sie einfach so an wie die verlogene Frau, die sie nun einmal war.

»Noah wird enttäuscht sein, dass du nicht bleiben kannst.« Heather seufzte. »Er hat mich ebenfalls angerufen, weil er wollte, dass ich auf Gia aufpasse. Vermutlich wollte er dich heute Abend überraschen. Einfach nur um dir zu danken, hat er gesagt. Er hat Karten für ein Ausscheidungsspiel der Jazz. Ihr solltet hingehen und Gia mitnehmen! Vielleicht gefällt es ihr. Und Kinder unter drei brauchen keine Eintrittskarten.«

Mercedes' Brust wurde erst heiß und dann kalt. Auf ihrer Oberlippe bildeten sich kleine Schweißtröpfchen wie Kondenswasser auf einem kalten Glas Limonade im Juli.

Tatsächlich rief Noah Mercedes um sechzehn Uhr dreißig – eine Stunde bevor er zu Hause sein sollte – an, um zu fragen, ob sie »Lust« hätte, an diesem Abend auszugehen. Offenbar hatte sich Mami bereit erklärt, auf Gia aufzupassen.

Mercedes war auf seinen Anruf vorbereitet gewesen und hatte sich bereits die überzeugendste Entschuldigung zurechtgelegt, die ihr eingefallen war – eine verpflichtende Mitarbeiterversammlung um achtzehn Uhr. Auf diese Weise würde sie sofort zur Tür hinauseilen können, und er würde sie nicht aufhalten. Außerdem teilte sie Noah mit, er solle ohne sie ausgehen – vielleicht könne er einen Kollegen mitnehmen. Mami könne ja trotzdem auf Gia aufpassen. Mami würde wütend sein, wenn Mercedes sie um einen Abend mit Gia brachte.

Noah lehnte ab. Er würde die Karten verschenken. Sie hatten ihn ohnehin nichts gekostet, weil es Freikarten waren.

»Komm nach deiner Versammlung wieder zu mir. Wir sehen fern, und ich grille uns ein paar Steaks«, schlug er vor.

»Gloria lädt uns alle zum Essen ein. Essen macht es ein weniger erträglicher, der Chefin zuhören zu müssen.« Das war eine weitere vorbereitete Ausrede. Sie würde allein in ihrem Zimmer essen, damit Mami sie nicht mit Fragen über Gia und Noah löcherte und wissen wollte, warum sie nicht bei dem Spiel war.

»Du klingst … wirr, Mer«, sagte Noah.

»Was?«, rief sie und verzog das Gesicht. Sie klang tatsächlich wirr.

»Alles in Ordnung?«

»Ich bin nur ein wenig gestresst. Aber ich komme schon klar. Wir sehen uns um halb sechs, okay?«

Als er um fünf vor halb sechs durch die Tür kam, war sie vorbereitet. Sein Abendessen stand im Ofen, und der Timer war gestellt. Sie hatte Gia auf dem Arm, und als er sich vorlehnte, um sie zu küssen, deutete sie seine Körpersprache absichtlich falsch und reichte ihm Gia. Dann schnappte sie sich ihre Handtasche und presste ihre Lippen auf seine Wange.

»Tut mir leid. Ich muss los.«

»Tut mir leid, Cowa«, brabbelte Gia. Mercedes zuckte zusammen. Das sagte sie schon den ganzen Tag.

Noah wurde blass und schaute auf seine Tochter herunter.

»Sie war gerade auf dem Töpfchen – heute gab es keine Unfälle –, aber sie hat schon seit einer Weile nichts mehr gegessen. Sie hat Hunger. Das Essen steht im Ofen, also musst du dich nicht ums Abendessen kümmern. Oh, und sie hat kein Nickerchen gemacht, also schläft sie heute sicher schnell ein.«

Noah sah zu, wie sie davoneilte. Er stand auf den Eingangstufen seines schmalen zweistöckigen Stadthauses mit der roten Tür und dem großen Baum davor und blickte mit einem sich windenden Kleinkind in den Armen auf seinen gepflegten Rasen hinaus.

»Tschüss, Meh!«, rief Gia. Mercedes winkte und lächelte und tat so, als hätte sie es furchtbar eilig. Dann stieg sie in ihr Auto, fuhr aus Noahs Einfahrt und schaffte es einen Block weit die Straße hinunter, bevor sie in Tränen ausbrach.

16

1993

Cora wartete auf der oberen Treppenstufe auf Noah. Ihr Haar hing um ihre Schultern und wirkte so lebhaft wie die roten Blätter an den Bäumen, die den Hügel hinter der Drei-Amigos-Wohnanlage in ein warmes Rot tauchten. Auf dem Heimflug hatten die Berge bunt und lebendig gewirkt. Die Berge lebten, und seine Mutter war tot.

Carole Stokes hatte sie gefunden. Noah war dankbar, dass es nicht Mer oder Alma gewesen waren. Er wusste, dass Mer hin und wieder nach ihr gesehen hatte, aber Shelly Andelin war keine Invalidin gewesen. Sie war erst achtunddreißig Jahre alt gewesen. Sie hatte nicht gewollt, dass Mer regelmäßig vorbeikam, und Mer hatte das respektiert. Doch als Shelly zwei Nächte in Folge nicht zur Arbeit erschienen war, hatte Carole ihre Wohnung aufgesucht, um herauszufinden, was los war. Mer hatte sie hereingelassen, aber Carole war diejenige gewesen, die ins Schlafzimmer gegangen und Shelly zusammengekauert und tot unter der Bettdecke gefunden hatte. Sie hatte zu viele Schlaftabletten genommen, und sie hatten endlich Wirkung gezeigt. Sie hatte ihre ewige Ruhe gefunden. Was auch immer das bedeutete.

Noah hatte die Grundausbildung auf dem Lackland-Luftwaffenstützpunkt abgeschlossen. Zusammen mit Hunderten Soldaten in blauen Uniformen und kessen Fliegermützen hatte er in einer Reihe gestanden. Jeder um ihn herum hatte jemanden dort gehabt, der ihm gratulierte. Noah nicht, aber wenigstens hatte seine Mutter mit ihrem Ableben gewartet, bis die Grundausbildung hinter ihm lag. Das wusste er zu schätzen. Das war perfektes Timing. Sie starb in der einen Woche, in der er sich um die Beerdigung kümmern und ihre Sachen aus der Wohnung räumen konnte. Ihre und seine Sachen. Aus ihrer gemeinsamen Wohnung. Er würde eine Lagereinheit finden müssen. Irgendetwas Kleines, denn sie hatten nicht viel, das es wert war, eingelagert zu werden. Und er würde für ihre Beerdigung bezahlen müssen. Jemand hatte eine Einäscherung vorgeschlagen, doch das konnte Noah nicht. Seine Mutter hatte kaum existiert. Er musste ihr einen Grabstein setzen, wenn auch nur um zu beweisen, dass sie gelebt hatte. Vielleicht tat er es für sich selbst, aber Shelly Andelin verdiente etwas Dauerhafteres als Asche.

»Du siehst anders aus«, sagte Cora und lächelte, als sie die Stufen zu den Wohnungen auf der zweiten Ebene herabstieg. Er hatte diese Stufen schon Tausende Male erklommen, doch als er jetzt auf sie zuging, erwischte er sich dabei, wie er sich wünschte, dass er das obere Ende nie erreichen würde. Er war nicht bereit.

»Wir bekamen ständig etwas zu essen. Ich trainierte und aß. Ich habe gute zehn Kilo zugelegt.« Er hatte jede Menge Muskeln aufgebaut und erkannte sich selbst kaum wieder.

»Du hast Brustmuskeln, und dein Haar ist verschwunden.«

Noah blieb auf der Stufe unter ihr stehen. Ohne zu zögern, schloss Cora ihn in die Arme und drückte ihn fest.

Er spürte, wie die Trauer in ihm aufstieg wie ein plötzlicher, überraschender Tsunami, der ihn völlig unvorbereitet erwischte. Er hätte es wissen müssen. Die Anzeichen waren alle da gewesen – er hatte seine Gefühle die ganze Zeit über unterdrückt, hatte gebebt und rumort und versucht, an einem Ort zusammenzubrechen, an dem es niemand bemerken würde, an dem ihn niemand sehen würde. Doch wie bei einem Erdbeben im Ozean mussten die Wellen irgendwann das Festland erreichen. Er hatte erwartet, dass Mer auf ihn warten würde. Er hatte Mer gewollt. Doch Cora hielt ihn fest. Ihre Arme waren stark und ihre Worte sanft, und als seine Tränen drohten, ihn fortzuspülen, kettete sie ihn an sich und bewahrte ihn vor dem Ertrinken. Als seine Tränen langsamer flossen, sprach sie wieder.

»Alma und Sadie haben die Wohnung ausgeräumt. Alles ist verpackt und beschriftet. Für dich gibt es nicht mehr viel zu tun.«

»Wo ist sie?«

»Sadie? Sie ist bei der Arbeit. Ich habe ihr gesagt, dass ich im Salon anrufen würde, sobald du auftauchst. Willst du reingehen?«

Das wollte er nicht. Er wollte die Treppe wieder runtergehen. Oder noch besser: Er wollte Abuela suchen gehen und seinen Kopf in ihren Schoß legen und sich von ihr alles über Gott und Bestimmung und den Himmel und die Hölle erzählen lassen. All die Dinge, an die er nicht glaubte, die ihm aber dennoch Trost spendeten, weil Abuela gläubig genug für sie alle war. Wenn Abuela sagte, dass seine Mutter in Gottes Armen sei, dann würde er ihr nicht widersprechen.

Cora nahm seine Hand und führte ihn zur Wohnung. Dann wartete sie, bis er seinen Schlüssel aus der Tasche gefischt hatte.

Genau wie sie es gesagt hatte, waren die Zimmer makellos. Die Kisten waren gestapelt, und die Möbel wirkten abgenutzt und schrecklich verloren. Das alles war es nicht wert, es zu retten. Mit zittrigen Beinen ging er zum Schlafzimmer seiner Mutter und blieb in der Tür stehen. Ihr Bett war abgezogen worden. Die Matratze fehlte – er wollte nicht darüber nachdenken, warum – und der verbliebene Boxspringrahmen stand neben dem Nachttisch, auf dem sich einst ein kleiner aufziehbarer Wecker befunden hatte. Seine Mutter hatte ihr Zimmer nie dekoriert. Die Wände waren stets nackt gewesen, und die Wohnung fühlte sich jetzt nicht viel anders an als zu dem Zeitpunkt, zu dem sie sich darin befunden hatte.

Er wandte sich von ihrem Zimmer ab, da er nicht in der Lage war, auch nur einen Augenblick länger über die Leere nachzugrübeln. Er ging zu seinem eigenen Zimmer und betrat es. Dabei fühlte er sich wie ein Fremder in seinem Zuhause. Er hatte sein Zimmer ordentlich hinterlassen, aber er konnte sehen, dass Mer ebenfalls hier gewesen war. Sie hatte seine Bettlaken gewaschen und sein Kissen aufgeschüttelt. Sie hatte sogar den alten Teppich gereinigt. Die Munitionskiste, die er vor ein paar Jahren in einem Laden für Armeeausrüstung gekauft hatte, stand noch auf seiner Kommode, aber alles andere war eingepackt worden. Er ging zu der Munitionskiste und öffnete sie. Ein paar seiner Schätze befanden sich noch darin. Eine Valentinstagskarte, die Mer für ihn gebastelt hatte, als er neun Jahre alt gewesen war, eine eselsohrige Ausgabe von Der Mensch auf der Suche nach Sinn, *eine Handvoll Fotos und eine halbe Geode von einer Bergbauexpedition, die sie im ersten Schuljahr in die westliche Wüste Utahs unternommen hatten. Von außen hatte die Geode nicht besonders beeindruckend ausgesehen, aber als er sie in zwei Hälften gebrochen hatte, fand er im Inneren funkelnde dunkellila Kristalle. Das war damals das Coolste gewesen, was er je gesehen hatte. Einst hatte er beide Hälften besessen, aber eine hatte er irgendwo verbummelt.*

Die Munitionskiste war das Einzige, was Noah aus seinem Zimmer haben wollte. Alles andere war zusammengepackt und weggeräumt worden, als hätte Mer gewusst, dass er einen Platz zum Schlafen brauchte, an dem sich nichts befand, das ihn belasten könnte.

»Was jetzt?«, fragte Cora und setzte sich auf sein Bett. Noah ließ sich mit der Geode in der Hand neben sie sinken. Die Ränder waren scharfkantig und bohrten sich in seine Handfläche.

Was jetzt? Das war in der Tat eine gute Frage.

»Ich werde nach New Mexico gehen und dort die Ingenieurschule zu besuchen. Ich habe gerade Sonderurlaub. Vielleicht wird man mich irgendwo in den Einsatz schicken. Es gibt Gerede. Die Miete

ist bis zum Ende des Monats bezahlt. Ich werde bis nach der Beerdigung hierbleiben und dann abreisen.« Carole Stokes hatte versprochen, sich um die eigentliche Trauerfeier zu kümmern, was für ihn eine Erleichterung war. Es würde ein Gottesdienst am Grab sein – Gebete, ein paar Worte, ein Lied. Er fragte sich, ob er die Titelmelodie von Harrys wundersames Strafgericht *auf seiner Gitarre spielen konnte. Sie war ein wenig zu fröhlich. Und sie war für Blasinstrumente gedacht. Angesichts seines lächerlichen Gedankengangs lachte er, doch das Lachen brach und wurde zu einem erstickten Schluchzen. Er fuhr mit einer Hand über sein Gesicht. Er wollte nicht schon wieder weinen.*

»Hier hält mich nichts mehr. Ich schätze, dass ich hingehen kann, wo immer ich will«, flüsterte er.

»Du wirst immer mich haben … und Sadie. Wir lieben dich. Meine Mom, Alma und Abuela lieben dich auch. Wir sind dein Zuhause. Wir werden stets dein Zuhause sein, wann immer du uns brauchst«, sagte Cora, und ihre Stimme klang ebenfalls erstickt. »Nur … bitte … geh nicht fort, um nie wieder zurückzukommen. Bitte tu das nicht.«

Er wusste nicht, ob er ihr versprechen konnte, nicht zu gehen und wieder zurückzukommen. Im Moment war das alles, was er tun wollte. Also saß er viel zu lange schweigend da und dachte über ihre Bitte nach. Als er schließlich sprach, bot er ihr die einzige Garantie an, die er ihr geben konnte.

»Ich liebe deine Briefe, Cora. Hör nicht auf, mir zu schreiben, okay? Wenn du mir schreibst, werde ich dir antworten, und wir werden in Verbindung bleiben. Ich freue mich auf deine Briefe. Du … überraschst mich.«

»Ach ja? Warum?«

»In deinen Briefen bist du anders.«

»Ach was. Ich bin einfach nur ich ohne Hemmungen«, erwiderte sie.

»Du ohne Hemmungen. Was bedeutet das?«

»Worte sind wie Seelen. Lautlos, sogar formlos. Aber voller Substanz. In einem Brief bekommst du die ganze Substanz und nichts von der Ablenkung.«

»Siehst du? Das überrascht mich«, murmelte er. Genau so waren ihre Briefe gewesen. Einfühlsam. Erhellend. Sogar berauschend.

Sie lächelte ihn an, und er bemerkte erneut, wie hübsch sie war.

»Du hast Glück«, sagte sie.

»Ist das so?«, fragte er mit einem ironischen Unterton in der Stimme. »Wie kommst du darauf?«

»Als mein Dad starb, wollte ich umziehen. Ich wollte nicht in der Wohnung bleiben, in der er gestorben war. Wie fuhren für eine Woche weg, erinnerst du dich? Die Wohnung wurde neu gestrichen und bekam neue Teppichböden. Mom kaufte eine neue Couch, damit sie sich wie eine andere Wohnung anfühlte. Dads Rollstuhl wurde weggebracht, und all seine Sachen wurden aus der Wohnung geräumt. Aber dort zu wohnen und ihn zu sehen, obwohl ich wusste, dass er tot war, war hart. Du wirst nicht in dieser Wohnung bleiben und deine Mutter sehen müssen, wann immer du die Augen schließt. Es wird gut sein, das hinter dir zu lassen. Ich bin nie in der Lage gewesen, meinen Dad hinter mir zu lassen.«

»Das tut mir leid, Cora.« Er hatte nie darüber nachgedacht, wie schwer es für sie gewesen sein musste, an dem Ort zu leben, an dem ihr Vater gestorben war.

Sie seufzte. »Jetzt habe ich das Gespräch so gedreht, dass es nur um mich geht. Darin bin ich gut. Tut mir leid.« Sie streckte eine Hand aus und berührte sein Gesicht.

»Was ich zu sagen versuche, ist: Ich bin froh, dass du diese Wohnung hinter dir lassen kannst. Aber lass uns nicht zurück. Okay? Lass … mich … nicht zurück.«

Er starrte sie zu lange an, das tiefe Rot ihrer Lippen, das klare Blau ihrer Augen. Cora bestand nur aus Gegensätzen, während

Mer eine warme Mischung war. Dann lehnte sich Cora vor und presste ihren Mund auf seinen, und sämtliche Vergleiche huschten davon, um ein anderes Mal zurückzukehren.

Er hörte nicht, wie sich Mercedes ebenso leise aus der Wohnung schlich, wie sie sie betreten hatte und ihre beiden besten Freunde nebeneinander auf Noahs Bett sitzen ließ. Ihre Brust schmerzte, und sie hatte die Augen weit aufgerissen. Doch sie wusste, was sie zu tun hatte.

Mercedes ging Noah die ganze Woche über aus dem Weg. Sie reagierte nicht auf seine Anrufe. Sie antwortete nicht auf seine Nachrichten. Sie meldete sich nicht ein einziges Mal bei ihm. Wenn er das Gleiche mit ihr gemacht hätte, hätte sie ihn aufgespürt und ihm die Finger abgeschnitten. Sie hätte ihn nicht damit davonkommen lassen, und sie wusste, dass er irgendwann nach ihr suchen kommen würde. Doch zu diesem Zeitpunkt würde ihm bereits klar sein, was sie ihm zu sagen versuchte, und sie würde die Worte nicht aussprechen müssen.

Sie schämte sich für ihre Feigheit. Sie verfluchte sich und beschimpfte sich sowohl auf Spanisch als auch auf Englisch. Doch sie wusste nicht, was sie machen sollte. Manchmal verlor sie sich in Tagträumen über Hochzeitsglocken und Zusammenwohnen. Doch dann erschauderte sie plötzlich und bekreuzigte sich dafür, dass sie gedacht hatte, das könnte funktionieren. Und wenn es nicht funktionieren könnte, würde sie es nicht riskieren. Sie musste irgendwie wieder zu jener Situation zurückfinden, in der sie sich vorher befunden hatten, zu der Mer, die Noah liebte, aber mit der er nicht schlief, zu der Mer, die er brauchte, aber nicht zu sehr brauchte. Sie wollte die Mer sein, die zusammen mit ihm alt werden würde, auf platonische und beharrliche Weise, die Art von Freundin, mit der er sich niemals auseinanderleben würde.

Er erwischte sie am Freitag um die Mittagszeit zwischen zwei Terminen. Angespannt und mit zusammengepressten Lippen marschierte er auf die Empfangstheke im *Maven* zu. Sein Timing war tadellos. Trotz seines grimmigen Gesichtsausdrucks sah er gut aus. Sein hellblaues Anzughemd steckte in einer maßgeschneiderten grauen Hose. Er hatte die Ärmel bis zu den Ellbogen hochgekrempelt und seine Krawatte ausgezogen. Die Farbe betonte seine blauschwarzen Augen und stellte einen schönen Kontrast zu seinem dunklen Haar dar. Die Theke trennte sie, aber sie konnte ihn riechen. Es war ein sauberer und warmer Duft, wie Kiefernzapfen und Pfefferminzbonbons – und plötzlich schlichen sich ihre Gedanken wieder zu seinen Küssen zurück, und sie erinnerte sich daran, wie er sich anfühlte und welche Gefühle er in ihr ausgelöst hatte, selbst als sie sich gefürchtet hatte. Sofort bereute sie es, dass sie ihm aus dem Weg gegangen war. Das Gefühl breitete sich in ihrer Brust aus und kroch ihre Kehle hoch.

»Hey«, sagte sie schwach.

»Hey.« Er lächelte nicht, aber er tadelte sie auch nicht. Noch nicht.

»Ich habe um eins einen Termin. Ich habe nicht viel Zeit«, sagte sie.

»Ich bin dein Termin.«

Mercedes blickte finster in ihr Terminbuch und suchte nach seinem Namen.

»Wir können hinten reden, oder wir können reden, während ich vor dir auf dem Frisierstuhl sitze, aber wir werden reden, Mer«, murmelte er.

»Dein Name steht nicht auf meinem Plan«, widersprach sie und wich ihm immer noch aus.

»Ich hatte befürchtet, dass du mich an eine andere Stylistin weiterreichen und nicht hier sein würdest, wenn ich meinen richtigen Namen angeben würde.« Das hatte sie verdient, aber sie warf ihm trotzdem einen bösen Blick zu.

Er betrachtete sie geduldig. »Erledigen wir das hier?«

»Lass uns nach hinten gehen«, gab sie nach. Der Knoten in ihrem Magen wurde immer größer. Sie wollte nicht mitten im Salon mit ihm reden, wo zehn Stylistinnen und ihre Kundinnen so tun würden, als würden sie nicht lauschen. Er folgte ihr in angenehmem Abstand, doch sie konnte seine Augen auf ihrem Rücken und seinen Mund in ihrer Erinnerung spüren. Und sie fragte sich, ob sie ihn noch einmal küssen würde, bevor sie ihm mitteilte, dass sie sich nie wieder küssen sollten.

Doch als sie den Mitarbeiterumkleidebereich betraten, bedrängte er sie nicht und versuchte auch nicht, sie in die Arme zu nehmen. Er setzte sich auf die lange Bank und schaute ihr in die Augen.

Mercedes setzte sich nicht hin. Sie war zu entnervt. Und enttäuscht.

»Muss ich mir jemand anders suchen, der sich montags um Gia kümmert?«, fragte Noah. Seine Stimme war ruhig und freundlich, und Mercedes stellte sich vor, dass das die Stimme war, die er auch im Umgang mit seinen Patienten benutzte. Er regte sich nie auf und ließ sich nie aus der Ruhe bringen. Sie wusste, dass seine Patienten manchmal ausrasteten und herumbrüllten. Sie wusste, dass sie weinten. Und sie konnte sich vorstellen, wie Noah mit mitfühlender Miene und gefalteten Händen bei ihnen saß und sie so ansah wie jetzt.

»Was? Warum?«, entfuhr es Mercedes, die sich plötzlich daran erinnerte, dass er ihr eine Frage gestellt hatte.

»Weil du mir offensichtlich aus dem Weg gehst. Du wirst nicht in der Lage sein, mir weiterhin aus dem Weg zu gehen, wenn du dich montags um Gia kümmerst.«

»Drohst du mir?«, fragte sie in dem verzweifelten Versuch,

die Unterhaltung von ihrem eigenen miesen Verhalten wegzulenken.

»Mer.« Er seufzte. »Ernsthaft?«

Sie fing an, auf und ab zu laufen. »Begreifst du es nicht? Das hier – genau das hier – ist der Grund, warum es keine g... gute Idee war, miteinander zu sch... schlafen. Denn jetzt willst du mich ersetzen! Die Situation ist unangenehm geworden, und du willst eine neue Babysitterin. Ich wusste, dass das passieren würde. Das ist der Grund, warum ich mich so heftig gegen dich gewehrt habe.«

»Du hast dich heftig gegen mich gewehrt?« Er hob ganz leicht die Stimme.

»Komm mir ja nicht mit diesem Tonfall, Noah Andelin. Ich durchschaue dich. Du bist so ruhig und freundlich. Tja, darauf falle ich nicht herein. Das wird mir nicht passieren.«

»Was wird dir nicht passieren, Mer?« In seiner Stimme lag weder Wut noch Hohn.

»Ich werde mich nicht in dich verlieben!«

Er blickte sie mit sanften Augen und ruhigem Gesicht an. »Dafür ist es zu spät. Geht es hier nicht genau darum? Wir haben uns bereits ineinander verliebt. Und du weißt nicht, ob du das willst ... ob du *mich* willst. Und du hast keine Ahnung, wie du mir das beibringen sollst.«

Mercedes wollte ihn. Wirklich. Sie wollte ihn so sehr. Sie verschränkte die Arme vor der Brust und löste sie dann wieder. Sie setzte sich und stand wieder auf. Und er beobachtete sie und wartete eindeutig darauf, dass sie sein Argument bestätigte oder ihm widersprach. Er saß mit leicht gespreizten Beinen da, hatte die Ellbogen auf die Knie gestützt und das Kinn auf die verschränkten Hände gelegt. Woher nahm er das Selbstvertrauen, sie einfach so damit zu konfrontieren? Woher nahm er den Mut?

»Erinnerst du sich noch daran, als du ein paar schlechte Tage hattest? Ich kam zu dir und kommandierte dich herum. Und du sagtest mir, dass … duschen … nicht das sei, was du bräuchtest.« Mercedes rang darum, die richtigen Worte zu finden, um es ihm begreiflich zu machen. Die Sache mit der Dusche ließ sich nur schwer umschiffen.

»Ja. Und du informiertest mich darüber, dass es genau das sei, was ich bräuchte. Und du hattest recht.«

»Ich lag falsch«, widersprach sie.

»Nein, das lagst du nicht. Ich stank. Ich hatte seit drei Tagen weder geduscht noch etwas gegessen und war deprimiert. Du hattest recht.«

»Ich lag falsch, weil ich deine Grenzen nicht respektiert habe«, konterte sie und wedelte mit einem Finger vor seiner Nase herum, obwohl sie nicht ihn, sondern sich selbst kritisierte.

»Meine Grenzen?«

»Ja«, sagte sie fest.

»Was für Grenzen? Wir sind seit unserem achten Lebensjahr beste Freunde. Es *gibt* keine Grenzen. Du wolltest nur das Beste für mich.«

»Aber genau das ist es ja, Noah. Niemand außer *dir* darf entscheiden, was das Beste für dich ist«, sagte Mercedes und betonte jedes Wort laut und deutlich. »Ich entscheide, was das Beste für mich ist, du entscheidest, was das Beste für dich ist. Und wenn wir das nicht respektieren, dann haben wir gar keine Beziehung.«

»Du redest so einen Schwachsinn, Mer«, sagte er leise. Wenn er sie angeschnauzt hätte, so wie sie ihn angeschnauzt hatte, wäre es leichter zu ertragen gewesen. Doch er sprach die Worte mit so viel Autorität und mit einer so sanften Zuversicht aus, dass sie mehr schmerzten, als sie es normalerweise getan hätten.

»Ich habe Grenzen«, zischte Mer. »Letzte Woche hast du sie nicht respektiert.«

»Du wolltest Sex mit mir haben, und ich wollte dich lieben. Redest du davon?«

»Ja! Eine feste Freundin *liebt* man ... oder eine Ehefrau. Ich bin nicht deine Ehefrau!«

»Ich habe keine Ehefrau, Mer. Damit habe ich mich abgefunden. Hast du es auch?« Er hatte die Stimme nicht gehoben, aber seine Augen funkelten.

»Ja. Das habe ich. Aber das ist irrelevant. Ich bin nicht deine Ehefrau. Gia ist nicht meine Tochter. Und das ist nicht unsere Beziehung. *Du* musst meine Grenzen respektieren, okay?«

Fassungslos schüttelte er den Kopf und löste die Hände voneinander, damit er über seinen Bart streichen konnte, so wie er es immer tat, wenn er Zeit brauchte, um sich zu sammeln oder nachzudenken. Er stand abrupt auf, und für einen Augenblick dachte sie, dass er den Raum verlassen würde. Doch das tat er nicht. Er stand einfach mit dem Rücken zu ihr da, hatte den Kopf gesenkt und die Hände in die Hosentaschen geschoben.

Sein Schweigen war so laut, dass Mercedes ihn anschreien wollte, endlich still zu sein. Ihr Herz hämmerte, und ihre Handflächen waren feucht. Sie rieb sie an ihrem Rock trocken und ging auf die Tür zu. Sie musste sich unbedingt bewegen, um mit ihrem Puls Schritt zu halten.

»Ich bin am Montagmorgen bei dir zu Hause. Ganz früh. Wie immer. Aber ich werde sonntags nicht mehr bei dir übernachten, es sei denn, du hast eine Doppelschicht und bist die ganze Nacht über weg. Außerdem werden deine Haare zu lang, und dein Bart müsste auch mal wieder gestutzt werden«, verkündete sie in dem verzweifelten Versuch, ihr Gleichgewicht zurückzuerlangen und ihm dabei zu helfen, seines zu finden. »Heute haben wir keine Zeit dafür. Schreib mir eine Textnachricht, dann werde ich dich am Mittwoch irgendwo dazwischenschieben. Und bring Gia mit. Ihr Pony fängt langsam an, ihr vor die Augen zu fallen.«

»So muss es jetzt also sein?«, murmelte er und drehte sich zu ihr herum. Das Funkeln war verschwunden.

»Ja. So muss es sein.« Sie würde das gewohnte Verhältnis zwischen Noah und Mer wiederherstellen, und wenn es sie umbrachte.

Er nickte langsam. »Und wenn ich dabei nicht mitmachen will?«

»Was soll das bedeuten?«

»Was ist, wenn ich dem nicht zustimme? Was dann? Machen wir es auf deine Weise oder gar nicht?«

Mercedes zuckte hilflos mit den Schultern. »Aber … es wird so sein, wie es immer war, wie es vorher war.« Sie hörte den flehenden Unterton in ihrer Stimme und hasste ihn. Sie sollte ihn nicht anflehen müssen, ihr Freund zu sein.

Er nickte erneut, stimmte ihr aber nicht zu. Er nickte lediglich, um sie wissen zu lassen, dass er sie gehört hatte. »So wie es vorher war. Verstehe«, sagte er monoton.

»Also ist zwischen uns alles gut?«, fragte sie zaghaft.

Er seufzte und schüttelte widerwillig den Kopf. Doch er sagte die Worte, die sie hören wollte, und sie ignorierte die zweideutige Botschaft. »Zwischen uns ist alles gut, Mer.«

»Ja?« Sie verspürte einen Schauer der Erleichterung.

»Ja.« Er lächelte nicht und seine Augen waren trüb, aber wenigstens stritten sie sich nicht, und er drohte auch nicht damit, aus ihrem Leben zu verschwinden und Gia mitzunehmen. Mit einem unglücklichen Noah konnte Mercedes arbeiten. Die Vorstellung, Noah zu verlieren, konnte sie hingegen nicht ertragen. Er würde schon sehen. Letztendlich würde es so für sie beide besser sein. Alles würde in Ordnung kommen. Dafür würde sie sorgen.

Am Mittwoch hatte Mercedes keine frühen Termine, und Gloria schloss dann immer den Salon auf – das tat sie, seit Keegan vor zwei Monaten gegangen war. Mercedes betrat das *Maven* gegen Mittag und wurde von einer strahlenden Gloria begrüßt.

»Er ist wieder da, Mercedes. Er ist wieder da!«

Mercedes konnte sie nur mit ausdruckslosem Gesicht anstarren. Ihr stockte der Atem.

»Was?«

»Keegan gefiel es in L.A. nicht, und er hat versprochen hierzubleiben, bis er etwas Passendes für sich gefunden hat. Im Salon ist schon den ganzen Tag lang der Teufel los. Die Neuigkeit hat sich herumgesprochen, und wir haben einen endlosen Strom aus Laufkundschaft und Anrufen. Alle hoffen, einen Termin bei ihm zu bekommen.«

Mercedes' Entsetzen war so groß, dass sie husten musste.

Gloria setzte eine besorgte Miene auf und tätschelte ihren Rücken. »Alles in Ordnung?«

Mercedes nickte und lächelte taub. Dann ging sie um den Empfangsbereich herum und auf die lange Reihe aus schimmernden Frisierstationen zu. Der Salon war brechend voll, und Keegan stand an ihrem Platz. Sein alter Platz war einer Umgestaltung zum Opfer gefallen, und sie war die einzige Stylistin gewesen, die an diesem Morgen nicht gearbeitet hatte. Dass Gloria ihn daher vorübergehend an ihrer Station platziert hatte, ergab Sinn.

Er lächelte, machte Vorschläge und drehte seine Kundin hierhin und dorthin. Doch als er Mercedes sah, verrutschte sein Lächeln ein klein wenig, und er zwinkerte der Frau auf seinem Stuhl – auf Mers Stuhl – zu und entschuldigte sich.

Dann schnippte er mit den Fingern, um eine der Auszubildenden herbeizuzitieren. Er trug ihr auf, der Kundin die Haare zu waschen und sie zurück an den Platz zu bringen, sobald sie fertig war.

Mercedes marschierte an ihm vorbei und spürte, wie er hinter sie trat. Sie atmete, aber nicht tief genug, weil ihre Lunge brannte und ihre Atemzüge heiß waren.

»Du bist wieder da«, sagte sie und schob die Tür zur Umkleide auf.

»Das bin ich.«

»Das ist nicht das, was wir vereinbart hatten.«

»Tja, irgendwie muss ich ja meinen Lebensunterhalt verdienen.«

Als sie ihn entgeistert anstarrte, fuhr er mit einer Hand durch sein Haar und versuchte es erneut. »Hör zu, Mercedes. Ich … kann … ich … will einfach nicht gehen. Mein Leben ist hier. Hier bin ich glücklich. Die Leute mögen mich. Ich habe Kundinnen, und ich verdiene verdammt gutes Geld.«

»Ja … okay. Was uns zum Kern der Sache bringt. Du hast zwanzigtausend Dollar von mir angenommen. Wirst du mir dieses Geld zurückgeben?«

»Das kann ich nicht. Tut mir leid. Es ist weg. Ich habe dir doch erzählt, dass ich … ein Problem hatte, das ich nur mit Geld in Ordnung bringen konnte.«

»Und Gia?«

Für eine Sekunde starrte er sie ausdruckslos an. Dann klarte seine Miene auf. Er hatte keine Ahnung gehabt, von wem sie geredet hatte.

»Das habe ich noch nicht entschieden«, log er.

»Ich verstehe. Und wann wirst du es entscheiden?« Sie war so wütend, dass ihre Stimme zitterte. Doch sie hielt den Blick fest auf ihn gerichtet und blickte ihm direkt in die Augen.

»Keine Ahnung, Mercedes. Und das geht dich wirklich nichts an. Du hast dich in diese Sache eingemischt, und ich werde mich weder von dir noch von sonst jemandem aus der Stadt vertreiben lassen«, schnauzte er, als hätte sie ihm etwas angetan und nicht umgekehrt. »Du willst über Bedingungen reden, ich bin ganz Ohr. Aber sofern du nicht bereit ist, mir eine beträchtliche Menge Geld und nebenbei noch ein paar Vorzüge zur Verfügung zu stellen, denke ich, dass ich mir meine Optionen offen halten werde.«

Mercedes machte kehrt und stapfte aus dem Raum. Jemand rief ihren Namen, doch sie ging weiter. Ihre Absätze klapperten, und ihre Schritte waren lang. Sie blieb vor Gloria stehen, die sie überrascht anschaute. Da musste etwas in ihrem Gesicht gewesen sein, etwas in ihren Augen, denn Gloria wurde blass, bevor Mercedes auch nur den Mund aufmachte.

»Ich arbeite seit meinem vierzehnten Lebensjahr hier«, sagte Mercedes ruhig. »Ich habe dem *Maven* mein Herz und meine Seele gegeben. Ich habe dir meine Treue und meine Energie geschenkt, Gloria, und du hast mich immer gut behandelt und mich glauben lassen, dass ich hier eine Zukunft haben könnte. Aber ich werde hier nicht mit Keegan Tate zusammenarbeiten. Entweder geht er oder ich.«

»Mercedes«, entfuhr es Gloria verblüfft. »Warum?«

»Er ist eine Schlange. Er ist ein Betrüger. Und ein Lügner.«

»Oh nein. Hast du mit ihm geschlafen, Süße?«, flüsterte Gloria und griff nach ihrer Hand. Mercedes trat zurück. »Nein. Dafür habe ich zu viel Selbstachtung. Und dafür bin ich auch zu klug. Aber ich *vertraute* ihm, und für dieses Vertrauen habe ich schmerzlich bezahlt. Das wird nicht noch mal passieren.«

»Mercedes, komm schon.« Keegan stand im bogenförmigen Durchgang zwischen dem Frisierbereich und dem Empfang.

Offenbar hatte er das meiste dessen, was sie gesagt hatte, gehört.

»Keegan? Worum geht es hier?«, fragte ihn Gloria mit weit aufgerissenen Augen. »Was hast du angestellt?«

»Mercedes ist die mit dem Problem. Ich bin nur hier, um zu arbeiten, und froh, wieder da zu sein«, antwortete er sanftmütig und verschränkte die Arme vor der Brust.

»Mercedes? Kannst du genauer werden?«

Mercedes spielte fünf Sekunden lang mit dem Gedanken, die ganze schmutzige Geschichte auszuplaudern. Diese kurze Zeitspanne reichte aus, um Keegan blass werden zu lassen und ihren Beschützerinstinkt zu wecken. Sie würde keiner Menschenseele verraten, dass Keegan Tate Gias leiblicher Vater sein könnte.

»Ich denke nicht, dass Keegan eine genauere Schilderung zu schätzen weiß, Gloria. Er weiß, was er getan hat. Ich weiß, was er getan hat. Das wird genügen müssen.«

»Mercedes, i... ich kann Keegan nicht einfach feuern, nur weil du es willst«, stammelte Gloria.

»In Ordnung. Dann reiche ich hiermit meine Kündigung ein, Gloria«, sagte Mercedes tonlos. Sie drehte sich herum und stürmte an Keegan vorbei, der klug genug war, ihr aus dem Weg zu gehen.

»Oh, und ich habe in fünf Minuten einen Termin, deswegen muss Keegan von meinem Arbeitsplatz verschwinden und sich so weit wie möglich von mir entfernen. Ansonsten wird heute mein letzter Arbeitstag sein. Und glaub ja nicht, ich würde all meinen Kundinnen verschweigen, dass er der Grund für meine Kündigung ist.«

Mehrere Tage lang schwamm Mercedes in einem Wirbel aus Empörung und Verzweiflung, nur um sich dann am Ende bei der Empörung wiederzufinden. Am folgenden Freitag, vier Tage vor ihrer letzten Schicht im *Maven*, war sie zwar dem Mahlstrom entkommen, landete gleich darauf aber kopfüber im Treibsand. Ihre Angst war wie ein Seelen verschlingendes Loch, das mit jedem Schritt, den sie machte, schlimmer wurde. Und das Schlimmste an allem war, dass sie nicht um Hilfe rufen konnte. Sie hatte niemandem erzählt, was passiert war. Ihre Kolleginnen wussten, dass sie ging, aber keine von ihnen kannte den Grund dafür. Ihre Kundinnen und Kunden wussten, dass sie ging – sie hatte ihnen allen eine Visitenkarte gegeben und besaß ihre Kontaktdaten –, aber auch ihnen hatte sie nichts weiter erzählt.

Sie hatte ihren Job gekündigt. Ihre Ersparnisse waren so gut wie aufgebraucht, und sie hatte keine unmittelbaren Aussichten auf eine neue Stelle. Sie hatte immer nur im *Maven* gearbeitet und stets einen Plan gehabt. Nun hatte sie keinen mehr. Zum ersten Mal in ihrem Leben hatte sie keine Ahnung, was sie tun sollte.

Sie wollte nicht für jemand anders arbeiten. Sie wollte ihren eigenen Salon eröffnen. Ihr Kundenstamm war riesig, aber viele von ihnen würden ihr nicht in einen neuen Salon folgen, denn Menschen waren nun einmal Gewohnheitstiere. Viele ihrer Damen würden weiterhin ins *Maven* gehen, einfach nur weil sie das schon immer gemacht hatten. Und wenn Mercedes keinen Salon hatte, in den sie sie bringen konnte, einen, der gemütlich und einladend war, würde sie sogar noch mehr Kundinnen verlieren. Sie konnte sich nicht monatelang Zeit damit lassen, sich neu zu orientieren. Sie musste sofort weitermachen. Nahtlos. Und ihr fehlte jede Aussicht.

Sie hatte sich Ladenlokale angesehen, über den Zahlen gesessen und Anrufe getätigt. Doch selbst während sie Angst um ihre Zukunft gehabt hatte, waren ihre Gedanken von Noah erfüllt gewesen. Sie vermisste ihn schrecklich, und zum ersten Mal in ihrem Leben konnte sie sich ihm nicht anvertrauen. Sie wusste nicht, wie sie es anstellen sollte. Die Geschichte enthielt zu viele Variablen, zu viele Geheimnisse und zu viel Schmerz. Ihre Geschichte würde *ihm* Schmerz zufügen, und sie konnte sie ihm nicht erzählen, nicht einmal um sich selbst zu retten.

Noah hatte gesagt, dass zwischen ihnen alles gut sei, aber das stimmte nicht. Sie hatte etwas getan, von dem sie sich geschworen hatte, es niemals zu tun. Sie hatte etwas getan, von dem sie intuitiv gewusst hatte, es besser nicht zu tun. Sie hatte mit ihm geschlafen und ihn verloren. Vielleicht nicht für immer. Vielleicht nicht vollständig. Aber ihre Beziehung war angeknackst und gestört, und in diesem Moment verfügte sie einfach nicht über die Konzentration oder die Kraft, sie wieder in Ordnung zu bringen.

Ihr Leben war ein einziges Chaos. Als sie am Freitag den Salon aufschloss und Cuddy am Hintereingang herumlungern sah, wo er auf sie wartete, wurde es nur noch chaotischer. Sie schrie auf, da sie nicht mit ihm gerechnet und sich erschreckt hatte und hob dann sofort warnend eine Hand.

»Ich glaube, Sie sollten nicht mehr herkommen, Cuddy«, sagte sie. Sie wusste, dass sie in den Salon laufen und die Tür hinter sich abschließen sollte. Doch noch während sie darüber nachdachte, ließ sie den Blick über seine schlaksige Gestalt und seine abgenutzte Kleidung wandern. Ihr Blick verweilte auf seinem grauen Haar und seinen traurigen blauen Augen, und sie konnte es einfach nicht übers Herz bringen, weiterhin Angst vor ihm zu haben.

»W… Warum nicht?«, stammelte er. »Sind wir keine Freunde mehr, Miss Lopez?«

»Ich werde hier nicht länger arbeiten, Cuddy. Nächsten Mittwoch ist mein letzter Tag im *Maven*.«

»Oh nein!«, jammerte Cuddy. »Warum? Wo gehen Sie hin?«

»Keine Ahnung. Das habe ich noch nicht entschieden.«

»Können Sie mir trotzdem noch die Haare schneiden?«, flehte er.

»Heute nicht, Cuddy. Ihr letzter Haarschnitt ist erst einen Monat her, und wir beide müssen uns unterhalten.« Sie deutete auf die niedrige Mauer, die den hinteren Parkplatz umgab, und bedeutete ihm, darauf Platz zu nehmen. Dann hockte sie sich neben ihn und holte tief Luft. Sie war bereit, ihre Befragung zu beginnen, doch Cuddy sprach zuerst.

»Ich mache mir Sorgen um Sie, Miss Lopez.«

»W… Warum?«, stammelte sie überrascht.

»Weil … Weil sich Miss Cora Sorgen um Sie macht. Deswegen habe ich …« Seine Stimme versagte.

»Deswegen haben Sie mein Auto gestohlen?«, fragte sie sanft. Er rieb sich über die Wangen und blinzelte ein paarmal hektisch, bevor er nickte und die Schultern nach unten sacken ließ, um das Geständnis zu bekräftigen.

»Aber ich habe es nicht wirklich gestohlen. Ich habe es nur … bewegt.«

»Coras kleine Tochter befand sich auf dem Rücksitz. Sie fuhren davon und jagten mir eine Heidenangst ein. Ich hatte so furchtbare Angst, Cuddy. Was Sie getan haben, war sehr falsch.«

»Es fühlte sich nicht falsch an«, flüsterte er. »Es fühlte sich beängstigend an. Aber nicht falsch.«

Mercedes schüttelte den Kopf. »Warum haben Sie das getan, Cuddy?«

»Ich sehe sie ständig. Ich sehe Miss Cora ständig. Sie hat Angst um ihre Tochter. Sie hat Angst um Sie und Noah. Ich dachte, sie wollte, dass ich es tue.«

»Warum haben Sie die Steine hinterlassen? Sie mussten doch wissen, dass ich sofort an Sie denken würde.«

»Ich wollte Sie wissen lassen, dass es mir leidtut. Ich wollte Ihnen oder dem kleinen Mädchen keine Angst einjagen. Manchmal weiß ich nicht, was ich machen soll. Ich versuche es … aber ich treffe die falsche Entscheidung.«

»Das war definitiv die falsche Entscheidung.«

»Sie fühlte sich nicht falsch an«, flüsterte er erneut. »Und ich habe Ihnen meine besten Steine dagelassen. Einen für Sie und einen für Gia und einen für Noah. Für Noah tut es mir am meisten leid.«

»Haben Sie mich verfolgt, Cuddy?«

»Nein … nicht wirklich. Sie haben ein Auto. Ich habe nur meine zwei Füße.« Er hob einen seiner Stiefel an. Die Sohle war mit Klebeband befestigt. Mercedes seufzte.

»Wir müssen Ihnen ein neues Paar Schuhe besorgen, Cuddy. Die hier haben ihre besten Tage hinter sich.«

»Ja. Sie haben den Geist aufgegeben«, stimmte Cuddy zu. »Noah gab mir einst seine Schuhe. Wussten Sie das, Miss Lopez?«

»Er erzählte es mir«, sagte Mercedes. »Noah sieht andere Menschen nicht gern leiden.«

»Noah ist ein guter Junge. Ein guter Mann«, korrigierte sich Cuddy. »Er gab mir sein Sweatshirt, seine Socken und seine Schuhe. Er gab mir seinen Mantel und sogar meinen ersten Stein. Danach … fing ich an, sie zu sammeln, weil sie mir ein Gefühl von Sicherheit gaben. Sie hielten mich davon ab, davonzutreiben … wissen Sie?«

»Er hat Ihnen Ihren ersten Stein gegeben?« Mercedes konnte sich das Lächeln nicht verkneifen. Manchmal war Cuddy so kindlich, und etwas an ihm berührte sie. Das war schon immer so gewesen.

»Ja. Er befand sich in der Tasche seines Mantels. Ich habe ihn damals behalten und seitdem immer bei mir getragen.«

Cuddy wühlte in der Hosentasche seiner abgetragenen Jeans herum und zog eine Hälfte einer zerbrochenen Geode heraus. Die lilafarbenen Kristalle lugten daraus hervor wie ein winziges Feenschloss, das in eine Steinkugel eingefasst war.

»Ich war dabei, als er diese Geode fand«, sagte Mercedes seltsam gerührt. »Sie sah wie ein gewöhnlicher grauer Stein aus. Dann schlugen wir mit der Spitzhacke darauf, und sie brach auf. Noah war begeistert.«

»Sollte ich ihm den Stein zurückgeben?« Cuddy streckte seine Hand aus. Die Geode lag auf seiner Handfläche. »Vielleicht wollte er ihn mir gar nicht überlassen.«

»Warum fragen Sie ihn nicht selbst? Er weiß, wer Sie sind«, sagte Mercedes. »Er kennt ihren richtigen Namen.«

»Ach ja?«, stammelte Cuddy. »Ich h… hielt mich immer von ihm fern, weil ich dachte, dass es ihm Angst einjagen würde, wenn er mich erkennen würde. Die Leute sagen, dass ich ein paar schlimme Dinge getan habe.«

»Mein Auto zu stehlen war schlimm. Die Polizei trug mir auf, sie anzurufen, falls Sie hierher zurückkehren sollten.«

Cuddy nickte bedächtig, stand aber auf und wich langsam zurück, als würde er sich darauf vorbereiten, die Flucht zu ergreifen. »Ich verstehe.«

»Ich werde das nicht tun, Cuddy. Ich rufe die Polizei nicht an.«

Er hielt abrupt inne. »Nicht?«

»Nein. Das tue ich nicht. Aber Sie müssen mir versprechen, so etwas nie wieder zu machen. Es mag sich nicht falsch anfühlen, aber es ist falsch. Verstehen Sie, warum?«

»Ich habe Ihnen Angst eingejagt.«

»Das war der schlimmste Moment meines Lebens.«

»Schlimmer als damals, als Miss Cora starb?«

»Schlimmer als das, Cuddy.«

»Tut mir leid, Miss Lopez. Wissen Sie … ich habe mich in der Nähe des Salons aufgehalten, weil Miss Cora das so will. Ich sah Sie an die Tankstelle auf der anderen Straßenseite fahren.« Er verzog den Mund und rieb sich erneut übers Gesicht, eindeutig nervös. »Er beobachtete Sie ebenfalls. Er saß vor dem Salon in seinem Auto und beobachtete Sie. Ich hatte Angst, dass er sich das Baby schnappen würde.«

»Wer?«, fragte Mercedes verwirrt.

»Keegan.«

»Keegan beobachtete mich?«

»Ja. Er beobachtete Sie … und ich ihn. Er ist schwach, Miss Lopez. Er ist schwach, so wie ich es bin.«

»Was meinen Sie damit, Cuddy?« Mercedes war völlig durcheinander und versuchte, mit Cuddys Gedankengang mitzuhalten, während sie seine Enthüllungen verarbeitete.

»Leute wie Keegan … Leute wie ich … wir wissen nicht, wie wir mit unseren Problemen klarkommen sollen.« Er verzog das Gesicht. »Tut mir leid, Miss Lopez. Wir nehmen Tabletten, um zu vergessen, und Tabletten, um uns zu verstecken, und Tabletten, um uns besser zu fühlen. Ich nehme sie nicht mehr. Aber er schon«, sagte Cuddy anklagend. »Keegan nimmt Tabletten. Und er verkauft sie auch.«

17

1993

Sie weinten nicht um Shelly Andelin. Sie hatten sie nicht gut genug gekannt. Sie weinten um Noah, der in seiner blauen Paradeuniform an ihrem Grab stand, seine Mütze in den Händen hielt und sein Bestes tat, um sie zu preisen. Er erzählte eine kurze Geschichte ihres Lebens – geboren, gelebt, gearbeitet, gestorben –, während er versuchte, eine Frau, die sich fast jedem und allem entzogen hatte, menschlich und persönlich darzustellen.

Carole Stokes hatte Shellys Zuverlässigkeit und Arbeitseinstellung, ihre Verlässlichkeit und ihre Treue gelobt. Als sie erzählte, wie sie die junge Shelly Andelin kennengelernt hatte, wurde Carole emotional. Shelly war damals hochschwanger gewesen und hatte auf der ganzen Welt keinen einzigen Freund und keinen Ort gehabt, an den sie hätte gehen können. Und nun stand ihr erwachsener Sohn hier, erwies ihr Ehre und war ein Segen für alle, die ihn kannten. Wenn unsere Kinder die Maßeinheit für ein erfolgreiches Leben seien, sagte Carole, habe Shelly alles richtig gemacht.

Als Carole fertig war, sah Noah zu Mercedes. Seine Kehle verkrampfte sich, und Mercedes trat mit der Kiste voller Kaffeebecher in den Armen vor, wie sie es versprochen hatte. Es war albern, aber es war immerhin etwas. Die Idee war ihr gekommen, als sie Shelly Andelins Sachen zusammengepackt hatte, und Noah war sofort begeistert gewesen. Er hatte sogar gelächelt, als sie ihm den Vorschlag unterbreitet hatte.

»Shelly Andelin hatte nie viel zu sagen, und für eine Frau weniger Worte fand ich ihr Faible für Motivkaffeebecher … liebenswert«, sagte Mercedes, die Schwierigkeiten hatte, die richtigen Worte zu finden. »Ihr alle seid Menschen, denen sie wichtig war. Noah und ich glauben, sie hätte gewollt, dass ihr alle etwas bekommt, das ihr gehörte … einen kleinen Teil ihres Lebens … etwas, um euch an sie zu erinnern. Sie hatte kein großes Talent für Unterhaltungen und vielleicht hattet ihr nie die Gelegenheit, eine Tasse Kaffee mit Shelly zu trinken. Aber jetzt … werden wir alle gemeinsam eine Tasse Kaffee trinken … und uns voller Liebe an sie erinnern.«

Mercedes machte sich daran, Shellys Becher nacheinander an die Gruppe zu verteilen, die um das offene Grab herum kauerte. Alma und Abuela folgten ihr und füllten jeden Becher mit Kaffee aus zwei großen Thermoskannen auf. Die Becher waren kunterbunt, aber nicht die unterschiedlichen Farben machten sie bemerkenswert. Auf jedem Becher befand sich ein anderes aufgedrucktes Zitat. Sie waren nicht niedlich und kernig, sie waren nicht einmal witzig und auch nicht die typische alberne Ansammlung, die jeder mit der Zeit anhäuft. Es war eine sehr spezifische Sammlung, so als hätte Shelly jede Botschaft mit Bedacht ausgewählt.

Die auf die Keramikbecher gedruckten Sprüche waren von jener Sorte, die man auf kitschigen Grußkarten fand, die Sorte, die die meisten Leute lediglich überflogen, falls sie sie überhaupt lasen. Es waren blumige Phrasen voller Hoffnung und poetischer Weisheit. Mercedes hatte jeden einzelnen Aufdruck gelesen, während sie die Becher gespült und verpackt hatte. Und ihr Staunen angesichts Shelly Andelins Auswahl war immer größer geworden. Die Sprüche auf den Bechern spiegelten sich nirgendwo sonst in Shellys Leben wider. Nicht an den Wänden in ihrem Zuhause, noch in den Worten, die sie sprach, noch in den TV-Sendungen, die sie ansah. Sie hatte kein Tagebuch geführt und auch nicht die Bibel gelesen. Die einzigen Bücher in der Wohnung waren die in Noahs Zimmer gewesen, wo er sie an einer Wand aufgestapelt hatte. Doch jeder einzelne von Shellys Bechern lieferte eine kleine Predigt ab, so als wäre ihre tägliche Tasse Kaffee für sie das gewesen, was einer Religion am nächsten gekommen war. Sie hatten Mercedes völlig fasziniert.

Mercedes reichte Noah und Cora und schließlich Mami und Abuela jeweils einen Becher. Sie füllten ihre eigenen Trinkgefäße auf und gossen zu guter Letzt auch etwas Kaffee in den Becher, den Mercedes für sich behalten hatte. Sie würde sich nicht von ihm trennen. Es war der letzte Becher im Schrank gewesen, und Mercedes hatte nach Luft geschnappt und gedacht, dass Abuelas weise Worte irgendwie kommerzialisiert worden waren. Doch das Zitat auf Shellys Becher war ganz und gar nicht das gleiche wie Abuelas. Es lautete: »Am Ende sind nur drei Dinge wichtig: Wie sehr man liebte, wie sanft man lebte und wie würdevoll man die Dinge losließ, die nicht für einen bestimmt waren.«

Mercedes hatte den hellblauen Becher mit dem melancholischen Zitat angestarrt und darüber nachgegrübelt, warum Shelly ihn sich gekauft hatte. Wie sehr hatte Shelly Andelin wirklich geliebt? Sie hatte so sanft gelebt, dass sie kaum richtig gelebt hatte. Und Mercedes wusste nicht, ob es Würde oder Angst gewesen war, aber Shelly hatte eindeutig alles in ihrem Leben losgelassen – außer Noah. Und am Ende hatte sie auch ihn losgelassen. Vielleicht hatte sie geglaubt, dass es nichts gegeben hatte, was für sie bestimmt gewesen war.

Als alle Becher gefüllt waren, hob Mercedes ihren an. »Auf Shelly Andelin. Wir werden dich vermissen.«

»Auf Shelly«, stimmten alle mit ein. Die Trauergäste hoben ihre Becher im Einklang und tranken. Auf diese Weise genossen sie im Stillen eine Tasse Kaffee mit der Frau, die normalerweise allein getrunken hatte.

»Dr. Noah, hier ist Moses Wright.« Seine Stimme war ein unbehagliches Grollen, und Noah hätte sie selbst dann erkannt, wenn er ihm seinen Namen nicht genannt hätte.

»Moses, wie geht es Ihnen?« Noah war hocherfreut, von ihm zu hören. Er hatte sich Sorgen um ihn gemacht und sich gefragt, wie es ihm erging.

»Ich lebe noch, Doc. Tag lebt ebenfalls, auch wenn er dazu neigt, in Schwierigkeiten zu geraten.«

»Wo sind Sie? Kann ich Ihnen mit irgendetwas helfen?«

»Wir sind in Frankreich. Und in Sicherheit … zumindest fürs Erste.«

Niemand ist in Sicherheit. Zitternd taumelten die Worte durch Noahs Kopf, während in ihm eine seltsame Erinnerung an etwas aufstieg, das viele Jahre zurücklag. Er verdrängte sie, denn er musste sich auf Moses und den Grund für dessen Anruf konzentrieren.

»Frankreich?«

»Frankreich. Wir sind beide in London und dann in Irland gewesen – Belfast und Tag passten nicht gut zusammen – und morgen reisen wir nach Spanien weiter. Tag verspürt den Wunsch, mit den Stieren zu laufen.«

Noah stöhnte.

»Ja. Das habe ich ihm auch gesagt«, scherzte Moses. Er klang gut. Entspannt. Und dann kam er zum Grund seines Anrufs, und die Schwere kehrte in die Stimme des jungen Mannes zurück.

»Also, Doc. Cora … Ich sehe sie plötzlich wieder.«

Noah wappnete sich. In letzter Zeit hatte ihm jeder Satz, der mit Coras Namen begann, Kummer bereitet. Er rieb über seinen Bart.

»Was meinen Sie damit, Moses?«

»Sie zeigt mir ständig Lopez.«

»Mercedes?« Noah schnappte nach Luft.

»Ja. Ihre kleine Freundin.«

Beinahe hätte Noah laut aufgelacht. Er stellte sich Al Pacino in *Scarface* vor, der »Sagt hallo zu meiner kleinen Freundin« ertönen ließ, während er mit einem Granatwerfer herumfuchtelte. Irgendwie erschien es gar nicht so abwegig, Mer mit einem Granatwerfer zu vergleichen. Doch Moses lachte nicht.

»Hat Lopez Ihnen die Bilder gezeigt, die ich an dem Tag zeichnete, an dem sie mich in der Montlake-Klinik besuchte, Doc?«

»Ja. Das hat sie.«

Moses fluchte. Seine Erleichterung war selbst über zwei Kontinente und einen Ozean hinweg spürbar. »Gut. Ich wusste nicht, wie … Mist.«

»Moses?«

»Die Papierfigürchen. Haben Sie die gesehen?«, drängte Moses.

Noah dachte an die Zeichnungen und die miteinander verbundenen Figuren. Er, Mer und Cora. Er, Mer und Gia. Fast so, als würde Cora ihnen ihren Segen geben. Der Gedanke löste etwas in ihm. Er hatte sich nicht gestattet, das Bild auf diese Weise zu interpretieren. Aber vielleicht konnte er es jetzt.

»Der Mann auf dem Bild? Cora zeigt mir immer wieder diesen Mann.« Moses unterbrach Noahs Gedankengang.

»Der Mann?« Noah verstand nicht.

»Ja. Ähm, Sie wissen schon. Die Papierfigürchen. Das Bild, das ich von Cora, dem kleinen Mädchen und dem Mann zeichnete. Zusammen. Cora zeigt mir immer wieder sein Gesicht. Wissen Sie … wer er ist?«, fragte Moses. Seine Worte klangen so verkrampft, dass sich Noahs Kehle zuschnürte.

»Cora zeigt Ihnen Bilder von Mer mit einem Mann?«, hakte Noah nach.

»Ja, aber nicht … zusammen. Ich glaube, dass Lopez in Schwierigkeiten steckt.«

Noah schwieg. Seine Gedanken rasten. Moses hatte ihn nie angerufen. Er hätte sich nicht bei ihm gemeldet, wenn er nicht ernsthaft besorgt wäre.

»Doc, ich muss Schluss machen. Ich werde versuchen, Sie morgen noch mal anzurufen. Aber ich kann nichts versprechen. Wir werden den Großteil des Tages im Zug verbringen. Wenn ich sie nicht noch mal sehe, ist das das Beste, was ich Ihnen liefern kann. Mehr kann ich Ihnen nicht erzählen. Aber ich werde Sie anrufen, sobald ich die Möglichkeit habe … nur um sicherzugehen, dass alles in Ordnung ist. Grüßen Sie Lopez von mir.«

»Danke, Moses«, sagte Noah, doch die Verbindung war bereits abgebrochen.

Noah brauchte zehn Minuten, um zur Tür hinauszugehen. Es war bereits Zeit fürs Bett, doch er konnte nicht bis morgen warten. Er musste Gia umziehen. Sie zog sich eine Socke wieder aus, bevor er ihr die andere anziehen konnte, und sie brüllte, als er versuchte, sie dazu zu bringen, Schuhe zu tragen.

»Wir machen einen Ausflug, Gia-Käferchen. Komm schon, hilf Daddy«, flehte er.

»Kein Ausfug«, murrte sie. »Keine Suhe.«

»Wir besuchen Mer, und du musst Schuhe anziehen, wenn du laufen willst.«

»Meh!«

»Meh«, flüsterte er. Er wusste nicht, ob er wütend oder ängstlich sein sollte. Er entschied sich für beides.

Noah teilte Mer nicht mit, dass sie vorbeikommen würden, und sie war überrascht, sie zu sehen. Sie freute sich, sie zu sehen. Ihre Zähne blitzten auf, und in ihrer rechten Wange bildete sich ein Grübchen. Die Erschöpfung, die er in ihrem Gesicht sah, verflog. Ihre Freude löste in Noahs Brust einen Schmerz aus und machte ihn sogar noch wütender. Sie hielt einen Becher Kaffee in der Hand und trat von der Tür zurück, um sie hereinzulassen. Dann streckte sie die Arme nach Gia aus, die sich ihr sofort entgegenreckte. Noah stürmte an ihr vorbei und setzte Gia einfach mitten in ihrem Wohnzimmer auf den Boden. Er war aus einem bestimmten Grund hier und wollte nicht, dass auch nur einer von ihnen es sich bequem machte. Allerdings hatte Gia sofort angefangen, an ihren Schuhen zu zerren, sobald sie auf dem Boden saß.

»Gibt es einen Grund dafür, dass du das Baby nicht rausrücken willst, Boozer?«, fragte Mer. In ihrer neckenden Stimme schwang ein Hauch Überraschung mit. Noah kam sofort zum Punkt.

»Ich muss die Bilder sehen, die dir Moses in der Montlake-Klinik gegeben hat. Alle.« Falls er zuvor noch unsicher gewesen war, ob sie etwas vor ihm geheim gehalten hatte, war er es jetzt nicht mehr. Mer riss die Augen auf und presste die Lippen zusammen. Eine Sekunde später setzte sie ihr Pokerface auf, doch er hatte genug gesehen. Sie drehte sich folgsam um und ging zum Geschirrschrank in ihrem Esszimmer. Noah war ihr dicht auf den Fersen. Sie stellte ihren Kaffeebecher auf dem Esstisch ab, zog eine Schublade im Schrank auf und holte eine schmale Mappe heraus. Noah riss sie ihr aus der Hand.

»Noah!«, rief sie. Blut quoll in einer langen, dünnen Linie hervor, die sich quer über ihre Finger zog. Er hatte ihr die Mappe mit so viel Wucht entrissen, dass er ihr damit in die Finger geschnitten hatte. Er legte die Mappe ab und nahm ihre Hand in seine. Dann zerrte er sie zum Spülbecken in der Küche. Er ließ kaltes Wasser über ihre Finger laufen. Er war immer noch wütend, immer noch verwirrt, aber auch von sich selbst angewidert. Sie blutete, und es war seine Schuld.

»Das ist nur ein kleiner Schnitt. Ich werd's überleben«, presste sie kurz angebunden hervor. Doch er konnte das Feuer unter ihrer eisigen Stimme hören.

»Du hast mir nicht alle Zeichnungen gezeigt, Mercedes.« Er stellte das Wasser ab und nahm ein Geschirrtuch von der Ablage. Es war rot, also würde man darauf keine Blutflecken sehen. Er wickelte es um ihre Hand und ging dann zu ihrem Medizinschränkchen links neben dem Kühlschrank. Er wusste, dass sie darin ihre Pflaster aufbewahrte.

»Du kommst also einfach hier reingeplatzt, stampfst und polterst und enthältst mir Babyumarmungen vor?«, schnauzte sie.

Wie aufs Stichwort kam Gia ohne Schuhe in die Küche gewatschelt. »Meh!«, quiekte sie.

»Mercedes«, sagte Noah, der spürte, wie die Wände immer näher kamen. »Ich muss diese Bilder sehen.«

»Wie du willst.« Sie deutete auf den Esstisch, auf dem er die Mappe abgelegt hatte, und beugte sich vor, um Gia hochzuheben.

Er ging zurück zu der Mappe, während Mercedes Gia knuddelte, als würde das alles keine Rolle spielen. Vielleicht hielt sie sie zu fest, oder vielleicht lag es einfach nur an der kurzen Aufmerksamkeitsspanne eines Kleinkinds, aber Mercedes strahlte eine Anspannung aus, an die Gia nicht gewöhnt war. Gia quäkte und verlangte, losgelassen zu werden. Mercedes fügte sich, und Gia tapste davon, höchstwahrscheinlich um den Korb voller Spielsachen auszuräumen, den Mercedes für ihre Besuche bereithielt. Mercedes näherte sich Noah mit abwehrend vor der Brust verschränkten Armen und wartete darauf, dass er herausfand, was sie geheim gehalten hatte.

Das Bild befand sich ganz unten in dem kleinen Stapel von Zeichnungen, als hätte sie versucht, es zu vergraben und zu vergessen. Es war in dem gleichen Stil gehalten wie die anderen Zeichnungen der Papierfigürchen. Doch Noahs Gesicht war kein Teil dieser kleinen Familie. Er starrte die Zeichnung voller Entsetzen an, als er die dargestellte Person erkannte.

»Weißt du, was das bedeutet?«, flüsterte er und hob den Blick, um Mercedes anzusehen.

Ihre Augen waren feucht und weit aufgerissen. Sie hatte die Zähne zusammengebissen, damit ihre Lippen nicht zitterten. Als sie sprach, klang ihre Stimme sanft, aber sie erfand keine Ausreden und entschuldigte sich auch nicht.

»Als Moses dieses Bild zeichnete, wusste ich … Ich wusste, dass es nichts Gutes bedeuten konnte. Weder für Cora noch für dich noch für Gia. Also verstaute ich es in dieser Schublade und habe es seitdem nicht mehr angeschaut. Cora kann ich nicht mehr helfen. Aber ich kann dich und Gia beschützen.«

»Du kannst mich beschützen?«, schnaubte Noah.

»Ich kann es versuchen.«

»Moses zeichnete dieses Bild vor Monaten. Und du hast es mir vorenthalten. Die ganze Zeit über.«

»Ja. Das habe ich«, bestätigte sie trotzig.

»Warum?«

»Warum?«, wiederholte sie fassungslos. Sie lachte, doch das Lachen brach und bebte wie ein Schluchzen. »Du bist durch die Hölle gegangen. Cora ist nicht einfach nur *gestorben*. Das ist schwer genug. Die Chancen stehen gut, dass sie sich umgebracht hat. Das ist tausendmal schwerer. Und gerade als ich anfing, das zu akzeptieren – als *du* anfingst, es zu akzeptieren –, präsentiert sie dir das?« Sie deutete auf das Bild. »Cora war nie grausam. Aber das ist grausam, und ich wollte kein Teil davon sein. Wenn sie etwas beichten wollte, dann war das ihr Pech.

Sie verpasste ihre Chance, und ich würde ihr diese Bürde nicht abnehmen. Dieses Mal nicht. Nie wieder.«

Tränen rannen über ihr Gesicht, und sie wischte sie frustriert weg. Mercedes war nie nah am Wasser gebaut gewesen. Sie reagierte oft wütend oder leidenschaftlich oder lachte, aber sie weinte nur selten. In den zweiundzwanzig Jahren, die er sie nun schon kannte, hatte er sie nur ein paarmal weinen sehen. Doch mit Coras Tod hatte sich das geändert. Im vergangenen Jahr hatte sie mehr geweint als in all den Jahren davor zusammen. Und oft genug waren es Tränen gewesen, die sie seinetwegen vergossen hatte.

»Mer … du kannst derartige Entscheidungen nicht für mich treffen. Wie soll ich dir unter diesen Umständen vertrauen?«, keuchte er heiser.

»Mir vertrauen?« Sie presste eine Hand auf ihre Brust. »Mir?«, schrie sie. »Ich würde so ziemlich alles für dich tun, Noah. Hast du das immer noch nicht begriffen?«

»Das ist Keegan Tate. Das ist ein Bild von Keegan Tate mit *meiner* Frau und *meiner* Tochter.« Noah hielt ihr das Bild vor die Nase und fuchtelte damit hin und her. Er war so aufgebracht, dass er die unschuldige Darstellung nur zitternd anstarren konnte. »Du hättest es mir erzählen sollen.«

»Was hätte ich dir erzählen sollen? Dass deine Frau eine Affäre mit Keegan Tate hatte? Warum sollte ich das tun?«, fragte sie erneut.

»Weil ich es verdiene, es zu wissen!«

»Du hast recht. Du hättest es verdient, es zu wissen. Aber ich wollte nicht diejenige sein, die es dir erzählt.«

»Wer hätte es mir denn sonst erzählen sollen, Mer?«, fragte er erstickt.

»Nachdem ich dieses Bild gesehen hatte, ging ich zu Keegan und fragte ihn, ob er eine Affäre mit Cora gehabt hätte. Er gab zu, ein … ein paarmal … mit ihr geschlafen zu haben. Die Beziehung sei kurz gewesen. Nichts Ernstes. Und sie beendete das mit ihm, bevor du nach Afghanistan aufbrachst.«

»Ich verstehe. Du bist also zu Keegan gegangen, aber nicht zu mir gekommen.« Noah war so aufgebracht, dass er zitterte. Er legte das Bild ab, weil er nicht länger in der Lage war, es zu betrachten.

»Ich hätte … dich … oder Gia … nicht beschützen können … wenn ich nicht gewusst hätte, womit ich es zu tun hatte. Ich musste es in Erfahrung bringen.«

»Du hast mich nicht beschützt! Du hast mein Vertrauen missbraucht. Ich komme mir wie ein Trottel vor, so als wäre alles zwischen uns nur Heuchelei. Du musst dich nicht um mich kümmern, Mer. Okay? Ich will, dass du mich genug liebst, um mir die Wahrheit zu sagen, selbst wenn sie hässlich ist.«

Wie betäubt starrte sie ihn an an, während Tränen von ihrem Kinn tropften. Dann erschauderte sie, und ihre Worte klangen erstickt.

»Du wusstest, dass sie untreu war, Noah. Tu nicht so, als hättest du es nicht gewusst. Das war das, was du auf dem Friedhof nicht sagen wolltest. Und ich respektierte das. Ich verstand das. Und ich ließ es auf sich beruhen.«

»Ich wusste nicht, dass es Keegan Tate war! Verdammt, ich weiß nicht mal, ob Keegan Tate der Einzige war. Ich fand bei Gias Gesundheitsuntersuchung im vergangenen März heraus, dass sie nicht von mir sein konnte. Unsere Blutgruppen passen nicht zusammen. Wusstest du das, Mer? Wusstest du, dass Gia nicht meine Tochter ist?« Er weinte jetzt ebenfalls, und Mercedes wirbelte herum, um ihn anzusehen.

»Oh, Noah«, stöhnte Mercedes und streckte eine Hand nach ihm aus. »Warum hast du es mir nicht erzählt?«

»Warum ich es *dir* nicht erzählt habe?«, keuchte er. »Weil es dich nichts anging! Ich habe dir keine Informationen über *dich* vorenthalten.«

Sie ließ die Hand sofort sinken und trat zurück. »Okay. Ich verstehe. Also war dieses Wochenende, an dem du bei mir vorbeikamst und völlig neben dir warst, der Zeitpunkt, an dem du es gerade herausgefunden hattest. Und bei allem, was danach passierte – bei allem, was seitdem passiert ist –, ging es dir nur darum, Cora eins auszuwischen. Du warst wütend auf Cora, also hattest du Sex mit mir.«

»Es geht dabei nicht um dich!«

»Warum bist du dann so wütend auf mich?«, brüllte sie zurück. »Habe ich je etwas anderes getan, als dich zu lieben? Mein ganzes Leben lang habe ich dich und Cora geliebt. Und nun liebe ich eure Tochter, als wäre sie mein eigenes Kind. Also wag es ja nicht, mir zu erzählen, dass es hier nicht um mich geht!«

Noah war zu aufgewühlt, um einen vernünftigen Gedanken zu fassen, zu verzweifelt und bestürzt, um nicht noch mehr Worte zu äußern, die er nicht so meinte. Er schlug nach dem hellblauen Kaffeebecher auf dem Tisch und sah zu, wie er zu Boden fiel und auf den bunten Fliesen, die Mercedes selbst verlegt hatte, zersplitterte. Dann marschierte er zu Gia, hob sie in seine Arme und eilte durch Mercedes Haustür nach draußen. Er hielt nicht mal inne, um Gias Schuhe aufzusammeln oder ihren Pullover zu finden. Er schaute nicht zu seiner besten Freundin zurück, die keinerlei Anstalten machte, ihn vom Hinausstürmen abzuhalten.

Noah wollte ihn umbringen. Er fuhr ziellos umher. Gia schlief in ihrem Kindersitz, die Nacht war beruhigend, die Klänge aus dem Radio waren sanft. Seine Wut bauschte sich auf, entlud sich und wich dann langsam durch das offene Fenster in die Nachtluft hinaus. Utah im Juni war wunderschön. Nicht zu heiß. Nicht zu kalt. Er ließ zu, dass die Brise ihn liebkoste und ihm Beschwichtigungen zuflüsterte.

Keegan Tate. Gias Vater war Keegan Tate.

Cora hatte wirklich einen seltsamen Geschmack gehabt.

Seltsamerweise wuchs Noahs Erleichterung, während seine Wut verrauchte – er war noch nie besonders gut darin gewesen, lange einen Groll zu hegen. Jetzt wusste er Bescheid. Ein Teil seiner Qual war aus dieser gesichtslosen Bedrohung erwachsen. Er hatte befürchtet, dass jemand plötzlich aus dem Nichts auftauchen und seine Tochter – und ihn – mit einer Sorgerechtsklage bedrohen würde. Zu wissen, womit er es zu tun hatte, war eine Erleichterung. Keegan Tate war keine Bedrohung. Falls er den Verdacht hegte, dass Gia von ihm war – und den hegte er zweifellos, denn er kannte die Zeitlinie und seine Beteiligung –, hatte er nie ein Wort gesagt oder auch nur in ihre Richtung geblinzelt.

Mercedes hatte nichts falsch gemacht.

Er war wütend, weil er sich wie ein Trottel vorkam. Er war beschämt. Er war in Mer verliebt, und sie hatte etwas sehr Wichtiges vor ihm geheim gehalten. Etwas, das sie ihm hätte zeigen sollen. Etwas, von dem ihre Beziehung verlangte, dass sie es enthüllte.

Doch Mer hatte versucht, ihn zu beschützen, Gia zu beschützen. Und sie hatte keinen Grund gesehen, auf Coras Andenken herumzutrampeln. Hatte er auf dem Friedhof nicht genau das gesagt? Die Wahrheit war, dass sie beide immer noch versuchten, sich um Cora zu kümmern. Vielleicht war es für sie an der Zeit, damit aufzuhören.

Er hatte Mercedes nichts von dem Tag beim Kinderarzt erzählt. Das hatte er vor ihr geheim gehalten. Und egal was er gesagt hatte, es funktionierte in beide Richtungen. Mer hatte ein Bild erhalten, gezeichnet von einem Patienten in einer psychiatrischen Einrichtung, der behauptete, mit den Toten zu kommunizieren. Das war nicht gerade viel Material, um deswegen jemandes Ruf zu zerstören oder ihm das Herz zu brechen. Vermutlich hätte er an ihrer Stelle ebenso gehandelt.

Der Gedanke an Moses rief ihm wieder die Unterhaltung in den Kopf, mit der das alles angefangen hatte.

Ich denke, dass Lopez in Schwierigkeiten steckt.

»Verdammt!«, sagte Noah laut, als er erkannte, dass er Mers Haus in seiner Wut so überstürzt verlassen und vergessen hatte, warum er überhaupt dort hingefahren war.

»Verdammt«, wiederholte eine kleine Stimme auf dem Rücksitz, und Noah seufzte schwer. Er hatte im Leben heute komplett versagt. Er war davon ausgegangen, dass Gia schlief. Ein Blick in den Rückspiegel zeigte ihm, dass sie lächelte und mit ihren nackten Füßen strampelte. Er war eine halbe Stunde von zu Hause entfernt und fuhr ziellos umher, und Mercedes könnte in Schwierigkeiten stecken.

»Lass uns zurück zu Mer fahren«, sagte er und wendete das Auto.

»Meh fahen!« Gia klatschte in die Hände.

Noah rief Mercedes an und wartete, während das Telefon tutete und tutete und sein Anruf irgendwann auf die Mailbox weitergeleitet wurde. Er hatte das Haus vor zwei Stunden verlassen. Nun war es Mitternacht. Sie lag vermutlich im Bett. Wo sie sein sollte. Wo Gia sein sollte. Er hatte das Fenster geschlossen und das Radio ausgeschaltet, und Gia war in ihrem Kindersitz erneut eingeschlafen. Doch Noah verspürte ein nervöses Kribbeln in der Magengegend, und sein Verstand wollte sich einfach nicht beruhigen. Er wollte die Situation so nicht stehen lassen. Außerdem musste er sich davon überzeugen, dass es Mer gut ging. Moses Wright hätte ihn nicht grundlos angerufen. Noah fuhr zu ihrem Haus, saß im Auto und starrte auf die dunklen Fenster. Er kam sich wie ein Idiot vor. Er stieg aus und hob Gia aus ihrem Kindersitz. Sie lag schlaff an seiner Schulter und regte sich nicht, als er an Mers Tür klopfte.

Noah klopfte mehrere Minuten lang, doch niemand reagierte. Er versuchte erneut, sie anzurufen. Mehrere Male. Er wusste nicht, was er tun sollte, pochte fester und klingelte. Alma kam mit verschlafenen Augen an die Tür und schwang einen Besen wie einen Knüppel. Als sie ihn erkannte, ließ sie ihn sinken.

»Alma, tut mir leid. Mercedes und ich haben uns gestritten. Ich mache mir Sorgen um sie.«

Sie starrte ihn müde an. »Du hast sie zum Weinen gebracht, Noah.«

»Ich weiß.«

»Es ist sehr spät.«

»Das weiß ich ebenfalls. Ich bin müde. Gia ist müde. Aber ich muss Mercedes sehen. Lässt du mich rein?«

»Sie ist nicht hier.«

»Lügst du mich an, Alma? Hat Mer dir aufgetragen zu lügen? Denn ich mache mir Sorgen. Ich muss wissen, ob es ihr gut geht. Wenn sie in ihrem Zimmer ist und wütend auf mich ist, geht das in Ordnung. Aber wenn sie es nicht ist, dann muss ich sie finden.«

»Du liebst sie«, sagte Alma.

»Ja. Das tue ich.«

»Sie liebt dich.«

»Ich weiß.«

»Dann heirate sie!«, schnauzte sie. »Heirate sie, und gib Gia eine Mutter. Gib mir ein Enkelkind!«

»Ich würde Mercedes gleich morgen heiraten, wenn sie mich haben wollten würde.«

»*Sí?*«, keuchte Alma.

»Ja. Aber sie …« Noah war sich nicht sicher, ob er es erklären konnte. Er verstand selbst nicht, warum sich Mer so heftig gegen ihn wehrte, warum sie dem Offensichtlichen widerstand.

»Sie ist stur«, half Alma ihm auf die Sprünge.

»Ja.«

»Und verängstigt.«

»Ja. Ich denke schon«, seufzte er.

»Sie ist nicht hier, Noah.«

»Okay. Dann muss ich sie finden.«

»Lass das *bebé* hier. Geh und finde meine Tochter.«

Er seufzte erneut. Dann ließ er Gia in Almas Arme gleiten. Er wusste, dass sie im Bett besser aufgehoben sein würde als im Auto bei ihm, während er durch die Gegend fuhr.

»Hast du irgendeine Ahnung, wo sie hingegangen sein könnte?«, fragte er.

»Sie sagte etwas von Keegan und dem Salon«, murmelte Alma und küsste Gias weichen Kopf.

»Keegan?« Das nervöse Kribbeln in seinem Magen wurde zu einem wütenden Stechen. »Ich dachte, dass Keegan Tate das *Maven* verlassen hätte.«

»Das hatte er. Aber er ist zurückgekommen, und Mercedes sucht nach einem neuen Job. Sie wollte mir nicht erzählen, was passiert ist, aber sie war sehr aufgebracht.«

»Verdammt noch mal, Alma. Warum hat sie mich nicht angerufen? Warum hat sie mir nichts davon erzählt?«

»Sie muss stark sein und Dinge in Ordnung bringen. Sie ist gut darin zu lieben, aber sie ist nicht sehr gut darin, sich lieben zu lassen. Du wirst sie überzeugen müssen, Noah.«

18

1995

»Noah?«

Der Mann drehte sich um und hob dabei den Ball auf. Mercedes stieß einen Jubelruf aus, der durch die komplette Wohnanlage hallte.

»Noah!«, kreischte sie. Die Erschöpfung, die sie noch vor wenigen Minuten verspürt hatte, wich einer berauschenden Euphorie. Er war zu Hause. Er war zu Hause! Dann rannte sie. Dass sie sich einen Absatz abbrechen – oder einen Knöchel brechen – könnte, kümmerte sie nicht. Sie flog über die Rasenfläche zwischen dem Parkplatz und dem Betonplatz, auf dem er im dürftigen Licht stand und auf sie wartete.

»Die Frau kann sich immer noch bewegen! Mach langsam, Mer«, sagte Noah lachend und kam ihr die letzten paar Schritte entgegen. Er hob sie in seine Arme und drückte sie fest an sich, während sie ihr Gesicht an seiner Schulter vergrub und betete, dass er sie nie wieder loslassen würde. Sie schlang ihre Beine um ihn, damit er sie nicht loslassen konnte, was ihn nur noch mehr zum Lachen brachte. Dann überschüttete sie seine stoppeligen Wangen mit Küssen.

»Was ist das für ein Flaum, den du auf deinem Gesicht heranzüchtest?«, krähte sie.

»Ich habe mich nicht mehr rasiert, seit ich Kuwait verlassen habe. Ich rasiere mich erst dann wieder, wenn es absolut notwendig ist.«

»Mir gefällt's«, verkündete Mercedes.

»Mir auch.« Er zog sich zurück, setzte sie aber nicht ab. Stattdessen blickte er in ihr strahlendes Gesicht.

»Ich habe dich ganz doll vermisst«, sagte Noah.

»Ich habe dich auch vermisst, du großer, dummer Idiot«, flüsterte sie und versuchte, nicht gefühlsduselig zu werden. Sie beschimpfte ihn scherzhaft, um ihre Tränen im Zaum zu halten. »Warum hast du mir nicht erzählt, dass du heute zurückkommen würdest? Ich hatte erst nächste Woche mit dir gerechnet und große Pläne für eine Willkommensparty mit Essen und Leuten und Feuerwerk.«

»Deswegen habe ich es dir nicht erzählt.« Er lachte erneut. »Ich wollte keinen großen Rummel. Ich wollte dich überraschen. Außerdem ist das hier das beste Willkommensgeschenk, das du mir hättest machen können. Auch wenn ich sagen muss«, er wiegte sie in seinen Armen auf und ab, als wäre sie ein quengeliges Kind, »dass du ein wenig schwerer bist, als ich dich in Erinnerung habe. Wie viel wiegst du jetzt? Siebenundvierzig Kilo in nassen Sachen?«

»Das sind die Schuhe«, erwiderte sie kichernd. »Die wiegen zwei Kilo das Stück. Aber sie stehen mir wahnsinnig gut.«

»Lass mich mal sehen«, verlangte er und setzte sie ab. Sie trat zurück, ließ ihn los und drehte sich um sich selbst.

»Ja. Wahnsinnig gut. Aber kannst du in diesen Schuhen Basketball spielen?« Noah lehnte sich vor und schnappte sich den Ball. Er ließ ihn gekonnt zwischen seinen Beinen auftitschen, bevor er ihn ihr zuwarf. Sie stolzierte wie RuPaul auf dem Laufsteg, dribbelte, während sie sich vorwärts bewegte, und hielt dann inne, um zu posieren und den Ball nach oben zu werfen, als hätte sie diese Bewegung schon tausendmal geübt. Der Ball fiel durch den Korb, und Noah krähte. Sofort waren sie wieder bereit für ihr altes Spiel. Anstatt sich gegenseitig Punkte für verpatzte Würfe abzuziehen, einigten sie sich darauf, sich Wahrheiten zu erzählen, wenn sie den Ball nicht versenkten. Sie hatten dieses Spiel schon oft gespielt, doch es gelang ihnen immer noch, dem anderen ein paar Geständnisse

zu entlocken. Die Tatsache, dass sie ein Jahr lang getrennt gewesen waren, versorgte sie mit neuem Material.

»Raus mit der Sprache, Noah«, neckte Mercedes ihn, nachdem er mit einem Wurf verfehlt und sie einen Treffer gelandet hatte.

»Die Wahrheit? Ich bin schon vor zwei Stunden angekommen. Abuela hat mir etwas zum Abendessen gemacht, und ich habe alles aufgefuttert. Sogar die Portion, die für dich aufbewahren sollte.«

Mit gespielter Empörung schnappte Mercedes nach Luft. »Aber ich verhungere!«

»Abuela sagte außerdem, dass ich in der Lage sein würde, dich kommen zu sehen, wenn ich hier draußen warten würde. Wie ich sehe, fährst du immer noch den Corolla.«

»Wenn ich nicht gerade pleite bin«, scherzte Mercedes. »Dieser Corolla und ich werden zusammen alt werden. Er hat mir seine besten Jahre gegeben, und ich werde ihn nicht im Stich lassen, nur weil er hässlich ist.«

»Du bist übertrieben treu«, sagte Noah und trat ein paar Schritte zurück, um sich in Position zu bringen.

»Immer. Du bist hässlich. Und dir habe ich auch nie den Rücken zugekehrt.«

»Bei diesem Spiel geht es darum, die Wahrheit zu sagen, Mer. Die *Wahrheit*. Und ich bin ein schöner Mann. Allerdings hast du mir tatsächlich nie den Rücken zugekehrt. Dieser Teil ist durchaus wahr.« Er ließ den Ball los, und er flog durch die Luft und landete im Korb.

Mercedes versuchte, den gleichen Wurf zu machen, verfehlte den Korb aber. Nun war sie damit an der Reihe, eine Wahrheit preiszugeben.

»Wahrheit«, sagte sie. »Ich hatte eigentlich gar keine Party geplant. Essen schon. Möglicherweise auch ein Feuerwerk. Aber keine Leute. Ich wollte dich nicht mit anderen teilen.«

Noah hörte auf zu dribbeln und kam mit einem sanften Lächeln *auf sie zu. Sie erwiderte das Lächeln und versuchte ihm den Ball abzunehmen. Stattdessen gab er ihn ihr.*

»Du änderst dich nie, Mer«, sagte Noah leise. »Das ist eines der Dinge, die ich an dir liebe. Während ich wartete, machte ich mir Sorgen, dass es zwischen uns womöglich unangenehm werden oder nicht mehr so wie früher sein könnte. Aber alles ist noch genau wie früher. Du bist wie früher. Und ich kann dir gar nicht sagen, wie glücklich mich das macht.«

»Die Wahrheit? Ich liebe dich mehr als jeden anderen weißen Mann auf diesem Planeten. Das wird sich nie ändern. Obwohl du mein Abendessen aufgefuttert hast«, sagte Mercedes.

»Was ist mit hispanischen Männern? Oder asiatischen? Oder afrikanischen? Verschweigst du mir etwas? Hast du dich während meiner Abwesenheit in jemanden verliebt?« Er wackelte erwartungsvoll mit den Augenbrauen, doch auf seinem Gesicht lag ein seltsamer Ausdruck.

»Die Wahrheit?«, fragte sie.

»Die Wahrheit«, erwiderte er.

»Ich werde mich niemals verlieben. Das ist zu chaotisch.«

Noah nickte langsam und zog die Augen zusammen. Mercedes drehte sich um und machte einen weiteren Wurf. Doch irgendwo zwischen der Wahrheit und den glatten Lügen war das Spiel abrupt zu einem Ende gekommen. Sie fing den Ball, den sie selbst geworfen hatte, wieder auf und spielte ihn Noah zu. Er warf ihn direkt wieder zu ihr zurück.

»Das ist deiner. Ich habe ihn aus dem obersten Fach in deinem Schrank geholt. Chaotisch ist da ein gutes Stichwort.«

Mercedes schnaubte. Ihr Schrank – ihr ganzes Zimmer – war makellos.

»Willst du mit reinkommen?«, fragte sie. »Oder willst du lieber zu Taco Bell *fahren und Burritos für neunundsechzig Cent essen? Du schuldest mir ein Abendessen.«*

»Und die letzte Wahrheit des Abends lautet … Ich muss los. Heather weiß, dass ich in der Stadt bin. Ich habe sie angerufen, um mir Coras Stundenplan durchgeben zu lassen. Sie hatte heute noch spät Unterricht, aber mittlerweile sollte sie zu Hause sein.«

»Okay. Dann schreibe ich das Abendessen auf deinen Deckel«, neckte Mercedes ihn.

»Komm mit mir«, drängte er.

»Nein. Wir sehen uns morgen. Oder am Sonntag. Ich war bereits an der Reihe. Geh jetzt zu Cora.«

»Ist zwischen euch beiden alles in Ordnung? Ihr habt mir beide immer treu geschrieben, aber keine von euch hat in ihren Briefen die andere erwähnt. Ich habe angefangen, mich zu fragen, ob da vielleicht etwas im Busch ist.«

»Wir sehen uns nicht mehr so oft wie früher. Seit sie und Heather aus der Drei-Amigos-Wohnanlage weggezogen sind, ist es nicht mehr so leicht, einfach vorbeizuschauen. Cora ist in der Schule. Ich arbeite.« Mercedes zuckte mit den Schultern. »Aber wir reden mindestens einmal pro Woche miteinander.«

Er wirkte so, als wollte er nicht gehen. »Komm mit mir«, wiederholte er. »Es wird wie früher sein. Nur wir drei.«

»Es wird nicht wie früher sein«, wich sie aus. »Manche Dinge haben sich nicht verändert … aber andere schon.«

Er schaute ihr in die Augen und wartete darauf, dass sie das weiter ausführte.

»Du und Cora?«, presste sie hervor. Ihm musste klar sein, dass sie es wusste. Cora hatte es nicht geheim gehalten.

Er nickte langsam. Mercedes war sich nicht sicher, ob er die neue Beziehung damit bestätigte oder ihr einfach nur zeigen wollte, dass er sie gehört hatte.

»Du wirst es dir nicht noch mal anders überlegen?«, fragte er leise.

»Nein. Geh«, beharrte sie.

Er nickte erneut, und etwas huschte über seine Züge und war dann verschwunden.

»Morgen?«, fragte sie.

»Immer«, antwortete er. Noah zog sie in eine schnelle, feste Umarmung und eilte davon. Sie blieb allein unter der Straßenlaterne zurück und hielt ihren Ball umklammert.

Mercedes weinte, als Noah ging. Vielleicht lag es daran, dass er den Kaffeebecher zerbrochen hatte. Es war der Becher gewesen, den sie aus der Sammlung seiner Mutter behalten hatte, der Becher, auf dem die Worte standen, die in den letzten zehn Jahren ein wenig zu ihrem Mantra geworden waren. *Am Ende sind nur drei Dinge wichtig: Wie sehr man liebte, wie sanft man lebte und wie würdevoll man die Dinge losließ, die nicht für einen bestimmt waren.*

Die Ironie dieses Zitats entging ihr jetzt nicht.

Mercedes hatte enorm geliebt, sie hatte so gut gelebt, wie es ihr möglich gewesen war, und sie hatte niemals etwas genommen, das ihr nicht gehört hatte. Und was hatte es ihr gebracht? Sie hob die Scherben des Bechers vom Boden auf und hoffte, dass man ihn noch retten konnte. Als ihr klar wurde, dass das nicht möglich sein würde, weinte sie noch heftiger.

Vielleicht galten ihre Tränen nicht dem alten Kaffeebecher. Vielleicht galten sie den Wochen – den Monaten – voller Anspannung, voller intensiver Gefühle, sowie dem Verlust von allem, wofür sie gearbeitet hatte, und der Veränderung in ihrer Beziehung mit Noah. Was auch immer der Grund war, sie sank auf ihr Sofa, das in ihrem alternden Zweifamilienhaus stand. Dieses Haus enthielt alles, was sie besaß, und nichts – außer Mami –, das sie nicht zurücklassen könnte. Das hier war ihr Leben, und die Leere des Ganzen überwältigte sie. Gebraucht, wiederverwertet, aufpoliert, repariert und umfunktioniert. Alles war sauber. Alles glänzte. Sie hatte ihr Bestes gegeben, um das Haus in Ordnung zu halten, und es spiegelte ihren Geschmack und ihr Talent dafür, aus nichts etwas zu machen, wider. Doch während sie sich mit tränennassen Augen umschaute und Schluchzer ihre Brust zum Beben brachten und sie erschöpft zurückließen, konnte sie nur noch Verzweiflung empfinden.

Sie vergrub ihr Gesicht in den Sofakissen und blendete alles aus. Sie sollte ins Bett gehen. Sie sollte schlafen. Vielleicht würde sie dann nicht länger Noahs erschütterte Miene sehen und auch ihren Streit nicht immer und immer wieder im Kopf durchgehen. Doch sie glaubte nicht, dass sie in der Lage sein würde zu schlafen. Sie musste sich bewegen, arbeiten, etwas tun – irgendetwas –, um sich von ihren Sorgen abzulenken. Sie hörte, wie Mami von der Arbeit nach Hause kam und auf Zehenspitzen zu dem Sofa schlich, auf dem sie kauerte.

»*Estás durmiendo?*«, flüsterte Mami und berührte ihren Rücken.

»Nein«, murmelte Mercedes und drehte ihr Gesicht ein klein wenig, damit ihre Mutter sie hören konnte. »Ich schlafe nicht.«

»*Qué pasa?*«

»Es geht mir gut, Mami«, log Mercedes. »Ich bin nur müde. Nur ein wenig emotional. Ich denke, dass ich zum *Maven* fahren und dort Inventur machen werde. Ich muss das nicht machen. Das ist jetzt Keegans Aufgabe … Aber es ist so lange meine Aufgaben gewesen, dass mein Stolz nicht zulässt, dort einfach alles stehen und liegen zu lassen. Und ich glaube nicht, dass ich so bald in der Lage sein werde zu schlafen.«

»Waren Noah und das *bebé* hier?« Gias Stiefel lagen mitten auf dem Fußboden, wo sie sie ausgezogen hatte. Sie zu sehen, bereitete Mercedes Herzschmerzen und trieb ihr erneut Tränen in die Augen. Sie drehte ihr Gesicht wieder zum Sofa und presste es auf die Kissen, damit ihre Mutter sie nicht weinen sehen würde.

»Ja. Das waren sie. Aber sie sind wieder gegangen.«

»Ohne Schuhe?«

»Wir haben Juli, Mami. Gia wird ohne ihre Schneestiefel überleben.«

Alma tätschelte stumm ihren Rücken. Dann stieg sie die Treppe zu ihrem Schlafzimmer hinauf und sagte müde: »*Te amo*, Mercedes.«

»*Te amo*, Mami«, flüsterte Mercedes, und es tat sogar weh, die Worte zu sagen, die sie schon eine Million Mal gesagt hatte. Alles tat weh. *Schluss damit.* Sie rappelte sich vom Sofa auf, stieg über Gias kleine Stiefel und machte sich auf den Weg in die Küche. Sie brauchte Kaffee, und dann würde sie zum *Maven* fahren und arbeiten, bis sie zu müde war, um sich hoffnungslos zu fühlen.

Die Bilder, die Moses gezeichnet hatte, lagen überall auf dem Tisch verteilt. Hatte sie das getan oder Noah? Sie waren beide so aufgebracht gewesen. Das Bild von Keegan, Cora und Gia war an der Ecke, an der Noah es mit seiner Faust umklammert hatte, zerknittert. Mercedes griff danach und strich die wütenden Falten glatt. Sie spielte mit dem Gedanken, es zu zerstören, es in winzige Stücke zu reißen. Doch dann seufzte sie, denn sie wusste, dass sie das nicht tun würde. Das wäre so, als würde sie einen Picasso verbrennen, weil ihr sein Gemälde nicht gefiel. Es war Kunst, gezeichnet von einem bemerkenswerten Künstler, und sie konnte sich nicht dazu durchringen, das Bild zu zerstören, selbst wenn sie das, was es darstellte, hasste.

Sie verstaute die Zeichnung in der Mappe und blätterte die anderen Bilder durch, während sie sie stapelte. Sie wünschte, sie könnte das Bild, das Moses von den drei Amigos gezeichnet hatte, einrahmen. Sie würde es zusammen mit dem Bild von

Noah, Mercedes und Gia aufhängen, und zwar gut sichtbar, damit sich niemand verstecken musste. Damit sich niemand fragen musste, wo er oder sie hingehörte. Vielleicht könnten sie dann alle zusammen eine Familie sein, ohne sich fragen zu müssen, ob das in Ordnung war, ob das richtig war.

Ihre Augen füllten sich erneut mit Tränen. Sie griff nach dem Bild von dem mit einer Flagge bedeckten Sarg, das so detailliert und so tragisch war. Die Erkennungsmarken rahmten das Bild ein. Dieses Bild symbolisierte mehr als jedes andere das Ereignis, das Cora nie hatte überwinden können. Vielleicht wollte Cora ihren lebenslangen Kampf erklären, indem sie Moses diese Bilder zeigte.

»Wir wussten es, Cora. Wir wussten es immer. Du musst es nicht erklären«, murmelte Mercedes und sprach mit ihrer besten Freundin, wie sie es hin und wieder tat. Sie ging zum nächsten Bild über, das im Vergleich zu den anderen recht einfach gehalten war. Es zeigte die fünf Steine. Damals hatte Mercedes sie als Flusssteine interpretiert. Sie lagen glatt und unscheinbar und unschuldig aufeinandergestapelt. Sie hatte die Steine gesehen und sich den Fluss im Emigration Canyon vorgestellt, in dem Coras Auto gelandet war.

Als sie sie sich nun ansah, dachte sie an Cuddy und seine Taschen voller Steine. Sie dachte an die fünf glatten Steine, die er ihr an dem Tag, an dem sie ihm mitgeteilt hatte, dass Cora tot sei, als Bezahlung gegeben hatte. Diese Steine hatte sie später auf Coras Grab gelegt. Einen Stein für jeden von ihnen – Cora, Noah, Gia, Mercedes ... und Cuddy. Als wären sie alle miteinander verbunden.

Aber sie waren nicht miteinander verbunden.

Und vielleicht war das der Grund dafür, dass sie weinte. Wenn überhaupt waren sie alle so zersplittert, zerstört und zerbrochen wie Shelly Andelins alter Kaffeebecher.

Mercedes stopfte die Zeichnungen zurück in die Schublade. Sie war nicht bereit, sich auch nur eine Minute länger mit ihnen zu beschäftigen. Sie schnappte sich ihre Handtasche, schlüpfte in ein Paar Keilabsatzschuhe mit Gepardenfellmuster und blieb vor dem Spiegel stehen, um das, was von ihrem Make-up noch übrig war, in Ordnung zu bringen. Fünf Minuten später fuhr sie aus ihrer Einfahrt. Sie hatte Arbeit zu erledigen.

Mercedes wollte nicht auf dem Angestelltenparkplatz parken. Das fühlte sich zu riskant an, so als würde sie jedem verkünden, dass sie sich im Salon befand. Seit Keegans Rückkehr war sie nervös und angespannt und auf eine Art verängstigt, die für sie nicht normal war. Diese ungewohnte Angst sorgte dafür, dass sie nun einen Block vom Salon entfernt parkte, damit er ihr Auto nicht sehen würde. Sie legte den Rest des Wegs zu Fuß zurück, betrat das *Maven* durch die Vordertür und schloss hinter sich ab, während sie die Alarmanlage deaktivierte.

In letzter Zeit kam ihr immer öfter der Gedanke, dass sie etwas »zum letzten Mal« tat. *Das ist das letzte Mal, dass ich den Laden abschließen werde. Das ist das letzte Mal, dass ich ihn öffnen werde. Das ist das letzte Mal, dass ich die Haare dieser oder jener Kundin schneide oder mit meinen Kolleginnen zu Mittag esse.* Am heutigen Abend würde sie sich zum letzten Mal in die Inventarliste einloggen und eine Bestellung für den kommenden Monat aufgeben. Jede Kleinigkeit, die mit dem Führen eines Wellness Salons zusammenhing, war ihr vertraut. Das war etwas, worauf sie stolz sein konnte. Von der Gehaltsabrechnung bis hin zu den Pediküren hatte sie alles schon oft erledigt, und der Gedanke löste in ihr eine plötzliche Ruhe aus. Sie hatte gewisse Fähigkeiten. Sie würde zurechtkommen. Selbst dann, wenn das *Maven* längst hinter ihr lag.

Sie ging durch die dunklen Räumlichkeiten und machte sich

nicht die Mühe, mehr als das Licht im hinteren Flur einzuschalten, der zum Lagerraum führte. Die Lagerhalle direkt neben dem Angestelltenparkplatz wurde nun an die Betreiber eines Fitnessstudios vermietet. Mercedes hatte dieses Geschäft für Gloria Maven ausgehandelt und sie davon überzeugt, dass Fitnessstudios und Wellness Salons Hand in Hand gingen. Die Lagerhalle war jahrelang größtenteils ungenutzt geblieben – Mercedes' *Quinceañera*, die sie mit fünfzehn dort gefeiert hatte, war das größte Ereignis gewesen, das seit Jahrzehnten in ihr stattgefunden hatte –, und die Miete hatte sich als Wohltat für das *Maven* und Glorias Kontosaldo erwiesen. Mercedes schaltete das Licht im Lagerraum ein und machte sich an die Arbeit. Nach etwa einer Stunde glaubte sie, Stimmen zu hören. Sie runzelte die Stirn und spitzte die Ohren.

Keegan war der einzige männliche Stylist. Im *Maven* waren zwei männliche Massagetherapeuten angestellt, und das Fitnessstudio nebenan triefte nur so vor Testosteron. Aber niemand hatte einen Grund, so spät an einem Samstagabend im Salon zu sein. Sie lauschte angestrengt, um die Stimmen auszumachen. Gerade fragte sie sich, ob sie der Sache auf den Grund gehen oder zumindest ihre Anwesenheit kundtun sollte, als die Stimmen lauter wurden und Mercedes eine von ihnen als Keegans erkannte.

Offenbar hatte Gloria ihm seine Schlüssel zurückgegeben. Verbitterung stieg in Mers Brust auf, doch sie schüttelte den Kopf und schluckte sie hinunter. Sie konnte Gloria die Dinge, von denen sie nichts wusste, nicht vorwerfen. Doch womöglich wäre es nun, da sie ging und Noah die Wahrheit über Keegan kannte, nicht die schlechteste Idee, eine sehr ehrliche Unterhaltung mit Gloria über ihren Lieblingsstylisten zu führen. Oder vielleicht auch nicht. Der Gedanke daran, jemandem zu erzählen, dass Noah nicht Gias leiblicher Vater war, sorgte dafür, dass sich ein Kloß in ihrem Hals bildete. Sie war sich nicht sicher, ob sie jemals bereit sein würde, diese Worte auszusprechen, auch nicht aus Gefälligkeit gegenüber ihrer langjährigen Chefin.

Die Stimmen kamen näher, und Mercedes hastete zum Lichtschalter. Ihr Instinkt riet ihr, sich zu verstecken, obwohl sie nicht diejenige war, die sich an einem Ort befand, an dem sie nicht sein sollte.

»Ist hier jemand?«, rief Keegan, und ihr Herz stolperte und rutschte in ihren Magen. Sie antwortete nicht.

»Die Alarmanlage war nicht eingeschaltet. Sie hätte aktiviert sein sollen«, sagte er, und in seiner Stimme lag ein nervöses Zittern, das dazu führte, dass sie sich fragte, in wessen Begleitung er sich befand. Sie rannte zur Tür und verschloss sie nur wenige Sekunden, bevor die Klinke heruntergedrückt wurde.

»Hast du keinen Schlüssel?«, wollte die unbekannte Stimme wissen.

»Ich habe nie einen gebraucht. Normalerweise ist dieser Raum offen.«

»Tja, ›normalerweise‹ hilft uns jetzt nicht weiter, nicht wahr?«

»Moment ... Lass mich mal sehen, was ich hier habe«, brummte Keegan. Das leise Klimpern von Schlüsseln ertönte, dicht gefolgt vom Geräusch eines Schlüssels, der in das Schloss geschoben wurde. »Das ist nicht der richtige«, murmelte Keegan.

Mercedes suchte verzweifelt nach einem Versteck. Sie schnappte sich ihre Handtasche und kroch unter die nächstgelegene Regalreihe. In diesem Augenblick gab das Schloss nach, und die Tür schwang auf. Sie konnte hören, wie Keegan nach dem Lichtschalter tastete, und plötzlich wurde es strahlend hell.

Mist, Mist, Mist, Mist, skandierte Mercedes stumm. Sie konnte spüren, wie ihre Handtasche leise vibrierte. Jemand rief sie an. Die Einstellung der Vibrationsstärke war so niedrig, dass es fast nicht zu hören war, aber eben nur fast. Sie kniff die Augen zu und betete, dass ihr Handy verstummen würde. Die zwei Fußpaare blieben direkt vor ihrem Gesicht stehen.

»Es ist in den Handtuchbehältern.«

Was war in den Handtuchbehältern?

Keegan war früher in dieser Woche in den Salon marschiert gekommen und hatte Wäschebehälter voller weißer Handtücher vor sich hergeschoben, als würde er Essen an arme, hungernde Kinder ausliefern.

»Wir werden dieses Jahr keine neuen Handtücher mehr kaufen müssen, Gloria«, hatte er geprahlt. »Eine ortsansässige Hotelkette hat einen Räumungsverkauf veranstaltet. Die hier habe ich so gut wie umsonst bekommen. Sie sind strahlend weiß, genau wie die, die wir hier benutzen. Und sie sehen nagelneu aus. In diesen Behältern befinden sich an die hundert Handtücher.«

Gloria hatte geklatscht und ihm zu seinem Einfallsreichtum gratuliert. Sie hatte sogar angeboten, ihm die Kosten für die Handtücher zu erstatten und noch einen Finderlohn draufzulegen. Er hatte großmütig abgelehnt.

»Das ist mein Beitrag zum *Maven* und mein Dank dafür, dass du mich wieder eingestellt hast.« Keegan hatte einen der Behälter geöffnet, um allen die Qualität zu zeigen. Aber er hatte sie nicht alle geöffnet. Er hatte sie übereinander im Lagerraum gestapelt, direkt neben der Tür, wo sie nicht im Weg sein würden und stehen konnten, bis man sie benötigte.

»Also all diese Behälter, was?«, fragte der Fremde.

»Nur die zwei unteren. In den oberen beiden befinden sich lediglich Handtücher.«

»Du hast zehn Kilo unter Handtüchern versteckt?«

»Zwanzig. Und die Ware ist in den Handtüchern versteckt. Alles ist fertig gestreckt, gemischt und eingetütet. Wir müssen es nur noch ausliefern, und dann bekommt du das Geld, das ich dir schulde, inklusive Zinsen, genau wie ich es versprochen habe. Lass uns die Ware holen und verschwinden. Die Alarmanlage hätte aktiviert sein sollen.« Keegan klang besorgt.

Mercedes wagte es nicht, in ihre Handtasche zu greifen oder ihr Handy herauszuziehen. Doch es vibrierte weiter an ihrer Brust und drohte, sie zu verraten. Sie brauchte Beweise. Etwas, das sie der Polizei vorlegen konnte. Etwas, das sicherstellen würde, dass Keegan Tate nicht länger in der Lage sein würde, Noah mit einer Sorgerechtsklage zu drohen. Sie hatte den Verdacht eines Obdachlosen und eine Unterhaltung über Kilos und Handtücher. Mehr zu haben, wäre nett. Sie lauschte und atmete dabei kaum, während die zwei Männer die beiden oberen Behälter, die voller Handtücher waren, herunterhoben und beiseitestellten und die beiden unteren Behälter auf eine Sackkarre hievten.

»Ist das dein Handy, das da die ganze Zeit vibriert?«, fragte der Mann Keegan.

Mercedes hielt den Atem an.

»Nein. Das ist nicht meins. Ich dachte, es wäre deins«, ächzte Keegan.

»Sieh nach«, beharrte der Mann. Von ihrem Versteck aus konnte Mercedes erahnen, wie Keegan den Griff der Sackkarre losließ und die Plattform zu Boden sinken ließ, um nach seinem Handy zu suchen. Die Gesichter der Männer konnte sie nicht sehen. Tatsächlich konnte sie außer ihren Füßen gar nichts sehen, aber sie konnte sich vorstellen, wie die nächsten Augenblicke abgelaufen sein mussten.

Keegan griff nach seinem Handy und senkte dabei den

Kopf. Der andere Mann griff seinerseits in seine Jacke, scheinbar um ebenfalls sein Handy zu überprüfen. Stattdessen zog er eine Waffe hervor und betätigte ohne Zögern oder Skrupel den Abzug.

In dem kleinen Raum dröhnte das Geräusch des Schusses ohrenbetäubend laut. Wäre Mercedes eine andere Art Frau gewesen, die Art, die dazu neigt, vor Schreck aufzuschreien oder zu kreischen, hätte sie sich verraten.

Stattdessen starrte sie sprachlos in Keegan Tates ausdruckslose Augen. Er war nur wenige Schritte von ihrem Versteck entfernt auf den Boden gefallen. Sie kauerte unter dem Regal, presste ihre Wange auf das Linoleum und erkannte, dass sie nur eine armselige Sperrholzplatte von einem eiskalten Mörder trennte. Keegan war schmerz- und widerstandslos gestorben. Nun hatte er ein Loch im Kopf, und Blut sickerte durch seine goldenen Locken, als hätte er plötzlich beschlossen, sich die Haare rot zu färben. Im einen Augenblick lebte er. Im nächsten war er tot.

Der Mann mit der Waffe lehnte sich vor und hob Keegans Handy auf. Es war klappernd auf den Boden gefallen, als er in sich zusammengesackt war, und dann von seinem Körper weg in Richtung Tür geschlittert. Mer erhaschte einen flüchtigen Blick auf dunkles Haar und eine braune Lederjacke, bevor sich der Mann wieder aufrichtete. Dann stieß er die Tür des Lagerraums auf, schob die beladene Sackkarre nach draußen und schaltete das Licht hinter sich aus. Er gab keinen markigen Spruch von sich und lachte auch nicht wie ein Irrer, wie man es in den Filmen sah. Er hatte einfach einen Mann erschossen, das Licht ausgemacht – *schließlich musste man Energie sparen* – und war dann mit seinen Behältern voller Kokain davonspaziert.

Mercedes lag gelähmt vor Entsetzen da und hatte Angst, sich zu bewegen. In der Dunkelheit konnte sie das Blut riechen.

Es hatte ihr Versteck gefunden, und als es warm und feucht ihr Gesicht berührte und sich zu einer immer größeren Lache ausbreitete, kauerte sie sich an die Wand neben sich und presste sich eine Hand auf Nase und Mund.

Vielleicht war der Mann einfach nur leise, als er den Salon verließ, oder vielleicht waren ihre Ohren durch den lauten Schuss in diesem kleinen Raum dauerhaft geschädigt, denn Mercedes konnte nicht das Geringste hören. Weder ihr hämmerndes Herz noch ihre angestrengten Atemzüge. Und das verängstigte sie am allermeisten. Wenn sie nichts hören konnte, würde sie nicht wissen, ob er weg war. Sie würde nicht wissen, ob sie sich verraten hatte, nicht wissen, ob sie sich lautlos bewegte.

Aber eins wusste sie. Wenn der Mann sie fand, wenn er sie hörte oder sah, würde sie sterben. Also lag sie in Keegans Blut da und flehte Unsere Liebe Frau von Guadalupe, Abuela und Cora um Schutz an – ihr war jeder recht, der sie hören konnte.

Dann ging sie daran, ganz langsam unter dem Regal entlang voranzukriechen. Sie versuchte, etwas Abstand zwischen ihren Körper und Keegans Blut zu bringen. Dabei gab sie sich die größte Mühe, kein Geräusch zu verursachen. Sie wusste, dass sie den Verstand verlieren würde, wenn sie sich nicht bewegte.

Sie hatte sich fast bis zur gegenüberliegenden Wand vorgearbeitet und war gute anderthalb Meter von Keegans Leihe entfernt, als die Tür wieder aufschwang und einmal mehr Licht den Raum erfüllte. Er war zurück.

Sie erstarrte erneut und betete, dass sie nach wie vor vor seinen Blicken verborgen war. Sie schloss kurz die Augen, damit sie nicht mit ansehen musste, wie er sie entdeckte. Doch er schien mit etwas anderem beschäftigt zu sein.

Er machte sich daran, Gegenstände aus den Regalen zu zerren. Dabei stieg er über Keegans Leiche, als würde sie ihn kein bisschen stören. Er kippte eine Kiste mit Toilettenpapier über Keegans Leiche aus. Die Rollen, die einzeln in Papier verpackt waren, hüpften fröhlich über den toten Mann. Eine rollte direkt unter das Regal, wo Mer kauerte und kam dort zum Stehen. Sie betete, dass ihm die eine Rolle nicht wichtig genug war, um sie aufzusammeln. Offenbar war sie es nicht. Er riss eine Packung dieser rauen Papiertücher auf, die man in die an einer Wand befestigten Spender füllte, und ließ sie über Keegans reglosen Körper flattern. Er leerte mehrere Packungen und vergrub die Leiche unter Papierprodukten. Mercedes hörte ein Klicken und vernahm den Geruch von Haarspray, der die Luft erfüllte, während das dazugehörige zischende Sprühgeräusch erklang. Ihr Hörvermögen kehrte zurück, doch sie hielt die Augen fest auf die Füße des Mannes gerichtet und versuchte, ihn mit reiner Willenskraft dazu zu bringen, wieder zu gehen. Wenn er weiter Gegenstände aus den Regalen zerrte, würde er sie irgendwann finden.

Er mochte das Haarspray. Er besprühte den hohen Haufen aus Papierprodukten mit einem langen, stetigen Strahl. Sobald er eine Dose geleert hatte, warf er sie beiseite und öffnete sofort eine neue. Mer verspürte ein Kitzeln im Hals, und ihre Augen brannten.

Nicht niesen. Nicht husten. Du darfst nicht mal atmen.

Sie sah nicht, wie er sein Feuerzeug zückte, aber sie sah den Augenblick, in dem er die brennende Packung Papiertücher fallen ließ und der ganze Haufen schlagartig in Flammen aufging. Es war ein Scheiterhaufen auf dem Boden des Lagerraums. Durch die Flammen beobachtete sie, wie er davonging, einmal mehr das Licht ausschaltete und die Tür hinter sich zuzog.

19

1997

Carole Stokes hatte einen grünen Daumen, und wenn sie nicht das Archiv leitete, buddelte sie in der Erde. Ihr wundervoller Garten war groß genug für eine Handvoll Gäste. Auf irgendeine Weise wollte sie etwas zu der Hochzeit beitragen. Das wollten alle. Carole stellte den Ort zur Verfügung, Alma und Abuela waren für das Essen verantwortlich, Heather hatte einen Pfarrer und einen DJ engagiert, und Mercedes hatte jeden, der zur Braut gehörte, geschminkt und frisiert.

»Du solltest dein Haar offen tragen«, beharrte Mercedes. »Ich werde die Spitzen zu Locken aufdrehen, aber dein Haar sieht unter diesem Schleier einfach umwerfend aus, und Noah mag es, wenn du es offen trägst.«

Im Salon um sie herum herrschte Ruhe. Noah und Cora hatten sich für ihre Hochzeit einen Sonntagnachmittag ausgesucht, und alle anderen waren bereits aufgebrochen, um letzte Vorbereitungen zu treffen. Cora hatten sie in Mercedes' fähigen Händen gelassen. Cora war den Großteil des Morgens über hibbelig gewesen – hatte sogar Tränen vergossen –, und Mercedes hatte sie bereits einmal komplett neu schminken müssen. Nun waren sie zur Frisur übergegangen, doch Mercedes musste sich beeilen, wenn sie noch Zeit haben wollte, sich selbst zurechtzumachen.

»Ich weiß, dass ich niemand Besseres als Noah finden kann«, sagte Cora plötzlich. »Ich habe Glück. Er hat mich gewählt … und ich weiß, wie glücklich ich mich deswegen schätzen kann.«

Mercedes blickte Cora im Spiegel in die Augen und stellte die Frage, die sie ihr an diesem Tag schon dreimal gestellt hatte. »Cora, was ist los?«

»Er wird ein guter Ehemann sein. Und auch ein guter Vater. Der beste. Und ich kenne ihn. Es ist so wichtig, wirklich zu wissen, wen man heiratet, findest du nicht? Ich kenne ihn«, plapperte Cora und wich der Frage aus.

»Und er kennt dich«, sagte Mercedes. Ihre Hände bewegten sich beinahe automatisch, während sie den Blick fest auf Coras Gesicht im Spiegel gerichtet behielt. Cora nickte langsam, und Mercedes bewegte den Lockenstab im Einklang mit der Bewegung ihres Kopfes auf und ab.

»Das stimmt. Aber … wie gut kennen wir einen anderen Menschen je wirklich, Sadie? Bist du je in einem dunklen Zimmer gewesen … in einem Zimmer, das so dunkel war, dass du deine Hand selbst dann nicht sehen konntest, wenn sie sich direkt vor deinem Gesicht befand?«

»Ja«, sagte Mercedes und versuchte, den Ausführungen zu folgen.

»Manchmal … fühlt es sich so an, als wäre ich in einem riesigen dunklen Zimmer. Und um mich herum ist dieser Raum, dieser endlose Raum. Ich bin dort, aber niemand kann mich sehen. Das ist unmöglich. Nicht mein wahres Ich. Weil überall um mich herum so viel … Dunkelheit und Ferne ist. Ich bin ein schwarzer Fleck auf einer schwarzen Leinwand. Und nur ich weiß, wer und wo ich bin.«

Mercedes hatte mit ihrer Arbeit an Coras Haar innegehalten und starrte ihre Freundin an. »Was geht in dir vor, Cora? Was ist los?«, wiederholte sie. »Willst du die Hochzeit verschieben? Brauchst du mehr Zeit?«

»Das würde dir gefallen, nicht wahr?«, erwiderte Cora, und ihre Augen füllten sich erneut mit Tränen.

Als Mercedes nicht auf die Anklage reagierte, sondern Cora einfach nur weiterhin ruhig in die Augen schaute, gab Cora nach.

»Tut mir leid, Sadie«, murmelte sie.

»Entschuldige dich nicht bei mir. Entschuldige dich bei Noah. Wenn du in der Dunkelheit kauern und dir Gedanken über Existenzialismus machen willst, während ein toller Mensch vor dem Altar auf dich wartet und bereit ist, sich für den Rest seines Lebens an dich zu binden, dir zur Seite zu stehen und ein Licht in deiner Dunkelheit zu sein, solltest du wenigstens den Anstand haben, ihm das mitzuteilen. Andernfalls erwarte ich von dir ein wenig mehr Freude. Ich will dich lächeln sehen. Ich will ein paar Hallelujahs hören und dich feiern sehen. Denn heute ist ein guter Tag.«

»Aber … was ist, wenn … ich nicht genug bin?«, flüsterte Cora.

Und damit war es raus. Tief im Inneren war Cora immer noch das kleine Mädchen, dessen Dad den Tod vorgezogen hatte, anstatt bei ihr zu bleiben, und nichts würde sie je vom Gegenteil überzeugen.

»Du bist die Einzige, die eine Messlatte hält«, sagte Mercedes.

»Was?«

»Du entscheidest, ob du genug bist. Noah denkt bereits, dass du genug bist. Er hat dich ausgewählt. Genau wie du gesagt hast. Aber er kann das, was du von dir selbst denkst, nicht ändern. Das liegt bei dir, Cora.«

Cora schüttelte widerwillig den Kopf.

»Willst du Noah heiraten?«, drängte Mercedes.

»Ja.«

»Dann tu es. Und sei glücklich. Das ist deine einzige Aufgabe. Denn wenn du glücklich bist … wird er ebenfalls glücklich sein.«

Zwei dicke Tränen quollen aus Coras Augen und rollten über ihre gepuderten Wangen.

Mercedes stöhnte. »Du machst mich fertig, Smalls.«

»Hör auf, Herkules und die Sandlot-Kids *zu zitieren. Das hier ist kein Baseballspiel«, schnaubte Cora und griff nach einem weiteren Taschentuch.*

»Beim Baseball wird nicht geweint!«, rief Mercedes und zitierte damit einen weiteren ihrer Lieblingsfilme.

Cora kicherte und putzte sich die Nase.

»Versprich mir, dass du immer das Beste für ihn tun wirst«, beschwor Mercedes sie. »Kümmere dich um ihn. Liebe ihn. Er hat nicht viel Liebe erfahren, Cora. Das weißt du. Es ist gut möglich, dass er der eine Mann im ganzen Universum ist, den man am leichtesten lieben kann, weil er so wenig erwartet. Er erwartet nichts und ist für alles dankbar. Wie kann man sich mit so einem Mann an seiner Seite nur Sorgen machen, nicht genug zu sein?«

Cora schwieg einen Augenblick. Sie schien tief in Gedanken versunken zu sein. Mercedes fuhr stumm damit fort, ihr Haar zu frisieren.

»Hasst du mich, Mer?«, fragte Cora. Das war Noahs Spitzname für sie, und Mercedes überlegte, ob das Absicht war.

»Cora, ich liebe dich, seit ich dich zum ersten Mal gesehen habe, als du in der Drei-Amigos-Wohnanlage herumgewirbelt bist und dich voll und ganz in einem deiner Fantasiespiele verloren hast«, rief Mer ihr ins Gedächtnis.

Cora lächelte, doch ihre Lippen zitterten, und in ihren Augen schimmerten Tränen.

»Ich erinnere mich an diesen Tag. Ich spielte allein. Dann tauchtet du und Noah auf … und ihr habt alles besser gemacht«, flüsterte Cora.

»Das machen wir immer«, neckte Mer sie.

»Das macht ihr immer«, stimmte Cora zu. Sie schwieg wieder, und Mercedes dachte, dass sich ihre Nerven vielleicht – endlich – beruhigt hatten.

»Du bist in ihn verliebt, und ich habe ihn dir weggenommen«, sagte Cora leise und traurig und hob den Blick, um Mercedes im Spiegel in die Augen zu schauen. »Ich schätze, dass ich das tief im Inneren immer gewusst habe und es nur nicht zugeben wollte.«

»Nein. Ich liebe ihn. Das ist nicht das Gleiche«, beharrte Mercedes mit entschlossenem Blick. »Doch, ich denke, dass es das ist, Mer«, sagte Cora und schüttelte den Kopf. »In deinem Fall, denke ich, dass es das ist. Und ich hoffe, dass du eines Tages in der Lage sein wirst, mir zu vergeben.«

Mercedes' Corolla parkte nicht vor dem *Maven* und stand auch nicht dahinter auf dem Angestelltenparkplatz. Der Salon lag dunkel, und als Noah es am Haupteingang versuchte, fand er die Tür verschlossen vor. Zwei Autos standen vor der Boutique ein paar Gebäude weiter direkt an der Bordsteinkante. Dahinter fuhr ein Auto an die Tankstelle auf der anderen Straßenseite und parkte auf einer freien Stelle neben einem Eisbüdchen. Drei festliche Tische waren um den winzigen Laden herum aufgebaut, und die Reihe aus freien Parkplätzen war sowohl für das Büdchen als auch für die Tankstelle gedacht.

Mercedes befand sich offensichtlich nicht im Salon, aber er wusste nicht, wo er sonst noch suchen sollte. Vielleicht hatte er sie ganz knapp verpasst. Vielleicht hatte sie sich auf die Suche nach ihm gemacht.

Er bezweifelte es.

Mer hatte ein weiches Herz, war aber auch stolz und unerschütterlich. Er hatte ihr übel mitgespielt, und sie hatte trotzdem noch mit beiden Beinen fest auf dem Boden gestanden. Sie würde nicht diejenige sein, die auf der Suche nach Vergebung zu ihm kam. Er war aus ihrem Leben gestürmt und würde wieder zurück hineinstürmen müssen. Sein Telefon tutete und tutete. Sie ging einfach nicht dran.

»Komm schon, Mer«, flüsterte er. »Geh dran. Ignorier mich nicht.«

Ein leises Klopfen an seinem Fenster sorgte dafür, dass er das Handy quer über den Beifahrersitz schleuderte.

»Mist!«, fluchte er erschrocken. Ein grauhaariges Gesicht starrte ihn durch das Fenster an. Der Mann hatte eine Hand flach an die Scheibe gedrückt und lächelte zaghaft, wodurch er ruinierte Zähne enthüllte.

»Noah?«, fragte der Mann. »Bitte hab keine Angst. Ich mache mir Sorgen um Miss Lopez.«

»Cuddy?«, fragte Noah. Obwohl sein Herz raste, blieb seine Stimme ruhig.

Der Mann nickte eifrig. Noah öffnete vorsichtig die Autotür und stieg aus. Er starrte den Mann über das Dach seines Subarus hinweg an. Einen gewissen Abstand zwischen sich und ihm zu haben, gefiel ihm. Außerdem war die Beifahrertür verriegelt.

»Möchten Sie Cuddy genannt werden ... oder soll ich Sie anders nennen?«

»Wie denn?«, stammelte der Mann.

»John? Mr Cutler?«

»Oh.« Die Alternativen schienen den Mann zu enttäuschen.

»Ist das nicht ihr Name? John Davis Cutler?«

»Ja. Das ist er. Aber du kannst mich Cuddy nennen.«

»Sie sagten, dass Sie sich Sorgen um Miss Lopez machen. Warum?«

»Sie ist reingegangen.« Er deutete auf den Salon. »Ich weiß, dass sie dort arbeitet. Aber es ist spät. Und Miss Cora zeigt mir ständig Handtücher.«

»Handtücher?«, stammelte Noah. Die Handtücher zu hinterfragen, fiel ihm leichter, als auf die Erwähnung seiner toten Frau einzugehen.

»Das ergibt keinen Sinn. Ich weiß. Aber jedes Mal, wenn ich versuche zu schlafen – ich habe eine Stelle auf der Wiese hinter der Autowaschanlage dort drüben. Niemand sagt etwas, solange ich verschwinde, bevor die Sonne aufgeht.«

»Wenn Sie versuchen zu schlafen …«, holte ihn Noah zum eigentlichen Thema zurück.

»Ja. Jedes Mal wenn ich versuche zu schlafen, lässt Miss Cora es nicht zu. Ich schließe die Augen und sehe nur noch stapelweise weiße Handtücher. Ich wünschte, ich hätte welche«, sagte er traurig. »Wann immer Miss Lopez meinen Kopf in ein Handtuch wickelt, fühle ich mich besser.«

»Cuddy?«, drängte Noah. Er versuchte, geduldig zu sein, obwohl sein Puls raste.

»Miss Lopez ist nett zu mir«, flüsterte Cuddy. »Ich mache mir Sorgen um sie.«

»Warum sollte sie – Cora – Ihnen Handtücher zeigen? Und warum sollte Ihnen das Sorgen bereiten?«, wollte Noah wissen.

»Die Toten sprechen nicht. Zumindest nicht mit mir. Sie zeigen mir Bilder«, sagte Cuddy entschuldigend.

Noah brummte. Das war genau das, was Moses gesagt hatte.

»Sie sind nicht sehr gut darin zu kommunizieren – oder vielleicht bin ich nicht gut darin zu verstehen«, murmelte Cuddy.

»Sie sahen, wie Mercedes in den Salon ging? Wann?«

»Mit Zeit habe ich es nicht so, Noah.«

»Heute Abend. Ging sie heute Abend hinein?«

»Ja. Heute Abend«, bestätigte Cuddy.

»Bevor ich kam?«

»Ja. Sie parkte irgendwo anders. Sie kam von irgendwo zu Fuß und ging rein. Ein wenig später kamst du vorbeigefahren.«

Noah sah, wie ein dunkler Lieferwagen vor dem Salon hielt. Cuddy wich zurück und verbarg sich in den Schatten.

»Du willst nicht, dass der da dich sieht, Noah«, warnte Cuddy. »Steig wieder in dein Auto.«

Die Zapfsäulen vor der Tankstelle waren gut beleuchtet, doch die Ecke, in der das Eisbüdchen stand, war dunkel und lag teilweise hinter zwei hohen Kiefern verborgen. Noahs

Auto war dunkel, und er hatte die Scheinwerfer ausgeschaltet. Doch als er Cuddys Unruhe spürte, ließ er sich zurück hinters Steuer gleiten und beobachtete, wie Keegan Tate und ein anderer Mann aus dem Lieferwagen stiegen und die Straße beäugten, während sie sich dem Eingang des *Maven* näherten. Keegan schloss den Haupteingang auf und sah sich um, als würde ihn irgendetwas beunruhigen. Der Mann, der ihn begleitete, drängte ihn in den Salon, und die Tür schwang hinter ihnen zu.

Cuddy klopfte ans Beifahrerfenster. Noah entriegelte die Tür und Cuddy, dem die subtile Einladung nicht entging, ließ sich neben ihn auf den Sitz gleiten. Seine Knie stießen fast gegen das Handschuhfach, und er konnte sich nicht zurücklehnen, weil er einen klobigen Rucksack auf dem Rücken trug.

»Das war Döser«, murmelte Cuddy. »Ich mag Döser nicht.«

»Döser?«, hakte Noah nach.

»Der Kerl bei Keegan. Alle haben Angst vor ihm. Er öffnet seine Augen nie ganz. Sieht aus, als wäre er im Halbschlaf. Die Leute nennen ihn Döser.«

»Warum sollte er sich mit Keegan abgeben?«

»Drogen«, antwortete Cuddy.

»Keegan Tate hat ein Drogenproblem?«

»Eine Menge Drogenprobleme«, murmelte Cuddy. »Sein größtes Drogenproblem ist Döser.«

Ein paar Minuten später öffnete sich die Haupteingangstür, und der Mann – Döser – verließ das *Maven*. Dabei schob er drei große Behälter, die er auf einer Sackkarre aufeinandergestapelt hatte, vor sich her. Er blickte sich nicht um und wurde nicht langsamer, sondern schlenderte einfach in gelassenem Tempo weiter zu dem Lieferwagen, der vor der Boutique parkte. Noah sah zu, wie er die Behälter in den Laderaum des Fahrzeugs hievte und dann zum Salon zurückkehrte. Die Sackkarre ließ er auf dem Bürgersteig stehen.

»Meinst du, dass ich diese Sackkarre haben könnte?«, fragte Cuddy, nachdem sie mehrere Minuten lang gewartet hatten. »Die würde mir gefallen.«

»Sind Sie sicher, dass Sie Mercedes in den Salon gehen sahen?«, drängte Noah. Die Vorstellung, dass sich Mercedes mit Keegan und Döser im *Maven* befinden könnte, gefiel ihm ganz und gar nicht.

»Ich denke schon«, wich Cuddy aus und kaute dabei auf seiner Lippe.

Ein paar Minuten später war Döser wieder zurück und ließ einen Schlüsselbund klimpern. Er öffnete die Fahrertür des Lieferwagens und stieg ein. Noah erwartete zu sehen, wie auch Keegan das *Maven* verließ, doch Döser wartete nicht. Er ließ Keegans Lieferwagen an und fuhr von der Bordsteinkante weg und auf die Straße Richtung Süden.

»Das ist Keegans Lieferwagen. Wo ist Keegan?«, fragte Cuddy. »Und warum hat Döser die Sackkarre nicht zurückgebracht?«

Noah wartete noch ein paar Minuten. Seine Augen klebten förmlich an der Eingangstür. Kein Licht. Kein Keegan. Keine Mer. Vielleicht war sie gar nicht im Salon. Mit seinem Gerede über Handtücher und seinem unschuldigen Begehren für eine zurückgelassene Sackkarre erweckte der arme Cuddy in ihm nicht gerade die größte Zuversicht.

»Wenn du die Polizei rufst … werden die mich dann mitnehmen?«, fragte Cuddy plötzlich.

»Warum …?« Er hielt inne und schnupperte. »Riechen Sie Rauch?«, zischte Noah.

Cuddy schnupperte ebenfalls und roch dann an seiner Kleidung. »Ich rieche immer nach Rauch.«

Noah hatte den Subaru bereits verlassen und rannte über die Straße, bevor Cuddy es überhaupt geschafft hatte, sich vom

Beifahrersitz zu befreien. Noah zerrte an der Tür des Salons, doch sie war verschlossen. Er presste das Gesicht an die Glasscheibe und starrte in die Dunkelheit, um zu sehen, was im Inneren des Gebäudes vor sich ging.

Plötzlich stand Cuddy neben ihm. Er hatte das Gesicht ebenfalls an die Glasscheibe gepresst und schirmte die Augen mit den Händen ab.

»Miss Cora ist hier«, jammerte Cuddy und sorgte mit dieser Äußerung dafür, dass Noah die Nackenhaare zu Berge standen. »Ich kann sie drinnen sehen.«

»Was zum Teufel geht hier vor?«, zischte Noah. Seine Instinkte schrien ihn an, und aus dem tiefsten Inneren des Salons stieg ein rotes Glühen auf, das immer heller loderte. Das Gebäude brannte, und Keegan Tate war hineingegangen und nicht wieder herausgekommen. So viel wusste Noah.

»Ich brauche einen Stein. Viele Steine. Oder vielleicht einfach nur einen wirklich großen Stein. Ja, einen wirklich großen Stein«, murmelte Cuddy und nahm seinen schwarzen Rucksack ab.

Noah beäugte den gewaltigen Stein, den Cuddy aus den Tiefen des Rucksacks hervorholte. »Ich habe mich in letzter Zeit besonders treibend gefühlt«, erklärte er befangen. Ohne Vorwarnung schleuderte er den Stein durch die Glasscheibe.

»War das falsch, Noah? Es fühlte sich nicht falsch an.« Cuddy wirkte besorgt.

Noah schnappte sich Cuddys Rucksack, in dem sich immer noch eine große Ansammlung von Steinen befand, und zog den Reißverschluss zu. Er holte aus und schleuderte den Rucksack gegen das Fenster, um die Scherben zu entfernen. Rauch quoll um sie herum nach draußen. Er reichte Cuddy den Rucksack und packte den Mann dann an den Schultern.

»Sie müssen zu meinem Auto zurückgehen, mein Handy suchen und den Notruf wählen. Sagen Sie denen, dass im *Maven*-Salon ein Feuer ausgebrochen ist. Ich brauche Ihre Hilfe, Cuddy.«

»Aber ... ich kann nicht mit der Polizei reden«, stammelte Cuddy. »Ich habe das Auto wegbewegt. Ich habe das Auto wegbewegt, damit Keegan das Baby nicht mitnehmen konnte. Aber sie werden mir nicht glauben.«

»Das spielt jetzt alles keine Rolle mehr. Sie müssen für mich die Polizei rufen und dann auf sie warten. Warten Sie auf mich. Gehen Sie nicht in den Salon!«

»Aber Miss Lopez ist da drinnen. Ich weiß es. Miss Cora ist bei ihr, aber es ist so schwer zu atmen«, jaulte Cuddy.

Noah wollte ihm nicht glauben. Er wollte eine Hand auf Cuddys Mund pressen und ihm sagen, dass er die Klappe halten sollte, dass er aufhören sollte, ihm so schreckliche Angst einzujagen.

Aber er glaubte ihm.

Und dieser Glaube bedeutete, dass sich Mercedes in einem brennenden Gebäude befand und Keegan Tate vermisst wurde.

»Informieren Sie den Notruf, Cuddy!«, verlangte Noah. Er wartete nicht ab, um zu sehen, ob Cuddy seine Anweisung befolgte, sondern trat einfach durch das klaffende Loch, das sie in die Glasscheibe geschlagen hatten.

Der Rauch war so dicht, dass er sich sein T-Shirt über Mund und Nase ziehen musste. Er rannte los und hielt nach Lebenszeichen Ausschau. Das Gebäude war alt, aber die Oberflächen bestanden aus Stein und Glas und Holzimitatfußböden. Keramikwaschbecken und Metallstühle waren deutlich weniger entflammbar als die Decken, also hatten sich die Flammen einen Weg nach oben gebahnt, um die brennbareren Oberflächen zu erreichen. Noah tastete nach den Waschbecken, von denen er wusste, dass sie sich zu seiner Rechten befinden sollten, und fand die Düse eines langen Wasserschlauchs. Er drehte das Wasser voll auf und durchnässte den Bereich um sich herum. Auch sich selbst und alles in seiner Reichweite bespritzte er gründlich mit Wasser.

»Mercedes!«, brüllte er. Die hintere Wand brannte, und die Flammen waren bis zu den Deckenfliesen hinaufgeklettert. Auf der anderen Seite der Wand befand sich der Lagerraum – dieser würde voller Brandbeschleuniger sein – und dahinter der Hinterausgang, der auf den Angestelltenparkplatz und zu der zu einem Fitnessstudio umfunktionierten Lagerhalle hinausführte. Die Umkleide und eine Reihe kleinerer Räume für Waxing, Gesichtsbehandlungen und Massagen lagen rechts von ihm direkt auf der anderen Seite des Flurs und dem Lagerraum gegenüber.

»Mercedes!«, rief er erneut. Er konnte Haarspray und noch etwas anderes riechen. Das hatte er in dem Krankenhaus in Kabul gerochen. Verbranntes Fleisch.

»Oh nein«, stöhnte er erstickt. »Mercedes! Wo bist du?«

Er stolperte ein paar Schritte vorwärts und versuchte, durch den dichten Rauch etwas zu erkennen. Er würde sie niemals finden. Sie könnte anderthalb Meter von ihm entfernt liegen, und er würde sie nicht mal sehen.

Plötzlich nahm der Rauch Gestalt an, und die Flammen zu seiner Rechten verwandelten sich in das wehende Haar seiner verstorbenen Frau.

»Cora?«, flüsterte er. Für einen Augenblick kam ihm der Gedanke, dass es bereits zu spät war, dass er von einer Dimension in die nächste übergegangen war, ohne es überhaupt zu merken. Sie bedeutete ihm, vorwärtszugehen, und er folgte ihr. Sie schimmerte und waberte, und er machte ein paar weitere Schritte. Dann stolperte er über etwas – jemanden –, der zusammengesackt in seinem Weg lag. Er ließ sich auf Hände und Knie sinken. Näher am Boden war die Luft klarer. Dort fand er Mercedes. Ihr Haar war schlaff und mit Blut getränkt, ihre weiße Bluse war ebenfalls so sehr damit besudelt, dass sie schwarz wirkte. Mit einem Aufschrei des Entsetzens und der Erleichterung hob er sie in seine Arme und drehte sich zur vorderen Seite des Salons um. Er bewegte sich so schnell, wie seine unter dem Sauerstoffmangel leidende Lunge es erlaubte, und flehte Mercedes an durchzuhalten, während er ihre reglose Gestalt keuchend an seine Brust presste. Er torkelte durch den Rauch. Die Entfernung bis zum Eingang fühlte sich wie ein ganzer Block in der Stadt an. Er fiel genau in dem Augenblick gegen die Eingangstür, in dem sie ein Feuerwehrmann von außen aufriss.

»Ist sonst noch jemand hier drin?«, rief der Feuerwehrmann und streckte die Arme nach Mercedes aus. Noah presste sie fester an sich. Er war nicht bereit, sie loszulassen. Gleichzeitig drehte er den Kopf herum und starrte durch den dunklen Rauch, um nach Cora Ausschau zu halten.

»Sonst noch jemand?«, wiederholte der Feuerwehrmann.

»Keine Ahnung«, sagte Noah. »Keine Ahnung.«

»Wir bringen Sie und die Frau in ein Krankenhaus, okay?«, sagte der Feuerwehrmann. »Können Sie mir Ihren Namen nennen?«

»Ich muss bei ihr bleiben«, keuchte Noah.

»Wir werden unser Bestes tun, okay?«

Dann kamen Notfallsanitäter auf ihn zugerannt. Sie schoben eine Trage zwischen sich her, und Noah überließ Mercedes den Fachleuten. Sie atmete aus eigener Kraft, und ihr Puls war stabil – so viel hatte er gehört –, aber sie war bewusstlos. Sie schoben ihr eine Sauerstoffmaske über das Gesicht, und bevor Noah wusste, wie ihm geschah, legten sie auch ihm eine an.

»Das ist wegen des eingeatmeten Rauchs. Das behandeln wir mit Sauerstoff. Atmen Sie einfach tief ein, Mann. Sie können sich hier zu der Frau setzen. Wir bringen Sie beide ins Krankenhaus.«

Noah hob die Maske an, denn er musste noch nach Cuddy sehen. »Hier war noch ein anderer Mann. Haben Sie ihn gesehen?«

»Wir haben ihn. Er versuchte, ins Gebäude zu gelangen – er war derjenige, der uns mitteilte, dass Sie da drinnen waren –, aber wir hielten ihn davon ab. Wir haben noch einen weiteren Krankenwagen angefordert, der gerade ankommt. Wir werden dafür sorgen, dass man ihn untersucht. Und jetzt setzen Sie die Maske wieder auf.«

Mer wurde unterwegs intubiert, und Noah schloss die Augen, nahm ihre Hand und betete, dass sie ihn nicht verlassen würde. Wundersamerweise schien sie keine Verbrennungen zu haben, und sie bekam schnell wieder mehr Farbe. Als die Sanitäter sie durch den Eingang der Notaufnahme schoben, öffnete sie die Augen und blickte ihn an.

Noah wurde in der Notaufnahme der Universitätsklinik von Utah wegen einer Rauchvergiftung behandelt und Stunden später mit Medikamenten entlassen, die seine raue Kehle und seine hämmernden Kopfschmerzen lindern sollten. Mercedes war sofort eingewiesen und einer Reihe von Untersuchungen und Behandlungen unterzogen worden. Er hatte Alma und Heather angerufen, die sofort gekommen waren und Gia mitgebracht hatten. Alma war bei Mercedes geblieben, Heather, die sich davon überzeugt hatte, dass Noah zurechtkommen würde, hatte die arme Gia wieder nach Hause gebracht, und Noah, der immer noch schmutzig war und dessen Klamotten nach Rauch stanken, begab sich an Mercedes' Bett. Sie öffnete die Augen und hob eine Hand, um ihn zu begrüßen. Sie hatten den Schlauch aus ihrem Hals entfernt, doch als sie versuchte zu sprechen, brachte Alma sie zum Schweigen.

»Der Arzt hat es verboten, Mercedes. Deine Kehle muss heilen.«

Mercedes hielt ihre Hand ausgestreckt, und Noah ließ sich auf einen Stuhl neben dem Bett sinken, ergriff sie und drückte seine Lippen auf ihre Handfläche. Er musste ihr mitteilen, wie leid ihm das alles tat, wie sehr er sie liebte und wie viel Angst er um sie gehabt hatte. Alma stand auf und kam um das Bett herum auf ihn zu. Sie strich mit einer Hand über sein schmutziges Haar, küsste seine Wangen, als wäre er für sie sehr kostbar und bedankte sich flüsternd bei ihm.

»Du hast sie gefunden, Noah. Du hast sie gerettet. Wie kann ich dir das je vergelten?«

Noah konnte nur den Kopf schütteln. Schuldgefühle und Trauer sorgten dafür, dass er ihren Dank nicht annehmen wollte. Alma teilte ihm mit, dass sie Kaffee und frische Kleidung für ihn besorgen würde, damit er sich umziehen könne. Dann presste sie ihrer Tochter noch einen Kuss auf die Stirn und ließ sie allein. Mer wartete, bis sie weg war. Dann widersetzte sie sich der Anweisung des Arztes.

»Ich habe sie gesehen«, flüsterte Mercedes und schaute ihm fest in die Augen. Ihre waren rot gerändert und blutunterlaufen und unter ihnen bildeten sich dunkle Ringe. Seine hatten genauso ausgesehen, als er im Spiegel auf der Toilette einen Blick auf sie geworfen hatte.

»Wen?«

»Cora.« Mer blinzelte hastig und versuchte, ihre Tränen zurückzuhalten. Doch es gelang ihr nicht, und sie liefen über ihre Wangen und versteckten sich in ihrem dunklen Haar. Jemand hatte es gewaschen, und es lag feucht auf dem weißen Kissen.

»Ich erstarrte«, fuhr sie mir rauer Stimme fort. »Ich war in diesem Raum und hatte schreckliche Angst, dass er mich hören und zurückkommen würde, wenn ich mich bewegte. Aber ich wusste, dass ich von dort verschwinden musste, weil ich sonst verbrennen würde.«

»Mer«, ächzte er. Er wollte sie anflehen, nicht weiterzusprechen. Doch ihre Worte sprudelten aus ihr heraus und überspülten ihn mit Entsetzen.

»Keegan war mit jemandem dort. Mit einem Mann. Ich konnte ihn nicht sehen. Er schoss ihm direkt in den Kopf. Und dann entzündete er ein Freudenfeuer. Ich hatte mich unter den Regalen versteckt«, erzählte sie hastig. »Ich konnte mich darunter hervorzwängen und informierte den Notruf, aber ich konnte nicht auf Hilfe warten. Ich konnte aber auch nicht zur Tür gelangen, ohne durch das Feuer zu laufen. Also ging ich nach oben.«

»Nach oben?«

»Ich stieg auf die Regale, schob eine Deckenfliese beiseite und kletterte über eine der Dachsparren aus dem Raum. Da war so viel Rauch, und ich musste husten. Ich hatte Angst davor zu fallen. Dann sah ich sie. Ich kroch einfach weiter auf sie zu. Ich hätte nicht in der Lage sein sollen, sie zu sehen. Ich konnte nichts anderes sehen.«

»Sie war Teil des Rauchs«, sagte er überwältigt.

»Ja. Das war sie«, stimmte Mercedes tränenreich zu und fuhr fort, ohne ihn zu fragen, woher er das wusste. »Sobald ich oben war, musste ich wieder nach unten gelangen. Ich rutschte ab. Im einen Moment war noch ein Balken unter mir und im nächsten nicht mehr. Ich erinnere mich daran, wie ich direkt durch die Deckenfliesen fiel, aber danach weiß ich nichts mehr. Die Ärzte vermuten, dass ich mir den Kopf anstieß und ohnmächtig wurde. Aber ich weiß, was ich sah.« Sie schwieg einen

Augenblick lang. Ihre Augen wirkten wild, und ihre Lippen zitterten.

»Ich sah sie ebenfalls, Mer.«

Sie blickten sich tief in die Augen, ohne auch nur ein einziges Wort zu wechseln.

»Ich wusste nicht mal mit Sicherheit, ob du überhaupt im Gebäude warst. Aber ich sah sie … und sie half mir, dich zu finden«, sagte Noah. »Ich bin nicht derjenige, der dich gerettet hat … Das war Cora.«

»Natürlich war sie es«, flüsterte Mercedes. »Wir retten einander immer, schon vergessen? So läuft das eben.«

Für einen Augenblick klammerten sie sich aneinander, und ihre Gefühle waren so stark, dass sie eine Unterhaltung unmöglich machten. Doch nach mehreren Minuten zog sich Noah zurück und wollte unbedingt etwas sagen.

»Es tut mir leid, Mer. Alles, was ich gesagt habe«, brachte er erstickt hervor. »Ich war wütend. Verletzt. Beschämt. Aber nichts davon war deine Schuld.«

»Ich habe so ein Chaos ausgelöst«, sagte sie. »Ich habe versucht, etwas in Ordnung zu bringen, das ich nicht in Ordnung bringen konnte, und dadurch habe ich alles schlimmer gemacht.«

»Wir retten einander, schon vergessen? So läuft das eben«, wiederholte er ihre Worte, doch dieses Mal klang seine Stimme ironisch. »Aber Cora können wir nicht mehr retten.«

»Was meinst du damit?«

»Ich habe mein ganzes Leben lang keine Ahnung gehabt, wer mein Vater ist. Ich will nicht, dass Gia das ebenfalls durchmachen muss. Eines Tages werde ich eine Unterhaltung mit ihr führen und ihr Dinge wie Untreue erklären und Begriffe wie ›leiblicher Vater‹ verwenden. Ich hasse das. Ich bin ihr Vater, aber das werde ich ihr wegnehmen müssen, das werde ich ihr entreißen müssen. Die Geborgenheit, das Gefühl von Identität, ihren Platz in der Welt. Das alles wird davon erschüttert werden. Selbst wenn sie das selbstbewussteste, bestangepasste Kind der Welt ist, selbst wenn ich sie so sehr liebe, wie es mir möglich ist, wird diese Enthüllung sie verletzen. Cora hat mich in eine Lage gebracht, in der ich meiner Tochter Leid zufügen muss, und das ist einfach nur ätzend. Der Betrug – die Tatsache, dass sie mich hinterging – war dabei noch der unproblematischste Faktor. Dem konnte ich mich stellen. Aber sie beraubte Gia. Und wir werden eine ganze Weile brauchen, um das zu überwinden.«

»Sie beraubte euch beide.«

»Ja. Das tat sie. Und doch … versuche ich immer noch, sie zu beschützen. *Du* versuchst immer noch, sie zu beschützen.«

»Alte Gewohnheiten.«

»Ja. Und deswegen hast du mir nicht erzählt, was du wusstest. Und ich dir nicht, was ich wusste. Stattdessen litten wir und machten uns Sorgen«, sagte er sanft. »So kann das nicht weitergehen.«

»Okay«, flüsterte sie.

»Okay?«

Sie nickte langsam, und ihre Kehle verkrampfte sich. »Mami hat gesagt, dass die Polizei mit mir reden will.«

»Sie wird mit uns beiden reden wollen. Ich habe mich bereits ein wenig mit den Beamten unterhalten«, stimmte Noah nickend zu.

»Glauben sie, dass ich Keegan umgebracht habe?«

Noah zuckte verblüfft zurück. »Warum sollten sie das denken?«

»Weil ich … ihm Geld gab … damit er ging. Und er kam zurück. Ich hatte gute Gründe, Keegan zu hassen, und ich war dabei, als er starb.«

»Du hast Keegan Geld gegeben, damit er ging?« Fassungslos schnappte Noah nach Luft.

Mercedes nickte und verzog dann das Gesicht.

»Mercedes«, hauchte er. »Warum?«

»Er versprach, zu gehen und dich und Gia in Ruhe zu lassen.«

»Wie viel Geld hast du ihm gegeben?«, drängte Noah. In seiner schmerzenden Kehle stieg Zorn auf.

Mercedes antwortete nicht sofort, und Noah hob ihr Kinn an, damit sie ihm in die Augen schaute. Angst und Reue rangen in ihrem Blick um die Vorherrschaft. Er strich ihr das Haar aus dem Gesicht.

»Wie viel, Mer?«

»Zwanzigtausend.«

»Mercedes Lopez«, flüsterte Noah. »Was zum Teufel hast du dir dabei gedacht?«

»Ich konnte es nicht zulassen. Ich konnte nicht zulassen, dass er dir Gia wegnimmt«, weinte sie und brach angesichts des Geständnisses in sich zusammen.

Noah zog sie in seine Arme und hielt sie fest, während die Schluchzer ihren kleinen Körper schüttelten. Mer weinte, als hätte sie ihre Tränen jahrzehntelang zurückgehalten.

Noah wollte mit ihr weinen, aber er war zu verblüfft. Zu gedemütigt. Er kannte Mercedes nun schon zweiundzwanzig Jahre lang, und doch hörte sie nie auf, ihn zu erstaunen.

20

2003

»Dem bones, dem bones, gonna walk around«, *sang Mercedes leise und berührte das winzige Neugeborene, das in ihren Armen lag. Ihre Ohren, ihre Hände, ihre Füße, ihre Nase. Sie war so perfekt. So friedlich. So süß.*

»The foot bone connected to the leg bone.
The leg bone connected to the knee bone.
The knee bone connected to the thigh bone.
Oh, hear the word of the Lord!«

»Sing das nicht«, flüsterte Cora im Bett ganz in ihrer Nähe. »Davon wird sie Albträume bekommen.«

»Ich dachte, du schläfst, Mama«, gurrte Mercedes, die immer noch auf das schlafende Baby hinabblickte. Cora hatte fast vierundzwanzig Stunden lang in den Wehen gelegen, um Gia auf die Welt zu bringen. Sie musste sich ausruhen, solange sie es konnte.

Mercedes war für den Großteil dieser vierundzwanzig Stunden an ihrer Seite gewesen. Sie war ebenfalls erschöpft, aber hauptsächlich erleichtert. Heather würde bald zurückkommen, um die Nacht bei Cora und dem Baby zu verbringen.

»Sing etwas anderes«, murmelte Cora. »Sing das Lied über die Engel ohne Schuhe.«

Mercedes kam ihrem Wunsch nach und sang von den Himmelstoren und den barfüßigen Engeln. Sie bat Gott, die schlafenden Kinder und die Mütter, die über sie wachen, zu segnen.

»Cora, was ist los, Süße. Warum weinst du?«, fragte Mercedes und brach das Schlaflied sofort ab, als sie die Tränen ihrer Freundin sah.

»Ich bin mir nicht sicher. Vor Glück. Weil ich froh bin, dass es vorbei ist. Weil ich froh bin, dass sie hier ist«, sagte Cora mit zitternden Lippen. Mercedes entschied, dass sie jedes Recht hatte zu weinen. Es waren harte neun Monate und eine emotionale Entbindung gewesen. Gegen Ende war Cora immer schwächer geworden und hatte Mercedes darüber informiert, dass sie dieses Kind auf keinen Fall zur Welt bringen könne.

»Ich kann das nicht«, hatte Cora gestöhnt. »Ich will das nicht machen. Ich hab's mir anders überlegt.« Mercedes hatte gelacht, ihre Fröhlichkeit aber heruntergeschluckt, als Cora sie mit einem so giftigen Blick angesehen hatte, dass sie gleich darauf in den Spiegel über dem Bett geschaut hatte, um sich davon zu überzeugen, dass ihre Wimpern nicht verkokelt waren.

Immer wieder waren sie im Flur auf und ab gelaufen. Cora hatte sich auf Mercedes gestützt, als sie eine besonders schlimme Wehe durchlebt hatte. Und zu diesem Zeitpunkt hatte Cora ihr die Namen verraten, die sie ausgewählt hatte.

»Wenn es ein Junge ist, soll er Noah heißen. Noah Michael. Michael nach meinem Dad. Wenn es ein Mädchen ist, soll sie Gia Mercedes Andelin heißen. Gia war die Mutter meines Dads. Sie war Italienerin, und Grandpa war Ire. Dad und ich haben seine Gene geerbt, aber Gia kann wenigstens Grandmas Namen tragen«, hatte Cora gekeucht.

Mercedes hatte Cora mit Namen bombardiert, seit sie wusste, dass sie schwanger war. Doch Cora hatte sich geweigert, ihr zu verraten, welche Namen sie in Betracht zog. Sie wollte, dass es eine Überraschung war. Außerdem hatte sie sich geweigert, das Geschlecht des Babys zu erfahren. Mercedes hatte mit dem Gedanken gespielt, die Ärztin, die die Ultraschalluntersuchungen durchgeführt hatte, zu bestechen. Sie wollte die Information heimlich von ihr erhalten, damit sie sich vorbereiten konnte. Doch leider verhielten sich die Ärztin und das komplette medizinische Personal ehrenhaft, und niemand war bereit gewesen, ihr das Geschlecht des Babys zu verraten. Sie hatte sieben endlose Monate lang gelitten und gerätselt und bei Goodwill *die besten Kleidungsstücke in unfassbar langweiligen neutralen Farben gekauft. Sie hatte gefleht und gebettelt, doch Cora hatte nicht nachgegeben – bis jetzt.*

»Ich erzähle es dir für den Fall, dass mir etwas zustößt«, hatte Cora gestöhnt.

»Hör auf. Dir wird nichts zustoßen. Du befindest dich in einem Krankenhaus und bist von medizinischem Personal umgeben. Du bist völlig gesund. Deine beste Freundin ist eine Naturgewalt …«

»Das stimmt.«

»… und du wirst bald ein kleines Mädchen bekommen, das seine Mutter braucht.«

Cora hatte ein gequältes Stöhnen von sich gegeben und sich an Mercedes geklammert, die auf ihren Absatzschuhen ein wenig ins Wanken geraten war, die Füße aber fest auf den Boden gestellt und durchgehalten hatte, bis Coras Wehe nachgelassen hatte.

»Du sprichst von einem kleinen Mädchen«, hatte Cora gekeucht. »Weißt du etwas, das ich nicht weiß?«

»Das ist bloß ein Gefühl. Und mein Bauchgefühl irrt sich nur selten. Das weißt du. Außerdem … brauche ich eine Namensvetterin.«

Ihr Bauchgefühl hatte sich nicht geirrt.

Zwei Stunden später war Gia Mercedes Andelin auf die Welt gekommen, und Mercedes war bereit gewesen, sie aufzufangen und sie ihrer Mutter auf die Brust zu legen. Nun, da sie gewaschen und gewogen, gepikst und gestochen worden war, lag die kleine Gia

Andelin fest eingewickelt in ihren Armen und schlief, und Mercedes genoss jede Minute mit ihr.

»Duérmete niño, duérmete niño, duérmete niño, arrú arrú«, *sang sie, während Cora lauschte und immer noch leise weinte.*

»Noah war glücklich«, flüsterte Cora, während Tränen über ihre Wangen rollten. Sie schloss die Augen und wischte sich erschöpft durch das feuchte Gesicht.

»Ich habe ihn noch nie so glücklich gesehen«, erwiderte Mercedes und berührte Gias winzige Finger. Dann lächelte sie, als das Baby instinktiv ihren Finger mit der kleinen Faust umfasste.

»Ich dachte, dass er sich vielleicht einen Jungen gewünscht hätte«, seufzte Cora.

»Noah? Der Mann, der seit seiner Kindheit ausschließlich mit Mädchen befreundet ist? Er wüsste gar nicht, was er mit einem Jungen anfangen sollte.«

Sobald sie die Verbindung hergestellt hatten und Noah per Skype durchgestellt worden war, war er tatsächlich begeistert gewesen. Er hatte erschöpft gewirkt – beinahe so, als wären das Warten und die Sorge eine eigene Form von Wehen gewesen. Als Mer Gia hochgehoben hatte, damit er sie sehen konnte, hatte er sie warmherzig begrüßt, doch seine Augen waren fest auf das helle Haar, die runden Wangen und den winzigen, rosenknospenartigen Mund seiner Tochter gerichtet gewesen.

»Sieh nur, was du erschaffen hast, Corey«, hatte er gehaucht. »Schau dir dieses schöne, kleine Mädchen an. Schau dir unsere Tochter an.«

Als sie den Anruf beendet hatten, hatte er gestrahlt.

»Er liebt sie bereits«, murmelte Cora mit so leiser Stimme, dass Mercedes darüber nachdachte, nichts zu erwidern. Cora schlief fast, und die Tränen trockneten auf ihren Wangen.

»Natürlich liebt er sie«, flüsterte Mercedes, doch sie hielt die Augen auf Gia gerichtet. »Ein Blick genügte. Ein Blick, Gia Mercedes,

und alles war vorbei. Du hast deinen Daddy um deinen winzigen Finger gewickelt.«

»Bete einfach, dass er sie niemals loslassen wird«, murmelte Cora. »Gia braucht einen Daddy. Jedes Mädchen braucht einen Daddy.«

Man fand Keegan Tates Leiche inmitten der verbrannten Überreste des Salons. Das Feuer hatte beträchtlichen Schaden angerichtet, und Mercedes war nicht länger die einzige arbeitslose Stylistin. Gloria Maven hatte sie angefleht zurückzukommen, sobald die Renovierungsarbeiten abgeschlossen waren. Sie hatte große Versprechen gemacht und sie mit Anreizen gelockt. Mercedes hatte noch nichts zugestimmt. Sie hatte ein neues Ziel – oder einen alten Traum – im Sinn.

Die Polizei befragte Noah und Mercedes ausführlich, sowohl gemeinsam als auch einzeln. Cuddys wirre Aussage wurde ebenfalls hinzugenommen, um das Bild zu komplettieren. Schließlich sprach man sie von jeglichem Verdacht frei. Zwei Tage nach dem Feuer hatte man Döser gefasst, und sie würden alle gegen ihn aussagen, sobald seine Verhandlung begann. Keegan Tate hatte sich mit den falschen Leuten angelegt. Und das hatte ihn das Leben gekostet.

Detective Zabriskie sagte, es werde eine Anklage gegen Cuddy geben, weil er eine Spritztour mit Mercedes' Auto unternommen hatte. Doch als sich Noah für ihn einsetzte, wurde Cuddy ebenfalls aus dem polizeilichen Gewahrsam entlassen. Allerdings riet man ihnen, ihn im Auge zu behalten.

»Er hat eine üble Vergangenheit. Seien Sie in seiner Gegenwart stets wachsam«, warnte Detective Zabriskie, der Cuddys Entlassung mit einem Misstrauen durchführte, das Cuddy vermutlich verdient hatte. Doch Cuddy setzte eine betrübte Miene auf und zog beschämt die Schultern hoch, als Noah ihm erklärte, was als Nächstes geschehen würde.

»Sie wissen, dass ich in einem speziellen Krankenhaus arbeite, nicht wahr, Cuddy?«, fragte Noah und wartete darauf, dass Cuddy den Blick hob, um ihn anzusehen.

»Montlake«, murmelte Cuddy.

»Ja. Montlake. Die Behörden wollen nicht, dass Sie weiterhin durch die Straßen streifen. Sie wollen Sie einweisen oder einsperren. Sie haben Angst, dass Sie sich selbst oder jemand anders verletzen könnten ... auch wenn es unabsichtlich passiert.«

»Ich verletze keine Menschen, Noah.«

»Das glaube ich Ihnen, Cuddy. Aber der Zwischenfall mit dem Auto in Kombination mit Ihrer Akte sorgt bei den Behörden nicht gerade für große Zuversicht. Und es hat ein paar Beschwerden von den Geschäften rund um das *Maven* gegeben.«

»Niemand sagt je etwas. Ich hätte nicht gedacht, dass sie mich überhaupt gesehen haben«, sagte Cuddy.

Noah nickte. Das war eine traurige Wahrheit. Aber die Leute sahen die Obdachlosen und die Notleidenden. Das Problem bestand darin, dass sie sie nicht sehen *wollten*.

»In Montlake bieten wir ein paar Programme an – ich denke, dass ich eine staatliche Förderung für Sie bekommen könnte, damit Sie neunzig Tage lang dort bleiben können. Sie würden eine Behandlung bekommen. Sie wären sauber. Satt. Versorgt. Und wir könnten reden. Jeden Tag. Und wir könnten herausfinden, wie wir es schaffen können, dass es Ihnen besser geht.«

»In Montlake?«, fragte Cuddy ehrfürchtig.

»In Montlake«, bestätigte Noah.

»Und du würdest mein Arzt sein?«

»Wenn Sie das wollen. Wir haben eine Menge gute Therapeuten und Ärzte in Montlake.«

»Was ist mit meinen Steinen?«

»Ihre Steine können Sie nicht mit nach Montlake nehmen.

Aber ich werde sie für Sie aufbewahren. Alle. Und wenn Ihre Behandlung abgeschlossen ist, können Sie sie zurückhaben, wenn Sie sie dann immer noch wollen.«

»Warum sollte ich sie nicht mehr wollen?«, fragte Cuddy und senkte die Brauen.

»Nun ja ... wenn Sie anfangen, sich besser zu fühlen, werden Sie die Steine vielleicht nicht mehr als Gewichte brauchen.«

»Ich werde sie nicht mehr brauchen, um zu verhindern, dass ich davontreibe?«

»Ja.«

»Okay. Aber ich liebe Steine. Vor allem liebe ich den, den du mir gegeben hast. Hat Miss Lopez dir das erzählt? Ich werde ihn dir zurückgeben, wenn du es willst.«

»Ich habe selbst genauso einen. Behalten Sie ihn ruhig«, beharrte Noah.

»Noah?«

»Ja?«

»Ich werde in dein Krankenhaus gehen.«

»Gut. Ich denke, das ist eine gute Entscheidung. Und ich kann Sie jetzt gleich dort hinbringen.«

Cuddy druckste nervös herum. Sein Rucksack hing tief an seinen Schultern. »Jetzt?«

»Wollen Sie vorher noch irgendwo hin?«

»Nein. Ich habe keinen Ort, an den ich gehen könnte«, flüsterte Cuddy.

Noah nickte ein Mal, und dann verließen sie gemeinsam das Polizeirevier. Sie gingen nebeneinander, die Blicke fest geradeaus gerichtet. Erst als sie auf den Parkplatz der Montlake-Klinik fuhren, sprach Cuddy wieder.

»Ich werde mir große Mühe geben, Noah. Ich werde mir große Mühe geben, gesund zu werden. Aber ... die Medizin lässt die Geister nicht verschwinden. Ich habe es mit Medizin versucht. Sie sorgt nur dafür, dass es mich juckt. Manche macht mich sogar verrückt. Sogar noch verrückter, als ich es schon bin«, sagte Cuddy. In seinen Worten klang Verzweiflung mit.

»Ich denke nicht, dass Sie verrückt sind, Cuddy.«

»Nicht?«

»Nein. Ich glaube, Sie brauchen einfach nur ein wenig Hilfe, damit Sie erkennen können, was ... spirituell und was real ist.«

»Für mich ist das alles real«, sagte Cuddy mit einem entschuldigenden Ausdruck in den Augen.

»Ich weiß. Und nur weil es nicht jeder sehen kann, ist es nicht weniger real.«

Cuddy grinste. Seine Mundwinkel bewegten sich langsam nach oben, bis sie nicht mehr weiter konnten und das Lächeln seine Augen erreichte. »Du bist ein guter Arzt, nicht wahr, Noah?«

Cuddy war ein vorbildlicher Patient. Er fügte sich in die Routine der Montlake-Klinik ein und legte dabei eine rührende Entschlossenheit an den Tag, alte Dämonen auszutreiben. Allerdings versuchte Noah, nicht über Geister oder Dämonen oder übernatürliche Wesen jeglicher Art nachzudenken. Erst zwei Wochen nach Cuddys Einweisung erhielt Noah bei seinem Eintreffen auf der Arbeit Berichte darüber, dass Cuddy aufgewühlt und emotional sei und darum gebeten habe, ihn sprechen zu dürfen.

Noah fand ihn in seinem Zimmer vor, wo er aus dem Fenster starrte. Er hatte die Hände um die eingefallenen Wangen gelegt, und seine Augen wirkten besorgt. Er wartete nicht, bis sich Noah einen Stuhl herangezogen hatte, sondern fing sofort an, auf und ab zu laufen.

»Ich muss dir etwas erzählen, Dr. Andelin. Soll ich dich Dr. Andelin nennen? Ich würde dich lieber Noah nennen.«

»Sie lachten, als ich Ihnen meinen Namen das erste Mal nannte ... erinnern Sie sich?«, fragte Noah sanft.

Cuddys Augen nahmen einen entrückten Ausdruck an, und er neigte den Kopf, als wollte er seinem Gedächtnis auf die Sprünge helfen, indem er die Gedanken zurück in seinen Verstand rutschen ließ.

»Ich lachte?«

»Sie fragten mich, wann die Flut kommt.«

»Die Flut?«

»Ich glaube, dass Sie sich auf Noah und seine Arche bezogen. Diese Flut.«

»Noah war ein Prophet ... alle lachten ihn aus. Niemand glaubte, dass die Flut kommen würde«, sagte Cuddy und nickte langsam, als würde ihm nun alles wieder einfallen.

»Sind Sie ein Prophet, Cuddy?«

»Nein«, sagte Cuddy unnachgiebig. »Gott teilt mir nichts mit. Aber ich muss dir etwas mitteilen, Noah«, beharrte er erneut.

»In Ordnung«, sagte Noah.

»Du wirst vielleicht lachen. Und das ist in Ordnung. Oder du wirst traurig sein. Sehr, sehr traurig.« Cuddy hob wieder unruhig eine Hand an sein Gesicht und rieb über seine Wangen, als würde ihn die Geste beruhigen. Noah machte das ebenfalls, wenn er aufgewühlt war. Er wartete geduldig darauf, dass Cuddy weitersprach, und war zuversichtlich, dass er es irgendwann tun würde.

»Ich wünschte, ich hätte meine Steine«, flüsterte Cuddy.

»Wollen Sie meine Hand halten?«, fragte Noah. »Würde das helfen.«

»Das würde ich gern ... ja«, murmelte Cuddy. »Aber ich sollte das nicht tun.«

»Warum nicht?«

»Weil ich dir etwas mitteilen muss. Und das könnte dich sehr traurig machen. Und vielleicht willst du meine Hand lieber nicht halten, wenn ich es dir erzähle.«

»Haben Sie etwas gesehen, das Ihnen Angst eingejagt hat, Cuddy?«

»Nein. Ich *weiß* etwas. Und es jagt mir keine Angst ein. Es macht mich froh. Doch es könnte dir Angst einjagen.«

Noah achtete darauf, eine ausdruckslose Miene beizubehalten, und nickte neutral. Aber er war überrascht. »Warum erzählen Sie es mir nicht, und wir reden dann darüber?«

»Ich kannte deine Mutter.«

»Ach ja?«

»Ja. Ich nannte sie … Andy.«

»Sind Sie sicher, dass es … meine Mutter war?«

»Ja. Ich bin sicher. Ich nannte sie Andy … eine Kurzform von Andelin. Sie nannte mich Cuddy …«

»Eine Kurzform von Cutler«, sagte Noah, der nun langsam begriff.

»Ja. Wir waren bloß Kinder.«

Noah versteifte sich. »Sie kannten meine Mutter, als sie … ein Kind war?«

»Ich kannte sie, als sie kein Zuhause hatte«, flüsterte Cuddy. »Keiner von uns hatte eins.«

Die Steifheit in Noahs Gliedmaßen breitete sich auf seine Brust aus, ließ ihm den Atem stocken und sorgte dafür, dass sich sein Herz verkrampfte.

»Warum setzen Sie sich nicht, Cuddy? Dann können Sie mir von ihr erzählen«, sagte Noah. Seine Worte klangen sogar in seinen Ohren erstickt und seltsam. Cuddy nickte eifrig und beeilte sich, der Aufforderung nachzukommen.

»Ihren richtigen Namen erfuhr ich nie. Zumindest nicht ganz. Alle hatten Spitznamen. Niemand benutzt seinen richtigen Namen. So ist das auf der Straße. Keiner von uns weiß viel über die anderen. Niemand will darüber reden, wo er hergekommen ist, oder über die Tatsache, dass er keinen Ort hat, an den er gehen kann.«

Noah nickte und forderte ihn damit auf weiterzusprechen.

»Ich dachte, sie würde mich mögen. Ich mochte sie. Sie war still. Sie brüllte und fluchte nicht. Aber ich … nahm damals zu viele Drogen, hoffte, dass sie die Geister vertreiben würden«, erklärte Cuddy.

»Funktionierte es?«

Cuddy schüttelte den Kopf. »Für eine Weile schon … und dann fing ich an, eine andere Art Geister zu sehen. Sie waren nicht wie Cora oder … oder die Engel. Die Toten, die ich sah, waren … dunkel. Beängstigend. Sie wollten, dass ich sie hereinließ. Sie wollten mein … Zuhause.«

»Ihr Zuhause? Sie wollten … Ihren Körper?« Noah achtete darauf, dass sein Tonfall warm blieb, aber seine Hände waren kalt.

Cuddy nickte. »Sie hatten nie Körper gehabt. Sie waren nicht wie die Toten. Sie waren Geister, die nie gelebt hatten. Und sie wollten es.«

Noah schwieg und wartete. Er wollte nicht durch die Geschichte hetzen oder Cuddy in eine Richtung drängen, für die er noch nicht bereit war.

»Ich hatte Angst«, flüsterte Cuddy. »Und Andy hatte ebenfalls Angst. Ich war nicht gut, Noah. Nicht gut. Eines Tages war sie nicht neben mir, als ich aufwachte. Als ich sie schließlich fand, sagte sie mir, ich solle gehen. Sie sagte mir, dass sie nicht gefunden werden wolle. Sie sagte mir, dass sie nicht in … meiner Nähe sein könne … mit einem Baby in ihrem Bauch.«

Noah zwang sich zu atmen. *Ein und aus. Ein und aus.* Und er schaute Cuddy fest in die Augen.

»Andy sagte, dass das Baby nicht von mir sei. Aber ich wusste, dass das nicht stimmte. Andy hätte niemals zugelassen, dass … jemand anders sie berührte. Sie wurde nicht gern berührt.«

Noah konnte nur überwältigt nicken. Nein. Seine Mutter war nicht besonders gern berührt worden.

»Ich sah sie nie wieder. Erst als du mich am Straßenrand fandest und ich sie in deinem Auto sitzen sah, konnte ich noch einmal einen Blick auf sie werfen. Für einen Moment glaubte ich, ihren Geist zu sehen. Ich dachte, dass sie vielleicht tot sei. Ich glaubte, dass ich vielleicht tot sei. Dann … erkannte ich, dass sie … zu dir gehörte. Und dass du zu ihr gehörtest. Du gehörtest … zu ihr. Was bedeutete … dass du auch zu *mir* gehörtest. Ich weiß, dass du das vermutlich … nicht hören willst. Aber … ich glaube … ich bin dein Dad, Noah.«

Noah war zu verblüfft, um zu sprechen. Er klammerte sich an sein Klemmbrett, da er etwas brauchte, woran er sich festhalten konnte. Irgendetwas, das ihm ein Ziel und die nötige Geistesgegenwart gab. Plötzlich verstand er, was Cuddy mit dem Davontreiben gemeint hatte, und sehnte sich nach Steinen.

»Ich sah Andy … in dem Auto sitzen. Sie sah mich auch, Noah.«

Noah nickte. Sie *hatte* ihn gesehen. Und sie hatte Angst gehabt. Noah war davon ausgegangen, dass es einfach nur die Angst vor einem Fremden gewesen war. Die Angst der Unterdrückten vor dem Unbekannten.

»Sie hat dir nicht erzählt … wer ich war?«, fragte Cuddy.

»Nein. Sie erzählte es mir nicht«, flüsterte Noah.

»Das ist gut«, murmelte Cuddy mit Vergebung in der Stimme. »Es wäre sicher sehr schwer für dich gewesen, das zu erfahren. Du hättest versucht, dich um mich zu kümmern, genau wie du es jetzt tust. Und damals warst du nur ein Junge. Das brauchtest du nicht in deinem Leben.«

Noah konnte Cuddy nur anstarren, ihn in sich aufsaugen, seine Geschichte aufnehmen und ihn zum ersten Mal wirklich sehen.

»Sie steckten mich für eine Weile wieder ins Gefängnis. Ich bin gut darin zu verschwinden. Wie ein Geist.« Er lachte leise. »Ich schätze, dass sie mir ein paar Dinge beigebracht haben.«

»Ich habe deine Augen«, sagte Noah plötzlich. »Und deine Hände. Die Art, wie du dir übers Gesicht reibst. Das mache ich auch.«

Er kam sich lächerlich vor. Unruhig und durcheinander. Er schrieb seinen Namen mehrere Male auf die leere Seite auf seinem Klemmbrett, nur um sich daran zu erinnern, wer er war, wer er vor zehn Minuten gewesen war, als er noch vaterlos und selbstsicher gewesen war. In seinem Hinterkopf argumentierte eine kleine Stimme, dass das alles womöglich nicht stimmte. Das war die Stimme der Verleugnung, und Verleugnung log oftmals. Noah wusste, dass es stimmte. Er hatte keinen Zweifel.

»Ich sah dich auf der Obdachlosenveranstaltung«, fuhr Cuddy fort. »Nach all den Jahren. Ich erkannte dich. Und du warst so glücklich. Dann lernte ich die süße Cora kennen. Und Miss Lopez. Und ich durfte sehen, wie du dich entwickelt hattest und zu was für einem guten Mann du geworden warst. Ich war so stolz.« Seine Stimme brach, und er wischte sich über die Augen.

»Warum hast du es mir nicht gesagt?«, flüsterte Noah. »Ich hätte dir geglaubt.«

»Ich wollte dich nicht … verschrecken. Ich konnte es nicht riskieren. Dich einfach nur zu sehen … genügte mir.«

»Wusste Cora es … oder Mercedes?« *Hatte sie das ebenfalls vor ihm geheim gehalten?*

»Nein«, flüsterte Cuddy. »Ich habe es nie jemandem erzählt. Bis jetzt.«

»Warum jetzt?«

Cuddy schluckte und rang die Hände. Noah widerstand dem Drang, sich zu erklären oder zu entschuldigen.

»Weil du es verdienst, es zu wissen.«

Noah spürte, wie Trauer in ihm aufstieg. Das Gleiche hatte er zu Mercedes gesagt. Aber er wusste es besser. Im Leben ging es nicht darum, das zu bekommen, was man verdiente. Es ging darum, das zu ertragen, was man nicht verdiente, und nicht zuzulassen, dass es einen zerstörte.

»Andy und ich … waren so kaputt. Aber du! Du bist p… perfekt und g… ganz«, stammelte Cuddy. Seine Stimme klang beinahe ehrfürchtig. »Ich weiß nicht, wie es dazu kommen konnte. Aber … du bist ein Wunder, Noah.«

Noah legte seinen Bleistift und sein Klemmbrett ab und vergrub sein Gesicht in den Händen. Eine Weile lang kämpfte er gegen die Tränen an. Er wollte aufstehen und das Zimmer verlassen, sich eine Minute nehmen, um sich zu sammeln. Doch Cuddy hatte Mut bewiesen. Sogar Glauben. Und Noah wollte sein Angebot nicht ablehnen, selbst wenn es bedeutete, dass er in der Gegenwart seines Patienten gegen seine Gefühle ankämpfen musste. Er würde Cuddy einen neuen Therapeuten besorgen müssen.

»War es falsch von mir, es dir zu erzählen?«, flüsterte Cuddy. »Es fühlte sich nicht falsch an. Beängstigend. Aber nicht falsch.«

Noah lächelte trotz seiner Tränen. Cuddys Bedürfnis, sich ständig selbst zu hinterfragen, war liebenswert. »Nein. Es war nicht falsch, es mir zu erzählen«, brachte er erstickt hervor. »Es ist nur … meine Mutter sagte das Gleiche.«

»Bist du traurig?«, fragte Cuddy gepresst.

»Ich bin geschockt. Aber nicht traurig«, versicherte Noah ihm und wischte sich über die Augen.

»Mein Blut ist nicht blau«, gestand Cuddy betrübt. »Mein Blut ist verunreinigt.«

»Cuddy, jemand sagte mir einst, dass Blut wichtig ist, aber dass es für ein Kind nicht die geringste Rolle spielt. Für mich spielt es keine Rolle.«

»Du weißt, was ich meine. Ich bin Abschaum. Ich bin nicht klug. Mein Kopf ist nicht in Ordnung. Ich habe mein Leben vergeudet. War im Gefängnis. Hatte nie ein eigenes Zuhause. Habe nie etwas Gutes vollbracht.«

»Das stimmt nicht. Denn dank dir lebt Mercedes. Du hast auf sie aufgepasst und ihr das Leben gerettet, Cuddy. Und als du ihr Leben gerettet hast, hast du auch meins gerettet. Ich glaube nicht, dass ich ohne Mercedes leben kann. Ich *will* nicht ohne Mercedes leben.«

»Aber … Miss Cora habe ich nicht gerettet.«

Noah schüttelte den Kopf und fragte sich, wie viele Menschen dieses Kreuz noch tragen würden. »Nein. Das hat keiner von uns. Aber sie bedeutete dir etwas.«

»Das stimmt.« Cuddy nickte nachdrücklich.

»Manchmal ist das alles, was wir tun können«, sagte Noah sanft.

»Du und Miss Lopez bedeutet mir auch etwas. Und die kleine Gia ebenfalls. Und auch … Andy war mir wichtig.«

»Meine Mutter war nicht vielen Leuten wichtig«, flüsterte Noah. »Ich bin froh, dass sie dir etwas bedeutete. Das zu wissen, sorgt dafür, dass ich mich besser fühle.«

»Ich enttäuschte sie. Ich war sehr, sehr lange ein totales Wrack. Irgendwie bin ich immer noch ein Wrack, Noah. Ich wünschte, dass ich ein besserer Mann wäre. Jemand, auf den du stolz sein könntest.«

»Ich hatte nie einen Dad, Cuddy. Ich habe mir immer einen gewünscht. Ich habe immer einen gebraucht. So sehr. Und ich brauche immer noch einen.«

Cuddy lächelte und nickte. Seine Augen schimmerten gefühlvoll.

»Ich habe das Gefühl, dass ich davontreiben werde, Noah. Aber dieses Mal fühlt es sich gut an«, sagte Cuddy und umfasste die Armlehnen seines Stuhls mit beiden Händen.

»Ich weiß, was du meinst«, stimmte Noah zu und lächelte wieder, obwohl er immer noch weinte. Diese Sitzung war ganz und gar nicht wie geplant verlaufen – nicht mal ansatzweise –, und Noah holte ein paarmal tief Luft und blickte auf das Klemmbrett, das vor ihm lag. Sie würden noch genug Zeit für Behandlungspläne und Bewältigungsstrategien haben. Doch für den Moment brauchten sie wahrscheinlich beide etwas Zeit, damit sich ihre Gefühle beruhigen konnten.

»Wie geht es jetzt weiter?«, flüsterte Cuddy, der sich ebenso unsicher fühlte wie Noah. »Ich will gesund werden, damit ich ein richtiger Dad sein kann.«

»Du musst mit mir reden. Du musst Geduld mit dir haben. Und du musst es mir mitteilen, wenn etwas nicht funktioniert. Und ich verspreche dir, dass ich mein Bestes tun werde, um dir dabei zu helfen, gesund zu werden.

»Ich werde meine Traurigkeit einen Hügel hinunterrollen lassen. *Gonna roll my sadness down a hill, gonna roll my sadness down a hill*«, sang Cuddy. »Das hat mir Miss Lopez beigebracht.

Noah lachte. Er konnte beinahe hören, wie Mercedes es sang, dazu mit den Hüften wackelte und im Rhythmus mit den Zehen auftippte, wie sie es immer tat. Sie hatte ihm auch ein paar Dinge beigebracht.

Dem bones, dem bones, dem dry bones.
The thigh bone connected to the back bone.
The back bone connected to the neck bone.
The neck bone connected to the head bone.
Oh, hear the word of the Lord!

Es war schon verrückt. Zum ersten Mal in seinem Leben fügten sich all die kleinen Stücke und all die winzigen Teile zusammen. Noah fühlte sich seltsam vollkommen. Er stand auf, und Cuddy tat es ihm nach. Sein Gesicht wirkte hoffnungsvoll.

»Sing einfach weiter, Cuddy. Das ist nicht der schlechteste Anfang. Miss Lopez hat ein Händchen dafür, das Leben schön zu machen.«

»Geht es Lopez gut?«, fragte Moses, ohne auch nur Hallo zu sagen.

»Ja, Lopez geht es gut«, erwiderte Noah mit einem Lächeln in der Stimme. »Danke, Moses.«

Er brummte unbehaglich. Doch er legte nicht einfach auf, wie Noah es erwartet hatte.

»Ich mache mir nicht gern Sorgen um Leute«, sagte Moses mit anklagendem Tonfall. »Ich habe mir die letzten zwei Wochen über Sorgen gemacht. Dann habe ich beschlossen, dass ich besser mal anrufe.«

»Sehen Sie Cora immer noch?«, fragte Noah.

»Nein. Gott sei Dank nicht. Ich war froh, sie gehen zu sehen«, sagte Moses ungerührt. Seine Respektlosigkeit und seine Gleichgültigkeit entlockten Noah ein Lachen. Das sorgte dafür, dass Moses ins Stammeln geriet.

»Heilige Scheiße, Doc. Was ich gerade gesagt habe, war verflucht gemein. Und Sie lachen.«

»Ich lache, weil Sie so durchschaubar sind«, gab Noah zurück.

»Nein. Ich bin nicht durchschaubar. Aber Ihre Frau ist es.« Falls das Moses' Version eines »Deine Mutter«-Witzes war, war sie noch nicht ganz ausgereift.

»Die Tatsache, dass Sie sie nicht mehr sehen können, ist eine Erleichterung, Moses. Ich hoffe, es bedeutet, dass sich Mercedes nicht in Lebensgefahr bringen wird. Schon wieder.«

»Ihre Frau hat Schutzengel gespielt«, verkündete Moses.

»Ja. Ich schätze schon. Wir haben immer aufeinander achtgegeben. Warum sollten wir jetzt damit aufhören?«

»Ich kann nicht behaupten, dass ich es verstehe. Aber ich habe das Gefühl, dass Cora Lopez liebte.«

»Das stimmt«, murmelte Noah. »Sie liebten einander.«

»Sie drei sind alle miteinander verheddert ... wie ein Wollknäuel oder so ein Mist. Ich kann nicht behaupten, dass ich es verstehe. Aber ich habe es gespürt.«

»So ist das, wenn man eine gemeinsame Vergangenheit hat. Chaotisch. Intensiv. Und wir haben eine beträchtliche gemeinsame Vergangenheit.«

Moses schwieg, blieb jedoch in der Leitung, als wäre er noch nicht so recht bereit, Noah gehen zu lassen.

»Ich habe meinen Dad gefunden, Moses«, platzte es aus Noah heraus. Er überraschte sich selbst damit.

Moses sagte so lange nichts, dass sich Noah fragte, ob die Verbindung abgebrochen war.

»Wie fühlen Sie sich deswegen, Doc?«, fragte Moses zögernd. Für einen Augenblick schwiegen sie beide, weil sie merkten, dass ihre Rollen vertauscht waren. Dann lachten sie.

»Wie ich mich fühle? Hmm ... Tja, er ist ein ehemaliger Drogenabhängiger, der tote Leute sieht.«

Wieder herrschte Schweigen.

»Wollen Sie sich mit mir anlegen, Doc?«, fragte Moses leise. In seiner Frage lag ein Anflug von Kränkung.

»Das würde ich niemals tun, Moses. Ich habe es einmal versucht und danach geblutet.«

Moses schnaubte, klang aber nicht länger gekränkt. »Ein ehemaliger Drogenabhängiger, der tote Leute sieht«, wiederholte Moses nachdenklich. »Hmm. Klingt eher so, als hätten Sie *meinen* Dad gefunden. Sind Sie sicher, dass wir keine Brüder sind?«

Nun war Noah mit Lachen an der Reihe. »Er hat die falsche Hautfarbe. Er ist ein blasser weißer Kerl. Tatsächlich … sieht er mir ziemlich ähnlich. Das ist mir nicht aufgefallen. Zumindest am Anfang nicht. Aber jetzt kann ich es sehen.«

»Läuft das nicht immer so? Sobald man es weiß, erscheint alles offensichtlich.«

»Ja. Aber selbst wenn man es weiß … ist es nicht immer leicht zu akzeptieren«, erwiderte Noah.

»Da sagen Sie was«, brummte Moses. »Ich kann immer noch nicht akzeptieren, was ich weiß.« Er räusperte sich und wechselte das Thema. »Sie haben also Ihren Dad gefunden? Was kommt als Nächstes, Doc?«

»Ich muss Mercedes Lopez dazu bringen, etwas zu akzeptieren, das *sie* bereits weiß.«

21

1984

»Ich habe keine Valentinstagskarten«, sagte Noah besorgt und starrte auf die Liste, die seine Klassenlehrerin in der vierten Klasse kurz vor dem Klingeln der Schulglocke ausgeteilt hatte. »Mrs Hayes meinte, dass wir jedem in der Klasse eine Valentinstagskarte geben müssten. Ich weiß nicht, was ich machen soll. Letztes Jahr tat ich so, als wäre ich krank und ging während der Feier zur Schulkrankenschwester, weil ich keine Karten hatte, die ich verteilen konnte. Verteilt ihr in deiner Klasse Valentinstagskarten?«, fragte er Mercedes.

»Die ganze vierte Stufe feiert den Valentinstag, du Dummie. Eigentlich sogar die ganze Schule«, erklärte Mercedes lachend. »Aber keine Sorge. Ich habe Papier in allen Farben. Wir basteln Herzen. Ich kenne da einen guten Trick.«

Sie legten ihre Jacken in der Nähe der Tür von Mercedes' Wohnung ab, und Mercedes fischte ihre Klassenliste aus ihrem Rucksack und suchte die Materialien zusammen, die sie benötigten, um sie alle auf den Küchentisch zu legen.

»Also gut, Noah. Pass auf«, verlangte sie. Mercedes faltete ein Blatt Papier genau in der Mitte und schnitt mit einem Geschick, das man ihr mit ihren neun Jahren nicht zugetraut hätte, ein halbes Herz aus. Dann faltete sie das Papier wieder auseinander und präsentierte es Noah mit einem zufriedenen Lächeln. »Siehst du? Es ist perfekt.«

Noah nickte beeindruckt und beobachtete, wie sie weitere Herzen ausschnitt.

»Du schneidest die Herzen aus, und ich schreibe die Namen darauf«, schlug Noah vor. »Meine Handschrift ist recht gut.«

»Das sind eine Menge Herzen«, warnte Mercedes. »Fünfundzwanzig für meine Klasse. Fünfundzwanzig für deine.«

»Wir können das schaffen«, sagte er zuversichtlich und mehr als nur ein wenig erleichtert. Mehrere Minuten lang arbeiteten sie schweigend und konzentrierten sich auf ihre jeweiligen Aufgaben. Noah strich sorgfältig die Namen auf den Listen durch und machte zwei unterschiedliche Stapel – einen für jede Klasse. Als sie fertig waren, lehnten sie sich zurück und starrten das, was sie vollbracht hatten, an.

»Sie sind ganz schön unscheinbar«, stellte Mercedes fest und rümpfte die Nase. »Sie brauchen Glitzer oder so was. Ich wünschte, wir hätten ein paar Aufkleber.«

»Wir könnten etwas Nettes auf die andere Seite schreiben, so was wie … einen Valentinstagsgruß«, schlug Noah vor.

»Damit sie wie diese Zuckerherzen aussehen!« Mercedes klatschte in die Hände. »Wir werden ›Küss mich‹, ›Drück mich‹ und ›Ich liebe dich‹ draufschreiben. So was in der Art.«

Noah verzog das Gesicht und schüttelte den Kopf. »Wir könnten auch einfach ›Du bist nett‹ oder ›Du bist cool‹ schreiben. Ich will nicht ›Küss mich‹ auf irgendwelche von diesen Herzen schreiben.«

Mercedes kicherte, und gemeinsam machten sie sich daran, auf die Rückseite eines jeden Herzens kleine Botschaften zu schreiben.

»Auf dem hier steht mein Name«, sagte Mercedes und hielt ein gelbes Herz aus dem Stapel hoch. »Ich muss mir selbst keins schenken.«

Noah nahm es ihr aus der Hand. »Das ist für mich, du Spinnerin.«

Mercedes starrte ihn an und senkte die Brauen. Dann schnitt sie aus den Papierresten ein weiteres Herz aus. »Also gut. Das hier ist von mir für dich. Ein pinkes. Deine Lieblingsfarbe.«

»Pink ist nicht meine Lieblingsfarbe.«

Sie kicherte erneut, und ihm wurde klar, dass sie ihn aufzog. Sie schrieb seinen Namen auf eine Seite und drehte die Karte dann um.

»Was wirst du sonst noch draufschreiben?«, wollte er wissen.

»Das ist eine Überraschung.«

Noah runzelte die Stirn und blickte auf das blassgelbe Herz, das er für Mercedes gemacht hatte. Gelb war auch nicht ihre Lieblingsfarbe. Er drehte es um und überlegte, was er draufschreiben sollte. Es gab so vieles, was er sagen könnte. Er könnte »Ich liebe dich« sagen. Schließlich war Valentinstag. Aber das kam ihm komisch vor, und Mercedes würde lachen und denken, dass er ihr fester Freund sein wollte. Er könnte schreiben, dass sie witzig und süß und nett war. Das stimmte alles. Er dachte noch ein wenig länger darüber nach. Dann griff er nach einem Bleistift und schrieb in großen Druckbuchstaben »DANKE« auf die Rückseite. Er starrte das Wort an. Es wirkte so einfach, aber er war dankbar für seine Freundin. Jeden Tag war er so dankbar.

»Kann ich die jetzt haben?«, fragte Mer und versuchte zu sehen, was er geschrieben hatte.

»Vielleicht. Kann ich die da haben?« Noah deutete auf das pinke Herz, auf dem sein Name stand.

Sie schürzte nachdenklich die Lippen. Dann reichte sie ihm die Karte. Er hielt ihr das gelbe Herz hin und war plötzlich ganz schüchtern.

Sie hatte drei Wörter auf die Rückseite geschrieben. »DU BISST MEIN«. Er wusste, dass sie »bist« falsch geschrieben hatte, doch er wies sie nicht darauf hin. Er betrachtete die Wörter immer wieder. Sie entlockten ihm ein Lächeln. Du bist mein. Nicht ›Sei mein‹. Du bist mein.

»Gern geschehen«, sagte Mercedes, und Noah sah überrascht auf.

»Du hast ›Danke‹ geschrieben. Gern geschehen«, sagte sie erneut. »Aber wofür dankst du mir?«

»Dafür dass du meine beste Freundin bist«, sagte er und zuckte mit den Schultern.

Sie grinste und enthüllte ihre zwei fehlenden Zähne. »Und du wirst mich niemals los. Ich bin dein.« Sie deutete auf das pinkfarbene Papierherz in seiner Hand. »Und du bist mein.«

Mercedes fand die Becher zusammen mit einer Nachricht von Noah auf ihrem Küchentisch vor. Er entschuldigte sich für den Becher, den er zerbrochen hatte. Es waren acht Becher, alle hellblau, genau wie der, der seinetwegen kaputtgegangen war. Doch damit endete die Ähnlichkeit. Auf jedem Becher befand sich ein gelbes Herz, in dem die Worte »DU BISST MEIN« standen. Es war falsch geschrieben.

»Was zum Teufel soll das denn?«, grübelte sie. Das würde sie in den Wahnsinn treiben. Sie starrte das falsch geschriebene Wort verwirrt an. Dann meldete sich in ihrem Kopf eine Erinnerung, und sie brach in Gelächter aus.

Sie rief Noah an, und er ging sofort dran.

»Hey, Mer.«

»Hey, Boozer. Ich bin nach Hause gekommen und habe ein paar seltsame Kaffeebecher auf meinem Tisch vorgefunden. Du hast ›bist‹ falsch geschrieben.«

»Nein … *du* hast ›bist‹ falsch geschrieben.«

»Ich kann nicht fassen, dass du dich daran erinnerst! Herrje. Du bist wie ein verfluchter Elefant.«

»Ich habe diese Valentinstagskarte immer noch in meiner Munitionskiste. Ich bin letzte Woche auf sie gestoßen, als ich Coras Sachen aus dem Schrank geräumt habe.«

Mercedes' Herz verkrampfte sich schmerzhaft. »Du hättest mich anrufen sollen. Ich hätte dir geholfen«, sagte sie leise. »Eigentlich wollte ich das sogar für dich übernehmen. Aber ich dachte, dass mir das nicht zusteht.«

»Ich hätte das schon vor langer Zeit machen sollen. Ich bin nur … nie dazu gekommen. Es war an der Zeit.« Er räusperte sich und wechselte das Thema. »Wie läuft es bei der Arbeit?«

Sie arbeitete jetzt in einem neuen Salon – sie hatte einen Ort gebraucht, an dem sie ihre Kundinnen empfangen konnte –, und die Umgewöhnung war strapaziös gewesen. Irgendwie war es ihr gelungen, die Montage weiterhin freizuhaben, damit sie sich um Gia kümmern konnte. Doch für Noah war keine Zeit geblieben, und die Zeit, die sie getrennt voneinander verbracht hatten, hatte eine unangenehme Erwartungshaltung erschaffen. Sie wusste, dass sie stiller als üblich gewesen war. Sogar verhalten. Und Noah hatte auf die für ihn typische Weise reagiert und ihr all den Raum und die Geduld gegeben, von der er dachte, dass sie sie bräuchte.

»Es läuft gut«, antwortete sie seufzend. »Wie geht es Cuddy?« Sie war ebenso geschockt wie Noah gewesen, als er ihr von Cuddys Geständnis erzählt hatte. Der letzte Monat war voller Veränderungen und Neuanfänge gewesen, aber sie und Noah schlichen immer noch auf Zehenspitzen umeinander herum und waren sich nicht sicher, wo sie beginnen sollten.

»Cuddy ist ziemlich … toll«, flüsterte er. »Ich mag ihn.«

»Ich mag ihn auch. Ich mochte ihn schon immer.«

»Mer?«

»Ja?«

»Ich hoffe, es macht dir nichts aus, dass die Becher ein wenig … anders sind … als der, den ich zerbrochen habe.«

»Ich vermisse meinen alten Becher«, neckte sie ihn. »Er sprach etwas in mir an.«

Er brummte. »Ich habe diesen Becher gehasst und nie verstanden, warum du dir ausgerechnet den ausgesucht hast.«

»Du hast ihn gehasst?«, entfuhr es ihr überrascht.

»Ja. Mir gefiel der Teil, dass man die Dinge loslassen sollte,

›die nicht für einen bestimmt waren‹ nicht. Das machte mich wütend.«

»Das war der Teil, der mich so sehr ansprach.«

Er brummte erneut. »Ich bin mir sicher, dass das auch der Teil war, der meine Mom ansprach. Sie war gut darin, Dinge loszulassen. Aber was ist damit, dass man für die Dinge und die Menschen, die einem wichtig sind, kämpfen sollte? Wann immer sie diesen Becher benutzte, wollte ich ihn an die Wand schleudern.«

Mercedes lachte ungläubig. »Tja, ich schätze, dass du das endlich getan hast.«

»Ja. Ich schätze, dass ich das endlich getan habe.«

Stille machte sich zwischen ihnen breit, und Mercedes wusste, dass sie das Telefonat beenden sollte. Aber sie vermisste ihn. Er war zu ihr nach Hause gekommen, um ihr von Cuddy zu erzählen, von der Enthüllung, die seine Welt erschüttert hatte. Und sie war geschockt und aufmerksam gewesen und hatte ihn gehalten, während er geredet hatte. Doch als er versucht hatte, sie zu küssen, hatte sie sich in seinen Armen versteift, und er war sofort zurückgewichen und hatte sie nicht weiter bedrängt. Sie hatte sich nicht versteifen wollen. Sie war nervös gewesen. Verängstigt. Und er hatte sich zurückgezogen.

»Ich liebe dich, Mer. Ich vermisse dich«, sagte er leise. »Wie kann ich dir helfen?«

»Ich liebe dich auch … und sofern du nicht Haare schneiden und Bikinizonen wachsen kannst … fürchte ich, dass du mich einfach aus der Ferne unterstützen musst.« Sie hatte es als Witz gemeint, doch stattdessen hatte es geklungen, als würde sie ihn runtermachen. *Verdammt.*

Er seufzte. »Rufst du mich morgen an?«

»Ich werde dich morgen anrufen«, versprach sie. Und mit einer sanften Verabschiedung legten sie auf.

Am Montagabend hatte Noah eine Personalbesprechung und kam nicht vor sieben nach Hause. Mercedes hatte eine Kundin, die darauf bestand, vor ihrem Urlaub noch eine Behandlung bei ihr zu bekommen, und der einzige Zeitpunkt, an dem Mercedes sie noch unterbringen konnte, war der Montagabend. Also kümmerte sich Alma um Gia, bis Noah vorbeikommen und sie abholen konnte. Eine weitere Woche verging, ohne dass sie sich sahen.

Als das Wochenende vor der Tür stand, rief Heather Mercedes an. Sie machte sich Sorgen um Noah.

»Er bat mich, Gia zu nehmen, sagte mir aber nicht, wo er hinwollte und was er vorhatte. Er hatte Coras Sachen hinten in seinem Auto. Ich weiß, dass ich mir keine Sorgen machen sollte ... aber als er sich das letzte Mal so verhielt ...« Heather verstummte.

Als er sich das letzte Mal so verhalten hatte, hatte er gerade erfahren, dass er nicht Gias Vater war. Er hatte niemandem erzählt, was ihn belastete. Mercedes glaubte nicht, dass er es ihr jetzt erzählen würde. Sie versprach Heather, nach Noah zu sehen. Als sie am Samstagabend mit ihrer letzten Kundin fertig war, fuhr sie zu seinem Stadthaus und fand es dunkel und leer vor.

Sie zog die Schuhe aus, kochte Kaffee, wusch und trocknete ein paar Geschirrteile ab, die im Spülbecken standen, und setzte sich dann hin, um auf ihn zu warten. Sie wartete eine Stunde lang. Sie versuchte ihn anzurufen. Keine Reaktion. Sie wartete eine weitere Stunde lang, ehe sie in der Montlake-Klinik anrief. Er war nicht da. Sie rief ihn erneut an. Sein Telefon leitete sie direkt auf die Mailbox weiter. Als sie um kurz nach zehn endlich den Schlüssel im Schloss hörte, war sie beinahe krank vor Sorge.

»Wo bist du gewesen?«, keuchte sie, als er sie mit einem

müden Lächeln begrüßte. Er wirkte nicht erschöpft, sondern sah gut aus und roch gut. Er umarmte sie flüchtig und ging in die Küche. »Ich habe dich ein Dutzend Mal angerufen«, beschwerte sie sich und folgte ihm.

»Mein Handy war leer, und mit dem Aufladegerät in meinem Auto stimmt etwas nicht«, sagte er leichthin. Er entdeckte den Kaffee und schenkte sich eine Tasse ein.

»Noah?«

»Ja?«

»Ich habe mir Sorgen gemacht. Wo warst du?«

»Ich hatte eine Verabredung«, sagte er unbekümmert. Er warf die Worte förmlich über seine Schulter, während er die Milch aus dem Kühlschrank holte.

»Eine V… Verabredung?«, stammelte sie. Die Worte durchbohrten sie wie die Klinge eines scharfen Messers. Erst kam der Schnitt, dann die Erkenntnis, dann der Schmerz.

»Ja. Mit einer Krankenschwester aus der Uniklinik. Wir sind schon seit einer Weile befreundet. Sie ist geschieden und … sie ist nett. Und ich bin … Single. Ich … dachte nur … wir könnten … vielleicht«, er hielt inne und zuckte mit den Schultern.

Mercedes wandte sich ab. Sie war so gedemütigt, so geschockt und verletzt, dass sie nicht atmen konnte. Und sie konnte definitiv nicht bleiben.

»Okay. Cool. Tja, ich bin dann am Montag hier, um mich um Gia zu kümmern«, presste sie hervor und suchte nach ihren Schuhen.

»Mercedes?«

»Wir sehen uns am Montag, Noah.«

»Du bist aufgebracht.« Er klang beinahe erfreut.

»Ich wusste nicht, wo du warst. Ich hatte Angst!«, schnauzte sie. Sie stürmte auf die Haustür zu. Sie musste hier raus.

»Ich bin dreißig Jahre alt, Mer. Ich muss nicht zu einer bestimmten Uhrzeit zu Hause sein«, sagte er, und sie konnte das Lächeln in seiner Stimme hören. Er war so dumm. So ein verfluchter Idiot.

Sie würde weinen.

Sie schob ihre Füße in ihre Absatzschuhe und schnappte sich ihre Handtasche, ohne ihn anzusehen, ohne irgendetwas außer der Tür anzuschauen, durch die sie entkommen musste.

Sie spürte ihn hinter sich, wurde aber nicht langsamer. Im Gehen wühlte sie ihre Autoschlüssel aus ihrer Handtasche und ließ sich dann hinter das Steuer gleiten, ohne ihn noch einmal anzuschauen. Er war ihr aus dem Haus nach draußen gefolgt, ein dunkler Schatten zu ihrer Linken, der mehrere Schritte von ihrem Auto entfernt lauerte. Sie drehte den Schlüssel im Zündschloss herum, verließ die Einfahrt, fuhr davon und ließ ihn eingerahmt in ihrem Rückspiegel stehen.

Seit Coras Tod hatte Noah keine einzige Verabredung gehabt. Er hatte mit keiner einzigen Frau Zeit verbracht. Außer mit ihr. Zumindest … soweit Mercedes wusste. Verabredungen zu haben, war kein Betrug. Er hinterging damit weder Cora noch Mercedes. Sie hatte ihm unmissverständlich klar gemacht, dass sie nur Freunde waren. Aber das war vor dem Feuer gewesen. Das war … damals. Sie hatte gedacht, dass er wüsste, was sie empfand. *Wusste er etwa nicht, was sie empfand?* Cora war tot, und er verdiente es, mit seinem Leben weiterzumachen. Und jetzt tat er es. Also warum weinte sie? Warum jaulte sie vor Schmerz, während sie durch die Straßen nach Hause fuhr?

Als sie in ihre Einfahrt einbog und zum Stehen kann, ließ sie den Motor laufen. Sie brauchte die Wärme und das Grummeln des Motors, um ihren Schmerz zu überspielen. Ihr Haus war dunkel und leer, und sie wollte nicht allein sein. Sie suchte in ihrem Handschuhfach nach einer Serviette und fand ein zerknülltes Exemplar. Sie putzte sich die Nase und versuchte mithilfe des Spiegels in der Sonnenblende, ihr Make-up in Ordnung zu bringen. Doch da ihre Tränen nicht versiegen wollten, gab sie schließlich auf. Scheinwerfer erhellten ihre Einfahrt, und Noahs Subaru hielt hinter ihr und parkte sie zu.

Sie hätte wissen müssen, dass er kommen würde. Vielleicht *hatte* sie es gewusst. Vielleicht saß sie deswegen noch in ihrer Einfahrt und versuchte, sich hübsch zumachen, selbst während sie sich die Augen ausweinte.

Sie beobachtete, wie er ausstieg, die Tür schloss und auf ihr Auto zukam. Er lehnte sich vor und starrte sie durch das Fenster auf der Fahrerseite an.

»Soll ich einsteigen oder willst du aussteigen?«, fragte er und hob die Stimme über das Brummen des Corollas.

Sie drehte den Schlüssel herum, um den Motor abzustellen, wischte sich verstohlen über die Augen und besann sich auf ihren Stolz. Noah trat zurück, damit sie die Tür öffnen konnte. Sie stieg mit erhobenem Kopf aus, trug Lipgloss auf und bot ihm die Hälfte ihres Kaugummistreifens an, wie sie es immer tat. Der frische, eisige Geschmack half ihr dabei, einen klaren Kopf zu bekommen. Sie hoffte nur, dass die Dunkelheit genug Schutz bieten würde, um ihre geröteten Augen und bebenden Lippen zu verbergen.

»Weinst du wegen Cora?« Seine Stimme war leise. »Oder weinst du meinetwegen?«

Die Dunkelheit bot eindeutig nicht den geringsten Schutz.

»Ich weine meinetwegen«, gestand sie und war wütend, dass es stimmte.

»Warum?«

»Weil … weil.« Sie biss die Zähne zusammen. Sie konnte es nicht zugeben. Sie konnte es ihm nicht erzählen. Aber sie konnte auch nicht die andere Frau in seinem Leben sein. Nicht mehr. Nicht schon wieder. Wenn sie beiseitetreten und zulassen musste, dass jemand anders seine Zeit und seine Energie, seine Worte und seine Zuneigung in Anspruch nahm, würde sie das zerstören. Es würde ihre Beziehung zerstören.

»Liebst du mich, Mer?«, fragte er sanft.

»Du weißt, dass ich dich liebe.«

»Ja. Das weiß ich. Aber danach frage ich nicht. Ich meine nicht so, wie eine Frau ihren besten Freund liebt. Liebst du mich so, wie eine Frau einen Mann liebt?«

Sie schwieg.

Er sagte ebenfalls nichts.

Sie starrten einander abwägend, misstrauisch und wachsam an. Der Drang davonzulaufen war so stark, dass ihre Beine zitterten. Doch der Drang zu bleiben war stärker. Sie war stark genug, um ihre Position zu halten, aber sie war nicht mutig genug, um zu sprechen.

»Du stößt mich schon dein ganzes Leben lang weg«, flüsterte Noah. »Ich weiß nicht, wie ich dein Verhalten jetzt gerade deuten soll, also wirst du mir sagen müssen, was du empfindest.«

»Wovon redest du?«, keuchte Mercedes. »Inwiefern habe ich dich weggestoßen?«

»Du bist zu ehrlich, und wir kennen einander lange genug. Du musst nicht so tun, als wüsstest du nicht, wovon ich rede.« Noahs Stimme klang sanft, aber der Blick, mit dem er sie anstarrte, war stahlhart.

»Ich bin immer für sich da gewesen. Immer. Ich habe dich nie im Stich gelassen, Noah. Ich habe mir im Umgang mit dir mehr Mühe gegeben als bei jedem anderen in meinem Leben. Ich bin stolz auf die Person, die ich in deiner Gegenwart bin. Ich bin dir eine verdammt gute Freundin gewesen. Wag es ja nicht, mir irgendetwas anderes vorzuwerfen.« Ihre Wut brodelte heiß in ihrem Bauch und fühlte sich gut an, reinigend. Sie brannte ihre Feigheit weg und legte ihr die nötigen Worte auf die Zunge. Mit Wut konnte sie arbeiten.

»Ich werfe dir nichts vor, Mercedes. Ich versuche, dich zu verstehen.«

»Tja, dann versteh das hier. Ich bin nicht deine Schwester oder dein Kindermädchen oder deine Haushälterin oder dein ... dein One-Night-Stand ... oder deine ... deine ...« Die Tränen kehrten zurück, und sie wollte schreien. Sie wollte ihn schlagen und ihm wehtun. Sie sollte sich selbst wehtun. Sie sollte sich wehtun, damit sie sich an diesen Augenblick – diesen Schmerz – erinnern und ihn niemals wiederholen würde.

Dann war er plötzlich da, legte die Arme um sie und hielt sie so fest, dass der Schrei in ihrer Brust erstickte. Einen Moment lang wehrte sie sich gegen ihn. Sie drückte den Rücken durch und presste ihre Hände flach gegen seine Schultern.

»Du stößt mich immer noch weg«, keuchte er. »Warum?«

Sie erstarrte, weil sie erkannte, dass sie ihm gerade den Beweis für sein Argument geliefert hatte. Langsam ließ sie sich gegen ihn sinken. Sie ließ sich von ihm halten, und nach einem Moment hob sie die Arme und schlang sie um seine Taille. Sie stieß ihren angehaltenen Atem aus und schmiegte ihre Wange an seine Brust.

Er zog sich ein klein wenig zurück, behielt die Arme aber fest um ihren Rücken gelegt und blickte ihr ins Gesicht. Im blassen Licht der Straßenlaternen waren seine blauen Augen so farblos wie der dunkle Julihimmel.

»Als ich ein Kind war, dachte ich immer, dass du und ich füreinander bestimmt wären. Ich war mir sicher, dass wir Seelenverwandte waren«, sagte er.

»Wann hörte das auf?«, fragte sie mit leiser Stimme und wich damit seinem Geständnis aus.

»Was?« Er legte den Kopf zur Seite und sah sie verwirrt an.

»Wann dachtest du nicht mehr, dass wir füreinander bestimmt wären?«, führte sie ihre Frage aus. Er betrachtete sie nachdenklich. Er hatte die Lippen geschürzt, und sein Blick war ernst.

»Vielleicht … hörte ich nie auf, es zu denken«, gestand er. »Ich ging einfach davon aus, dass du immer da sein würdest. Ich habe dich als selbstverständlich angesehen, nicht wahr?«

»Dafür sind Freunde doch da. Sie sehen einander als selbstverständlich an und zählen nicht mit«, sagte sie und versuchte, nicht schon wieder loszuweinen.

»Ja.« Er nickte. »Genau. Und weißt du, was für ein Geschenk das ist? Sich mit einer Person so sicher und gewiss zu fühlen, dass man in der Lage ist – *in der Lage* –, sie als selbstverständlich anzusehen? Die meisten Menschen fürchten sich ihr ganzes Leben lang vor dem, was sie sind. Sie wagen es nicht, echt und verletzlich und menschlich zu sein, weil sie sich sicher sind, dass die Menschen, die ihnen etwas bedeuten, sie im Stich lassen werden. Und diese Angst wird dann zu einer sich selbst erfüllenden Prophezeiung. In dem Bestreben, perfekt zu sein und geliebt zu werden, unterdrücken sie all ihre Gefühle. Und wenn sie dann schließlich die Kontrolle verlieren – was unweigerlich geschehen wird –, zerstören sie sich selbst. Sie nehmen eine Überdosis. Sie verletzen sich. Sie schlagen um sich und verletzen jemand anders. Ihre Reaktion ist um ein Hundertfaches verstärkt, weil sie mit einem ganzen Schwall aus unterdrücken Gefühlen zurechtkommen müssen.«

»Du klingst wie ein Psychologe«, flüsterte sie neckend. Damit versuchte sie, den Druck, der ihr Herz einengte, ein wenig zu lindern, doch sie versagte kläglich.

»Das liegt daran, dass ich einer bin. Aber jetzt gerade spreche ich nicht als Dr. Andelin. Ich bin Noah, Mers bester Freund, und du musst mir zuhören.«

Sie nickte, und er holte tief Luft.

»So fühle ich mich in deiner Gegenwart nie. Ich habe nie das Gefühl, dass ich alles zurückhalte und dass du aus meinem Leben verschwinden wirst, sobald du den wahren Noah entdeckst. Du kennst mich. Ich kenne dich. In meinem Herzen hat es schon immer einen Platz gegeben, der allein dir gehört. Einen kleine, private Ecke ... die ganz dein ist. Du hast mich nie enttäuscht, Mer. Niemals. Du hast recht. Du bist mein sicherer Hafen gewesen. Meine Konstante. Mein ganzes Leben lang hast du diesen kleinen Teil, dieses kleine Stück von mir, das dir gehörte, gehegt und gepflegt. Und ich denke – ich hoffe –, dass ich das Gleiche für dich getan habe. Mehr als zwanzig Jahre lang gab es Noah und Mercedes, und unsere Freundschaft hat überdauert.«

»Jetzt ist es anders«, sagte sie schmerzerfüllt.

»Ja. Das stimmt«, hauchte er und hob ihr Kinn an, um seine Stirn an ihre zu legen.

»Wenn ich dich küsse, werde ich dich dann verlieren?«, flüsterte er. Sie stöhnte und war unerklärlicherweise wütend.

»Warum fragst du mich das? Warum nimmst du dir nicht einfach, was du willst? Warum küsst du mich nicht einfach? Warum muss ich dir die Erlaubnis und Garantien geben und ein verfluchtes Formular unterschreiben, bevor du ...?« Ihr Gezeter wurde unterbrochen, als seine Lippen ihre streiften. Er war sanft und zaghaft, hielt ihr Gesicht in seinen Händen, sog ihren zitternden Atem in seine Kehle und gab ihn ihr zurück. Mehrere Herzschläge lang bewegte sich sein Mund im Einklang mit ihrem. Es gab keine Dringlichkeit, keinen Druck, keinen Schmerz.

In der Süße seines Kusses erinnerte sie sich an den Jungen, der er gewesen war, an das Mädchen, das *sie* gewesen war, und die Tränen und die Jahre überfluteten ihren Verstand und quollen aus ihren Augen. Sein Kuss war eine Verkörperung dieses Mannes – liebevoll und behutsam, großzügig, ohne einen Gedanken an den eigenen Gewinn –, und sie genoss das Gefühl, selbst als ihr Herz tobte. Sie wollte mehr von ihm. Sie hatte immer *mehr* von ihm gewollt. Und es war an der Zeit, dass sie das zugab. Es war an der Zeit, dass sie es sich nahm.

»Du weinst schon wieder. Warum weinst du, Mer?«, murmelte er an ihrem Mund. Sie konnte seine Frustration schmecken. Der Geschmack gefiel ihr. Er war scharf und herb, und sie leckte über seine Unterlippe und zog sie zwischen ihre Zähne, weil sie Hunger darauf hatte. Sie legte die Arme um die Aufschläge seiner Jacke und zerrte ihn zu sich heran. Sie wollte es ihm unbedingt begreiflich machen.

Seine Reaktion kam umgehend. Er vergrub die Hände in ihrem Haar und nahm ihre hervorschnellende Zunge in seinen Mund, als hätte er den ganzen Tag lang darauf gewartet, sie zu kosten. Dann schlang er die Arme um ihre Taille und zog sie hoch an seinen Körper, bis ihre Füße den Boden verließen und ihr Herz an seines gepresst war, wo es im Einklang mit ihm schlug. Ihr Gaumen kitzelte, ihre Brüste schwollen an, und ihre Lippen wurden angenehm rau und empfindlich, weil sein Bart ständig über sie strich und seine Küsse so wild waren. Er küsste sie, als würde er ebenfalls mehr wollen. Er küsste sie, als würde es nicht länger ausreichen, sie nur zu halten, als würde es nicht länger ausreichen, einfach nur zu lachen, einfach nur zu reden, einfach nur Freunde zu sein. Und das gab ihr Mut.

Sie befreite ihren Mund und umfasste atemlos mit beiden Händen sein Gesicht. Sie musste ihm ihre Gefühle gestehen, bevor sie die Nerven verlor.

»Ich habe dich nicht weggestoßen. Ich habe mich mit aller Kraft an dich geklammert! Ich weiß nicht, wie ich dir zeigen soll, was ich empfinde. Ich weiß nicht, wie ich dir sagen soll, dass ich dich brauche. Dass ich dich will. Dass ich will, dass du *mich* willst. Ich will nicht länger nur deine Freundin sein, Noah. Ich will deine Geliebte sein. Deine Partnerin. Ich will alles. Nicht den kleinen Teil oder die private Ecke. Ich will das ganze verdammte Ding, alles von dir. Und ich will dir alles von mir geben.«

»Gott sei Dank«, keuchte er und blickte ihr tief in die Augen. Dann küsste er sie wieder und flüsterte an ihren Lippen. »Wie lange? Wie lange empfindest du schon so?«

»Mein ganzes Leben lang«, antwortete sie und unterstrich jedes Wort, indem sie ihre Lippen auf seine presste. Noah zog sich überrascht zurück.

»Komm schon, Mer«, schnaubte er. »Du warst an jedem Kerl *außer* mir interessiert.«

»Das ist witzig, Noah. Sehr witzig. Ich war nie an irgendjemandem *außer* dir interessiert.«

Er schnappte nicht nach Luft, aber sie spürte es. Sie spürte seine Fassungslosigkeit, seine Überraschung. Und in seinen Augen blitzte unverkennbare Skepsis auf. Sie stieß gegen seine Schultern, und er setzte sie ab.

»Du warst mein Noah. Meiner.«

Sie schlug sich so fest gegen die Brust, dass er hastig die Hände ausstreckte, um sie zu stützen, als sie auf ihren zu hohen Schuhen ins Wanken geriet. »Du warst mein bester Freund. Und ich wollte unsere Freundschaft nicht ruinieren. Du warst der wichtigste Teil meines Lebens, und wenn ich in deiner Nähe war, brachte das immer das Beste in mir zum Vorschein. Aber Cora liebte dich auch … und als ich mich zurückhielt, trat sie vor. Sie meldete Anspruch auf dich an. Also unterdrückte ich all diese Gefühle in mir und sperrte sie sicher weg.«

»Bevor ich zur Grundausbildung aufbrach, versuchte ich dir zu sagen, was ich für dich empfand. Ich versuchte dir zu zeigen, was ich empfand. Aber du … du verhieltest dich nicht so, als ob du das Gleiche wolltest«, stammelte Noah, der immer noch fassungslos wirkte.

»Ich wollte nie einen anderen, Noah. Aber du liebtest mich, weil ich stark war. Ich war beständig. Und deine Liebe und Zuneigung zu haben war mir zu wichtig, um sie mit Sex und Eifersucht und kindischen Dreiecksbeziehungen zu zerstören. Ich wusste, dass ich dein Herz haben könnte, wenn ich nur jeglichen Anspruch auf deinen Körper aufgab. Und dein Herz war immer das, was mir am meisten bedeutete.«

Seine Augen schimmerten, und er schluckte, als wären die Worte in seiner Kehle zu groß, um sie auszusprechen. Er umarmte sie fest, hob sie einmal mehr hoch, wie er es immer getan hatte und wie er es – so hoffte sie – immer tun würde. »Du bist so klug. Wie bist du so klug geworden?«, flüsterte er.

»Ich bin eine Idiotin«, erwiderte sie flüsternd. »Und ein Feigling. Ich hatte solche Angst davor, dich zu verlieren, dass ich dich beinahe gehen gelassen hätte. Schon wieder.«

»Du bist die klügste Frau, die ich kenne. Die allerbeste Frau, die ich kenne. Und ich liebe dich tatsächlich, weil du stark und beständig bist. Aber das sind nicht die einzigen Gründe. Das waren nie die einzigen Gründe.«

Er streifte ihre Lippen überzeugend und liebkosend mit seinen, und sie schloss flatternd die Augen.

»Mer?«

»Ja?« Sie wollte nicht mehr reden. Sie wollte ihn küssen.

»Ich hatte keine Verabredung. Ich habe gelogen. Ich habe versucht, dich eifersüchtig zu machen.«

»Was?«, keuchte sie, doch sein Mund kehrte zurück, und er küsste sie mit all der wilden Hingabe, die sie selbst empfand, und sie vergab ihm sofort.

»Liebst du mich, Noah?«, fragte sie schwer atmend.

»Du weißt, dass ich dich liebe«, murmelte er an ihrem Mund.

Frustriertes Lachen stieg in ihrer Brust auf, und sie zwickte ihn und zog sich etwas zurück, damit sie das klarstellen konnte.

»Bist du in mich *verliebt*, Noah?«

»Ich bin in dich verliebt, Mer. Wie verrückt. Von ganzem Herzen. Ich bin Hals über Kopf in dich verliebt.«

»Ich bin auch in dich verliebt«, flüsterte sie befreit. Überschwänglich. »Das bin ich schon immer gewesen. Und das werde ich immer sein.«

EPILOG

Mercedes zu lieben war nicht so, als würde man von einer Klippe stürzen. Es war nicht einmal so wie der kurze Schreck, den man verspürte, wenn man auf einer Treppe eine Stufe verpasste. Es war kein Ruck und kein Schubs. Es war kein Stolpern oder Taumeln – nicht im Geringsten. Es war der langsame Aufstieg einer Lebenszeit aus Augenblicken, die Art von Liebe, die man Stück für Stück und Tag für Tag erlebte. Und genau deswegen war diese Liebe tiefer und dauerhafter. Man könnte meinen, dass es bei einer solchen Liebe keine Leidenschaft und keine Hitze gäbe, doch die gab es. Die Leidenschaft brodelte und knisterte zwischen ihnen wie ein Feuerwerkskörper im Juli und überraschte sie immer wieder.

Sobald sich Mercedes auf ihn eingelassen hatte, war sie mit vollem Einsatz dabei, genau wie er es vermutet hatte. An einem Wochenende gegen Ende August ließen sie Gia für ein paar Tage bei Heather und stiegen in ein Flugzeug. Sie verrieten niemandem, wo sie hinflogen oder was sie geplant hatten. Sie verschickten keine Einladungen oder Ankündigungen. Sie heirateten an einem Strand in Mexiko – einem Ort, an dem sie beide trotz Mercedes' Abstammung noch nie zuvor gewesen waren. Nur sie beide waren anwesend, barfuß und Hand in Hand. Sie gaben sich gegenseitig Versprechen und blickten in die Zukunft. Er hatte Mercedes damit aufgezogen, dass sie ein barfüßiger Engel sei, und sie hatte *La Puerta del Cielo* gesungen und in der Brandung getanzt. Sie hatte das Wasser aufspritzen lassen, sodass es ihr weißes Kleid durchnässt hatte, und ihr dunkles Haar war hinter ihr hergeweht.

Alma war schockiert gewesen, als sie es ihr erzählt hatten. Verletzt. Sie wäre gern bei der Hochzeit ihres einzigen Kindes dabei gewesen. Sie hatte sich eine Zeremonie in einer Kirche mit einem Priester gewünscht, hatte eine große Feier für sie ausrichten wollen.

»Du verdienst es, Mercedes! Warum bist du weggelaufen, um heimlich zu heiraten, als würdest du dich schämen? Als müsstest du dich verstecken? Wenigstens Gia hätte dabei sein sollen.«

Mercedes hatte ihre Arme um ihre Mutter gelegt und ihr in einer Sprache, die Noah nicht beherrschte, von der Liebesgeschichte zweier alter Freunde erzählt, die eine Chance gebraucht hatten, ohne die Ablenkungen der Vergangenheit nach vorn zu schauen.

»Es durfte nur um Noah und Mercedes gehen, Mami. Nicht um die drei Amigos«, erklärte Mercedes. *»Entiendes?«*

Alma schüttelte den Kopf. *»No. No entiendo«*, flüsterte sie.

»Es musste um die Zukunft gehen. Nicht um die Vergangenheit. Unsere Leben haben sich immer um alle anderen gedreht. Und das ist in Ordnung. Aber ich wollte, dass sich unser Hochzeitstag nur um uns dreht. Ich wollte nicht an Cora oder Shelly oder Abuela und nicht einmal an Papi denken – auch wenn ich ihre Anwesenheit spürte. Ich wollte nicht, dass meine Hochzeit eine Erinnerung an das ist, was vorher war. Für mich war wichtig, dass es ausnahmsweise mal nur um uns beide ging – um mich und Noah – und um nichts anderes.«

Mercedes und Alma hatten geweint, und Noah waren ebenfalls die Tränen gekommen. Er verstand die Sprache nicht, aber er kannte die Gründe und hatte jedes einzelne Wort gespürt.

Mercedes und Alma zogen zu ihm und Gia in das Stadthaus, doch sie boten es sofort zum Verkauf an. Sie wollten ein Haus, in dem sie einen Neuanfang starten konnten, ein Zuhause, das groß genug war, um Platz für Alma und Cuddy zu bieten und auch für Heather, wenn sie sie besuchen wollte. Ein Zuhause mit Platz zum Wachsen.

Noah fand ein leeres Bürogebäude in der Nähe der Montlake-Klinik, über dem sich ein fast fünfhundert Quadratmeter großes Loft befand. Er fuhr mit Mercedes hin, damit sie es sich anschauen konnten. Er schlug vor, die Büroräume zu kaufen, um daraus einen Salon mit Spa-Bereich zu machen – *MeLo* –, und in dem Loft zu wohnen.

»Das ist so viel Geld … und wir müssten es komplett umbauen, von oben bis unten. Momentan ist es nur ein offener Raum«, brachte Mercedes verblüfft hervor.

»Dann werden wir das tun«, erwiderte er ruhig. »Es wird perfekt sein.«

»Das können wir nicht – das kann ich mir nicht leisten, Noah, selbst dann nicht, wenn wir einen Kredit bekämen«, sagte Mercedes, doch in ihren weit aufgerissenen Augen schimmerte die Möglichkeit.

»Doch, das können wir.«

»Was? Wie?«

»Coras Lebensversicherung wurde ausgezahlt. Es gibt eine Selbstmordklausel, aber die Ergebnisse der Untersuchungen waren uneindeutig.« Noah holte tief Luft und sah ihr in die Augen. »Tatsache ist, dass keiner von uns je wissen wird, was an jenem Tag wirklich geschah. Die Versicherungsgesellschaft hat die Ermittlungen eingestellt und mir vor ein paar Tagen … einen Scheck geschickt.« Er griff in seine Tasche, zog ihn heraus und reichte ihn Mercedes.

Sie schüttelte ablehnend den Kopf. Noah hielt die Hand

ausgestreckt, bis sie den Scheck entgegennahm. Er wusste genau, wie sie sich fühlte. Auch er hatte damit zu kämpfen gehabt, seit er die Nachricht erhalten hatte. Dann hatte er allerdings an Mer gedacht, und daran, wie sie bereitwillig ihr Konto geleert hatte, um für Gias Sicherheit zu garantieren und ihn zu beschützen. Und er hatte gewusst, was zu tun war.

»Du bist die ganze Zeit über damit in deiner Tasche herumgelaufen?«, keuchte Mercedes und riss die Augen auf, als sie die Summe sah.

»Ich werde etwas davon für Gia beiseitelegen, fürs College und für schlechte Zeiten. Aber wenn Cora hier wäre, würde sie dir raten, es anzunehmen, Mer. Sie war da, als der Traum begann, und ich glaube, dass sie gern sehen würde, wie er Wirklichkeit wird.«

Sie hatten acht Monate gebraucht, um das Loft in ein Zuhause zu verwandeln und aus den Räumlichkeiten darunter ein Spa zu machen. Am Tag nach Mercedes' einunddreißigstem Geburtstag zogen sie ein, und drei Wochen später erlebte das *MeLo* seine große Eröffnung.

Sie hatten hart gearbeitet, aber das war nichts Neues, und Mercedes war unermüdlich. Cuddy hatte sich handwerklich als recht geschickt erwiesen. Er hatte alle Wände hochgezogen, mit Rigips verkleidet und gestrichen. Als Noah ihm mitgeteilt hatte, dass er eins der Zimmer bekommen sollte, hatte er geweint. Er weinte sehr viel. Er weinte immer noch, wenn Mer ihm die Haare schnitt. Und als Noah ihn einmal versehentlich Dad nannte, weinte er eine Stunde lang. Seitdem nannte Noah ihn nur noch Dad, und Cuddy hatte sich daran gewöhnt. Er versprach Noah, dass die Flut irgendwann enden würde, doch Noah umarmte ihn einfach nur und versicherte ihm, er müsse sich keine Sorgen machen, denn wo immer sie auch hinschauten, seien Regenbögen.

Sie hatten eine Menge gemeinsam. Der Unterschied zwischen Cuddy und Noah war, dass Noah Menschen gehabt hatte, die ihn liebten. Die hatte Cuddy nicht gehabt. Aber jetzt hatte er sie.

Sie feierten den 4. Juli in ihrem neuen Zuhause. Seit sie mit dem Innenausbau fertig waren, hatte Cuddy seine Bemühungen auf das Dach verlagert. Es war endlos und flach und an den Seiten von einer knapp einen Meter hohen Mauer umgeben, was es ideal für eine Grünfläche machte. Cuddy hatte innerhalb von drei Monaten wahre Wunder vollbracht. Er hatte Laternen aufgehängt und Hochbeete gebaut. In manchen wuchsen Gemüsesorten, in anderen Blumen, die üppig gediehen und in den lebhaftesten Farben blühten. Er hatte gefragt, ob er auch einen Steingarten anlegen könne, und er und Gia hatten Stunden damit verbracht, zwischen den Steinen kleine Feenhäuser aufzustellen.

Noah kaufte einen überdachten Tisch und ein paar Liegestühle, und sie grillten Burger und hörten mit einem Gettoblaster Songs aus den Achtzigern – um der alten Zeiten willen. Alma und Mercedes bastelten Papiersterne mit langen Schweifen, während sie darauf warteten, dass das Feuerwerk losging. Die Sicht auf den Himmel über dem Stadion war fast so gut wie die Sicht vom Hügel hinter der Drei-Amigos-Wohnanlage.

»Du faltest das Papier so, vor und zurück, vor und zurück«, erklärte Mercedes Gia. Sie half ihr dabei, das Papier umzudrehen und es immer wieder zusammenzudrücken und zu falten. Sie hatten die Sterne Alma überlassen und benutzten perforiertes Computerpapier, um eine Kette aus Papierfigürchen zu machen, die lang genug war, um die ganze Familie einzuschließen.

Als sie damit fertig waren, das Papier zu falten, machte sich Mercedes daran, es zu zerschneiden. Dabei hielt sie die

Schere wie die Expertin, die sie nun einmal war. Gia saß zu ihren Füßen, und die weißen Papierschnipsel rieselten um ihre erdbeerblonden Locken herum wie Schneeflocken am Weihnachtsmorgen. Sie lachte, schloss die Augen und verlangte quietschend nach mehr.

Sie nannte Mer jetzt Mami. Niemand hatte ihr das beigebracht. Eines Tages war aus Meh Meh-Meh geworden. Aus Meh-Meh wurde Mama, und Mama verwandelte sich in Mami. Niemand sagte etwas. Nicht einmal Heather, die das alles mühelos weggesteckt hatte und sogar so weit ging zu sagen, dass es »vorherbestimmt« gewesen sei.

Heather war Grammy, Alma war Abuela und Cuddy war Papa. Natürlich hatte Cuddy vor Freude geweint, als Gia ihn zum ersten Mal mit diesem Spitznamen angesprochen hatte. Sie war erst drei Jahre alt, aber schon ziemlich eigensinnig. Er war Papa, und niemand widersprach ihr.

Mercedes beendete die Scherenarbeit und faltete die Papierkette vorsichtig auseinander.

»Da ist Daddy«, sagte Gia und deutete auf die erste Figur.

»Okay«, sagte Mercedes nickend.

»Daddy, Mami, Gia« – sie konnte ihren Namen mittlerweile perfekt aussprechen – »Papa, Abuela und Grammy. Und noch eine.«

»Ja, noch eine«, stimmte Mercedes zu. »Wir haben eine große Familie.«

»Cora«, ergänzte Gia und berührte die letzte Figur.

»Das ist richtig. Wir dürfen sie nicht vergessen.«

Gia lächelte, rümpfte die kleine Nase und hob die Papierfamilie hoch. Dann hüpfte sie damit davon, um sie in ein geheimes Spiel zu verwickeln, in das nur sie eingeweiht war. Die Kette aus Papierfigürchen wehte hinter ihr her wie ein filigraner Drachen, und Noah und Mercedes blickten ihr nach.

TRIGGERWARNUNG

All the Pieces of My Heart enthält Elemente,
die triggern können.
Diese sind: *Tod von Angehörigen/Freunden, Suizid*